COLEÇÃO VIAGENS DO BRASIL

VIAGEM ÀS NASCENTES DO RIO S. FRANCISCO E PELA PROVÍNCIA DE GOIAZ — Auguste de Saint-Hilaire

SEGUNDA VIAGEM DO RIO DE JANEIRO A MINAS GERAIS E A SÃO PAULO — Auguste de Saint-Hilaire

VIAGEM À PROVÍNCIA DE GOIAZ — Auguste de Saint-Hilaire

VIAGEM PELA PROVÍNCIA DO RIO DE JANEIRO E MINAS GERAIS — Auguste de Saint-Hilaire

VIAGEM AO RIO GRANDE DO SUL — Auguste de Saint-Hilaire

SEGUNDA VIAGEM — Hercules Florence

VIDA E OBRA DE ADRIEN TAUNAY, O VIAJANTE — Afonso Taunay

SEGUNDA VIAGEM AO INTERIOR DO BRASIL: ESPÍRITO SANTO — Auguste de Saint-Hilaire

DE VIAGEM PELO DISTRITO DOS DIAMANTES E LITORAL DO BRASIL — Auguste de Saint-Hilaire

VIAGEM PELAS PROVÍNCIAS DO RIO DE JANEIRO E ESPÍRITO SANTO — Auguste de Saint-Hilaire

VIAGEM AO BRASIL — Spix e Martius

VIAGENS PELAS PROVÍNCIAS DE SÃO PAULO E MINAS GERAIS — Auguste de Saint-Hilaire

VIAGEM ÀS NASCENTES DO RIO S. FRANCISCO — Saint-Hilaire

COLEÇÃO VIAGENS DO BRASIL

1. VIAGEM PELAS PROVÍNCIAS DO RIO DE JANEIRO E MINAS GERAIS — Auguste de Saint-Hilaire.
2. VIAGEM AO ESPÍRITO SANTO E RIO DOCE — Auguste de Saint-Hilaire
3. VIAGEM À PROVÍNCIA DE GOIÁS — Auguste de Saint-Hilaire
4. VIAGEM A CURITIBA E PROVÍNCIA DE SANTA CATARINA — Auguste de Saint-Hilaire
5. VIAGEM AO RIO GRANDE DO SUL — Auguste de Saint-Hilaire
6. VIAGEM À PROVÍNCIA DE SÃO PAULO — Auguste de Saint-Hilaire
7. VIAGEM AO TAPAJÓS — Henry Coudreau
8. VIAGEM DE CANOA, DE SABARÁ AO OCEANO ATLÂNTICO — Richard Burton
9. VIAGEM PELAS PROVÍNCIAS DO RIO DE JANEIRO E MINAS GERAIS — Auguste de Saint-Hilaire
10. VIAGEM PELO DISTRITO DOS DIAMANTES E LITORAL DO BRASIL — Auguste de Saint-Hilaire
11. VIAGEM ÀS NASCENTES DO RIO SÃO FRANCISCO — Auguste de Saint-Hilaire.
12. VIAGEM AO BRASIL — Spix e Martius
13. SEGUNDA VIAGEM DO RIO DE JANEIRO A MINAS GERAIS E A SÃO PAULO (1822) — Auguste de Saint-Hilaire
14. DUAS VIAGENS — Hans Stadem

VIAGEM A CURITIBA
E PROVÍNCIA
DE SANTA CATARINA

Diretor editorial
Henrique Teles

Produção editorial
Eliana Nogueira

Arte gráfica
Bernardo Mendes

Revisão
Maria Vitória Rajão

Tradução
Regina Regis Junqueira

Diagramação
Lucila Pangracio Azevedo

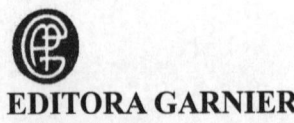

EDITORA GARNIER
Belo Horizonte
Rua São Geraldo, 53/67 - Floresta - Cep.: 30150-070 - Tel.: (31) 3212-4600
e-mail: vilaricaeditora@uol.com.br

AUGUSTE DE SAINT-HILAIRE

VIAGEM A CURITIBA E PROVÍNCIA DE SANTA CATARINA

2ª Edição

GARNIER
desde 1844

Dados Internacionais de Catalogação na Publicação (CIP) de acordo com ISBD

S157v Saint-Hilaire, Auguste de

Viagem a Curitiba e Província de Santa Catarina / Auguste de Saint- Hilaire. - 2. ed. - Belo Horizonte - MG : Garnier, 2020.

174 p. ; 16cm x 23cm.

Inclui índice.
ISBN: 978-65-86588-56-9

1. História do Brasil. 2. Curitiba. 3. Província de Santa Catarina. I. Título.

2020-1880
CDD 981
CDU 94(81)

Elaborado por Vagner Rodolfo da Silva - CRB-8/9410

Índice para catálogo sistemático:

1. História do Brasil 981
2. História do Brasil 94(81)

Copyright © 2020 Editora Garnier.

Todos os direitos reservados pela Editora Garnier.
Nenhuma parte desta publicação poderá ser reproduzida
sem a autorização prévia da Editora.

SUMÁRIO

PREFÁCIO
Mario Guimarães Ferri 9

Capítulo I	DESCRIÇÃO DOS CAMPOS GERAIS 11	
Capítulo II	COMEÇO DA VIAGEM PELOS CAMPOS GERAIS. - A FAZENDA DE JAGUARIAÍBA. - OS ÍNDIOS COROADOS. - A FAZENDA DE CAXAMBU 25	
Capítulo III	CONTINUAÇÃO DA VIAGEM PELOS CAMPOS GERAIS. - A FAZENDA DE FORTALEZA. - AINDA OS ÍNDIOS COROADOS 37	
Capítulo IV	A CIDADE DE CASTRO. - FIM DA VIAGEM PELOS CAMPOS GERAIS 49	
Capítulo V	A PARTE DO TERRITÓRIO DE CURITIBA SITUADA ENTRE ESSA CIDADE E OS CAMPOS GERAIS 65	
Capítulo VI	A CIDADE DE CURITIBA E O SEU DISTRITO 69	
Capítulo VII	DESCIDA DA SERRA DE PARANAGUÁ 89	
Capítulo VIII	A CIDADE DE PARANAGUÁ 99	
Capítulo IX	VIAGEM DE PARANAGUÁ A GUARATUBA. ESSA ÚLTIMA CIDADE E SEU DISTRITO 111	
Capítulo X	ESBOÇO GERAL DA PROVÍNCIA DE SANTA CATARINA 123	
Capítulo XI	A CIDADE, A ILHA E O DISTRITO DE SÃO FRANCISCO 141	
Capítulo XII	AS ARMAÇÕES DE PESCA DE ITAPOCOROIA 159	
Capítulo XIII	A ILHA DE SANTA CATARINA - A CIDADE DE DESTERRO ... 171	

Capítulo XIV	PERMANÊNCIA DO AUTOR NA CIDADE DE DESTERRO	185
Capítulo XV	VIAGEM DE DESTERRO A LAGUNA	191
Capítulo XVI	A CIDADE DE LAGUNA	201
Capítulo XVII	FIM DA VIAGEM PELA PROVÍNCIA DE SANTA CATARINA	209

PREFÁCIO

Desde a descoberta do Brasil, sua Natureza despertou a curiosidade, o interesse científico ou a cobiça de muitos que aqui aportaram.

Pero Vaz de Caminha, em sua "Carta a El-Rey Dom Manoel", escrita de 'Porto Seguro, da Ilha de Vera Cruz... sexta-feira, primeiro dia de maio de 1500", narra o que viu nesta Terra, demorando-se, especialmente, no exame dos indígenas e de seus costumes.

Há uma edição magnífica dessa carta, feita em 1968 pela Editora Sabiá, com versão de Rubem Braga e desenhos de Caribé.

Nesta carta Caminha fala dos indígenas que aqui viu, de seus aspectos, de seus usos e costumes: "Ali andavam entre eles três ou quatro moças, bem moças e bem gentis, com cabelos muito pretos e compridos pelas espáduas, e suas vergonhas tão altas, tão cerradinhas e tão limpas das cabeleiras que, de as nós muito bem olharmos, não tínhamos nenhuma vergonha".

"E uma daquelas moças era toda tingida, de baixo a cima, daquela tintura, e certo era tão bem feita e tão redonda, e sua vergonha (que ela não tinha) tão graciosa, que a muitas mulheres da nossa terra, vendo-lhe tais feições, fizera vergonha, por não terem a sua como ela".

Nessa carta Pero Vaz de Caminha fala de nossas plantas e animais. "Acharam alguns camarões grossos e curtos, entre os quais vinha um muito grande camarão e muito grosso, como em nenhum tempo vi tamanho. Também acharam cascas de berbigões e amêijoas, mas não toparam com nenhuma peça inteira".

Andamos por aí vendo a ribeira, a qual é de muita água e muito boa. Ao longo dela há muitas palmas, não muito altas, em que há muito bons palmitos".

"Traziam alguns deles uns ouriços verdes, de árvores, que na cor, queriam parecer de castanheiros, embora mais e mais pequenos".

"Resgatavam lá por cascavéis e por outras coisinhas de pouco valor que levavam, papagaios vermelhos, muito grandes e formosos, e dois verdes pequeninos..."

"Mas, segundo os arvoredos são mui muitos e grandes e de infindas maneiras, não duvido que por esse sertão haja muitas aves".

"Nem comem senão desse inhame, que aqui há muito, e dessa semente e frutos, que a terra e as árvores de si lançam"

Estes trechos que escolhi, da carta de Caminha a Dom Manoel, exemplificam que, de fato, no curto lapso de tempo de sua chegada (22 de abril) até o dia em que escreveu a carta (10 de maio), muito observou Caminha em nosso País, de seu ambiente físico, de sua flora e sua fauna, de seus habitantes, seus usos e costumes.

Nóbrega e Anchieta, Hans Staden, Léry, Thevet, Gandavo e Gabriel Soares de Sousa surgem entre os primeiros, depois de Pero Vaz de Caminha, a se ocuparem de nosso País. Mais tarde, dignos de menção no Brasil de Nassau, figuram Piso e Marcgraff.

No período que medeia entre os séculos XVIII e XX aqui estiveram muitos outros viajantes que discorreram sobre aspectos diferentes de nosso País. Destacamos dentre eles alguns dos mais insígnes: Langsdorff, Sellow, o Príncipe de Wied Neuewied, SaintHilaire, Spix, Martius, Schott, Raddi, Pohl, Burchell, Gardner, Lund, Warming, Regnell, Malme, Lindman, Fritz Müller, Glaziou, Ule, Eschwege, Pilger, Taubert, von lhering, Huber, Dusén, Luetzelburg, Schlechter, Massart, Bouillénne, Wettstein, Loefgren, Schenck, Usteri, Noack, Brade, Rawitscher, Schubart, Silberschmidt.

Esta lista não pretende ser exaustiva, nem se apresenta em ordem cronológica. Dá, apenas, ideia dos visitantes de várias proveniências, em diversas épocas, até a contemporânea. Inclui botânicos, geólogos, zoólogos, espeleólogos, entre outros especialistas. Devemos lembrar que nesse período, embora pudesse haver especialização, a cultura geral era ampla.

Assim, Saint-Hilaire, que era botânico, e em suas viagens cuidava de coletar especialmente plantas, não deixava de recolher os animais que encontrava. E, se fazia anotações sobre a fauna e a flora, fazia-as também sobre o nosso povo, seus usos e costumes, suas habitações, seus móveis e utensílios, suas culturas e sua maneira de cultivar. Observava as várias tribos que encontrava e procurava anotar as diferenças de tipos físicos e de línguas que essas tribos falavam. Fazia anotações sobre nossa economia, nossa história, nossa política e nossos políticos. Trouxe Saint-Hilaire, por isso, subsídios dos mais valiosos a quantos desejem obter informações as mais diversas, sobre nosso País, no período que vai de 1816 a 1822, durante o qual permaneceu entre nós.

Saint-Hilaire, foi, sem dúvida, ao lado de Martius, dos que mais contribuíram para o conhecimento de nossa flora. Se a Martius devemos entre outras obras, a "Flora Brasiliensis", a Saint-Hilaire devemos inúmeros relatórios de viagens a diversas partes do País.

Figura entre suas mais notáveis publicações a "Flora Brasiliae Meridionalis," em colaboração com Jussieu e Cambessedés, publicada em Paris de 1824 a 1833.

No Brasil, Saint-Hilaire viajou por diversas províncias que correspondem hoje aos estados do Rio de Janeiro, Espírito Santo, Minas Gerais, Goiás, São Paulo, Paraná, Santa Catarina, Rio Grande do Sul. Em suas viagens coletou muito material botânico e zoológico e fez observações de interesse para a Geografia, a História e a Etnografia, principalmente.

O herbário aqui feito, reúne 30.000 espécimes pertencentes a mais de 7.000 espécies das quais cerca de 4.500 eram desconhecidos dos cientistas, na época.

Este livro de Saint-Hilaire descreve sua viagem a Curitiba e Santa Catarina. Como os demais relatórios de suas viagens, tem um lugar natural na Coleção Reconquista do Brasil, em boa hora idealizada pela Editora da Universidade de São Paulo em convênio com a Editora Itatiaia Limitada, de Belo Horizonte.

Foi traduzido de maneira excelente por Dona Regina Regis Junqueira. Responsável pela revisão técnica do texto, tive que introduzir poucas alterações em sua tradução. Coube-me, também, fazer algumas notas de pé de página.

Estamos certos de que o público obterá, na leitura deste livro, como nos demais da Coleção, grande proveito e muito prazer.

São Paulo, março de 1977

Mário Guimarães Ferri

Capítulo 1

DESCRIÇÃO DOS CAMPOS GERAIS[1]

A Araucaria brasiliensis. — Rios e riachos; caldeirões. — Diamantes em diversos rios e em suas margens. — Salubridade. Predominância de brancos entre os habitantes dos Campos Gerais; descrição desses habitantes; descrição de suas mulheres; seus costumes; suas excelentes qualidades; sua ignorância. — O comércio de animais. — Os fazendeiros vivem todos em suas propriedades. — Casas; mobiliário. — Escravos em pequeno número. Indolência. — A vida dos pobres. — Rebanhos numerosos; o seu valor; leite, manteiga, queijo; o sal indispensável ao gado e a maneira como é distribuído; vitelos; o rodeio; a castração. — Criação de cavalos; como são domados esses animais. — Ovelhas; cuidados que lhes são dispensados. — As pastagens macegas verdes; queimadas. — A cultura das terras; sua fecundidade; emprego da charrua; o milho; o algodão; o feijão; o trigo; o arroz; o linho; o fumo. — Árvores frutíferas: figueiras, vinhas, pessegueiros, cerejeiras, ameixeiras, macieiras, romãzeiras, pereiras, bananeiras. — Os Campos Gerais totalmente apropriados à colonização europeia.

Os Campos Gerais, assim chamados devido à sua vasta extensão, não constituem uma comarca nem um distrito. Trata-se de um desses territórios que, independentemente das divisões políticas, se distinguem em qualquer região pelo seu aspecto e pela

---

[1] Desnecessário é dizer que não se deve confundir os Campos Gerais do sul da Província de São Paulo com os vastos campos do mesmo nome tão bem descritos pelo Príncipe de Neuwied ("Reise", II), os quais, começando no limite da região das matas, na Província da Bahia, se juntam aos sertões de Minas, de Pernambuco, Goiás, etc.

natureza de seus produtos e de seu solo; onde deixam de existir as características que deram à região um nome particular — aí ficam os limites desses territórios. Na margem esquerda do Itararé começam os Campos Gerais, região muito diversa das terras que a precedem do lado do nordeste, e eles vão terminar a pouca distância do Registro de Curitiba[2], onde o solo se torna desigual e as verdejantes pastagens são substituídas por sombrias e imponentes matas.

Esses campos constituem inegavelmente uma das mais belas regiões que já percorri desde que cheguei à América; suas terras são menos planas e não se tornam tão monótonas como as nossas planícies de Beauce, mas as ondulações do terreno não chegam a ser tão acentuadas de maneira a limitarem o horizonte. Até onde a vista pode alcançar, descortinam-se extensas pastagens; pequenos capões onde sobressai a valiosa e imponente araucária surgem aqui e ali nas baixadas, o tom carregado de sua folhagem contrastando com o verde claro e viçoso do capinzal. De vez em quando apontam rochas nas encostas dos morros, de onde se despeja uma cortina de água que se vai perder no fundo dos vales; uma numerosa quantidade de éguas e bois pastam pelos campos e dão vida à paisagem, veem-se poucas casas, mas todas bem cuidadas, com pomares plantados de macieiras e pessegueiros[3]. O céu ali não é tão luminoso quanto na zona dos trópicos, mas talvez convenha mais à fragilidade da nossa vista.

Já dei a conhecer em outro relato[4] os limites geográficos da *Araucaria brasiliensis;* já expliquei que essa árvore muda de aspecto em suas diferentes fases e que, quando nova, seus ramos parecem partidos e lhe dão uma aparência bizarra; que mais tarde ela se arredonda, à maneira de nossas macieiras; e que, ao se tornar adulta, ela se projeta a uma grande altura, perfeitamente ereta, e termina por um corimbo de ramos, uma espécie de vasto platô perfeitamente regular, de um tom verde-escuro; acrescentei, finalmente, que suas sementes — comestíveis — e as escamas que formam seus enormes cones se soltam na maturidade e se espalham pelo solo. É a *Araucaria brasiliensis** que por sua altura, pela imponência e elegância de suas formas, por sua imobilidade e pelo verde-escuro de suas folhas contribui, mais do que qualquer outra coisa, para dar uma fisionomia característica aos Campos Gerais. Em alguns trechos essa pitoresca árvore, elevando-se isolada no meio das pastagens, expõe à nossa admiração toda a beleza do seu talhe e faz ressaltar, pelos matizes sombrios de suas folhas, o verde tenro da relva que cresce sob ela. Em outros lugares ela forma pequenos e densos bosques; mas, ao passo que os nossos pinheiros mal permitem que algumas plantas raquíticas cresçam em seu meio, ao redor do pinheiro-do-paraná nascem numerosas ervas e subarbustos, cuja folhagem variada e delicada ramagem contrastam com a rigidez de suas formas. Quando as araucárias permitem que se desenvolvam entre elas algumas árvores de porte elevado, estas geralmente apresentam uma folhagem tão sombria quanto a delas. Todavia, no meio das matas pouco densas e frequentadas pelo gado, encontra-se comumente uma árvore alta que, não só por seu talhe como pela tonalidade de sua folhagem, se sobrepõe, por assim dizer, à araucária: enquanto que esta apresenta apenas alguns verticilos de ramos

---

2   Ver um dos capítulos seguintes.
3   Ver meu "Aperçu d'un voyage au Brésil", 42, ou "Mémoires du Museum d'histoire naturelle", vol. IX, e a "Introduction à l'histoire des plantes les plus remarquables", XXXIX.
4   "Viagem às nascentes do Rio São Francisco."
*   O nome científico hoje aceito, desta planta, é *Araucaria angustifolia*. (M.G.F.).

espessos, recurvos como candelabros, a outra exibe uma ramagem exuberante; as folhas da araucária são de um verde sombrio e as da outra, brancas em baixo, se assemelham quando vistas de longe ao nosso salgueiro. Trata-se da vassoura-da-casca-preta, assim chamada porque, embora seja branca a sua madeira, ela tem uma casca tão negra quanto o ébano. Nas margens do Tibagi há uma outra árvore que contrasta com a araucária, mas, trata-se aí de um salgueiro legítimo, de folhas estreitas, compridas e esbranquiçadas, com seus finos ramos curvados para o chão.

A araucária não apenas enfeita os Campos Gerais como é também extremamente útil aos seus habitantes; sua madeira branca, cortada por uns poucos veios cor de vinho, é empregada em carpintaria e marcenaria, e embora seja mais dura, mais compacta e mais pesada do que o pinho da Rússia ou da Noruega, ela poderá ser utilizada vantajosamente no fabrico de mastros e vergas quando for estabelecido um meio de comunicação mais fácil entre os Campos Gerais e o litoral. Suas sementes, que são compridas, medindo aproximadamente metade de um dedo, não são na verdade farinhentas como a castanha, mas lembram o sabor deste fruto, sendo mesmo ainda mais delicadas do que ele. Desde tempos imemoriais essas sementes vêm contribuindo para a subsistência dos indígenas, que as chamam de *ibá*, ou fruto — o fruto por excelência[5], *mal os europeus desembarcaram no litoral do Brasil eles aprenderam a conhecer a árvore que produz esse fruto, que constituía a maior parte da alimentação dos antigos paulistas em suas bárbaras e aventurosas expedições contra o Paraguai[6]. Ainda hoje os habitantes dos Campos Gerais comem as sementes da araucária e as empregam com sucesso para engordar os porcos. Sabedores da enorme utilidade dessa árvore, eles a respeitam e não a abatem a não ser em caso de necessidade, o que constitui talvez um caso único em todo o Brasil, que menciono aqui com prazer. De resto, forçoso é admitir, há menos mérito na preservação da araucária do que na de outras espécies mais valiosas, que diariamente tombam sob o machado do colono imprevidente. Como nossos pinheiros e abetos, a araucária gosta de solo arenoso, e para os habitantes dos Campos Gerais a abundância dessa árvore indica as terras pouco apropriadas para cultura.

Os bosques de araucária não são os únicos ornamentos da região; numerosos rios e riachos ajudam a embelezá-la, além de proporcionarem frescura e fertilidade. Seus leitos não são recobertos por um lodo insalubre; a maior parte dos rios — coisa digna de nota — corre límpida e celeremente por sobre pedras lisas, e sempre que a água se despeja de um ponto mais elevado sobre as pedras, o que acontece com frequência, ela cava na rocha buracos arredondados os quais são chamados de *caldeirões*.

Vários desses rios, entre eles o Tibagi e o Caxambu, têm diamantes, que vão rolando pelo seu leito e caem dentro dos caldeirões, onde vão procurá-los os contrabandistas. Essa valiosa pedra é encontrada também nas margens dos rios e riachos, constituindo uma das riquezas dos Campos Gerais.

Um fato bastante notável mostra como o clima dessa região difere do que predomina no norte do Brasil. Em 1819, houve ali uma escassez de víveres tão grande quanto em

---

[5] José de Anchieta, "Episte. in Not. ultramar", I, nº 111.
* Não obstante a etimologia, cientificamente isto é incorreto; não se trata de fruto, mas de semente. Com efeito a araucária é uma Gimnosperma, isto é, com a planta fanerogâmica que tem sementes nuas, que não ficam no interior de um fruto. A semente da araucária é conhecida vulgarmente como pinhão. (M.G.F.)
[6] Southey, "Hist. Brasa", II.

Minas, no Rio de Janeiro e em Goiás, mas por uma causa inteiramente diversa: enquanto que nas províncias que acabo de mencionar as plantações foram prejudicadas pela prolongada seca, ali a escassez de mantimentos foi causada pelo excesso de chuvas, que não permitiram a queima das matas já derrubadas.

De qualquer maneira, não será errado supor, pelo que eu já disse até agora, que os Campos Gerais sejam uma região extremamente salubre. Embora o inverno seja rigoroso, pode-se afirmar que o clima é temperado; há ventos frequentes e o ar circula livremente por toda a região; suas águas, embora inferiores às da parte oriental de Minas Gerais, são ainda assim bastante boas. Não existem brejos em nenhum lugar, praticamente, e os rios correm celeremente, como já disse acima, por leitos de pedra. Do dia 26 de janeiro a 4 de março de 1820 não houve, talvez, dois dias seguidos sem chuva, e de fato essa é a época em que as chuvas são mais abundantes; em compensação, não se conhecem ali as prolongadas secas de seis meses que em Minas e em Goiás afetam de forma tão penosa o sistema nervoso dos seus habitantes: ninguém conhece ali as febres intermitentes (sezões) tão comuns nas margens do Rio Doce e do São Francisco. Respirando um ar puro, sempre galopando pelos pastos, ocupados em laçar ou arrebanhar os animais, os habitantes dos Campos Gerais desfrutam de excelente saúde[7], sendo numerosos entre eles os homens de idade avançada. Infelizmente, conforme sabemos demasiadamente bem, mesmo nas regiões mais favorecidas pela sorte as doenças jamais abrem mão dos tristes direitos que têm sobre a nossa natureza. As que afetam com mais frequência os habitantes dos Campos Gerais são a bronquite, a asma, as hemorroidas e — forçoso é dizer — as doenças venéreas, que infelizmente não são menos difundidas ali do que em outras regiões do Brasil.

Será um erro supor que a maioria dos habitantes dos Campos Gerais seja composta de mestiços. Há ali um número infinitamente maior de brancos puros do que nos distritos de Itapeva e de Itapitininga, e à época de minha viagem quase todos os operários da cidade de Castro pertenciam à nossa raça. Não é, pois, de admirar que os habitantes dos Campos Gerais, apesar de sua profunda ignorância, falem um português muito mais correto do que os que habitam os arredores da cidade de São Paulo; eles não pronunciam, por exemplo, o *ch* como se fosse *ts*, nem o *g* como *dz*. Essas modificações foram introduzidas pelos índios na língua portuguesa, e os colonos dos distritos de Castro e de Curitiba pouco contato têm com os indígenas.

Bem diferentes dos pobres mestiços que habitam as terras vizinhas de Itapeva, os habitantes dos Campos Gerais são geralmente altos e bem proporcionados; têm os cabelos castanhos e as faces coradas; sua fisionomia traz a marca da bondade e da inteligência.

As mulheres são geralmente muito bonitas; têm a pele rosada e uma delicadeza de traços que eu ainda não tinha encontrado em nenhuma brasileira. É bem verdade que não se nota nelas a vivacidade que caracteriza as francesas; elas caminham vagarosamente e seus movimentos são lentos; não mostram, entretanto, o constrangimento tão comum nas mulheres de Minas Gerais quando por acaso se defrontam com estranhos (1816-22). É raro que as damas de Campos Gerais se escondam à aproximação dos

---

[7] Ver minha "Introduction à l'Histoire des plantes les plus remarquables du Brésil et du Paraguay", XXXIX.

homens, elas recebem os seus hóspedes com uma cortesia simples e graciosa, são amáveis e, embora destituídas da mais rudimentar instrução, sabem tornar cheia de encantos a sua conversa.

Quando entrei nos Campos Gerais não somente fiquei surpreendido com o aspecto da região, inteiramente nova para mim, como também me senti de certa forma confuso diante dos costumes dos colonos, inteiramente diferentes dos de Minas e mesmo dos habitantes do norte da Província de São Paulo. Os homens estão sempre a cavalo e andam quase sempre a galope, levando um laço de couro preso à sela, que é de um tipo especial denominado lombilho. Os meninos aprendem desde a mais tenra idade a atirar o laço, a formar o rodeio e a correr atrás dos cavalos e dos bois. Vi alguns que não tinham mais do que três ou quatro anos e já sabiam girar o laço acima da cabeça e lançá-lo com grande destreza. Ali não se cuida de outra coisa senão da criação de gado e é extrema a ignorância de todos; o homem que sabe ler e escrever é considerado muito instruído, e entre os fazendeiros importantes contam-se muitos que não possuem essa ciência (1820); como exemplo eu poderia citar um coronel da Guarda Nacional que desfrutava de justa fama por sua liberalidade e riqueza. Encontrei por toda parte gente hospitaleira e boa, a que não faltava inteligência, mas cujas ideias eram limitadas que na maioria das vezes eu não conseguia conversar com as pessoas mais do que quinze minutos.

O clima temperado dos Campos Gerais pareceria de molde a estimular os homens ao trabalho; mas o gênero de ocupação que a própria natureza da região os forçou, por assim dizer, a adotar incutiu-lhes o hábito da preguiça. A criação de gado exige poucos cuidados, e os que se dedicam a ela só trabalham em determinadas épocas. Além do mais, esse tipo de trabalho chega a ser quase um divertimento. Galopar pelas vastas campinas, atirar o laço, arrebanhar o gado e levá-lo para um local determinado constituem para os jovens atividades que tornam detestável qualquer trabalho sedentário; e nos momentos em que não estão montados a cavalo, perseguindo as vacas e touros, eles geralmente descansam.

Não se deve pensar, porém, que os habitantes dos Campos Gerais permaneçam sempre em sua terra. Homens de todas as classes, operários, agricultores, no momento em que ganham algum dinheiro partem para o Sul, onde compram burros bravos para revendê-los em sua própria terra ou em Sorocaba.

Os ricos fazendeiros dos Campos Gerais não agem como os dos termos de Itapeva e Itapetininga. Estes últimos vão gastar os seus lucros longe de suas propriedades, ao passo que os outros têm a louvável ideia de viver permanentemente em suas terras. Suas casas estão longe de apresentar o luxo que de certa maneira é encontrado nas fazendas dos antigos mineiros, mas elas são limpas e, como já disse antes, bastante bem cuidadas. Os móveis dessas casas são de uma extrema simplicidade, os que compõem a sala onde são recebidos os visitantes consistem apenas de uma mesa e alguns bancos de madeira. Como em Minas, é nas camas que se concentra todo o luxo, elas não possuem dossel, mas os cortinados são finos e bordados à volta toda. O travesseiro é formado de musselina, com enfeites nas extremidades, e sobre ele é costume colocar-se uma pequena almofada bordada. Nas casas dos fazendeiros mais ricos é comum servir-se o chá, acompanhado de queijo, biscoitos e doces, numa bonita bandeja envernizada, um hábito de luxo que não se coaduna com a singular modéstia da casa.

Os Campos Gerais contam com uma vantagem que não posso deixar de mencionar. A criação do gado, à qual se dedica a maior parte de sua população, exige poucos escravos, ao passo que se torna necessário um grande número deles para o fabrico do açúcar e o trabalho nas minas. O próspero Coronel Luciano Carneiro, sobre quem falarei mais tarde, só possuía trinta, e em 1820 não se contavam mais do que quinhentos escravos em todo o termo da cidade de Castro, concentrados nas mãos de poucos proprietários. Os agricultores pouco abastados não os possuem, encarregando-se eles próprios de suas plantações. O trabalho ali não é considerado ignominioso, como ocorria em várias partes da Província de Minas Gerais, quando por lá passei.

Mas, ainda que não constitua nenhuma vergonha trabalhar, não deixa de ser verdade que ali, como no resto do Brasil, todo mundo trabalha o menos possível. A vida dos que são muito pobres difere pouco da dos índios selvagens. Eles só plantam o estritamente necessário para o sustento da família e passam meses inteiros embrenhados na mata, caçando animais selvagens; armam suas tendas no meio do mato e se alimentam da caça que abatem (1820).

O número de cabeças de gado que possuem os ricos fazendeiros é considerável. Somente na Fazenda de Jaguariaíba, o Coronel Luciano Carneiro, já mencionado, não contava com menos de duas mil vacas, sem falar nos touros e bezerros.

Embora sendo uma bela raça, o gado dessa região é inferior ao da Comarca de São João d'El Rei, na Província de Minas. Pude fazer essa comparação numa fazenda cujo proprietário tinha mandado vir alguns touros dessa comarca.

Os negociantes vão buscar os bezerros nas fazendas, os quais em sua quase totalidade são vendidos no Rio de Janeiro. Alguns anos antes da minha viagem, e quando ainda se levava o gado do Rio Grande do Sul para a capital, os bois nos Campos Gerais não alcançavam mais do que 4 patacas, ou 1.280 réis, mas à época em que por lá passei eles já eram comprados a 5.000 réis[8], sendo que uma vaca de boa qualidade valia 6.000 réis. Uma vaca desse tipo fornece cerca de quatro garrafas de leite por dia, sem falar no que é consumido pelo bezerro.

O laticínio dessa região é muito bom e constitui o principal alimento dos pobres e dos escravos. Saboreei também uma excelente manteiga na casa do sargento-mor da cidade de Castro, mas se trata de uma guloseima que quase não se encontra em nenhum lugar. No entanto, se os habitantes dos Campos Gerais se quisessem dar ao trabalho de fabricá-la conseguiriam bons lucros com isso, pois a manteiga poderia ser enviada ao Porto de Paranaguá e de lá despachada para o Rio de Janeiro. Esse produto, comumente importado da Europa, é geralmente vendido ali por preços muito elevados (1820). Os queijos de Campos Gerais não deixam nada a desejar se comparados aos de Minas, mas eles também são fabricados em quantidades muito pequenas. O trabalho sedentário das fábricas de laticínios jamais agradaria a homens que de um modo geral preferem os violentos exercícios a cavalo ou então o repouso absoluto.

---

[8] Em 1838, os bois eram vendidos nessa região por aproximadamente 10.000 réis (Müller, Ensaio, tab.), ou seja o equivalente a 28 francos e 50 centavos, ao câmbio de 350 (Say, "Hist. des relations, tab. sinopt".) Assim, apesar da guerra civil no Rio Grande, que por longo tempo impediria essa província de exportar qualquer produto, o preço dos bois diminuiu ao invés de aumentar nos Campos Gerais; em consequência, a produção de laticínios devia ter feito progressos consideráveis.

Como no resto do Brasil, os bois são deixados em liberdade no meio dos campos[9], entretanto são talvez menos selvagens do que os da Europa, que vivem em estábulos. A sua mansidão deve ser atribuída ao costume de lhes ser dado o sal. Eu me achava na casa de um rico fazendeiro no momento em que os vaqueiros tangiam a cavalo as vacas e os bezerros, levando-os para o curral. Meu hospedeiro pôs-se a chamar os animais repetindo a palavra toma, toma, que indicava a distribuição do sal, e no mesmo instante ficamos cercados pelo rebanho.

Ali, como nas regiões de Minas e Goiás onde as terras não são salitrosas, é de fato necessário dar sal ao gado se se quiser conservá-lo em bom estado de saúde, mas a sua distribuição é menos frequente do que em certas partes da Província de Minas, sem dúvida porque o capim dos Campos Gerais é mais nutritivo do que o capim-gordura[10*]. Em algumas fazendas a distribuição é feita de dois em dois meses; em outras, apenas quatro vezes por ano. O proprietário da Fazenda de Fortaleza mandava dar, de cada vez, um alqueire de sal (40 litros) para cem cabeças de gado, e é provável que seja essa a proporção geralmente adotada. Para reunir os animais à hora da distribuição, os vaqueiros galopam pelos campos gritando, como eu disse mais acima, *toma, toma;* o gado responde soltando mugidos e acorrendo de todos os lados. O sal é colocado no chão, em pequenos montes, tendo-se o cuidado de escolher para a distribuição um local perto de um córrego qualquer.

O gado, depois de comer o sal, vai beber água, depois volta, come o que restou, lambe a terra e só vai embora quando já não resta a menor partícula do seu petisco favorito.

Nesta região, o número de bezerros corresponde, todos os anos, a mais ou menos um quarto do das vacas. É bem verdade que o número de bezerros que nasce é muito maior do que esse, mas as doenças dizimam uma boa parte, e muitos são levados pelos ladrões ou devorados pelos animais selvagens.

Na época em que nascem os bezerros é necessário examiná-los para exterminar os vermes que se criam na cicatriz umbilical. Os vaqueiros, a cavalo, percorrem os pastos e cercam determinados trechos, que inspecionam minuciosamente, procurando os bezerros em lugares isolados e escondidos, onde as vacas costumam parir. Vão-se aproximando pouco a pouco, apertando o cerco, e dessa maneira conduzem o rebanho para um local pré-determinado. Ali eles examinam os bezerros e encaminham para a fazenda os que precisam ser tratados, tendo o cuidado de deixar que a mãe vá junto. Essas são as únicas vacas cujo leite traz algum lucro; o das outras se torna inteiramente perdido para o fazendeiro. Quando as fazendas são muito vastas, gastam-se vários dias para percorrê-las na sua totalidade. Em Paranapitanga, por exemplo, uma propriedade que já

---

[9] Vê-se que um dos nossos doutos navegantes foi inteiramente iludido quando lhe informaram que "os brasileiros do sul se ocupam unicamente em pastorear os seus rebanhos" ("Voyage de la Favorite", IV), Não se pastoreiam rebanhos em nenhuma parte do Brasil. Rugendas, por sua vez, não se mostra muito preciso sobre o que diz a respeito do gado, mas numa obra como a sua são os desenhos que interessam, e os de Rugendas são maravilhosos.

[10] 10 O capim-gordura (*Melinis minutiflora*) é uma gramínea que em Minas invade as terras deixadas sem cultivo por algum tempo. (ver meus três relatos precedentes.)

* O capim-gordura não é nativa no Brasil. É proveniente da África. É uma dessas plantas que, aqui introduzidas, deram-se tão bem, que se costuma chamá-las de naturalizadas. (M.G.F)

mencionei, fazia-se cada dia um rodeio num local diferente; ao cabo de uma semana a fazenda inteira tinha sido percorrida, voltando-se ao ponto do primeiro rodeio[11].

Marca-se o gado com a idade de dois anos, e os touros são castrados aos quatro; depois de engordados durante um ano, eles são vendidos[12].

Na castração, muitos fazendeiros retiram inteiramente os testículos dos touros, outros chegam ao mesmo resultado por meio de uma operação diferente. Vou descrever a que vi ser posta em prática na Fazenda de Morangava, de que falarei mais adiante. Os touros tinham sido levados para dentro do curral. Um vaqueiro atirava o laço e prendia um dos animais pelos chifres, enquanto outro laçava pelas patas traseiras e um terceiro o agarrava pela cauda e o atirava ao chão. Uma vez no chão, o touro deitado sobre um dos flancos, sua cauda era passada por baixo de uma de suas coxas e suas patas traseiras amarradas, sendo a corda passada à volta dos seus chifres; dessa maneira a cabeça do touro era forçada a se aproximar dos seus quartos traseiros, fazendo com que os seus testículos se projetassem para fora, por entre as duas coxas. Por fim, logo acima deles amarrava-se ao escroto um pedaço de madeira de uns quatro pés de comprimento, que ficava apoiado no chão. Terminados esses preparativos, um dos vaqueiros munia-se de um porrete e dava violentas pancadas na parte do escroto presa à tábua, esmagando assim os canais espermáticos. Terminada a operação, o animal era desamarrado e levado para junto dos outros. Os criadores que preferem esse processo em lugar da ablação dos testículos alegam que este último método causa feridas que atraem vermes e demoram a cicatrizar. Alguns touros soltavam berros medonhos durante a castração, mas a maioria suportava essa dolorosa operação com uma espantosa tranquilidade. Asseguram-me que pós esse tipo de castração os testículos vão diminuindo pouco a pouco de volume, acabando por se atrofiar completamente.[13]

Não é só à criação de bois que se dedicam os fazendeiros de Campos Gerais, mas à de cavalos também. O meu amável hospedeiro de Jaguariaíba, o Coronel Luciano Carneiro, possuía oitocentas éguas, além de gado, e costumava comprar potros no Sul, que ele revendia com lucro depois de mandar domá-los. Fui testemunha do método que adotavam para domar os animais, e que descreverei a seguir. Os cavalos ficavam amontoados num curral muito apertado, de onde passavam para outro maior, separado do primeiro por uma trave. Um dos cavalos era laçado pelo pescoço, estacando instantaneamente, enquanto os

---

[11] O costume de reunir o gado em épocas fixas e em lugares determinados é adotado em algumas partes de Minas ("Viagem às Nascentes do Rio São Francisco"); creio, porém, que na Província de São Paulo a expressão "fazer o rodeio" está começando a ser usada apenas no sul, ao passo que é comumente empregada na Província do Rio Grande do Sul e, segundo Azara, no Paraguai.

[12] Spix e Martius, que nunca foram além de Sorocaba, falam a respeito dos rebanhos da Província de São Paulo num trabalho sucinto mas muito bem feito, declarando que o gado é marcado quando os bezerros atingem um ano de idade, os touros são castrados aos dois anos e os bois para o corte, abatidos aos quatro anos, ou mesmo antes ("Reise", I). É muito difícil que nesse particular não existam grandes diferenças de uma parte para outra, numa província tão vasta quanto a de São Paulo.

[13] Nos meus relatos anteriores dei informações detalhadas sobre a maneira como se cria o gado nas diferentes partes do Brasil. Conforme ficou esclarecido, não existem estábulos em nenhum lugar; e se em várias regiões se torna necessário dar sal ao gado, os cuidados que são tributados aos animais variam de acordo com as características da região, os hábitos dos criadores, seu grau de cultura, etc.; em consequência, torna-se claro que a maneira de se criar o gado em Minas, em Goiás e nos arredores dos Campos dos Goitacases não é exatamente a mesma adotada nos Campos Gerais, da mesma forma que os laticínios produzidos nesses lugares não se assemelham uns aos outros.

outros eram levados de volta para o curral menor. Colocava-se uma rédea no cavalo e este era amarrado a um mourão; sobre o seu lombo era posta uma sela denominada lombilho, e o domador montava nele. Não pude deixar de admirar o sangue-frio e a perfeita calma desse homem. Por mais fogoso que fosse o cavalo, por mais saltos e corcovos que desse, era impossível perceber a mais leve alteração na fisionomia do negro domador; quando o animal se atirava ao chão o domador saltava fora com grande agilidade e tornava a montar, sem jamais proferir uma única palavra. Passados alguns instantes o domador saía do curral com o cavalo, e um outro empregado, montado num animal já domado e que é chamado de madrinha, começava a galopar junto dele ou à sua frente, ao cabo de dez minutos, aproximadamente, os dois cavaleiros retornavam ao curral, e o cavalo bravo, já parecendo bem mais calmo, era solto no pasto. Dois ou três meses de exercícios desse tipo bastam, segundo me disseram, para domar os cavalos mais fogosos.

A raça de cavalos dessa região é, aliás, pequena e não me parece bem conformada.

Todos os fazendeiros possuem rebanhos de carneiros, mas esses animais não são vendidos e poucas pessoas comem a sua carne (1820). São criados unicamente por causa de sua lã, com a qual se confeccionam cobertores e outros tecidos grosseiros[14]. De um modo geral, os cordeiros são deixados em liberdade nos campos, junto com as mães; todavia, apesar de se afastarem pouco da sede da fazenda, todas as noites eles são recolhidos a um curral, onde correm menos risco de serem atacados por animais selvagens. Na época da cria, alguns fazendeiros mais cuidadosos guardam os cordeiros num estábulo para protegê-los da voracidade dos caracarás[15], que, segundo dizem, devoram a sua língua. É no mês de agosto, com a chegada do calor, que se costuma tosquiar as ovelhas. Esses animais gostam ainda mais de sal do que os bois, e quando são bem tratados recebem uma ração duas vezes por mês[16].

Diante de tudo o que foi dito acima, desnecessário é repetir que são imensas pastagens dos Campos Gerais que constituem a principal fonte de riqueza da região. Os pastos são de excelente qualidade e, exceção feita dos meses em que cai a geada, eles conservam um verdor semelhante ao dos campos europeus na primavera, mas não se cobrem de tantas flores como os nossos. Quando novo, o capim que os forra é extremamente tenro, sendo chamado de capim-mimoso.

Como ocorre em Minas e Goiás, os fazendeiros ateiam fogo aos pastos para que o gado encontre, no tenro capim que brota depois da queimada, um alimento não só saboroso como nutritivo. Como fazem os criadores da região do Rio Grande, perto de São João d'El Rei[17], os dos Campos Gerais dividem os seus pastos em várias partes, às quais vão ateando fogo por etapas, a fim de que os cavalos e o gado disponham sempre de capim novo para comer. Conforme a extensão da fazenda, os pastos são divididos

---

[14] Num documento publicado no "Anuário do Brasil", 1847, de autoria do curitibano Francisco de Paula e Silva Gomes, está dito que com a lã dos numerosos rebanhos de ovelhas criados nos Campos Gerais fabrica-se uma grande quantidade de mantas e cochonilhos para montaria, os quais são exportados para o mercado de Sorocaba.

[15] Os caracarás de que se trata aqui devem referir-se, evidentemente, ao *Falco brasiliensis*, Lin. Max. Neuwied, "Beitraege", III.

[16] Em meus relatos anteriores encontram-se informações mais detalhadas sobre a maneira como se criam ovelhas em diferentes regiões do Brasil.

[17] "Viagem às Nascentes do Rio São Francisco".

em duas ou três partes, sendo queimada a primeira em agosto, a segunda em outubro e a terceira em fevereiro. Não se ateia fogo a pastos que não tenham pelo menos um ano, tendo sido observado que quanto mais velho o capim maior é o vigor com que ele brota. O capim novo é chamado de verde, o velho de macega; o primeiro forma uma relva rasteira, o outro atinge quase a altura do de nossos campos. Assisti (13 de fevereiro) à queimada de um pasto: o fogo consumiu todas as folhas e hastes velhas, mas apenas ressecou as que ainda estavam verdes, as quais ficaram estendidas pelo chão. Depois de queimado, o pasto assemelhava-se bastante aos nossos campos quando o feno já foi ceifado e enfeixado e ainda não se passou o ancinho sobre ele. Três dias após a queima não se nota nenhum verde no pasto, mas ao fim de uma semana o gado já encontra nele o que comer. Os pastos que são queimados com muita frequência ou pisoteados constantemente pelos animais tornam-se cansados e as gramíneas começam a rarear, sendo substituídas por ervas de outras famílias e principalmente por subarbustos. Nunca há, por exemplo, bons pastos à volta das fazendas, mas eles podem recuperar suas primitivas qualidades se forem poupados do fogo por um período prolongado. Não encontrei nenhuma flor nas macegas, mas à época da minha viagem (fevereiro) vi numerosas delas nos pastos que não faziam muito tempo haviam sido queimados.

As excelentes pastagens dos Campos Gerais são aproveitadas como invernada para as numerosas tropas de burros que vêm do Rio Grande do Sul, divididas em pontas de quinhentos a seiscentos animais. As tropas chegam em fevereiro, depois de atravessarem o Sertão de Viamão, entre Lapa e Lajes, onde perdem muito peso. Comumente, em lugar de forçarem os animais a prosseguir viagem, os tropeiros deixam-nos descansar nos Campos Gerais até outubro, quando então seguem para Sorocaba. No começo da invernada os camaradas que acompanharam a tropa até ali são mandados de volta, com a exceção de dois ou três, sendo contratados outros quando se reinicia a viagem.

Todos os fazendeiros dos Campos Gerais se dedicam à criação de gado e só cultivam a terra para suprir suas próprias necessidades, não exportando nenhum dos seus produtos (1820). Não obstante, a região é propícia a todo tipo de cultura, e seus produtos principais são o milho, o trigo, o arroz, o feijão, o fumo e o algodão[18].

O sistema de agricultura geralmente adotado pelos colonos da região é o mesmo em uso em todo o Brasil. Como ocorre em Minas, no Espírito Santo, no Rio de Janeiro e em Goiás, as matas são derrubadas e queimadas, sendo feita a semeadura sobre as suas cinzas. Verifica-se, entretanto, que no cultivo do trigo é empregado o arado e que os agricultores sabem como tirar proveito da terra. Esta alteração de uma prática essencialmente prejudicial é um bom augúrio para o futuro da agricultura brasileira; esperemos que os habitantes dos Campos Gerais não limitem o emprego do arado ao cultivo do trigo, e que o belo exemplo que eles vêm dando, acabe por ser imitado pelas províncias mais setentrionais do império brasileiro.

Forçoso é reconhecer, entretanto, que há poucas regiões em que o falho sistema adotado pelos agricultores brasileiros cause menos prejuízo do que nos Campos Gerais. Já favorecida, sob tantos aspectos, pela natureza, essa região desfruta ainda de uma

---

[18] Os Campos Gerais são hoje uma região florescente, diz Pedro Müller (1838); mas não deve haver dúvida de que é a criação de gado que sempre fez a riqueza dos fazendeiros do lugar, pois esse mesmo estatístico ajunta que eles não são muito afeitos à agricultura.

grande vantagem: suas terras não se esgotam em poucos anos, como ocorre na Província de Minas, e quando isso acontece é fácil devolver-lhes, com um pequeno período de descanso, a primitiva fertilidade.

É ainda no meio das matas cortadas e queimadas que se cultiva o milho, o qual é plantado uma única vez nos terrenos onde a mata nunca tinha sido cortada antes. Após a colheita, geralmente deixa-se a terra descansar durante quatro anos, e ao fim desse prazo a capoeira que substituiu a mata virgem é cortada e queimada, semeando-se novamente o milho. A plantação pode ser feita no mesmo terreno de quatro em quatro anos, contanto que o gado seja mantido afastado do local. Há muitos lugares onde as capoeiras já podem ser cortadas aos dois anos, e as que têm dezoito anos já exibem a mesma exuberância das próprias matas virgens. É em novembro, pouco antes das grandes chuvas, que se planta o milho, sendo feita em junho a sua colheita. Na verdade, ele começa a amadurecer em abril e maio, mas verificou-se que ele apodrece quando colhido antes que as geadas acabem de secá-lo. Por essa razão, espera-se até junho para fazer a sua colheita. Esse cereal, que em outras partes do Brasil rende na proporção de até 400 por 1, não vai ali a mais de 100 ou 150.

A cana-de-açúcar e o cafeeiro têm seus limites situados no planalto de São Paulo, do lado de cá dos Campos Gerais[19]; mas o algodão, menos refratário ao frio, é encontrado na região até a 20 léguas de Curitiba. Depois da Serra de Fumas, os capulhos do algodão ainda não estão maduros quando sobrevêm as geadas, e em consequência seria inútil cultivar essa planta a partir dali. Ocorre o contrário mais para o norte, onde geralmente começa a cair a geada depois de terminada a colheita. As hastes dos algodoeiros são então cortadas, já que o frio irá fazer com que sequem[20]. Desnecessário é dizer que o algodão colhido numa região onde a temperatura difere muito da que melhor convém a essa planta é de qualidade inferior.

Planta-se o feijão no mês de outubro e a colheita é feita em janeiro, rendendo cerca de 150 por 1. Quando misturado ao milho, o feijão não produz nada.

O trigo é cultivado nas terras onde havia matas e nos descampados. Não é plantado, e sim semeado, e o seu rendimento é pequeno se a semeadura for feita logo após ter sido derrubada a mata virgem; em vista disso tem-se o cuidado de semeá-lo nas capoeiras e nos campos. Quando querem cultivar o trigo no campo, os agricultores primeiramente soltam nele o gado, depois lavram a terra. A semeadura é feita a mão e eles recobrem de terra os grãos fazendo com que uma junta de bois arraste a copa de uma árvore pelo solo, à guisa de grade. O trigo é semeado dois ou três anos seguidos no mesmo campo sem que seja preciso soltar nele os bois nesse período. Passado esse prazo o gado é novamente posto no campo, desde o mês de dezembro, época da colheita, até junho, quando é feita a semeadura. O campo se torna assim estercado por mais dois ou três

---

[19] Veremos, no capítulo seguinte, que com um pouco de esforço, o dono da fazenda de Caxambu tinha conseguido cultivar um pequeno canavial. Deve ser também devido a certos cuidados especiais que em 1838 alguns agricultores do Distrito de Castro conseguiram colher uma quantidade de cana suficiente para fabricar 50 canadas (209 litros) de cachaça (Ver "Ensaio estatístico", P. Müller, tab. 3).

[20] Em Minas Novas, região muito quente e grande produtora de algodão, também se costuma quebrar os galhos mais altos dos algodoeiros a fim de que o tronco central tenha menos galhos a alimentar e a pouca altura do arbusto torne mais fácil a colheita do algodão (Ver minha "Viagem à Província do Rio de Janeiro e de Minas Gerais", vol. VII).

anos, e dessa maneira pode ser semeado repetidas vezes. É na extremidade meridional dos Campos Gerais que a semeadura é feita em junho e a colheita em dezembro, na extremidade oposta semeia-se em março e se colhe em setembro ou outubro. De acordo com o que os agricultores sempre observaram, parece que quanto mais forte a geada, mais abundante a colheita. O trigo cultivado na região é do tipo barbudo e o seu grão é muito pequeno; não me recordo, aliás, de ter visto outra espécie de trigo em nenhuma parte do Brasil que percorri. Seja nos campos, seja nas terras desmatadas, esse tipo de trigo rende cerca de 16 por 1[21], mas, como ocorre em Minas, os agricultores se queixam muito da ferrugem. O pão feito com o trigo dos Campos Gerais é branco e muito saboroso. Pelo que eu disse acima sobre o tamanho dos grãos do trigo cultivado no Brasil, parece evidente que esse cereal diminuiu de tamanho no país, como já havia acontecido no Paraguai, no tempo de Azara[22]. Em consequência, seria extremamente proveitoso que fossem trazidas da Europa novas sementes, pois se não forem tomadas essas medidas a degeneração dos grãos não irá deter-se no ponto em que se encontra atualmente.[23]

O arroz é cultivado nas margens dos rios, principalmente nas do Assungui[24], que, como já disse, não é senão o começo da Ribeira de Iguapé. O plantio é feito em setembro, metendo-se um punhado de grãos em buracos feitos com a enxada e distantes um do outro 22 centímetros. Os campos de arroz são capinados uma vez, mas esses cuidados não são tomados com os de milho, de feijão ou de trigo.

O fumo é cultivado tanto nos campos quanto nos terrenos desmatados e queimados. Quando o plantio é feito nestes últimos, a terra é estercada e revolvida com a enxada, mas se a plantação é feita no campo o lavrador se limita a passar nele o arado. Planta-se o fumo em canteiros a partir do Dia de São João até meados de agosto, e antes da época do transplante desbastam-se os canteiros de maneira a haver um palmo de distância entre as plantas. Em outubro é feito o transplante; os pés são dispostos como num tabuleiro de xadrez, com intervalos de 88 centímetros entre um e outro. A terra é mantida sempre limpa, amontoando-se um pouco ao redor de cada pé, e as folhas inferiores são tiradas. Quando os botões começam a surgir, o que ocorre em janeiro, corta-se a parte superior de cada pé; a partir dessa época tem-se o cuidado de tirar, de oito em oito dias, os rebentos que se formam na base da haste e na axila das folhas, e isso continua a ser feito até a maturidade da planta, em fevereiro. Sabe-se que chegou o momento da colheita quando a folha se quebra ao ser dobrada. Essa prova é feita com as folhas da parte superior da planta, pois são elas que tardam mais a amadurecer. Depois de colhidas, as folhas são suspensas num secador, dispostas uma sobre a outra, de duas a duas.

---

[21] 21 Pelas informações que dei sobre a maneira como é cultivado o trigo em Minas, poder-se-á ver que o grão ali é plantado ao invés de semeado, como se faz nos Campos Gerais; quanto ao mais, a semeadura e a colheita são feitas quase à mesma época nas duas regiões, e a colheita tem o mesmo rendimento tanto numa quanto noutra. (Ver minha "Viagem pelas Províncias do Rio de Janeiro e de Minas Gerais").

[22] "Voyage dans l'Amérique méridionale", I.

[23] O Dr. Neves de Andrada partiu da França para o Rio Grande do Sul há alguns anos, levando consigo excelentes sementes do trigo de Beauce e do trigo negro de Sologne, que eu lhe havia arranjado. Não sei, porém, qual o resultado que ele obteve com essas sementes.

[24] Encontra-se a grafia "Açougui" nas "Memórias da Capitania de São Vicente", de Gaspar Madre de Deus, "Assougui", no "Diário de Viagem", etc., de Martins Ribeiro de Andrada ("Revista trimestral", II, 2ª série) e finalmente "Arassungui" no valioso mapa da Província de São Paulo que apareceu no Rio de Janeiro em 1847. Casal, geralmente tão preciso, escreve "Assunguy", como eu, e, indiscutivelmente, é dessa maneira que o nome é pronunciado no lugar.

O secador é feito com duas grandes varas fincadas na terra, atravessadas por vários pares de varetas paralelas, dispostos a uma certa distância uns dos outros, essas varetas são amarradas de um lado e de outro da vara, de modo que o espaço entre duas varetas do mesmo par corresponda ao da grossura da vara. É nesse espaço que são enfiadas as folhas para secar, havendo sempre o cuidado de armar o secador num galpão; em seguida, depois de tirada a sua nervura central, as folhas são fiadas num cilindro ao qual foi fixado um torniquete. Quando já foi fiada uma certa quantidade de corda, ela é enrolada num pedaço de pau. Duas vezes por dia é torcida no cilindro a porção de corda enrolada em cada pau, e assim continua a ser feito até que o rolo de fumo esteja pronto[25].

Alguns agricultores semearam o linho nos Campos Gerais, com bons resultados, disseram-me mesmo que puderam ser feitas três colheitas por ano. Havia nos arredores da Fazenda de Jaguariaíba um homem da Comarca de São João d'El Rei que cultivava o linho e tecia com ele panos com os quais vestia as pessoas de sua casa. Teria sido fácil aos agricultores das redondezas observar quais os métodos empregados por ele, mas ninguém se interessou em aprender. A cultura do linho poderia, entretanto, ser de grande utilidade para os habitantes dos Campos Gerais. Com efeito, ninguém ignora como eram apreciados os nossos tecidos, tão frescos e agradáveis, nas regiões quentes da América, antes que nossas guerras com a Inglaterra forçassem os colonos a se contentarem com os tecidos de algodão; se em sua própria terra eles voltassem a encontrar o cânhamo e o linho, cuja falta tanto lamentavam, estou certo de que não hesitariam em voltar a comprá-lo.

Não são só os nossos cereais e o nosso linho que se cultivam nessa bela região; ali se plantam também com bons resultados quase todas as nossas árvores frutíferas. Infelizmente, como já tive ocasião de dizer[26], a época das chuvas mais abundantes coincide com a da maturação dos frutos, e estes nunca ou quase nunca atingem o grau máximo de perfeição. Deve ser, porém, feita uma exceção para os figos, que, como os de Minas, são excelentes. Saboreei também, em fevereiro, uvas brancas de muito boa qualidade. De um modo geral, porém, esses frutos, como os outros, não amadurecem completamente. A vinha não se ressente de um calor muito forte, mas também não lhe convém que a uma temperatura muito elevada se junte um grau de umidade muito acentuado. As uvas que amadurecem no tempo da seca em Goiás, e são umedecidas unicamente pelo orvalho da noite, são deliciosas, o mesmo não ocorrendo com as dos Campos Gerais, que são medíocres[27]. O pessegueiro se tornou quase nativo na região, sendo mesmo empregado para fazer cercas-vivas. Como em São Paulo[28], essa árvore frutífera é a primeira, ali, que se cobre de flores, perdendo suas folhas no mês de agosto, todos os anos. Logo depois ela floresce e produz uma enorme quantidade de frutos, que já podem ser colhidos em fevereiro. As cerejeiras e as ameixeiras frutificam no mês de janeiro, e já

---

[25] O cultivo do fumo em Minas e nos Campos Gerais é bastante semelhante, havendo apenas pequenas diferenças devido à variação do clima. (Ver "Viagem pelas Províncias do Rio de Janeiro e Minas Gerais").
O Ministro do Império declarou, em seu relatório à Assembleia Legislativa de 1847, que ele havia enviado a São Paulo sementes de fumo de Havana e de Maryland, com instruções sobre a maneira como cultivar essas variedades ("Anuário", ano 1847). Espero que essas sementes tenham tido melhor sorte do que as que enviei a Paris quando me encontrava no Brasil.

[26] Ver o primeiro capítulo de meu relato anterior, "Viagem à Província de São Paulo".

[27] Veremos em outra parte que acontece o mesmo na Província das Missões, situada mais ao sul.

[28] Ver o capítulo intitulado "A Cidade de São Paulo" no meu relato anterior, "Viagem à Província de São Paulo".

cheguei a comer no princípio de fevereiro ameixas bastante boas, considerando-se a espécie a que pertenciam. Começa-se a colher as maçãs e os marmelos durante o mês de fevereiro, e sua colheita se prolonga até abril. As pereiras dão ali bons frutos, segundo me informaram. Quanto às bananeiras, podemos considerar a cidade de Itapeva, no planalto de São Paulo, como o seu verdadeiro limite. Todavia, é possível conseguir bananas de muito boa qualidade nos Campos Gerais, se for escolhido um local favorável para o seu plantio e se forem tomados cuidados especiais com a planta.

Depois de tudo o que acabo de dizer, vê-se que não foi sem razão que apelidei os Campos Gerais de paraíso terrestre do Brasil. Entre todas as partes desse império que percorri até agora, não há nenhuma outra onde uma colônia de agricultores europeus tenha possibilidade de se estabelecer com mais sucesso do que ali. Eles encontrarão um clima temperado, um ar puro, as frutas do seu país e um solo no qual poderão desenvolver qualquer tipo de cultura a que estejam acostumados, sem grande dispêndio de energia. Assim como os habitantes do lugar, eles poderão criar gado; recolherão o seu estrume para fertilizar as terras, e com o leite, tão cremoso quanto o das regiões montanhosas da França, poderão fazer manteiga e queijo, que encontrarão fácil mercado nas partes mais setentrionais do Brasil. Como teria sido vantajoso para essa região, por exemplo, se, ao invés de ter sido mandada para Cantagalo, a colônia suíça se tivesse estabelecido na parte dos Campos Gerais vizinha das terras habitadas pelos índios selvagens. Pelo seu número, eles teriam intimidado os indígenas e posto a região a salvo de suas devastações; teriam ensinado aos antigos habitantes do lugar os métodos europeus de agricultura, que certamente são aplicáveis a essa região e, segundo tudo parece indicar, dificilmente se ajustarão às terras vizinhas do Rio de Janeiro. Felizes em sua nova pátria, cujo aspecto lhes teria lembrado, em certos pontos, a sua terra natal, eles teriam descrito o Brasil para os seus compatriotas com as mais belas cores, e essa parte do império teria adquirido uma população ativa e vigorosa[29].

[29] Os colonos suíços trazidos ao Brasil pelo governo do Rei D. João VI estabeleceram-se em 1820 nos arredores de Cantagalo, cerca de 32 léguas do Rio de Janeiro. Esse grupo de homens foi mal escolhido, a maioria deles desertou, mas a colônia voltou a se organizar mais tarde, e parece que atualmente se acha bastante florescente. Poderão ser encontrados pormenores sobre a Nova Friburgo no "Dicionário" de Milliet e Lopes de Moura, bem como nas obras de Gardner e da Sra. Ida Pfeiffer ("Travels; Frauenfahrt", I). Eu me encontrava no Rio de Janeiro quando foram feitas todas as negociações para a colonização de Nova Friburgo. Meu amigo Maller, cônsul da França, escreveu ao ministro em Paris: "Há aqui um aventureiro que negocia com o governo português o estabelecimento de uma colônia suíça no Brasil; esse homem irá enganar o governo, o qual por sua vez o enganará". Na verdade não aconteceu isso. O Rei D. João VI foi enganado por todo mundo. Ele tinha à sua disposição uma enorme extensão de terras, e os que o assessoravam fizeram com que ele comprasse uma fazenda localizada numa região pouco fértil e que não produzia quase nada. Por sua vez, o aventureiro Gachet comprometeu-se a trazer ao Rio de Janeiro um certo número de agricultores, e entre os homens que ele trouxe havia talvez muitos que jamais tinham visto alguém lavrar ou semear a terra. Esse Gachet veio visitar-me. Era uma figura volumosa e desconforme, entre quarenta e cinco e cinquenta anos, com uma cabeça grande e comprida, uma aparência vulgar, a linguagem incorreta, mas cuja fisionomia indicava uma grande inteligência e vivacidade. Julguei ser meu dever dirigir-lhe algumas palavras de advertência. "Meu senhor" disse-lhe eu, "estou certo de que em pouco tempo eu conseguiria trazer ao Brasil tantos europeus quanto desejasse; mas seriam apenas aventureiros, homens sem nenhuma constância, cujas cabeças eu facilmente encheria de fantasias. Mas não é isso que se espera aqui do senhor. O governo deste país lhe tem testemunhado uma grande benevolência, e é preciso que o senhor corresponda inteiramente a essa confiança trazendo para cá unicamente agricultores honestos." Gachet prometeu-me que agiria corretamente a esse respeito, e todos nós sabemos de que maneira ele cumpriu a sua palavra.

Capítulo 11

COMEÇO DA VIAGEM PELOS CAMPOS GERAIS – A FAZENDA DE JAGUARIAÍBA – OS ÍNDIOS COROADOS. A FAZENDA DE CAXAMBU

Ainda o Itararé e as singularidades que ele apresenta. — O Rio do Funil; a grota onde ele se precipita. Uma pedreira coroada por plantas carnosas. — Aspecto da região à entrada dos Campos Gerais. — A Fazenda de Morangava; chuvas abundantes; dissabores. — As terras depois de morangava. — O Rio Jaguaricatu. — Uma estrada horrível. — Fazenda de Boa Vista; uma cruz. — O Rio Jaguariaíba; uma paisagem. O autor se afasta da estrada para se aproximar das terras habitadas pelos índios selvagens. — Breve descrição de sua viagem desde o Jaguariaíba até a cidade de Castro. — Descrição da Fazenda de Jaguariaíba; retrato do seu proprietário, Coronel Luciano Carneiro; o vaqueiro e os bezerros entram no curral. — Os Coroados de Jaguariaíba; maneira de lhes dar caça. — Como eram expedidos os despachos. — Generosidade do Coronel Luciano Carneiro. — Um campo pontilhado de árvores mirradas. — Descrição da Fazenda de Caxambu; seus pomares; época da maturação dos frutos. — Xavier da Silva, proprietário de Caxambu; diferença que havia entre ele e seus vizinhos.

No dia seguinte àquele que passei no lugarejo de Itararé[30] O tempo amanheceu encoberto, ameaçando chuva. O cabo ao qual eu tinha sido recomendado me garantiu repetidas vezes que não iria chover; não acreditei em suas palavras, mas como percebi que esse homem estava ansioso para chegar à Fazenda de Morangava, a pousada mais próxima, resolvi por complacência me pôr a caminho.

A cerca de um quarto de légua do lugarejo encontra-se o Rio Itararé. O local onde é feita a sua travessia fica situado no trecho compreendido entre as duas cascatas que já descrevi no meu relato anterior ("Viagem à Província de São Paulo"), e em que o rio é recoberto pelas pedras que o margeiam. Foi construída uma pequena ponte por sobre a ravina, no fundo da qual corre a água; para atravessar a ponte os burros têm de descer vários planos sobre pedras chatas semelhando degraus. Como já disse, as pedras sob as quais fluem as águas apresentam uma fenda estreita que vai até o leito do rio, e a pouca distância da ponte há um lugar em que a própria fenda desaparece completamente.

Caminhando pela ravina o viajante encontra, a poucos passos da ponte, um enorme buraco arredondado, que me pareceu ter de 16 a 20 metros de profundidade. Foi cavado na rocha, e esta o recobre, formando sobre ele uma espécie de abóbada. Como essa espécie de poço ocupa praticamente o meio da ravina, acreditei inicialmente que o Itararé passasse por ali; mas não é esse o caso. Distingue-se perfeitamente o fundo do buraco, onde não se veem senão incrustações de conchas e pedras banhadas por um pouco da água que se escoa através das rochas; em consequência, o rio deve correr sob o poço, a uma profundidade ainda maior.

Meu guia me fez subir de novo a ravina durante um certo trecho, e chegamos a um local onde os viajantes costumam lançar pedras dentro da fenda deixada pelas rochas, a fim de calcular a que profundidade corre o rio. Lançamos sucessivamente várias pedras, nós as ouvíamos saltar de rocha em rocha, e só ao cabo de 30 ou 40 segundos reconhecíamos, pelo barulho, que elas tinham alcançado a água.

Continuando nosso caminho, encontramos a um quarto de légua do Itararé um pequeno rio pouco profundo, com cerca de 3,5 m de largura, que vem do leste e corre celeremente sobre um leito de pedras chatas. Esse rio não atravessa o caminho. Imediatamente acima do local onde passa a estrada, o rio encontra uma espécie de funil cavado na rocha e desaparece por ele a dentro impetuosamente. Mas não é por muito

---

[30] Itinerário aproximado de Itararé até a cidade de Castro, passando pelas terras vizinhas das dos índios selvagens.

De Itararé até a Fazenda de Morangava	
De Morangava à propriedade de Boa Vista	2 1/2 léguas
De Boa Vista ao Porto de Jaguariaíba	3 léguas
Do Porto à Fazenda de Jaguariaíba	2 léguas
De Jaguariaíba até a Fazenda de Caxambu	5 léguas
De Caxambu até a fazenda do Tenente Fugaça	2 léguas
Dessa fazenda até Fortaleza (propriedade)	6 léguas
De Fortaleza até a embocadura do Iapó	2 1/2 léguas
Do Iapó até a Fazenda de Guartela	2 léguas
De Guartela até o Sítio de Igreja Velha	1 1/2 léguas
Um sítio	4 1/2 léguas
Cidade de Castro	2 léguas
	33 léguas

Não está incluída aí a distância entre Itararé e Morangava por ter-me sido impossível estabelecê-la.

tempo que ele se mantém oculto; em breve voltamos a encontrá-lo do outro lado do caminho, numa ravina profunda, onde o seu curso é delineado por uma fileira de árvores frondosas e de arbustos. Meu guia me fez descer ao lugar onde começa a ravina, e ali um espetáculo inesperado se apresentou aos meus olhos. Eu me encontrei à entrada de uma caverna bastante grande e de formato mais ou menos triangular, ao fundo da qual há uma abertura que dá para uma pequena bacia arredondada, onde, para minha admiração, se despejava uma coluna de água espumosa e esbranquiçada que não era outra coisa senão o rio. A suave claridade que penetra pelo funil ilumina a coluna de água, bem como o local onde ela se despeja, produzindo um encantador efeito, difícil de descrever.

A abertura que comunica a bacia com a caverna é triangular, sendo mais larga em baixo do que em cima. A água escoa por essa estreita passagem gorgolejando e formando uma pequena cascata ao cair na caverna, que é um pouco mais baixa do que a bacia[31].

Tanto aquela quanto esta são escavadas na rocha, sendo que a primeira deve medir uns 5 metros de altura e um teto bastante regular. A água cobre todo o fundo da gruta, à exceção de um ponto onde há algumas pedras amontoadas, e dali ela se escoa para a ravina que já mencionei e que é orlada por uma espessa faixa de árvores e arbustos. Imensas lianas desprovidas de folhas se balançam como cordas diante da entrada da gruta, que é impenetrável aos raios do sol devido às folhagens das árvores próximas.

O rio que acabo de descrever chama-se Rio do Funil, nome que deriva do local onde ele se precipita e que se assemelha a um funil.

A pouca distância desse rio encontramos uma pedreira muito interessante. Ela fica isolada no meio do campo e forma uma espécie de pirâmide invertida de cerca de 5 metros de altura, terminada por um grande platô. Sobre esse platô veem-se tufos de uma espécie de *Tillandsia* e de outras plantas carnosas: dir-se-ia um altar onde foi feita uma oferenda de flores[32].

Não somente o Itararé forma, como já disse, o limite dos Campos Gerais, como também separa o distrito de Itapeva do de Castro, e a comarca de Itu da de Curitiba.

Do outro lado desse rio as terras mudam inteiramente de aspecto: a região se torna montanhosa e não se veem pastos muito extensos; aparecem pedreiras nas encostas dos morros; a sombria e estática araucária surge por todos os lados, ora isolada, ora misturada com outras árvores; o capim, menos espesso, é de um verde mais carregado, e o solo, quase todo escuro e arenoso, contribui para dar uma tonalidade sombria à paisagem.

Apesar das previsões do meu guia, choveu durante quase toda a jornada e eu recolhi muito poucas plantas.

---

[31] Tão logo retornei à França, descrevi essa singular queda d'água no "Aperçu de mon voyage au Brésil", incluído no volume IX das "Mémoires du Muséum", repetindo essa descrição na ' 'Introduction de l'histoire des plantes les plus remarquables du Brésil et du Paraguay".

[32] "Ao percorrer as sombrias florestas de pinheiros dos goianases", diz Debret ("Voyage pittoresque", I, 29), "o viajante vê de distância em distância enormes blocos de granito nos quais foram escavados vastos nichos, abrigos sepulcrais de sarcófagos venerados". Sem negar absolutamente a existência desses nichos, devo, porém, declarar que não vi nenhum, e no entanto atravessei as florestas de pinheiros desde o fim de janeiro até o fim de março. Enfim, não encontrei em nenhum dos autores que pude consultar nada que se assemelhe ao relato do pintor francês. Talvez tenha sido a pedreira em forma de pirâmide invertida, que menciono aqui, ou coisa semelhante, que deu origem a esse singular relato.

Paramos numa fazenda de gado, a de Morangava ou Morongava[33], que tinha uma certa importância. Pertencia a um homem rico de São Paulo, que a deixava entregue à administração de um de seus filhos. Além dos casebres dos negros e de algumas outras construções, havia uma casa pequena, coberta de telhas, onde morava o administrador e que me foi totalmente cedida por ele. Não me vi mais bem alojado por causa disso, pois parece que desde a época de sua construção a casa não tinha passado por nenhuma reforma. As paredes estavam esburacadas, metade da casa estava destelhada; a chuva entrava por todos os lados e não havia um único cômodo cujo chão não estivesse enlameado. Tivemos grande dificuldade em encontrar um canto onde não chovesse, para nele armar a minha cama e guardar a minha bagagem.

No dia seguinte, 28 de janeiro, ainda chovia, e assim permaneci em Morangava, bem contra a minha vontade, diga-se de passagem, pois o meu alojamento não podia ser pior. Eu não sabia onde me refugiar para não ficar molhado e passava o tempo todo procurando evitar que a umidade atingisse as minhas malas. Enquanto eu escrevia, gotas d'água pingavam no meu caderno, o vento levava os meus papéis, os cães se embaraçavam nas minhas pernas, e as pessoas que passavam para lá e para cá constantemente me forçavam a estar sempre mudando de lugar.

Fiquei sabendo, então, por que razão o cabo de Itararé, que me tinha acompanhado até Morangava, se mostrara tão ansioso por ir até essa fazenda, fazendo-me partir daquele lugarejo debaixo de chuva. O proprietário da fazenda devia começar no dia 28 a castrar os touros que pretendia vender no ano seguinte; seus vizinhos se haviam reunido para ajudá-lo, trazendo em sua companhia suas mulheres e filhos. Em qualquer outro lugar, uma reunião desse tipo teria dado motivo a uma pequena festa; haveria cantos, risos e danças. Mas ali o único prazer consistia em assistir à castração dos touros.

Na véspera tinha sido feito o rodeio, no momento em que chegamos, os vaqueiros, o fazendeiro e os seus vizinhos também chegavam a cavalo, tangendo os touros que tinham sido arrebanhados; galopavam ora à direita, ora à esquerda, para impedir que os animais se desgarrassem. Os touros foram encerrados no curral, e no dia seguinte começou a castração, praticada da maneira que já descrevi mais acima. Os que participavam da operação ficavam dentro do curral, e os curiosos, principalmente as mulheres e as crianças, que eram numerosas, assistiam a tudo do lado de fora, trepados na cerca do curral.

Como a chuva não desse trégua, passei um terceiro dia em Morangava, sempre muito mal alojado, embora o proprietário fizesse todo o possível para tornar menos desconfortável a sua casa. Eu não fazia as refeições com ele, e é bem provável que ele não tivesse um horário fixo para comer. Contudo, tendo mandado matar uma vaca em honra dos seus vizinhos, ele me mandava regularmente, toda manhã e toda tarde, um prato de carne assada.

Aproveitei-me de uma curta estiagem para ir colher plantas, seguindo ao longo de um riacho que desce, perto da fazenda, por uma profunda grota. As margens do riacho ora são orladas de pedras escuras e escarpadas, ora são cobertas apenas de capim, mas na sua maior parte apresentam uma compacta faixa de árvores ou de arbustos. Em vários lugares eleva-se do meio das rochas a estática e imponente araucária. Inúmeros riachos reunem-se àquele cujo curso eu seguia, e um deles, despejando-se sobre rochas escuras, ensombradas por araucárias, forma uma cortina de água cuja resplendente

---

[33] Do guarani "Monoongava", reunião, ajuntamento.

alvura contrasta com os tons sombrios das coisas que a cercam. Foi uma outra queda d'água que pôs fim ao meu passeio. Essa última cascata é formada por um riacho que, fluindo sobre um leito de pedras chatas, se despeja sobre o riacho principal de uma altura de 16 ou 20 metros. Lamentei bastante não ter podido passar para a outra margem do riacho, onde teria tido uma melhor visão da cascata.

Ao anoitecer o Coronel Diogo, de quem já falei, chegou a Morangava com numerosa comitiva[34], o que acabou de atravancar a casa onde me encontrava. Para ganhar um dia de avanço sobre ele, resolvi partir na manhã do dia seguinte, embora o tempo continuasse chuvoso.

A região que percorri antes de chegar ao Rio Jaguaricatu (bom cão) é montanhosa e cortada por numerosos vales banhados por riachos. Rochas negras aparecem a todo momento nas encostas dos morros. Algumas vezes a araucária se ergue, isolada, no meio dos pastos, exibindo toda a imponência do seu porte, mas na maioria das vezes ela se confunde com as outras árvores, no meio das matas sombrias que crescem no fundo dos vales e nas margens dos riachos. Veem-se em vários pontos, no meio das árvores, cortinas de água alvas e espumosas, que fazem ressaltar o verde-escuro das araucárias e se despejam, rumorosas, no fundo dos vales. A paisagem ali não tem o aspecto ridente que apresenta depois de Itararé, mas é mais variada e mais pitoresca.

Depois de atravessar uma mata bastante sombria, cheguei ao Rio Jaguaricatu, um dos afluentes do Itararé[35]. Esse rio, de pouca largura, é vadeável na época da seca, mas após chuvas prolongadas ele se torna tão caudaloso que os cavalos e burros não podem atravessá-lo a nado sem o risco de serem arrastados pela corrente. Durante o tempo que permaneci em Morangava vários despachos urgentes tinham ficado retidos nessa propriedade porque não se podia atravessar o rio com segurança. Quando cheguei à sua beira, as águas tinham baixado um pouco de volume; minha bagagem foi transportada numa canoa e os burros atravessaram a corrente a nado. Não se pagava pedágio pela travessia do Jaguaricatu porque na maior parte do tempo o rio é vadeável. A canoa na qual fizemos a travessia pertencia a um agricultor, que geralmente a mantinha escondida (1820) para evitar que fosse roubada pelos índios selvagens[36].

Mal alcancei a outra margem do Jaguaricatu entrei numa mata onde o caminho era quase impraticável. Nenhuma árvore havia jamais sido cortada ali, e os viajantes tinham aberto uma passagem por entre os troncos menos próximos uns dos outros. A densa folhagem impedia que o sol secasse a lama, e os burros se atolavam a todo momento em fundos buracos. Depois de atravessar a mata entrei num trecho descampado, não tardando a avistar a fazenda onde iria fazer alto.

Essa propriedade, chamada Boa Vista, nome de lugar muito comum no Brasil, pertencia a um próspero coronel da milícia, Luciano Carneiro, que morava um pouco mais distante dali. Era também uma fazenda de gado, pois não há nenhuma de outro

---

[34] Ver o meu relato anterior, "Viagem à Província de São Paulo".
[35] Creio dever ater-me à informação dada por Villiers, autor da carta topográfica da Província de São Paulo (Rio de Janeiro, 1847). Casal, juntamente com Milliet e Lopes de Moura, diz que o Jaguaricatu ("Jaguaryquatu", segundo a grafia usada por ele) se reúne ao Tibagi ('Corog. Bras.", I, "Dic. Bras.", I); mas quando se conhece a localização desses dois rios, basta um momento de reflexão para mostrar que é impossível que isso aconteça.
[36] Parece que depois de 1820 foi construída uma ponte sobre o Jaguaricatu (Müller, "Ensaio").

tipo na região. O fazendeiro tinha ali alguns escravos, dirigidos pelo mais inteligente e o mais fiel dentre eles; como, porém, costumava visitar sempre a propriedade, ele havia mandado fazer uma pequena casa, que era cuidadosamente conservada. Depois de ter passado os dias precedentes numa humilde morada, sem nenhum conforto, onde eu me via obrigado a mudar de lugar a todo momento, em busca de um canto onde não chovesse, eu me senti bastante feliz ao me ver numa casinha bem seca, onde dispunha de toda a tranquilidade que podia desejar.

Entre Boa Vista e o Rio Jaguariaíba a região é a mesma: por toda parte uma profunda solidão e nenhum sinal de terra cultivada.

A duas léguas de Boa Vista passei por uma cruz. Tinha sido fincada na beira do caminho, não muito longe do local onde algumas pessoas haviam sido mortas pelos índios selvagens; e se a sua vista poderia fazer nascer um certo temor no camponês e no viajante, por outro lado despertava neles um sentimento de misericórdia e a necessidade de perdoar.

Uma légua depois de ter encontrado a cruz parei nas margens do Rio Jaguariaíba[37] para passar a noite. O rio corre com grande celeridade entre dois morros. No ponto onde é feita a sua travessia, e que é chamado de Porto do Jaguariaíba, veem-se em suas duas margens alguns casebres esparsos, rodeados de laranjeiras (1820). Uma mata sombria, formada quase que inteiramente de araucárias, estendia-se sobre a margem esquerda do rio, e a pouca distância das casas tinha sido feita uma plantação de milho[38]. No meio desta haviam sido deixadas algumas araucárias, que se exibiam isoladamente em toda a sua imponência e cujos tons sombrios contrastavam com o verde vivo do milharal. Essa paisagem, tão pitoresca, tinha entretanto um ar um pouco austero, que se devia principalmente ao porte das araucárias e à cor sombria de sua folhagem.

O Jaguariaíba é vadeável no tempo da seca, na estação das chuvas as pessoas o atravessam de canoa, e os burros a nado (1820). Minha portaria me isentou, ainda dessa vez, de pagar o pedágio[39].

Esse pedágio era recebido por um português, dono de uma pequena venda do outro lado do rio. Ele alojou-me numa casinha coberta de folhas de palmeira, cheia de goteiras também mas não tanto quanto a de Morangava e as outras onde eu me tinha abrigado depois dessa fazenda.

Ao deixar o Rio Jaguariaíba, afastei-me da estrada do sul para percorrer mais demoradamente os Campos Gerais e ter deles uma noção mais precisa, e visitar também várias fazendas pertencentes a homens abastados da região. Dirigi-me para os lados do leste e atravessei o Rio da Cinza; passando por trilhas pouco frequentadas e eu me aproximei, tanto quanto possível, das terras habitadas pelos índios selvagens. Cheguei quase à confluência dos rios Iapó e Tibagi, abaixo da cidade de Castro, e finalmente,

---

[37] Registro esse rio com o nome que lhe é dado na região, mas Pedro Müller e o autor do mapa de São Paulo, publicado no Rio de Janeiro em 1847, escreveram "Jaguaraíva". Menos razão ainda há para se escrever "Jaguarihyba" ou "Jocuriahy", como faz Casal. Informaram-me que, na América, "Jaguariaíba" significa rio do cão, mas eu me sinto mais inclinado a acreditar que esse nome deriva de "yaguaraí", cachorro, e "ayba", mato — o mato dos cachorros (Ruiz de Montoya, "Tes. leng. guar.").

[38] Sem dúvida, foram essas habitações que se tornaram o núcleo da nova paróquia de Jaguariaíba, mencionada no "*Ensaio*" de Müller e no mapa de São Paulo de 1847.

[39] Em época posterior à minha viagem foi construída uma ponte sobre o Jaguariaíba.

subindo na direção do noroeste, alcancei essa cidade, após ter traçado com a minha caminhada uma espécie de C e feito cerca de 27 léguas num espaço de dezesseis dias. Alguns homens ricos e empreendedores tinham tido a coragem de formar naqueles sertões fazendas de considerável importância; mas à época de minha viagem eram poucos os colonos pobres que tinham resolvido segui-los, e entre uma fazenda e outra não encontrei nenhuma choupana.

Após ter passado a noite à beira do Jaguariaíba, subi o morro bastante íngreme que se eleva acima do rio e penetrei numa mata inteiramente composta de araucárias. Em seguida atravessei alguns trechos descampados e cheguei à Fazenda de Jaguariaíba, de propriedade do Coronel Luciano Carneiro, a quem eu havia sido recomendado por várias pessoas e sobre quem já fiz uma ligeira referência. Do platô onde fica situada a fazenda descortina-se uma das mais extensas vistas que já pude apreciar. A região é ondulada e apresenta, de todos os lados, imensas pastagens pontilhadas de pequenos grupos de araucárias. Ao longe veem-se vários morros, que então faziam parte das terras ocupadas pelos índios selvagens.

A Fazenda de Jaguariaíba compunha-se de uma dúzia de choupanas para os negros, de algumas construções necessárias às atividades da propriedade, e da casa do dono. Esta era maior do que todas as que havia visto desde que deixara Sorocaba, mas teria sido considerada uma das mais modestas na parte oriental de Minas Gerais. Ao chegar, entra-se num comprido corredor, que dá acesso a três salinhas escuras, reservadas aos visitantes. Uma porta do quarto das mulheres dava para o corredor, em cujas extremidades havia uma saleta, uma delas transformada em oratório. A casa não tinha forro, e as paredes dos quartinhos reservados aos hóspedes não iam até o teto. Uma fileira de árvores da espécie denominada figueira-do-campo e de aroeiras (*Schinus aroeira* ou *terebinthifolius*) abrigava a casa dos ventos do sul, comumente violentos naquele local elevado, e fornecia uma bela sombra. Por trás das árvores ficavam os currais, que à época da minha viagem continham numeroso gado.

Fui muito bem recebido pelo coronel, cuja fisionomia irradiava uma bondade que não era desmentida pelo seu caráter, conhecido de todos. Seu nome era citado pelos fazendeiros mais abastados da região, estando todos de acordo em que ele sabia fazer um belo uso da sua fortuna.

Poucos instantes depois da minha chegada, o coronel levou-me para ver as suas vacas e bezerros, que estavam chegando ao curral. Os vaqueiros, a cavalo, iam tocando os animais à sua frente, e se alguma vaca se desgarrava do rebanho, eles a cercavam a galope e a traziam de volta.

O coronel queixou-se bastante da vizinhança dos índios hostis, que às vezes atacavam as propriedades dos paulistas. Como a população branca tivesse diminuído a partir de certa época, por razões que explicarei em breve, os índios se tinham tornado mais audaciosos, e a seca de 1819, cujos tristes efeitos eles também experimentaram, contribuiu para aumentar a sua ousadia. Fazia pouco tempo eles tinham invadido os pastos do coronel, onde mataram alguns cavalos e comeram a sua carne, coisa que jamais haviam feito até então. Poucos dias antes de minha chegada a Jaguariaíba eles tinham sido vistos rondando a propriedade. O coronel mandou buscar imediatamente alguns de seus soldados, para que perseguissem os índios, e fazia poucas horas que eu havia chegado à fazenda quando vi aparecerem oito homens a cavalo, bem armados e prontos para marchar contra o inimigo, no dia seguinte. Alguns deles já tinham tomado parte nesse tipo de caçada, e me deram algumas informações sobre a maneira como era feita. Eles saíam à procura de rastros dos índios, e os seguiam até as suas moradas, caindo sobre eles de surpresa. Os homens empreendiam a fuga sem se defenderem, tão logo ouviam os tiros de fuzil, e os atacantes se apoderavam das mulheres e das crianças. Como os índios, procurando vingar-se, sempre armavam emboscada no caminho por onde os brancos passavam, estes voltavam por outro caminho para escapar a isso.

Os paulistas dão aos bugres[40] vizinhos de Jaguariaíba o nome de Coroados porque, segundo dizem, esses selvagens costumam fazer no alto da cabeça uma pequena tonsura, que em português tem o nome de coroa. Segundo informações unânimes dadas pelas pessoas mais instruídas do lugar, esses índios constroem suas casas com paus cruzados, à maneira dos luso-brasileiros, e as cobrem de folhas de bambu ou de palmeira; mas não rebocam as paredes com barro, e fazem as casas extremamente compridas, de maneira que várias famílias podem morar juntas[41]. Esses selvagens, como os Guanhanãs, cultivam o feijão e o milho, e parece que não são totalmente estranhos a alguns tipos de indústria. Um dos soldados da milícia que tinham vindo à fazenda para participar da expedição contra os índios mostrou-me uma saia de uma mulher Coroada, feita de um tecido muito grosseiro, é bem verdade, mas extraordinariamente resistente. Uma índia dessa tribo, que havia sido aprisionada e o coronel conservava em sua casa, me disse que para fazer aquele tipo de tecido era empregada a casca de um certo cipó, que inicialmente era mergulhada na água e depois batida com pedaços de pau até se transformar em estopa; com essa estopa, eles faziam uma espécie de corda, enrolando-a sobre a coxa[42]. Finalmente o tecido era feito a mão, sem a ajuda de uma agulha ou de qualquer instrumento análogo.

Além da tribo dos Coroados, havia várias outras nos arredores de Jaguariaíba, as quais frequentemente guerreavam entre si. A índia Coroada do Coronel Luciano Carneiro ficou terrivelmente assustada quando viu Firmiano, porque existiam — disse-nos ela — não muito longe de sua tribo alguns índios muito perversos, que também tinham o costume de furar os lábios e as orelhas. É quase impossível que esses índios pertencessem à mesma nação dos legítimos Botocudos do Jequitinhonha e do Rio Doce; mas nada impede que tenham sido os irmãos desses índios que os paulistas encontraram, em 1845, no Guaíra, tendo dado a eles o nome de Botocudos, porque esses selvagens tinham no lábio inferior botoques de resina da mesma cor e aspecto do âmbar[43].

[40'] Ver meu relato anterior, "Viagem à Província de São Paulo".

[41] Os indígenas que os portugueses encontraram no litoral, à época da descoberta, também construíam compridas choças, que abrigavam várias famílias (Ferdinand Denis, "Brésil").

[42] É dessa mesma maneira que as mulheres macunis de Minas Novas fabricam a corda dos arcos de seus maridos. ("Viagem pelas Províncias do Rio de Janeiro e de Minas Gerais").

[43] A interessante expedição que deu origem a esse encontro tinha sido ordenada pelo Barão de Antonina, sobre quem já falei em meu relato anterior. Sua intenção era explorar os rios Verde, Itararé e Paranapanema, bem como os seus afluentes, e encontrar as ruínas das antigas missões jesuíticas do Guaíra, onde se acredita que existam tesouros ("Itinerário de uma viagem", etc., in "Revista trimestral", segunda série, 11).. O que Casal e seu tradutor, Henderson, disseram sobre os bugres de São Paulo, dos quais alguns aparam os cabelos e outros perfumam o lábio inferior, pareceu pouco digno de crédito (Neuw., "Bras."). Atualmente, porém, o relato do pai da geografia brasileira já não pode, segundo me parece, ser contestado. De resto, esse dado foi plenamente confirmado por um artigo sobre os botoques ou "bezotes"

Quanto aos Coroados dos Campos Gerais, é bem provável, como explicarei mais adiante, que eles e os indígenas do mesmo nome que habitavam as terras próximas de Garapuava formassem uma só nação⁴⁴ e que, em consequência, eles nada tenham em comum com os Coroados do Rio Bonito nem com os do Presídio de São João Batista⁴⁵.

Os paulistas se revoltavam contra as mortes e devastações feitas pelas diversas tribos de bugres que, desde Itapetininga até Curitiba, habitam as proximidades da estrada. Mas ninguém jamais os acusou de antropofagia, crime que era atribuído outrora a tantas tribos indígenas.⁴⁶

O Coronel Luciano Carneiro era depositário da pólvora e do chumbo que o governo enviava aos Campos Gerais para que os seus habitantes se pudessem defender dos bugres e dos selvagens. No dia em que os oito paulistas recém-chegados deviam pôr-se em marcha, o coronel distribuiu entre eles uma certa quantidade de munição de guerra; deu a cada um uma ração de carne, de farinha e de sal para três dias, e eles partiram. Alguns deles entraram, antes, no oratório do coronel, abriram o nicho onde estava guardada a imagem da Virgem, ajoelharam-se diante dela e oraram por alguns instantes.

Aproveitei a minha estada na Fazenda de Jaguariaíba para escrever à minha mãe e ao Sr. João Carlos d'Oeynhausen, o governador da província. Não havia um serviço postal entre São Paulo e Curitiba, e quando os capitães-gerais desejavam enviar seus despachos, encarregavam desse serviço os milicianos. Os despachos eram levados até um determinado ponto por um miliciano, onde eram entregues a outro, e assim por diante, até que o pacote chegasse ao seu destino. João Carlos d'Oeynhausen acabava de dar uma regularidade maior a esse serviço. Como desejasse ser informado pelos capitães-mores, todos os meses, de tudo o que se passava em seus respectivos distritos, ele mandou confeccionar, para as diferentes estradas de sua capitania, diversas pastas, das quais uma chave ficava com ele e a outra com o capitão-mor do lugar. A pasta que fazia o percurso entre São Paulo e Lapa, limite da Província do Rio Grande, era levada por milicianos inicialmente ao capitão-mor de Sorocaba e depois, sucessivamente, aos de Itapetininga, Itapeva, Apiaí, etc., cada um deles abria a pasta, retirava a correspondência que lhe era endereçada e a despachava de novo, imediatamente. A pasta fazia o percurso de volta da mesma maneira, e cada capitão-mor colocava dentro dela o seu relatório, que ele tinha tido tempo de redigir nesse intervalo. Deixei minhas cartas com o Coronel Luciano Carneiro para que fossem colocadas na pasta, quando esta passasse pela cidade de Castro, da qual falarei mais adiante e que ficava distante 16 léguas da Fazenda de Jaguariaíba.

O digno proprietário dessa fazenda levava quase ao exagero a afeição respeitosa e quase filial que os brasileiros tinham então por seu soberano. Ele me comunicou a sua ideia de enviar ao rei quinhentas das suas melhores vacas; não poupei esforços

---

que Ferdinand Denis publicou no "Magasin pitoresque" de 1850. Voltaríamos a encontrar esse estranho ornamento entre os bugres de Santa Catarina.

44 Ver meu relato anterior, "Viagem à Província de São Paulo".
45 Ver o que escrevi a respeito no meu livro "Viagem às Nascentes do Rio São Francisco".
46 O que eu disse sobre os Guanhanãs, os Coroados e os selvagens dos arredores de Jaguariaíba que perfuraram o lábio inferior, todos eles denominados genericamente de bugres, está inteiramente de acordo com os precisos relatos de Manuel Aires de Casal, que divide os bugres em quatro tribos diferentes. ('Corog. Bras.", I)

33

para dissuadi-lo desse projeto, e creio ter conseguido o meu objetivo. O seu presente teria sido recebido, as vacas teriam sido enviadas para Santa Cruz[47] e todo mundo teria zombado dele.

Como é muito fácil uma pessoa se perder na região desértica que eu ia atravessar ao deixar a Fazenda de Jaguariaríba, confundindo a estrada principal, muito pouco transitada, com as trilhas abertas pelo gado, o Coronel Luciano Carneiro teve a gentileza de me fornecer um guia, que me acompanharia durante alguns dias.

Depois de Jaguariaíba, num trecho de cinco léguas, uma região montanhosa e pastagens a perder de vista; aqui e ali pedreiras escuras nas encostas dos morros; no fundo dos vales, sombrios bosques onde ressalta a araucária; poucas plantas em flor, e menos variedade na vegetação do que entre Itapeva e Itararé; vários riachos deslizando por sobre pedras chatas; por toda parte uma profunda solidão.

Pela primeira vez, depois de muito tempo, voltei a ver um campo onde havia árvores mirradas misturadas, como em Minas e Goiás, no meio do capim e dos subarbustos. Entre elas, reconheci a *mangabeira-falsa* e várias leguminosas típicas das pastagens das duas províncias que acabei de citar, mas me pareceu que a vegetação ali não era tão variada quanto nas margens do São Francisco e do Paranaíba. Entre as plantas herbáceas e os subarbustos havia vários que crescem com abundância nos campos das regiões bem mais setentrionais, tais como as Compostas 1443 *ter* e 1443 *quater* e a Hipocrateácea denominada *Calypso campestris,* ASH. Juss. Camb. Registro também, como uma planta que já conhecia, o pequi de haste anã (*Caryocar brasiliensis, var. nana*), que na ocasião se achava em flor (5 de fevereiro), e que eu tinha encontrado pela primeira vez em outubro, nos arredores de França, quando se achava igualmente florido.

Andei durante muito tempo sem ter visto uma única casa, sem ter encontrado um só viajante, mas eis que, ao cair da tarde, em pleno sertão e não muito distante das terras habitadas pelos selvagens, deparei de repente com pastos cercados por fossos, e tapumes e muros muito bem feitos. Isso indicava a fazenda mais agradável e mais bem cuidada que já tive o prazer de encontrar, depois da de Ubá[48]. Sua vista constitui para mim uma deliciosa surpresa. Eu acabava de percorrer uma região agreste, desabitada, e tinha agora diante dos olhos uma encantadora morada, cuja entrada me lembrava a de certas casas de campo nos arredores de Paris.

A Invernada ou Fazenda de Caxambu fica situada na encosta de um morro, ao pé do qual passa um riacho; o morro do lado oposto mostra uma verdejante relva, e na sua encosta vê-se um bosque de araucárias, cuja folhagem escura contrasta com o alegre verde dos pastos vizinhos. A fazenda propriamente dita não se compunha, como tantas outras, de algumas casinhas esparsas e semi-arruinadas. A casa do proprietário era separada dos alojamentos dos negros e de outras construções, mas todas eram dispostas no mesmo alinhamento, cobertas de telhas e perfeitamente bem conservadas. Davam para um jardim cercado de muros, com cerca de 350 passos de comprimento. Esse jardim se estendia pela encosta do morro, e a água chegava até ele através de um desses rústicos

---

[47] Santa Cruz, antiga propriedade dos jesuítas situada a 12 léguas do Rio de Janeiro, tinha-se transformado num castelo real; terei oportunidade de falar sobre isso em meu último relato.
[48] Ver, em meus três relatos precedentes, o que escrevi sobre essa propriedade localizada a cerca de 25 léguas do Rio de Janeiro.

aquedutos muito em uso entre os mineiros[49], caindo de uma altura regular num pequeno canal e umedecendo todo o terreno. Uma carreira de roseiras, muito juntas umas das outras, muito altas e sempre cobertas de flores, defrontava a casa da fazenda e as outras construções, estendendo-se por todo o comprimento do jardim, e o tom de suas rosas causava um encantador efeito ao se misturar com o das laranjeiras e de outras árvores. Por trás da carreira de rosas havia uma outra, de marmeleiros, abaixo da qual tinha sido plantada uma fileira de limoeiros e de laranjeiras. Romãzeiras, ameixeiras, pessegueiros e figueiras espalhavam-se aqui e ali, e mais abaixo ainda se via, em toda a extensão do jardim, uma latada de parreiras, que à época de minha viagem estavam carregadas de uvas brancas e pretas. Finalmente, na parte mais baixa do cercado, via-se um pequeno relvado, coberto de capim-da-colônia (*Panicum spectabile*, Mart.), que por se achar protegido por muros não corria o risco de ser comido pelos animais. Por toda essa região, os cavalos são deixados soltos nos campos, sendo laçados quando seus serviços se tornam necessários. Bem diferente dos seus vizinhos, muito ativo e previdente, o proprietário de Caxambu tinha mandado construir um estábulo onde mantinha à mão os cavalos que costumavam montar, e era para alimentá-los que ele formara o pequeno relvado artificial que acabo de mencionar.

Abaixo do jardim, e servindo de limite para ele, havia uma espécie de pomar muito mais extenso, cercado simplesmente por fossos. Viam-se ali macieiras de várias qualidades, ameixeiras, cerejeiras, jabuticabeiras (*Myrtus cauliflora*, Mart.). Cada espécie formava uma extensa fileira bem alinhada, e entre duas fileiras havia um canteiro de abacaxis, cortado por trilhas onde se podia andar. Ao lado dessas árvores havia uma plantação de bananeiras, que merecia grandes cuidados. Não seria possível proteger todas as árvores da danosa ação da geada, mas o pomar era tão grande que sempre restava, todos os anos, um grande número de árvores que haviam permanecido intactas e que forneciam excelentes frutos. Vi também nesse pomar uma pequena plantação de cana-de-açúcar do Taiti (cana-caiana, *Saccharum taitense*). Houve o cuidado de cobrir os pés novos para protegê-los da geada, e em 1819 se obteve açúcar suficiente para o fabrico de uma quantidade considerável de vinho de laranja. Sorocaba constitui, como já disse, o limite dos cafeeiros; não obstante, existiam em Caxambu alguns pés desse arbusto, mas eles haviam sido plantados num lugar bem abrigado e só tinham vingado devido aos cuidados que lhes eram dispensados.

Junto da casa havia também uma horta cercada, mas só vi couves nela, ainda que em grande quantidade. Tinham sido plantadas simetricamente e os canteiros estavam bem tratados. É evidente que eu não faria semelhante observação com relação às nossas hortas europeias, mas no país em que me encontrava tudo o que demonstra cuidado e perseverança deve ser considerado uma maravilha.

As flores não haviam sido também negligenciadas. Fora reservado a elas um pequeno recinto murado, junto da casa. Vi ali algumas tuberosas, cravos, agrostemas, mas estavam quase no fim do verão (fevereiro) e já não era mais a estação das flores.

As cerejas eram colhidas em janeiro, bem como as ameixas, não obstante, no começo de fevereiro, época de minha viagem, ainda se viam nas árvores alguns desses frutos. O chão estava então juncado de pêssegos comidos de vermes, enquanto que uma

---

[49] Ver "Viagem pelas Províncias do Rio de Janeiro", etc.

infinidade de outros, em perfeito estado, pendiam dos galhos dos pessegueiros. Esses frutos, como já tive ocasião de dizer, não adquirem ali uma maturidade perfeita, tendo sido apresentados a mim como bons para serem comidos alguns desses frutos que, na França, seriam rejeitados por qualquer pessoa.

Esperava-se fazer em breve a colheita das maçãs, os marmelos, bem como os abacaxis, também se aproximavam da época em que podiam ser apanhados; os figos já estavam perfeitamente maduros e me pareceram excelentes. Saboreei também uvas brancas muito boas, mas as pretas não eram da mesma qualidade. As roseiras se carregam de flores todos os meses, e naquela região elas florescem o ano inteiro, mas com menos vigor quando o frio se torna muito rigoroso.

Eu ainda me achava a alguma distância da bela fazenda que acabo de descrever quando o meu guia tomou a dianteira, para anunciar a minha chegada, arranjar-me um alojamento e me recomendar da parte do Coronel Luciano Carneiro. O proprietário da fazenda, Xavier da Silva, encontrava-se infelizmente ausente, mas as mulheres que cuidavam da casa me deram permissão para me alojar num chalé situado perto da entrada. Passei cinco dias em Caxambu, retido pelas chuvas continuadas. Durante esse tempo fui tratado de maneira esplêndida; desde Sorocaba e não havia encontrado em nenhum outro lugar um passado tão bom. Era servido pelo capataz, que na ausência do dono administrava a fazenda, e que no entanto não passava de um escravo. Esse homem não tinha, certamente, nada de que se queixar do patrão, pois parecia muito satisfeito. Era cortês sem ser servil, e embora dirigisse os outros escravos com autoridade, demonstrava para com eles uma bondade extrema.

O Sr. Xavier da Silva não devia ser um homem comum, pois, vencendo os inúmeros obstáculos que lhe haviam imposto a Natureza e os seus semelhantes, ele tinha formado no meio do sertão uma fazenda que teria sido considerada muito aprazível mesmo num país civilizado, tinha sabido ensinar e dirigir os seus empregados, devendo a si mesmo tudo o que havia feito, por assim dizer, pois não dispunha de nenhum modelo que pudesse seguir. Desnecessário é dizer que esse fazendeiro era português. Os habitantes da região que acabei de descrever são indolentes, têm muito pouca disposição e muito pouca noção das coisas para fazerem uma obra semelhante. Os vizinhos de Xavier da Silva mandavam buscar frutas no seu pomar, quando queriam agradar algum hóspede, e nenhum deles jamais procurava imitar o que o fazendeiro português tinha feito.

Capítulo III

CONTINUAÇÃO DA VIAGEM PELOS CAMPOS GERAIS – A FAZENDA DE FORTALEZA – AINDA OS ÍNDIOS COROADOS

O Rio Caxambu. — Fazenda do Tenente Fugaça; os negros dessa propriedade. — Terras situadas depois de Fugaça. — Fazenda da Fortaleza; sua história; retrato de José Félix da Silva, seu proprietário. — Os índios Coroados; uma mulher dessa tribo. Partida de Fortaleza. Precauções contra os índios selvagens. — Um português massacrado por eles. — O povoado de Tibagi. — O lugarejo denominado Barra do Iapó. — O Rio Tibagi; ouro e diamantes; garimpeiros. Fazenda de Guartela; hospitalidade; baratas; pulgas. — Igreja Velha; os jesuítas; os índios selvagens. — A Serra das Furnas; caminho ruim; bela paisagem; araucárias isoladas umas das outras. — Recrutamento da Guarda Nacional; agricultores requisitados para construírem a estrada de Guarapava.

No dia 9 de fevereiro o tempo ainda estava encoberto; ainda assim resolvi partir, para não incomodar por mais tempo os meus hospedeiros. Mas não foi sem pesar que deixei a bela Fazenda de Caxambu, tão diferente de tudo o que eu vinha encontrando fazia algum tempo.

Depois de tomarmos as devidas precauções, atravessamos sem acidente o riacho que passa abaixo da fazenda, sobre um leito de pedras chatas, e ao qual já me referi mais acima.

Esse riacho não deve ser confundido com o Rio Caxambu, encontrado a pouca distância da fazenda e ao qual ela deve o nome, que deriva de duas palavras guaranis:

"caa" mata, e, "cambu", arredondado como um seio. O Rio Caxambu contém muitos diamantes. Parece que outrora os contrabandistas tiraram uma grande quantidade dessas pedras dos caldeirões espalhados pelo rio; mas o temor dos bugres, que, com o passar do tempo, se foram tomando muito audaciosos, acabou por esfriar o entusiasmo dos que se dedicavam à procura dessa pedra preciosa[50].

Depois de atravessarmos o riacho da Fazenda de Caxambu, entramos numa região quase plana, coberta de pastagens, onde pequenos tufos de árvores, compostos principalmente de araucárias, se elevam de algumas grotas.

Os campos que eu vinha percorrendo fazia muito tempo só apresentavam uma relva muito rasteira; mas os que atravessei depois de Caxambu mostravam um capim quase tão alto quanto o de nossos prados. Fazia um ano que não eram queimados e assim tinham podido atingir a sua altura natural. Eram as macegas. Os outros, que haviam sido queimados nos seis últimos meses do ano anterior, eram os verdes.

Duas léguas depois de ter deixado Caxambu, parei numa fazenda que trazia o nome do seu dono, o Tenente Fugaça.

O proprietário estava ausente no momento de minha chegada, mas fui muito bem acolhido pelos seus escravos. Suas maneiras corteses e o contentamento que traziam estampado na face haviam feito com que eu os tomasse inicialmente por homens livres. Mas tratava-se de escravos, que me fizeram os maiores elogios ao seu amo. Depois disso já não me surpreendia vê-los tão satisfeitos e tão prontos a me servir. Se muitas vezes os negros têm um ar melancólico, sofredor e estúpido, e se chegam mesmo a se mostrar desonestos e imprudentes, é porque são maltratados.

A jornada que fiz ao deixar a propriedade do Tenente Fugaça foi uma das mais longas de toda a minha viagem. Os burros jamais tinham caminhado tão depressa, e no entanto levamos nove horas para chegar à fazenda onde iríamos pernoitar.

Seguimos por um atalho pouco transitado e não vimos nenhuma casa, não encontramos quem quer que fosse durante todo o dia. Sem a ajuda de um guia, que por recomendação do Coronel Luciano Carneiro tinham-me arranjado na fazenda do Tenente Fugaça, nós nos teríamos perdido inúmeras vezes.

As terras que percorríamos eram vizinhas das matas habitadas pelos índios selvagens, eu não desejava afastar-me muito da minha comitiva, e assim fui obrigado a desistir de colher algumas plantas. Fiquei para trás, entretanto, ao cruzar um pequeno curso d'água de difícil travessia. Ao perceber que havia naquele local um interessante eco, eu me diverti fazendo-o soar. Os meus acompanhantes imaginaram que eu os chamava pedindo ajuda, Firmiano e principalmente o negro Manoel acorreram em meu socorro, mas José Mariano, que me devia tantos favores, não se arredou do lugar.

As terras ali, que são ondulosas, apresentam vastas pastagens, com pequenas matas nas baixadas. De tempos em tempos descortinávamos uma extensa vista, mas o aspecto das terras era sempre o mesmo; nada é mais monótono do que as regiões desérticas; é a obra do homem que torna variada a Natureza.

---

[50] Segundo Casal, existe também em Minas uma Serra de Caxambu entre o Rio Jacaré e o Rio Grande, afluentes do Paraná. ("Corog. Bras,", I.)

Naquele trecho, e mesmo depois de Itararé, as árvores que compõem as pequenas matas nas grotas são de um verde tão escuro quanto as araucárias, mas o efeito produzido por essas massas sombrias no meio do verde vivo dos pastos era encantador. A partir do Rio Jaguariaíba, principalmente, não encontrei mais tanta variedade de espécies entre as gramíneas dos campos; os arbustos também se tornaram bastante raros. As plantas que ainda encontrei com mais abundância foram algumas Vernoniáceas e Mimosáceas, a Convolvulácea n° 1424, a Composta n° 1436, vulgarmente chamada charrua, a Verbenácea n° 1417 *bis*, a Labiada n° 1352, a *Cassia* n° 1447. A Gramínea n°1425, que é chamada de capim-frecha e é muito apreciada pelo gado, predomina em todos os pastos.

A primeira propriedade que encontrei depois de Caxambu chamava-se Fortaleza[51] e pertencia a um tenente-coronel da milícia.

José Félix da Silva era o seu nome, e ele passava por ser um dos homens mais ricos da Província de São Paulo, sendo ao mesmo tempo famoso por sua avareza. Esse homem tinha-se casado com uma mulher pobre, e como a tratasse com extrema severidade ela planejou desembaraçar-se dele mandando assassiná-lo. Empreitou dois facínoras para que dessem cabo dele, mas o homem se defendeu valentemente e conseguiu escapar. Não obstante, perdeu durante a luta todos os dedos de uma mão, e a outra ficou também muito ferida, além disso, os golpes que recebeu nos pés o deixaram permanentemente manco. Todo mundo ficou sabendo que a tentativa de morte tinha sido instigada pela mulher dele. Ela foi posta na cadeia, mas o marido conseguiu tirá-la de lá à custa de muitas manobras e petições. À época de minha viagem fazia já muitos anos que ele a mantinha confinada na fazenda, de onde ele próprio também não se afastava, mostrando-se muito corajoso, ou talvez muito insensato, ao continuar vivendo com ela. Ele só tinha uma filha, que se casara e enviuvara, e era também forçada a morar na fazenda. A moça havia tentado fugir várias vezes, mas o pai sempre mandava pegá-la de novo. Como José Félix fosse igualmente impiedoso para com os seus escravos, era tão detestado por eles quanto pela mulher e a filha, e por diversas vezes eles tentaram matá-lo. Esse infortunado homem tinha chegado a um tal ponto de desconfiança que conservava trancadas a chave as suas mínimas provisões e encarregava o seu neto, um menino de oito ou dez anos, de aparar a sua barba.

Tão logo soube que eu ia chegar, ele mandou um homem a cavalo encontrar-se comigo e me dar as boas-vindas.

Mal entrei no pátio da fazenda indicaram-me para meu alojamento uma casinha situada defronte da casa do dono, do outro lado do pátio. Nela encontrei José Félix da Silva. Era um homem de uns sessenta anos, mutilado, estropiado, como se pode facilmente imaginar pelo que eu já disse antes, com o rosto encoberto por uma barba de 1,5 centímetros de comprimento, em desacordo com os costumes da época; não obstante, tinha o olhar vivo e inteligente, e maneiras afáveis. Recebeu-me com delicadeza, mandou trazer chá, e logo depois fomos servidos de um excelente jantar.

Só deixei Fortaleza quatro dias depois, e durante esse tempo o dono da fazenda me cumulou de gentilezas, que se tornaram redobradas quando dei um jeito de lhe mostrar a minha portaria.

---

[51] Como se sabe, a capital da Província do Ceará tem também o nome de Fortaleza.

Sem dúvida satisfeito por poder fugir aos aborrecimentos de sua triste casa, ele vinha instalar-se todas as manhãs, bem cedo, no meu pequeno alojamento. Fazíamos juntos as refeições, ele lia enquanto eu trabalhava, e só ia embora à hora de dormir. Era um homem dotado de espírito e de bom senso; tinha feito seus estudos em São Paulo e sua conversa era muito agradável. Observei, porém, que ele evitava falar de si próprio, de seus negócios, das coisas que o interessavam e até mesmo de tudo o que se relacionava com a região. Conversávamos sobre a França e o Rio de Janeiro.

Nessa fazenda — não sei por que — a comida era servida de maneira diferente da usada nas outras casas brasileiras. A refeição começava por onde, na França, ela acaba. Primeiramente serviam-se as frutas, em seguida o assado, depois os legumes, logo após o cozido e, finalmente, os doces. A primeira vez que vi serem trazidas para a mesa as frutas, no começo do jantar, imaginei que não teríamos mais nada para comer.

Fora José Félix da Silva que fundara a sua propriedade. Estabelecera-se em Fortaleza no começo do século. O lugar era então frequentado unicamente por selvagens, e o seu nome era sempre pronunciado com temor. Mas, a partir dessa época, muitos agricultores se estabeleceram nas redondezas, animados pelo corajoso exemplo do primeiro desbravador e certos de estarem protegidos dos índios por um homem poderoso, que contava com numerosos escravos.

A Fazenda de Fortaleza estendia-se pela encosta de um morro; na frente da casa via-se uma sombria mata de araucárias, e extensas pastagens por todos os lados. As construções da sede da fazenda eram dispostas à volta de um grande pátio quadrado, e nos fundos da casa do proprietário, onde não cheguei a entrar, havia um pomar, no qual também não entrei, mas onde vi de longe muitos pés de laranjeira simetricamente alinhados.

Fortaleza era, na época de minha viagem, a fazenda que se achava mais profundamente encrustada nas terras ocupadas pelos selvagens. Eles frequentemente a invadiam e causavam desordens, os homens do coronel os perseguiam, matavam alguns, aprisionavam mulheres e crianças. Os escravos de José Félix da Silva jamais iam trabalhar nas plantações sem estarem armados.

Os índios vizinhos de Fortaleza pertenciam, como os de Jaguariaíba, à tribo dos Coroados, e exibiam também uma pequena tonsura no alto da cabeça, mas usavam os cabelos compridos atrás e aparados na frente, à altura das sobrancelhas. José Félix me disse que tinha entrado numa das casas dos selvagens, confirmando o que me havia sido contado na casa do Coronel Luciano Carneiro, ou seja que a habitação era construída à semelhança da dos portugueses e dispunha de uma considerável provisão de milho e de feijão. Além dos tecidos que já mencionei mais atrás, frequentemente se tomavam arcos e flechas dos Coroados de Fortaleza, bem como machadinhas de pedra, vasilhas de barro, cestos, colares feitos de dentes de macaco, etc.; mostraram-me uma panela que havia sido tomada deles, e me pareceu tão bem feita quanto a dos paulistas.

Vi em Fortaleza uma mulher e duas crianças da tribo dos Coroados, que haviam sido capturadas recentemente, e achei sua fisionomia bastante agradável. A mulher tinha a cabeça bem menor do que comumente têm as mulheres de outras tribos, e fazia muito melhor figura do que elas. Eu já tinha feito a mesma observação com referência à índia do Coronel Luciano Carneiro. Seria possível que as únicas mulheres dos Coroados que eu tinha visto, aprisionadas em pontos diferentes e distantes um do outro, fossem todas as duas uma exceção? Não seria mais razoável acreditar que a maioria das mulheres dessa tribo fossem semelhantes a elas? Seja como for, e considerando-se tudo o que eu disse até aqui sobre os Coroados dos Campos Gerais, tribo dos Bugres, é mais do que evidente que em seu estado selvagem eles são superiores em inteligência, engenhosidade e previdência a muitos outros povos indígenas, e talvez o sejam também em beleza física, por conseguinte, devia ser feito todo o possível para aproximá-los dos homens de nossa raça e estimular os casamentos entre eles e os paulistas pobres, que não se devem envergonhar do sangue indígena, pois há muito tempo esse sangue corre em suas veias. Convém deixar bem claro, entretanto, que seria bem mais fácil fazer esses esforços em prol dos Coroados do que exterminá-los ou reduzi-los à escravidão.

Volto a me ocupar do meu hospedeiro, o Tenente-Coronel José Félix da Silva. Ele raramente recebia visitantes — se é que os recebia alguma vez — e creio que ficaria encantado se eu pudesse ter prolongado a minha estada na sua fazenda, mas eu já estava achando essa viagem demasiadamente longa e desejava apressar o seu fim. Deixei Fortaleza no dia 13 de fevereiro, e no momento da partida recebi do meu hospedeiro um valioso presente de toucinho, carne seca, doces, queijos e aves. Esse presente e o excelente tratamento que recebi de José Felix durante a minha permanência em sua casa desmentiram inteiramente a fama de avarento que ele tinha entre seus vizinhos.

Ao sair de Fortaleza atravessei um trecho de campo e em seguida uma bela plantação de milho; dali passei por dentro de uma mata, à saída da qual me encontrei numa elevação de onde podia descortinar uma imensa extensão de pastos pontilhados de pequenas matas.

Nesse local voltei a encontrar o guia que me havia sido fornecido pelo Tenente-Coronel José Félix e que tinha seguido na minha frente. Esse homem declarou-me que havia esperado por mim porque uma das matas vizinhas servia de asilo aos índios selvagens, e me mostrou as ruínas de um paiol ao qual eles tinham ateado fogo um ano antes, quando ainda se achava atulhado de milho. As árvores haviam coberto, anteriormente, o local elevado onde nos achávamos naquele momento, mas o tenente-coronel as mandara cortar a fim de poder controlar mais facilmente os movimentos dos índios.

Em breve passamos por um lugar onde, dois anos antes, os índios tinham matado dois homens que trabalhavam numa plantação; três outros tinham conseguido escapar, correndo para campo aberto, onde os selvagens não se atrevem a ir. Eles massacraram a golpes de porrete os que tinham caído em suas mãos, esmagando-lhes as cabeças e despojando-os de tudo. A pouca distância do local onde isso ocorreu avistei a casa de uma das vítimas. Tratava-se de um homem nativo da Ilha dos Açores; ele cultivava o linho com grande sucesso, e sua mulher tecia com ele panos bastante finos. Sozinha, privada do seu protetor natural, essa infortunada mulher não pôde continuar num lugar onde tudo lhe lembrava a sua desgraça e onde sua vida estava sob constante ameaça. Ela deixou o lugar, e sua casa ficou abandonada.

Prosseguindo o caminho, vimos à direita algumas montanhas pouco elevadas, que têm o nome de Serra da Pedra Branca. Segundo me disseram, é quase no sopé dessa serra, a poucas léguas de Fortaleza, que fica situada a vila de Tibagi, que deve o seu nome a um rio das vizinhanças. O temor dos índios fez com que alguns colonos decidissem estabelecer-se junto uns dos outros, e assim se formou a vila de Tibagi. À época em que por lá passei, essa vila, assim como Fortaleza, dependia da paróquia de Castro, distante dela cerca de 10 léguas, ultimamente Tibagi passou também a ser uma paróquia[52].

O Rio Iapó, que tem sua nascente a pouca distância de Castro e passa abaixo dessa cidade para ir lançar-se no Tibagi, foi o término da minha jornada. A espécie de lugarejo onde parei, situado na margem esquerda do rio, chama-se Barra do Iapó, porque fica localizado a muito pouca distância do ponto onde esse rio junta suas águas às do Tibagi. O nome "Iapó" é guarani, e significa rio do vale ou do pântanos[53].

O tempo se tinha mantido firme durante toda a jornada, mas ao cair da tarde vi uma tempestade se formar ao longe. Quando cheguei à beira do Iapó a chuva ainda não começara a cair; mas era preciso atravessar o rio, pois não havia nenhuma casa na margem direita, onde eu me encontrava. Meu pessoal apressou-se a tirar os couros que cobriam a carga dos burros e a enrolar neles a bagagem miúda. Mal haviam eles começado a transportar os objetos para a outra margem quando a chuva desabou, com torrentes de água se despejando sobre as minhas canastras, que continham, todas elas, plantas secas, insetos e pássaros. Mas elas tinham sido feitas com tanto cuidado, eram tão sólidas, que nada se molhou no seu interior; mas eu temia que a umidade fizesse mofar tudo o que estava lá dentro, e lamentei pela centésima vez os dissabores que nos causa viajar pelo Brasil transportando coleções de plantas durante a estação das chuvas.

O Tenente-Coronel José Félix havia dado ordens para que me arranjassem uma casa no lugarejo. A que me reservaram era a melhor entre três ou quatro casinhas espalhadas à beira do rio. Não chovia dentro dela, mas a porta era tão estreita que foi com dificuldade que minhas canastras puderam passar.

No dia seguinte ao da minha chegada à Barra do Iapó o tempo amanheceu muito nublado, e resolvi passar um dia no lugarejo; mas foi somente à noite que a chuva começou. Passei o dia cuidando de minhas coleções e estudando as plantas que havia recolhido na véspera.

À tardinha, dei um passeio de canoa até a barra do Iapó, que, como já disse, se lança no Tibagi. No ponto onde se encontram, esses dois rios são muito profundos e correm, segundo me garantiram, num leito de pedras. Depois que recebe as águas do Iapó, o Tibagi deve ter mais ou menos a mesma largura dos nossos rios de quarta ordem; ali mal se percebe o fluir de suas águas. Como o Iapó, ele é orlado de árvores e arbustos, acima dos quais se eleva a imponente araucária; algumas lianas balouçam graciosamente acima da superfície da água, ressaltando entre elas uma Apocinácea, por suas hastes e folhas brancacentas.

---

[52] Müller, "Ensaio".
[53] Os autores do útil "Dicionário do Brasil", I, dizem que esse rio se chama "Japó", e que foram os espanhóis que lhe deram o nome de Iapó ("Hyapó"). Não sei de quais espanhóis se trata aqui, mas o certo é que nas terras habitadas pelos descendentes dos portugueses todo mundo pronuncia Iapó. Casal escreve ora "Hyapó" ("Corog. I") ora "Yapó" (I), e é essa última grafia que é adotada por Daniel Pedro Müller ("Ensaio"), como fiz eu próprio em minhas anotações; mas, se no final das palavras compostas nós escrevemos "hy", parece-me que, para sermos coerentes, deveríamos também escrever hy no início das palavras. — É de supor que tenha sido simplesmente por inadvertência que, no discurso do presidente da província relativo ao ano de 1844 ("Discurso recitado", etc., p. 31), haja aparecido "Ypok"; com efeito, essa grafia não poderia ser justificada por nenhuma autoridade no assunto nem pela etimologia, e muito menos ainda pelo uso. Não se deve imaginar que, pelo fato de se escrever "Oyapok", seria correto escrever-se também "Yapok" ou "Ypok".

O Rio Tibagi, cujo nome deriva provavelmente das palavras da língua geral "tyba", posto de comércio, e "gy", machado[54], é um dos afluentes do Paranapanema[55]. Entre todos os rios dos Campos Gerais que contêm ouro e diamantes, o Tibagi é considerado o mais rico; existem mesmo diamantes nas terras que o circundam, especialmente — segundo me disseram — a algumas centenas de passos da vila que tem o seu nome. Parece que nos tempos em que os paulistas varavam os sertões buscando ouro e caçando índios, alguns bandos deles que chegaram até aquela região encontraram ali diamantes[56]. O governo foi informado dessa descoberta e, para impedir que sua exploração caísse na mão de particulares, decidiu colocar uma guarda na região. Mais tarde a guarda foi suprimida, e o contrabando de diamantes começou a ser feito não só por alguns dos habitantes do lugar como também por garimpeiros" que vinham de fora e até mesmo da Capitania de Minas Gerais. Nessa ocasião, José Félix, o meu hospedeiro de Fortaleza, informou ao governo do que se passava, tendo sido encarregado de fazer explorações no Rio Tibagi, as quais — segundo me disseram — tiveram um resultado muito satisfatório. Organizou-se uma companhia de milícia, da qual José Félix se tornou comandante, e ele recebeu ordens de empregar os seus homens na perseguição aos garimpeiros[57]. Parece que à época da minha viagem unicamente os habitantes da vila de Tibaji se ocupavam com esse trabalho clandestino, lavando ora algumas bateias[58] de cascalho recolhido aos caldeirões dos córregos, ora um pouco de terra tirada nos locais onde eles sabiam que existiam diamantes.

Já disse antes que minha excursão às terras dos Campos Gerais, vizinhas do território dos selvagens, em que eu dera uma volta quase semicircular, me havia levado a um ponto situado abaixo da cidade de Castro, ou, por ser mais preciso, a sudoeste dela. A partir da Barra do Iapó comecei a virar na direção da cidade, voltando, por assim dizer, sobre os meus próprios passos e seguindo na direção oposta, isto é, na do nordeste.

---

[54] Essa etimologia, apresentada por Francisco dos Prazeres Maranhão, está inteiramente de acordo com as explicações do "Dicionário Português e Brasiliano"; acho-a mais aceitável do que a que me foi dada por um hispano-americano a que já me referi várias vezes, e segundo o qual Tibagi derivaria de "tibachy", o rio da capoeira. Não seria totalmente impossível que os paulistas, destruidores do Guaíra, tivessem instalado nas margens do Tibagi uma espécie de posto de comércio, semelhante ao que tinham estabelecido no Porto de São Pedro, com o objetivo de trocar machados por índios cativos com os tupis, seus aliados (Charlevoix, "Hist. Parag.").

[55] O abade Manuel Aires de Casal diz que o Tibagi tem sua nascente a oeste de Cananeia ("Corog. Bras. I). Essa informação é inteiramente correta, mas isso não significa que o rio comece perto de Cananeia, pois para ir desse porto até o Paranapanema seria preciso que o rio subisse a Serra do Mar, o que é impossível. A única coisa que poderíamos censurar, nesse caso, é a imprecisão do autor, geralmente tão exato em sua "Corografia brasílica". Não posso, entretanto, deixar de acreditar que ele se engana, assim como os autores do "Dicionário do Brasil" (II), quando declara que o Tibagi passa pelos Campos de Garapuava, situados muito mais ao sul (ver a 'Carta de São Paulo", de Villiers, Rio de Janeiro, 1847).

[56] Entre os primeiros paulistas que percorreram os sertões próximos do Tibagi, em busca de escravos, deve ser incluído o ilustre Fernando Dias Pais, descobridor da Província de Minas (Baltazar da Silva Lisboa ("Anais do Rio de Janeiro", II).

[57] Os garimpeiros, que geralmente andavam em bandos e extraíam os diamantes clandestinamente, espalhavam-se pelos lugares onde essa pedra era mais abundante e se ocupavam eles próprios com a sua procura, dispensando a ajuda de escravos. Alguns deles, postados como sentinelas em pontos elevados, avisavam os companheiros da aproximação de soldados, permitindo que o bando todo fugisse a tempo (ver meu relato "Viagem ao Distrito dos Diamantes", etc.).

[58] As bateias são grandes gamelas que têm o formato de um cone truncado e são usadas para a lavagem do ouro (ver meu relato "Viagem pelas províncias do Rio de Janeiro e de Minas Gerais", I).

Depois do Iapó as terras não apresentam diferenças acentuadas com relação às precedentes, mas admirei-me de encontrar ali numerosas espécies que eu havia recolhido nos arredores do Rio de Janeiro, numa região bem mais setentrional[59].

O Tenente-Coronel José Félix da Silva me havia dado um itinerário de acordo com o qual, depois de deixar a Barra do Iapó, eu devia pernoitar num lugar chamado Igreja Velha. Um guia que eu tinha contratado na beira do Iapó me garantiu que a jornada seria muito longa, e depois de andarmos duas léguas ele me fez parar numa fazendola chamada Guartela. A dona da propriedade, cujo marido estava ausente, consentiu gentilmente que eu me hospedasse em sua casa, cedendo-me não só a sala, como um quarto e a cozinha. Quando cheguei, ela mandou servir-me o mate, uma bebida forte muito usada na região, e embora eu não fosse recomendado por ninguém ela mandou servir jantar para mim e o meu pessoal. Se os habitantes dos Campos Gerais não têm a mesma inteligência dos mineiros, por outro lado são tão hospitaleiros quanto eles.

Guartela dista apenas uma légua e meia de Igreja Velha, e tudo indica que o meu guia só me fez parar na fazenda na esperança de poder voltar mais cedo para casa. Graças às artimanhas desse bom sujeito, levei dois dias para fazer um percurso que devia gastar apenas um, e para completar a minha alegria fui obrigado a passar mais um dia em Guartela porque os meus burros se tinham espalhado pelos pastos e só foram recuperados à noite.

Não há dúvida de que só tenho que agradecer à dona da casa a gentileza com que me recebeu, mas não pude evitar de achar terrivelmente desagradável a sua casa, devido à enorme quantidade de baratas que a infestava. Esses asquerosos insetos, como é sabido, se mantêm escondidos durante o dia; mas quando chegava a noite as paredes e o teto dos cômodos onde eu estava alojado ficavam cobertos deles. Não encontrei nos Campos Gerais nem mosquitos, nem borrachudos, nem carrapatos, que proliferam nas regiões quentes[60]. Mas as baratas, infelizmente, são comuns ali, e em nenhum outro lugar vi uma quantidade tão grande de pulgas. Quando cheguei a Guartela, fazia vários dias que esses insetos me impediam de dormir.

A uma légua e meia de Guartela parei num sítio pertencente a um homem pouco abastado, que fiquei conhecendo na casa do Tenente-Coronel José Félix e que já me aguardava fazia alguns dias. Esse homem me recebeu esplendidamente, insistindo para que eu aceitasse o seu jantar. Seu sítio ocupava o cume de um morro, de onde se descortinavam imensas pastagens. Uma pequena mata se estendia atrás da casa, sobre a encosta do morro, e no sopé deste havia um estreito vale banhado por um córrego que corria sobre um leito de pedras chatas e era orlado de árvores e arbustos. O sopé do morro era brejoso, e ali, assim como na beira do córrego, encontrei uma grande quantidade de belas plantas, entre as quais me contentarei em citar a *Lavoisiera australis,* Aug. S. Hil. e Naudin.

---

[59] Ver "Viagem à Província de Goiás".
[60] Meus relatos anteriores dão informações mais detalhadas sobre os carrapatos e os borrachudos ("Viagem pelas Províncias do Rio de Janeiro", etc.; "Viagem às Nascentes do Rio São Francisco"; "Viagem à Província de Goiás".) Conforme eu disse, para nos desembaraçarmos dos carrapatos miúdos, podemos usar com bons resultados uma bola de cera, que é comprimida contra eles e na qual eles ficam grudados. Parece ter havido dúvidas quanto à eficácia desse processo (New., "Bras".); é inegável que esse método não serve para tirar os carrapatos que já atingiram um certo tamanho e se acham profundamente entranhados na pele, mas é infalível quando se trata de carrapatos miúdos, conforme eu próprio posso atestar.

Esse lugar tinha o nome de Igreja Velha, porque pouco antes de sua expulsão os jesuítas tinham construído ali uma igreja. Esses religiosos possuíam nessa região uma considerável extensão de terras, e poderiam prestar valiosos serviços ao lugar. E de supor que o seu projeto fosse a catequização dos índios Coroados que viviam nos arredores, e, a julgar pelo que eles fizeram em outros lugares, não é difícil acreditar que, se a sua Companhia não tivesse sido desmantelada, esses selvagens, tão temidos hoje (1820) pelos descendentes dos portugueses, seriam cristãos como eles. Para formar o seu estabelecimento, os jesuítas não poderiam ter escolhido um lugar mais favorável do que a Igreja Velha. Não somente eles poderiam ter criado ali um numeroso gado — como faziam comumente em terras de pastagens — mas também ficariam perto dos índios Coroados, sem no entanto precisarem temê-los, pois os índios nunca atravessavam o Rio Iapó. Ali de Igreja Velha eles teriam podido observar os selvagens, estudar os seus hábitos e imaginar um meio de estabelecer relações com eles. A guerra que se fazia a eles quando por lá passei tornava cada dia mais difícil uma aproximação. Os índios esquecem tudo, menos as ofensas, e mesmo que se desejasse sinceramente viver em paz com eles seria muito difícil fazê-los compreender isso; a única forma de se tentar uma aproximação seria devolver-lhes alguns prisioneiros que tivessem sido bem tratados, encarregando-os de apresentar aos seus irmãos as propostas de paz. Na verdade, o Coronel Luciano Carneiro me disse que a sua índia tinha tanto medo do seu próprio povo quanto os brancos, mas esse temor se explica facilmente, pois os selvagens não conseguiam distinguir, de longe, se uma pessoa vestida à moda europeia pertencia à sua tribo ou era portuguesa. É de supor que eles não fossem atirar flechas contra uma índia que chegasse da terra dos brancos com os cabelos compridos e trajando uma simples saia.

Depois de deixar Igreja Velha atravessei o córrego que passa, como já disse, no sopé do outeiro onde se ergue o sítio. Perto do lugar onde o atravessamos, as suas águas se despejam de uma altura de 6 metros, aproximadamente, escoando depois por entre pedras no meio das quais crescem árvores e subarbustos. Mais adiante cheguei a um terreno pantanoso, onde os burros se atolavam constantemente. À medida que eu prosseguia comecei a notar que o terreno não tardaria a baixar de nível, pois bem abaixo das terras onde me achava eu avistava, ao longe, vastos campos cobertos de araucárias, no meio dos quais distinguia algumas pastagens. Finalmente, depois de ter andado 3 léguas, cheguei ao ponto onde começava a descida.

Eu já tinha andado por muitos caminhos ruins desde que chegara ao Brasil, mas aquele ali era pior do que todos. O terreno descia abruptamente de uma altura considerável, e tínhamos de andar sobre pedras escorregadias e quase a pique. Eu receava que os burros se despencassem lá de cima com a sua carga, mas felizmente não ocorreu nenhum acidente. Essa encosta tem o nome de Serra das Furnas, e no entanto não existe ali uma montanha propriamente dita e sim, como acabei de mostrar, um desnível brusco no terreno. O nome de Furnas foi provavelmente dado ao lugar por causa de uma gruta muito profunda que se vê no meio das rochas, onde os viajantes muitas vezes passam a noite, mas que não me parecem ter nada de notável. Lamento não ter tido a ideia de verificar se ela não continha ossadas fósseis.

Depois de ter atravessado uma floresta no sopé da Serra das Furnas, chegamos a um lugar descampado, de aspecto muito pitoresco. Olhando para trás, avistávamos a íngreme encosta que acabávamos de descer e que, à direita, apresenta unicamente uma pedreira negra e totalmente a pique, enquanto que do outro lado se veem árvores e arbustos, entre os quais ressalta a sombria araucária. As matas se estendem por um terreno inclinado, desde a encosta até um campo onde se veem algumas casinhas; mais ao longe ainda se avistam pastagens pontilhadas de araucárias, ao invés de cobertas só de capim. Em seu conjunto, a paisagem tinha qualquer coisa que lembrava as da Suíça.

Dali andei mais uma légua para chegar ao sítio onde devia passar a noite. Naquele trecho o terreno é montanhoso, mais cheio de matas do que as vastas solidões que tinham ficado para trás, e ao mesmo tempo mais pitoresco. A uma pequena mata se sucede um pasto de pouca extensão, e este, ainda que totalmente descampado, é comumente salpicado de araucárias, que se elevam acima do capinzal a alturas desiguais. Até então eu tinha encontrado matas compostas inteiramente de araucárias, bem como outras em que essas Coníferas aparecem misturadas com árvores de diversas famílias; naquele dia foi a primeira vez que encontrei pastos onde o pinheiro-do-paraná cresce no meio do capim, espalhado aqui e ali. É nesses pastos, principalmente, que se pode apreciar o encantador contraste entre o verde-escuro da copa perfeitamente regular dessas imponentes árvores e os suaves matizes das humildes Gramíneas.

Quando chegamos à casinha onde devíamos pernoitar, a chuva começou a cair torrencialmente. Creio que desde Sorocaba, isto é, desde o dia 6 de janeiro não tínhamos passado um único dia sem chuva, e já estávamos em 18 de fevereiro.

No dia 19 andamos só 2 léguas, e fomos dormir em Castro.

A população dessa cidade e dos seus arredores se achava em polvorosa porque estava havendo recrutamento para completar a milícia da região. Eram os coronéis ou, em sua ausência, os capitães das companhias que executavam essa operação. Cada um dos recrutados, como acontece em todo lugar nesses casos, apresentava razões para a sua dispensa: um alegava doença, outro a pobreza, que não lhe permitia comprar um uniforme, todo mundo pedia, tramava, apelava para os amigos.

Não é de admirar que os habitantes do lugar sentissem tamanha relutância em entrar para a milícia. Dois anos e meio antes, mais ou menos, uma parte do regimento tinha sido enviada ao Rio Grande, onde os brasileiros lutavam contra Artigas, quase todos os homens convocados eram casados, e sua ausência deixou suas famílias na miséria. Haviam-lhes garantido, é bem verdade, que ao fim de um certo tempo eles seriam mandados de volta à sua terra, mas essa promessa ficou completamente esquecida. Recentemente havia sido dada ordem a um destacamento de milicianos para se dirigir a Santa Catarina, e quando os homens não apareceram suas mulheres foram consideradas responsáveis.

A recente passagem do Coronel Diogo pela região contribuiu para aumentar o temor generalizado. Quando, em outros tempos, sob as ordens desse oficial, haviam sido iniciadas as obras do caminho de Garapuava, a que já me referi em outro relato[61], os habitantes do lugar foram forçados a trabalhar nelas. Eles não recebiam pagamento pelo seu trabalho e eram tratados com extrema severidade. Mais de mil pessoas tinham então abandonado o distrito para se refugiar na Província do Rio Grande do Sul, e a cidade de Castro, à época de minha viagem, só apresentava casas abandonadas e em ruínas.

---

[61] Ver meu relato anterior, "Viagem à Província de São Paulo".

O Coronel Diogo, que, como já foi dito, encontrei em Morangava, tinha seguido o caminho direto e, enquanto eu dava uma longa volta, havia chegado a Castro. Trazia ordens de São Paulo para prosseguir com a abertura da estrada e fundar uma nova paróquia num lugar denominado Linhares, onde já existiam, segundo se dizia, algumas casinhas. Quando se soube dessa notícia, a desolação se espalhou por todas as famílias, e a maioria dos habitantes achou preferível fugir a ter de se embrenhar novamente naqueles sertões infestados de selvagens e a ter de trabalhar praticamente sem nenhuma pagamento, longe de suas mulheres e de seus filhos, submetidos a um regime extremamente rigoroso sob a chefia de um homem habituado à dura disciplina militar. Não sei se a obra projetada terá trazido grandes benefícios, o que é certo, porém, é que, executada com um intolerável despotismo, ela já tinha começado a causar um grande mal.

Capítulo IV

A CIDADE DE CASTRO – FIM DA VIAGEM PELOS CAMPOS GERAIS

A cidade de Castro; sua história; sua posição; ponte; ruas, casas, igreja; instrução pública; natureza da população; relação entre o número de artesãos de determinadas especialidades e as ocupações dos habitantes dos diversos distritos da Província. — Limites do termo de Castro; sua população; observação sobre os movimentos dessa população; produtos do termo. — O Sargento-mor José Carneiro; sua casa; pequenas festas. — Dissabores por que o autor passou em Castro; o Índio Firmiano; vícios das classes inferiores. — Partida de Castro. — Caminho horrível; trapaças dos camaradas do autor. — A Fazenda de Carambeí; seus moradores; mau comportamento de José Mariano. — O autor se afasta da estrada direta. — O Rio Pitangui. — A fazenda do mesmo nome. — Cor dos pastos. — Ainda o Tibagi. — A Fazenda de Carrapatos; Dona Balbina; o traje das senhoras. — A Fazenda de Rincão da Cidade; peroração que a dona dessa propriedade faz ao autor. — O lugarejo denominado Freguesia Nova; considerável número de brancos; hábitos das mulheres. — A Fazenda de Caiacanga. — Mudança na vegetação e no aspecto da região. — O Rio Iguaçu. — O Registro de Curitiba; novos detalhes sobre as taxas que pagam os burros à entrada da Província.

A cidade de Castro tinha sido inicialmente uma simples paróquia, com o nome de Iapó; ainda à época de minha viagem era-lhe dado, por hábito, esse nome, que como já disse é o do rio que passa mais perto da cidade. Em 1788 o governador da Província de São Paulo, José Bernardo de Lorena, elevou a cidade o arraial de Iapó[62]. Quando passei por Castro — nome que lhe havia sido dado pelo governador — a cidade fazia parte da Comarca de Curitiba e era sede do termo situado em sua parte mais setentrional. Hoje (1847) ela ocupa a mesma posição na quinta comarca, que tomou o lugar da que se chamava outrora Curitiba[63].

A cidade de Castro, situada a 95 léguas de São Paulo, ocupa o alto de um morro alongado, que se estende na direção norte-sul até o Rio Iapó, a que já me referi. A leste do morro o terreno é pouco elevado e apresenta apenas pastagens; todavia, uma fileira de araucárias que margeiam um brejo emprestam variedade à paisagem. O lado do oeste é mais montanhoso e mais pitoresco; araucárias coroam o cimo dos morros que se elevam desse lado, veem-se algumas casinhas espalhadas sob essas majestosas árvores e, mais abaixo, um vasto relvado que se estende até a cidade. O Rio Iapó serpenteia aos pés desta, por entre arbustos de cujos ramos pendem líquens esbranquiçados, semelhantes às barbas de um velho e que oscilam à mais ligeira brisa. Os mais comuns desses arbustos são o pau-de-sebo, leguminosa cuja madeira é quase tão macia quanto a haste da *Agave vivipara,* a Eugenia *tenella,* Aug. S. Hil. Juss. Camb., cujos frutos são comestíveis e que é chamada vulgarmente de cambuí, e finalmente a *Escallonia vaccinoides,* Aug. S. Hil., que se faz notar por suas belas flores brancas.

Quero observar aqui, a propósito dessa última planta, que os Campos Gerais devem ser considerados, no Brasil, a região das Escalonáceas. Humboldt situa essa região vegetal entre 2.280 e 4.920 metros acima do nível do mar, nas terras vizinhas do Equador[64]. Em vista disso, os Campos Gerais, situados aproximadamente entre os 23° 50' e os 25°, a uma altitude de 400 metros, correspondem até certo ponto à parte das montanhas equatoriais cuja altitude se situa entre 2.800 e 4.920 metros acima do nível do mar.

Tinha sido construída sobre o Iapó uma ponte de madeira cujos arcos, em número de vinte e seis, tinham cerca de sete passos de largura; à época de minha viagem, entretanto, essa ponte estava quase que totalmente em ruínas, e é bem provável que tão cedo não seja reparada, pois a câmara municipal da cidade de Castro é totalmente desprovida de recursos. O comprimento da ponte não correspondia absolutamente à largura habitual do rio, mas unicamente a que ele alcançava na época das chuvas. O rio se torna bem mais estreito durante a seca, podendo mesmo ser atravessado a pé[65].

A cidade de Castro se compunha, à época de minha viagem, de uma centena de casas que se enfileiravam ao longo de três ruas compridas. As casas eram muito pequenas e feitas com paus cruzados, parecendo bastante com as dos nossos camponeses de Sologne, com a diferença de que eram mais bem iluminadas, talvez, e razoavelmente mobiliadas.

---

[62] Piz., "Mem. hist.", VIII.
[63] Villiers, "Carta topográfica de São Paulo", Rio de Janeiro, 1847.
[64] "Distr. plant."
[65] Nos últimos tempos o governo provincial vem-se interessando pela restauração da ponte de Castro, tendo mesmo reservado verbas para isso, mas em 1844 foi necessária a votação de uma nova verba para que pudesse ser terminada a obra ("Discurso recitado pelo Presidente Manuel Felizardo de Souza e Melo", etc., 1844).

Depois das emigrações provocadas pela construção do caminho de Garapuava, a maioria das habitações, como já tive ocasião de dizer, estava abandonada e em ruína.

A igreja paroquial, dedicada a Santo Amaro, muito baixa e muito pequena, era desprovida de ornamentos e se achava em quase tão mau estado quanto as casas particulares. Depois que cheguei ao Brasil vi poucas igrejas tão mal cuidadas quanto essa[66]. Fora iniciada a construção de duas outras, mas as obras haviam sido interrompidas.

Em 1820 a instrução pública era absolutamente inexistente em Castro e em todo o seu distrito. Somente em 1830 é que o governo provincial decretou que a cidade contaria, no futuro, com um professor para os meninos[67], e unicamente em 1846 um outro decreto estabeleceu ali uma escola para meninas. Não parece, de resto, que até o momento a primeira dessas escolas tenha sido muito frequentada, pois o presidente da província declara, em seu relatório referente ao ano de 1843, que o professor não lhe havia enviado, como lhe cumpria, a lista dos seus alunos; e, uma vez que essa lista também não faz parte dos relatórios de 1844, 45 e 47, que tenho nas mãos, é bem provável que o professor sentisse vergonha de não poder mencionar senão um número insignificante de alunos.

Três ou quatro comerciantes, prostitutas e alguns artesãos constituíam praticamente toda a população de Castro. Dentre os últimos, os mais numerosos eram os seleiros, o que não é de admirar numa região onde os homens passam a maior parte do tempo em cima de um cavalo[68]. Geralmente podemos avaliar os gostos e os hábitos de uma região pelo tipo de ofício exercido pela maioria de seus artesãos. Nas regiões auríferas há muitos ourives, mesmo nas mais pobres, porque todas as mulheres querem usar joias de ouro; em São Paulo e nos distritos mais prósperos onde se cultiva a cana-de-açúcar, a profissão que predomina é a de alfaiate, porque os habitantes do lugar podem andar bem vestidos; em Santos, porto de mar, encontram-se muitos calafates, e os carpinteiros proliferam nas regiões onde as constantes imigrações fazem aumentar continuamente a população.

Os arredores da cidade de Castro produzem milho, feijão, arroz e trigo, com o qual é fabricado um pão branco e muito saboroso; mas os habitantes das terras vizinhas se dedicam menos à agricultura do que à criação de bois e cavalos, e nos cuidados pouco variados que exigem esses animais se concentram todos os pensamentos dos camponeses.

Em 1820 o termo de Castro era limitado, ao nordeste, pelo Itararé, que o separava do distrito de Itapeva, e ao sul era separado do termo de Curitiba pelo Rio Tibagi, o que compreendia terras numa extensão de cerca de 32 léguas; o território ocupado pelos índios selvagens limitava-o do lado do leste e do norte; a leste ficam as grandes matas que chegam até a beira do mar, no meio das quais se acha situada a cidade de Apiaí. À época de minha viagem, ninguém se embrenhava mais do que 13 léguas na direção das terras dos indígenas; mas ultimamente as pessoas já se aventuram mais longe, e as florestas que se erguem do lado do leste já se tornaram mais conhecidas. Não obstante, os limites do termo continuam os mesmos.

---

[66] A obra de D. P. Müller prova que a igreja de Castro ainda não tinha sido ampliada em 1839 ("Ensaio estatístico").
[67] "Discursos recitados", etc.
[68] Mill. e Lopes de Moura, "Dic. Bras.", I.

Num passado não muito remoto a paróquia da cidade de Castro comprendia todo o distrito, mas o crescimento de sua população e sobretudo a extensão de seu território exigiram sucessivos desmembramentos. Assim, em 1839 havia no território de Castro cinco paróquias diferentes, a da cidade propriamente dita, as de Garapuava, Belém, Jaguariaíba e Ponta Grossa[69].

No Distrito de Castro o número de pessoas verdadeiramente brancas é muito maior do que nos distritos de Itapeva e de Itapetininga. Em 1820, a população da cidade se compunha de 5.000 indivíduos[70] incluindo-se 500 escravos, mas tinha sido muito maior antes que o Coronel Diego tivesse forçado, por assim dizer, devido à sua grande severidade, um grande número de pessoas a deixar a região[71]. Se os dados fornecidos por P. Müller são exatos, houve a partir de 1820 um aumento de 1.190 indivíduos em dezoito anos, o que devia dar, em 1839, uma população total de 6.190, incluindo-se aí 1.612 escravos, dos quais 727 eram negros africanos e 292 mulatos. O número de solteiros acima de trinta anos era, em 1837 ou 1838, de I para 4 em relação aos casados; celebraram-se no mesmo ano 46 casamentos de homens livres e 33 de escravos; nasceram 310 crianças livres e 94 escravas; finalmente, para 404 nascimentos houve apenas 101 óbitos[72]. As cifras acima dão margem às seguintes considerações: — 1º O aumento de pouco mais de um quinto sobre o total da população, num prazo de dezenove anos, poderá ser considerado pequeno em relação ao que houve em outras partes da Província de São Paulo; mas é possível que as emigrações tenham continuado durante o ano de 1820 e em 1821, até o momento da revolução que mudou a face do império brasileiro. Por outro lado, é evidente que uma região tão distante como a de Castro não podia receber, num mesmo prazo de tempo, tantos imigrantes quanto as terras vizinhas da Província do Rio de Janeiro, de Minas Gerais ou do porto de Santos. — 2º Enquanto que em 1838, como já disse, só ocorreu 1 casamento em 105,53 indivíduos em toda a província, no termo de Castro celebrou-se 1 em 78,35. Se pudéssemos tirar conclusões razoáveis de um fato que talvez ainda nem tenha ocorrido ou talvez nem chegue a se repetir, estaríamos tentados a partir do princípio de que os costumes no termo de Castro são mais elevados do que na maioria dos outros; mas não devemos esquecer que, dos 79 casamentos realizados, pelo menos 33 eram de escravos, e que o número dos que foram celebrados entre os brancos é comparativamente pequeno. Pelos dados apresentados não podemos concluir, pois, que os habitantes dessa região seguem mais à risca os bons preceitos do que a maioria de seus compatriotas, mas simplesmente que eles são mais prudentes e não desejam repetir com muita frequência as suas aquisições de negros; essa conduta, aliás, não deveria ser censurada, pois ao mesmo tempo que vai ao encontro dos melhores interesses dos senhores de escravos ela traz proveito para a moral pública. — 3º O número de escravos, que em 1820 compunha apenas um décimo da população, elevou-se em dezenove anos a pouco mais de um quarto. Do ponto de

---

[69] Essa informação foi fornecida por D.P. Müller ("Ensaio", tab., 18); contudo, parece que de acordo com a carta topográfica de Villiers depois de 1839 foram acrescentadas suas novas paróquias às cinco já existentes.

[70] Esse número me foi fornecido na própria região. O que Pizarro indica em seu livro, publicado em 1822 ("Memórias históricas do Rio de Janeiro", VIII), mostra uma diferença pouco acentuada e que não vai além de 150.

[71] O total de 4.831 indivíduos, indicado por Spix e Martius e relativo ao ano de 1815 ("Reise", I), está provavelmente abaixo da realidade.

[72] "Ensaio estatístico": continuação do apêndice da tab. 5; tab. 6.

vista moral, esse aumento representou para os brancos, talvez ainda mais do que para os negros, uma verdadeira infelicidade; mas do ponto de vista material, é um indício de grande prosperidade. — 4º Se tivesse havido, nos anos imediatamente anteriores a 1839, mais ou menos a mesma proporção entre os casamentos de homens livres e de escravos ocorridos nesse ano — o que ignoramos inteiramente — teríamos de concluir, infelizmente, que as negras nem sempre estavam sendo tratadas de acordo com os princípios humanitários; pois, enquanto que de um lado os casamentos de indivíduos escravos foram de 1 para 1 ,39, comparados com os de homens livres, a proporção dos nascimentos de filhos de escravos em relação aos de crianças livres foi de 1 para 3,29[73].

Ignoro quais foram os dados relativos aos produtos do termo de Castro durante o ano anterior ao da minha viagem; mas os quadros estatísticos de Pedro Müller nos indicam que em 1838 foram colhidos nesse termo 1.080 alqueires de arroz, 6.691 de feijão, 181. 631 de milho, 318 arrobas de fumo, 200 arrobas de algodão, 3.455 arrobas de mate, tendo sido criados 3.751 cavalos, 485 burros, 12.662 bois e 1.103 ovelhas. Nenhum dos distritos da Província de São Paulo forneceu, nesse mesmo ano, um número tão grande de cavalos, bois, burros e carneiros quanto o de Castro. Não obstante, esse distrito foi sobrepujado pelos outros no que se refere aos produtos da terra propriamente ditos[74].

Volto ao relato de minha viagem.

O Tenente-Coronel José Félix havia recomendado ao meu hospedeiro em Igreja Velha que me arranjasse um alojamento em Castro, e fiquei um pouco irritado — devo confessá-lo — quando vi o que me havia sido reservado. Mas o meu descontentamento logo se desvaneceu quando verifiquei que a casa onde me haviam instalado, embora em péssimo estado, era talvez a melhor que havia em toda a cidade.

Logo depois da minha chegada fui entregar uma carta do capitão-geral ao Sargento-mor José Carneiro, filho do Coronel Luciano, meu hospedeiro em Jaguariaíba. Ele me recebeu com certo constrangimento, que eu interpretei como frieza no princípio; mas não tardei a verificar que se tratava de um homem excelente, e não tenho palavras para louvar as gentilezas com que ele me cumulou durante minha estada em Castro. Ele não só fez questão que eu fizesse as refeições em sua casa, como também resolveu, em três ocasiões diferentes, oferecer-me uma pequena festa. Ele não contava em sua casa com móveis finos nem salas elegantes, não existia em Castro nada parecido com isso. Ele reuniu os músicos em sua modesta sala, que não tinha nem assoalho nem forro e só era

---

[73] Lê-se no "Dicionário geográfico do Brasil" (I) que em 1845 a população do Distrito de Castro somava 8.000 indivíduos, e no trabalho de Francisco de Paula e Silva Gomes (*in* "Anuário do Brasil", 1847) que, conjuntamente com a do Distrito de Vila do Príncipe, ou Lapa, essa população chegava a mais de 18.000 habitantes. Esses dois dados mostram um aumento extraordinário em relação a 1838, um ano bastante próximo de 1845 e 1846. Tudo indica, porém, que deve ter havido alguma confusão com respeito ao primeiro dado, pois no verbete em que ele é incluído diz-se que o Distrito de Castro é limitado pelas províncias do Rio Grande e de Santa Catarina; sabemos, no entanto, que entre Castro e essas duas províncias ainda se interpõe o Distrito de Curitiba. Quanto ao segundo dado, de acordo com o qual a população do Distrito de Castro somava cerca de 13.000 indivíduos, deduzidos os 5.000 relativos à Lapa ("Dicionário do Brasil", II), é possível que essa informação tenha tido um objetivo determinado, fazendo com que os que acreditavam ser ainda inoportuno separar a sétima comarca do resto da Província de São Paulo a julgassem propositadamente exagerada.

[74] "Ensaio estatístico", tab. 3. — Devo observar que o território de Castro pode ser chamado indiferentemente de termo ou distrito, já que o termo é composto (1838) unicamente de um distrito.

comparável aos nossos mais modestos albergues de aldeia. Entre os músicos que ouvi tocar na casa do sargento-mor havia um homem que dedilhava o violão com maestria sem conhecer uma única nota. Um outro manejava com grande habilidade um pequeno instrumento chamado "machete", que não é outra coisa senão um cavaquinho, tocando-o em todas as posições imagináveis e sempre com grande talento. Esse homem sabia também contorcer as feições de tantas maneiras diferentes que causaria inveja a um famoso saltimbanco muito popular então em Paris, apelidado de careteiro. O sargento-mor não se limitou a fornecer a música; cuidou também para que houvesse dança. Não foram permitidos os batuques[75] por causa da quaresma, mas os convivas dançaram aos pares uma dança muito semelhante às antigas alemandas, e outras dançadas a quatro e denominadas, na região, de anu e chula, em que os dançarinos fazem uma espécie de sapateado, dobrando os joelhos, e que não deixam de ter o seu encanto. Os tocadores de violão também cantaram, mas não é esse o forte dos brasileiros, que vivem longe das grandes cidades e não têm oportunidade de aprender música regularmente. Algumas modinhas[76] são sem dúvida muito bonitas, mas de um modo geral nada é mais triste nem mais monótono do que as cantigas populares das províncias que eu percorri. A voz dos brasileiros é quase sempre afinada, mas o povo do interior, pertencente às classes subalternas, têm o hábito de sustentar a mesma nota durante longos minutos, à medida que a voz vai enfraquecendo, o que faz suas cantigas se assemelharem a cantos fúnebres. Foram representadas também na casa do sargento-mor algumas farsas muito desagradáveis por sua indecência e grosseria. Finalmente, nos intervalos das danças, várias pessoas declamaram poesias bastante bonitas, e no entanto a reunião era composta apenas de artesãos e agricultores. No nosso país só conhecem versos as pessoas que têm algum estudo; é preciso estar familiarizado com a nossa poesia para sentir os seus encantos: a prosódia natural das línguas do Midi torna a sua poesia mais vulgar, habituados a ouvir e a pronunciar permanentemente sílabas medidas, os meridionais se tornam instintivamente bons juízes da metrificação dos versos.

Apesar das gentilezas do prestimoso sargento-mor e do seu empenho em me prestar todo tipo de serviço, minha estada em Castro foi pouco agradável. A casa onde eu me achava alojado, como a maioria das habitações da cidade, abrigava uma porção de gente extremamente desagradável, o que me causava muitos problemas e contrariedades. O índio Firmiano procurava desculpar suas escapadas com uma série de mentiras; além disso faltou-me com o respeito várias vezes, tentou fugir e me causou verdadeiro desgosto. Na verdade, eu não devia ficar surpreso de vê-lo descambar desse jeito para o

---

[75] Os batuques são danças obscenas sobre as quais já tive ocasião de falar em meus outros relatos. O Príncipe de Neuwied julgou ("Brasilien") que no meu primeiro relato eu havia escrito "batucas", mas foi realmente "batuques" que escrevi ("Viagem pela Província do Rio de Janeiro") e ainda escrevo, sendo essa a grafia usada no Brasil. De fato, existem na língua portuguesa alguns sons mistos, muito difíceis de perceber, e sobre cuja grafia nem sempre os escritores estão de acordo. Assim, o Príncipe de Neuwied entendeu que se chamava Ciri ("Bras.") um certo lugarejo da Província do Espírito Santo, ao passo que para mim o nome era Ceri ("Viagem pelo Litoral" etc.). Neuwied tem a apoiá-lo Francisco Manuel da Cunha ("Informação", etc., in "Revista trimestral", IV), e eu Milliet e Lopes de Moura ("Dic.", I). Quanto a grafia do nome de um outro lugarejo da mesma província, que Neuwied chama de "Miaipé" e eu de "Meiaipi", só tenho o "Dicionário geográfico" em que me basear, e ele é inteiramente a meu favor. Por outro lado, é muito maior o número de autores que escrevem Jucu (rio da Província do Espírito Santo), acompanhando a grafia de Neuwied, do que Jecu, como eu e Casal.

[76] As modinhas são cantigas às vezes bastante livres.

caminho errado, o que era de admirar era que isso tivesse tardado tanto a acontecer, já que ele convivia com o pessoal que me servia, todos eles cheios de vícios. Como já tive ocasião de dizer em meus outros relatos, os brasileiros das classes baixas não dispõem de qualquer instrução moral e religiosa, e em vista disso raramente mostram possuir alguma virtude. Eles geralmente não têm família, tendo sido criados por mulheres de má fama, que lhes ensinaram todos os vícios[77]. Vivem num permanente marasmo moral, do qual só saem durante alguma crise que termina sempre num crime (1816-1822). As prostitutas pululam nos mais ínfimos lugarejos, e é nas mãos delas que os camaradas deixam o fruto do seu trabalho. Por isso os donos das tropas de burros evitam cuidadosamente os povoados e procuram pernoitar em lugares isolados ou em ranchos distantes das vilas e arraiais. Quando não podem evitar os povoados, seus tropeiros escondem os burros a fim de poderem passar mais tempo em farras com as mulheres; além disso roubam os seus patrões e provocam desordens de todo tipo. O negro liberto que me acompanhava, chamado Manuel, cumpria perfeitamente suas obrigações quando estávamos em viagem, mas no momento em que chegávamos a um povoado qualquer ele trocava de roupa e sumia, não voltando a aparecer nem de noite nem de dia a não ser nas horas das refeições.[78]

Passei oito dias em Castro para mandar fazer uns caixotes onde guardar peças da minha coleção de História Natural, que eu pretendia deixar sob os cuidados do digno Sargento-mor José Carneiro. Ele ficaria encarregado de enviá-las ao governador da província, João Carlos d'Oeynhausen, em cuja casa eu as apanharia ao voltar.

Só tenho elogios a fazer aos artesãos que me serviram em Castro, principalmente o carpinteiro, que me foi muito útil tendo em vista as inúmeras precauções que era necessário tomar a fim de proteger dos insetos e da umidade as coleções que eu ia deixar para trás. Esse homem, de raça branca pura, sempre dizia com orgulho ser originário da França, e de fato ele se mostrava muito mais ativo do que o comum das pessoas do país.

Depois de ter apresentado minhas despedidas ao prestimoso sargento-mor, retomei a estrada direta de Curitiba, percorrendo durante 1 légua um trecho coberto de mata, como parecem ser todas as terras vizinhas da cidade de Castro.

A um quarto de légua da cidade o caminho se torna horrível e cheio de lodaçais, onde os burros se atolavam até o peito; vários deles caíram na lama, e foi com grande dificuldade que chegamos ao lugar denominado Curralinho. Aí ficamos sabendo que nos tínhamos extraviado e que teríamos de voltar. Já era tarde, e Manuel me garantiu que ia desabar um forte temporal. Resolvi, pois, ficar ali.

José Mariano e ele saíram logo depois para caçar, voltando ao cabo de quinze minutos sem trazerem nada. Manuel soltou os burros num pasto e, alguns instantes depois, ouvi José gritar: — Os burros estão fugindo na direção da cidade. Amanhã não vamos conseguir encontrá-los. Não temos outro remédio senão dormir no caminho. — Ele se vestiu apropriadamente, pegou um machado e um couro de boi para me fazer crer que ia dormir no mato, e partiu. Achei um pouco esquisito que ele se vestisse com tanto cuidado para passar a noite embaixo de uma árvore; mas não tardei a me dar conta de

---

[77] "Pudenda dictu spectantur. Fit ex his consuetudo, deinde natura. Discunt haec miseri, antequam sciant vitia esse" (M.F. Quintiliani, "Inst. orator", lib. I).
[78] Ver o volume precedente, "Viagem à Província de São Paulo".

que tudo não passava de um embuste ao saber que José Mariano tinha ido em sua companhia. E, de fato, Firmiano acabou por contar que os dois tinham ido à cidade.

Eles voltaram na manhã seguinte, antes que eu me tivesse levantado. Fingi não ter percebido nada, e reiniciamos a viagem. Tornamos a passar pelo caminho da véspera e, depois de caminharmos três quartos de légua, retomamos a estrada principal[79]. Ela era de tal forma ampla no ponto onde a havíamos deixado no dia anterior que o erro do meu pessoal só podia ter sido voluntário, tendo eles tramado tudo aquilo para poderem passar mais algumas horas em Castro.

A princípio continuamos a percorrer terras cobertas de matas, mas pouco a pouco as árvores foram rareando e, por fim, chegamos a uma imensa planície ondulada, onde no meio de belas pastagens viam-se apenas pequenos capões de mato.

A Fazenda de Carambeí, onde parei e cujo nome deriva das palavras guaranis "carumbé", tartaruga, e "y" rio (rio da tartaruga), fica situada nessa planície. A casa era pequena e bonita, lembrando um pouco as casas dos burgueses de nossas aldeias de Beauce.

Eu levava uma carta de recomendação para o seu proprietário, mas como ele se achasse ausente mandei entregar a carta à sua mulher. Um escravo fez-me entrar num corredor que dava acesso a vários cômodos pequenos e sem janelas, destinados aos forasteiros, um tipo de acomodação que é encontrado em toda parte, Minhas canastras foram descarregadas no corredor, e imaginando que apenas iriam servir-me uma refeição e que nenhuma pessoa da casa viria ver-me, eu me pus à vontade e já ia começar a trabalhar quando, para grande surpresa minha, apareceram duas moças bem vestidas, que me conduziram a uma sala grande. Uma era a mulher do fazendeiro, e a outra a mulher do que tinha dado a carta de recomendação. Todas as duas eram bonitas, tinham muito boas maneiras e uma conversa muito agradável. Desde que deixara o Rio de Janeiro eu só havia encontrado prostitutas e negras, e constituiu para mim uma deliciosa novidade passar a noite conversando com duas mulheres decentes e amáveis. Falamos muito sobre o Rio de Janeiro, São Paulo e Garuapuava, que a todo momento era mencionada. Essas senhoras me serviram chá e eu voltei ao meu trabalho, depois de passar umas duas horas em sua companhia. Logo depois fui chamado para o jantar, mas comi sozinho, acompanhado apenas por Laruotte; as senhoras só voltaram a aparecer depois de terminada a refeição.

---

[79] Itinerário aproximado da cidade de Castro à de Curitiba, com alguns desvios:

De Castro a Carambeí, fazenda	3 1/2 léguas
De Carambeí a Pitangui, fazenda	3 léguas
De Pitangui a Carrapatos	4 léguas
De Carrapatos a Santa Cruz	2 léguas
De Santa Cruz ao Rincão da Cidade	3 léguas
Do Rincão da Cidade a Freguesia Nova, lugarejo	1 léguas
De Freguesia Nova a Caiacanga, fazenda	3 léguas
De Caiacanga a Papagaio Velho, sítio	2 léguas
De Papagaio Velho ao Registro de Curitiba, posto fiscal	2 léguas
Do Registro de Curitiba a Itaque, sítio	4 léguas
De Itaque a Piedade, lugarejo	2 léguas
De Piedade a Ferraria, sítio	2 léguas
De Ferraria a Curitiba, cidade	2 léguas
	33 1/2 léguas

Fui deitar-me à hora habitual, mas quis o azar que eu me levantasse no meio da noite e fosse até o pátio da fazenda. Descobri então que o meu pessoal tinha abusado indignamente da hospitalidade que nos havia sido dada de uma maneira tão generosa e tão amável. Passei o resto da noite em grande agitação, fazendo mil projetos que a minha fraqueza e a impossibilidade de dispensar os meus empregados tornavam inteiramente inexequíveis. Entretanto, quando José Mariano entrou pela manhã no meu quarto, não consegui me conter. Repreendi-o severamente, enquanto ele me ouvia de cabeça baixa, sem dizer uma palavra. As constantes contrariedades que me traziam os meus servidores me afligiam indizivelmente e anulavam o prazer que eu poderia ter tido em percorrer esse admirável país.

A partir de Carambeí eu me afastei pela segunda vez da estrada direta de Curitiba. A que eu segui para chegar a essa cidade é mais longa. Mas fui aconselhado a preferir esse caminho porque os lugares onde eu poderia encontrar pousada ficam menos distantes uns dos outros, a região é mais aprazível e o seu povo mais hospitaleiro.

Acompanhado por um guia que me tinha sido fornecido em Carambeí, continuei a atravessar imensas pastagens de um verdor admirável, no meio das quais se veem alguns pequenos capões de mato. Passei por uma pequena fazenda de boa aparência, como parece ser a maioria das propriedades no interior dos Campos Gerais, e finalmente cheguei ao Rio Pitangui, que dá o nome à fazenda onde passei a noite[80]. No ponto onde se faz a sua travessia esse rio tem pouca largura e corre por entre barrancos cobertos de árvores e arbustos, onde predominam araucárias de gigantesco porte. À direita e à esquerda do rio, pedreiras nuas ressaltam nas encostas dos morros, contribuindo para tornar mais pitoresca a paisagem.

A Fazenda de Pitangui tinha sido outrora uma propriedade dos jesuítas. O prédio que eles tinham ocupado já não existia à época de minha viagem, mas ainda se via, no centro do pátio, uma igreja bastante espaçosa, que eles tinham mandado construir. Quando foi expulsa a Companhia, o Rei apossou-se da fazenda; os escravos foram levados para outros lugares e as terras vendidas, juntamente com a casa e os animais. Em 1820 a fazenda pertencia a um capitão da milícia que eu já tinha encontrado em Castro e que, tendo tido necessidade de se ausentar, havia deixado ordens para que eu fosse acolhido ali. Forneceram-me um quarto e me serviram um excelente jantar, mas fui menos feliz do que no dia anterior. Não vi ninguém, a não ser um seleiro que trabalhava para o capitão.

As terras que percorri depois de Pitangui, num trecho de 4 léguas, são ligeiramente ondulosas, como as da véspera; aliás, elas não apresentaram nenhuma diferença notável.

O verde das pastagens dos Campos Gerais é tão fresco quanto o de nossos campos, mas de um modo geral não se apresentam tão floridos como os nossos. Em alguns lugares, entretanto, principalmente entre Pitangui e Carrapatos, vi uma quantidade considerável de flores. A *Erygium* nº 1.569 e a Composta 1.464 *ter* eram as que apareciam com mais frequência; e ao passo que o amarelo e o branco são as cores predominantes

---

[80] O hispano-americano que já citei várias vezes acredita que essa palavra deriva do guarani "pitagi", quase vermelho. Não seria mais provável que derivasse da língua geral, conforme julga o meu amigo Manuel José Pires da Silva Pontes ("Revista trim.", VI) e signifique rio da criança ("pitang" ou "mitang", criança, e "y 'g", rio)?

57

em nossos prados, é o azul celeste, como já disse no relato anterior[81], que colore as pastagens que acabo de mencionar,

Depois de ter feito cerca de 3 léguas e meia, cheguei ao Rio Tibagi, que eu já tinha encontrado na Barra do Iapó e que também ali é orlado de árvores e arbustos entremeados de *Araucaria brasiliensis*. No meio dessas árvores notei a presença do *Salix* n° 1.562, cuja altura atinge cerca de 3 metros e que, a pouca distância de sua base, se divide em grossos galhos carregados de ramúsculos que se curvam para o chão.

À beira do Tibagi encontramos uma pequena canoa, que serviu para transportar as minhas coisas para a outra margem do rio.

Em sua margem esquerda eu já não me encontrava mais no distrito de Castro, e sim no termo de Curitiba, do qual o Tibagi forma o limite setentrional. Não se deve pensar, entretanto, que dessa maneira eu deixava também os Campos Gerais; estes só terminam onde acabam as pastagens e começam as matas.

Uma légua e meia depois de ter atravessado o rio cheguei à Fazenda de Carrapatos, onde dormi e que pertencia à irmã do proprietário de Carambeí. O marido achava-se ausente, mas essa circunstância não impediu sua mulher de me receber pessoalmente e me cumular de gentilezas.

Os trajes de Dona Balbina — era esse o seu nome — não difeririam em nada dos das duas senhoras de Carambeí. Como estas, ela usava um vestido de chita muito decotado e um chale do mesmo tecido, cujas pontas caíam de cada lado do peito. Todas elas traziam as pernas nuas e os cabelos arrepanhados por um pente, e todas usavam um comprido colar de outro e, nas orelhas, brincos de brilhantes.

De Pitangui eu me dirigi a Santa Cruz, uma fazenda outrora importante, e no dia seguinte dormi num lugar denominado Rincão da Cidade.

Tratava-se de uma pequena fazenda pertencente a pessoas pouco abastadas e com numerosa família. A dona da casa recebeu-me com extrema gentileza. Enquanto eu trabalhava ela veio sentar-se à soleira da porta do meu quarto e nos pusemos a conversar. "Por que o senhor se sacrifica dessa maneira viajando pelo mundo?" falou-me ela. "O senhor tem mãe; não seria melhor que fosse para junto dela e a consolasse na sua velhice? Neste momento ela sem dúvida estará pensando no senhor; imaginando que, enquanto ela desfruta de todas as doçuras da vida, o seu filho estará talvez passando necessidade, e ela chora pela sua sorte. A sua mãe não precisa do senhor, mas o senhor pode estar certo de que qualquer mãe prefere viver na pobreza, mas junto com os filhos, do que na riqueza, mas longe deles." Meus olhos se encheram de lágrimas e eu supliquei a essa senhora que não continuasse a falar desse jeito. Uma senhora que demonstrava tanto respeito pelos direitos maternos devia ser, ela própria, mãe excelente, e terá sido abençoada — espero — por todos os seus filhos. Eu jamais sentira um desejo tão vivo de rever minha pátria e minha família; mas eu me achava como que preso por uma espécie de fatalidade a essa terra do Brasil. Não segui os conselhos de minha bondosa hospedeira, e foi amargo o preço que paguei por isso.

Depois de terminar o meu trabalho saí a passear pelo campo, para espairecer. Já era noite; uma verdadeira multidão de insetos fosforescentes cortava os ares, refulgindo por um instante, apagando-se em seguida, para reaparecerem um pouco mais adiante.

---

[81] Ver o relato precedente, "Viagem à Província de São Paulo".

O céu estava estrelado, não se ouvia o mais leve rumor; mergulhei num vago devaneio que não deixou de ter um certo encanto, e voltei mais calmo para a casa.

A uma légua do Rincão da Cidade parei num lugarejo que se compunha de apenas uma dúzia de casas; chamava-se então Freguesia Nova porque fazia apenas três anos, aproximadamente, que o lugar tinha sido transformado em sede de uma paróquia.

A Paróquia de Curitiba compreendia outrora o território da cidade de Lapa e o de Castro, mas mesmo quando esses dois distritos foram desmembrados da paróquia ela continuou ainda bastante vasta. Uma vez que a população dos Campos Gerais aumentava sensivelmente, e que um grande número de fiéis, morando muito distantes do seu pastor, ficavam privados dos sacramentos, o bispo de São Paulo solicitou e conseguiu que o rei criasse uma nova paróquia, a qual devia estender-se desde o Tibagi até o Rio Itaque. A sua sede localizou-se inicialmente no lugar denominado Tamanduá[82], onde havia uma capela que pertencia à ordem dos carmelitas, mas que só lhes havia sido concedida com a condição expressa de que fosse celebrada ali uma missa pelo menos uma vez por mês. Como fizesse vários anos que isso não ocorria em Tamanduá, a concessão foi revogada, com toda justiça, mas os carmelitas reclamaram e a capela lhes foi devolvida. Eles mandaram para lá um padre, e foi então que o lugarejo se tornou sede da nova paróquia, que começou a ser chamada de Freguesia Nova[83].

Era uma das doze ou quinze casas de que se compunha o lugarejo que a missa era celebrada. De acordo com o estabelecido, as dízimas iriam para as mãos do Rei e este forneceria verbas para a construção de uma igreja[84]; já haviam sido feitos pedidos nesse sentido, mas até a época da minha viagem nada tinha sido conseguido. Por outro lado, o vigário se queixava da pouca devoção de seus paroquianos, que não concordavam em fazer o menor sacrifício em favor de sua religião, eles não estavam habituados a cumprir qualquer ato religioso, e era a duras penas que o vigário os convencia a assistir à missa.

Eu tinha encarregado José Mariano de ir pedir hospedagem a esse padre, e quando cheguei fui levado a uma casinha que, embora muito pequena, acomodou todas as minhas coisas. Pouco depois recebi a visita do vigário, a quem não pude deixar de elogiar.

Assisti à missa e, para grande espanto meu, notei entre os fiéis um número de brancos muito maior do que o de pessoas de cor — o oposto do que eu tinha visto em todos os outros lugares. Entre as mulheres, algumas eram muito bonitas, de pele rosada e feições extraordinariamente delicadas. De acordo com o costume, elas ficavam acocoradas no chão e muitas delas traziam uma criança nos braços. Todas tinham vindo a

---

[82] Parece que, posteriormente à minha viagem, Tamanduá adquiriu uma certa importância. Não se deve confundir esse lugar com a cidade do mesmo nome que faz parte da Província de Minas (ver minha "Viagem às Nascentes do Rio São Francisco"), nem com a cidade de Tatuí, como já foi feito (Dic. Bras., II), a qual pertence à quarta comarca da Província de São Paulo, ao passo que Tamanduá pertence à quinta.

[83] Era esse o nome que à época da minha viagem era dado na região à nova paróquia, mas não o encontro nem no "Ensaio estatístico" de Müller, nem no "Dicionário do Brasil", nem na carta topográfica de Villiers. A localização de Freguesia Nova me leva a crer que esse lugar não seja outro senão o que Villiers chama de Palmeiras; contudo, não sei como conciliar essa opinião com o que se acha registrado no Dicionário, ou seja que Palmeiras foi elevada a paróquia por um decreto da Assembleia Geral de 1833. Uma vez que Freguesia Nova já era uma paróquia em 1820, não havia nenhuma razão para que voltassem a elevá-la a paróquia em 1833.

[84] Ver o que escrevi sobre essa parte da história eclesiástica do Brasil em meu relato "Viagem a Minas Gerais", vol. I).

cavalo e vestiam roupas apropriadas para isso, um traje de montaria azul com botões brancos de metal e um chapéu de feltro, que tiravam na hora da missa.

Fiz as refeições na casa do vigário, junto com duas outras pessoas, sendo uma delas o fiscal do Registro de Curitiba. Conversamos bastante e eu recuperei um pouco do meu bom humor. O que me causava melancolia era a profunda solidão em que eu vivia habitualmente. A conversa dos meus empregados era muito pouco atraente, e eu havia verificado que se lhes desse muita atenção eles logo começavam a mostrar muita familiaridade e a me faltar com o respeito. Por outro lado, a maioria das pessoas em cujas casas eu me alojava tinham tão poucas ideias na cabeça que eu não conseguia conversar com elas mais do que quinze minutos; via-me, pois, forçado a alimentar o meu espírito com os meus próprios pensamentos. Quando, porém, a melancolia se apoderava de mim e a monotonia do meu trabalho já não servia para me distrair, nem meus pensamentos conseguiam ajudar-me.

Da cidade de Castro até Freguesia Nova fui andando mais ou menos na direção norte-sul, e dali até Curitiba tomei a direção oeste-sudeste.

A 3 léguas de Freguesia Nova parei numa fazendola chamada Caiacanga (das palavras indígenas "cai", símio, e "acanga", cabeça), cujo proprietário me recebeu muito mal. Queria que eu fosse pousar mais adiante, mas eu alteei a voz, disse que era um homem mandado (enviado pelo governo) e decidi ficar. Passado um quarto de hora o homem tornou a aparecer e se mostrou de uma amabilidade que contrastava inteiramente com sua atitude anterior. Desde que havíamos deixado Capivari o meu pessoal começou a me chamar, por brincadeira, de tenente-coronel; eu fiz mal em não protestar contra isso no princípio, e eles acabaram habituando-se a me dar esse título. Depois da ligeira discussão que tive com o dono de Caiacanga, alguém deve ter dito a ele que eu era tenente-coronel, pois quando me procurou de novo deu-me esse título, e estou convencido de que devo a esse posto fictício a mudança havida em suas maneiras.

Antes de chegar a Caiacanga atravessei um campo cujo aspecto me fez lembrar os carrascos de Minas Novas[85]. Como estes, ele era coberto por árvores e por arbustos muito juntos uns dos outros, de 1 a 1,10 metros de altura, entre os quais os mais comuns eram as Compostas ns. 1.586 *bis* e 1.586 *ter*. Seria de supor que um terreno onde os arbustos brotam naturalmente fosse de melhor qualidade do que aqueles onde nascem unicamente plantas herbáceas. Mas não é o que acontece, pelo menos nessa região. Os campos cujo solo é de má qualidade ou aqueles em que o gado pasta com demasiada frequência apresentam unicamente arbustos muito juntos uns dos outros.

Já entre Freguesia Nova e Caiacanga a paisagem me pareceu menos aprazível, e se tornou ainda menos atraente depois da fazendola. Os vales eram mais profundos, viam-se pedreiras nas encostas dos morros, o capim já não se mostrava tão verde e viçoso: eu me aproximava dos limites dos Campos Gerais. No seu começo, nos arredores de Morangava, seus belos campos tinham-se mostrado destituídos de encanto, e ali, no seu final, tornavam a adquirir um aspecto tristonho.

---

[85] Os "carrascos", como já disse em meu relato "Viagem a Minas Gerais", II, são uma espécie de floresta anã, composta de arbustos de troncos e ramos finos, de 1 a 1 metro e oitenta de altura, geralmente muito juntos uns dos outros.

A poucas léguas de Caiacanga cheguei à beira do Rio Iguaçu[86] ou Rio Grande, que ali é chamado de Rio do Registro porque passa perto do posto fiscal de Curitiba (Registro de Curitiba). Fui margeando o rio durante algum tempo. Pedras se projetam aqui e ali nos barrancos por entre os quais fluem suas águas, e suas margens são orladas de araucárias entremeadas de diversos arbustos. O rio tem sua nascente na Serra de Paranaguá, de que falarei mais tarde, e corre no sentido leste-oeste, formando várias cascatas, recebe as águas de numerosos rios e riachos e se torna bastante volumoso, indo desaguar no Paraná, no ponto em que esse rio corre na direção norte-sul[87].

Quando ainda me achava em Freguesia Nova, na casa do vigário, eu havia apresentado ao fiscal do registro uma carta de recomendação que me haviam dado para ele, fui então convidado a passar por sua casa, e como me houvessem garantido que isso não atrasaria muito a minha viagem resolvi atender ao seu convite. Seria impossível ser mais bem recebido do que fui, em sua casa. Ele era europeu, tinha uma conversa muito agradável e muito mais ideias do que os seus vizinhos. Serviu-me uma excelente refeição, e saboreei em sua casa umas uvas que teriam sido deliciosas se o clima da região tivesse permitido que amadurecessem devidamente.

O Registro de Curitiba, isto é, o posto fiscal, ficava localizado na estrada do sul, a 3 léguas de Lapa ou Vila do Príncipe, situada à entrada do Sertão.

Já disse em outro relato[88] quais eram as taxas que era preciso pagar para introduzir na Província de São Paulo os cavalos, burros e bois provenientes do Rio Grande. Acrescentarei mais alguns pormenores sobre o assunto.

Como se sabe, os impostos eram divididos entre duas administrações — a do contrato e a da casa doada, que representava nominalmente a família à qual o Rei havia outrora concedido a metade dos impostos recebidos à entrada da província[89]. Os burros, cavalos e éguas nascidos nas terras situadas entre os limites da Capitania do Rio Grande do Sul e o Registro eram taxados como os que vinham do Sul, mas o total de 2.500, cobrado por cabeça, era relativo ao *contrato,* porque à época em que o rei tinha feito a concessão da metade dos direitos à casa doada, não existiam ainda propriedades entre o registro e a fronteira da capital do Rio Grande do Sul, e além do mais a concessão só se referia aos animais oriundos dessa última capitania.

É sabido também que era na cidade de Sorocaba, e não no Registro de Curitiba[90], que se pagavam os impostos de entrada.

---

[86] Iguaçu ("Hyguaçu") vem de "hy", água, e "guaçu", grande — água grande, rio grande. Alguns autores escrevem "Iguassu" e "Yguassu", mas já fiz ver que, por uma questão de coerência, não podemos deixar de escrever "hy" na primeira sílaba; por outo lado, a grafia "guaçu" foi adotada por todos os que estudam seriamente o guarani, como se pode ver no "Tesoro de la lengua guarani", do P. Montoya.
[87] O tradutor, hoje esquecido, de Manuel Aires de Casal (Henderson, "History") e esse próprio autor dizem que uma horda de Puris habita as vizinhanças do Rio Iguaçu. Os Puris vivem na parte oriental da Província de Minas, e em consequência seria bastante extraordinário — como bem observou o Príncipe de Neuwied ("Bras." III) — que eles fossem encontrados na extremidade da Província de São Paulo. Ninguém na região me disse qualquer coisa que pudesse confirmar a asserção do pai da Geografia brasileira.
[88] Ver o capítulo intitulado "A Cidade de Sorocaba" no meu relato anterior, "Viagem à Província de São Paulo".
[89] Obra cit.
[90] Obra cit.

A administração do contrato concedia ainda aos negociantes de cavalos e burros outras facilidades, que traziam grandes vantagens a ela própria. Os negociantes que iam buscar os animais no Sul faziam esse comércio sem disporem de quase nenhum dinheiro, algumas cartas de recomendação lhes forneciam o crédito necessário, eles faziam as compras, que podiam ser pagas no prazo de um ano ou até mais, e chegavam a Lapa sem ter com que pagar os camaradas que tinham contratado para atravessar o Sertão. Para que pudessem saldar essa dívida, a administração do contrato lhes fazia um adiantamento, do qual só uma pequena parte era em dinheiro. O governo lhe havia concedido o privilégio exclusivo de ter uma venda no local do Registro, e os camaradas dos negociantes de animais eram pagos com tecidos e outras mercadorias, cujos preços eram fixos e sempre muito elevados. Os tropeiros já se haviam acostumado desde muito tempo a esse tipo de pagamento e nunca reclamavam. A administração fornecia também aos negociantes o sal de que iriam precisar para o resto da viagem, sendo reembolsada desses vários adiantamentos em Sorocaba, quando os animais eram vendidos. O privilégio exclusivo de possuir uma venda junto ao posto de fiscalização tinha sido, inicialmente, muito mais difundido, pois nenhum comerciante tinha direito de montar um estabelecimento em Lapa ou em Lajes, cidades que, como se sabe, estão situadas nas duas extremidades do Sertão. Depois de um certo tempo, porém, esse privilégio restringiu-se unicamente ao registro.

Calculava-se, à época de minha viagem, que nos últimos três anos o contrato tinha rendido mais de 40 contos de réis. Quando um burro entrava na Capitania de Minas, ele já havia pago taxas no elevado valor de 900 réis, sem contar com a travessia de vários rios.

O inspetor do Registro da Casa Doada prestava contas ao Ministério, sendo assim fácil ao governo conhecer os lucros obtidos com a entrada de burros e cavalos na Província de São Paulo. Suponho, pois, que, se continuavam sendo cedidos a particulares os direitos de cobrança das taxas, era para favorecer a alguns privilegiados, ou então porque o governo achava quase impossível a ele próprio tornar lucrativa a venda instalada junto ao registro. Parece-me, entretanto, que se estivessem sendo levados em consideração unicamente os interesses do fisco, teria sido muito mais vantajoso arrendar apenas a venda, reunir as taxas da Casa Doada e do contrato e entregar sua fiscalização à Fazenda Pública, o que poderia ser feito com um mínimo de despesas, pois se trata de uma operação extremamente simples.[91]

Eram os guardas da milícia que ficavam encarregados de vigiar para que nenhum animal entrasse ali clandestinamente. Eles patrulhavam as margens do rio e eram pagos metade pelo contrato, metade pela casa doada. Durante longo tempo esse serviço tinha estado a cargo dos soldados da infantaria, mas então o contrabando era constante, pois não era muito difícil levar vantagem sobre homens que nada tinham a perder. O contrabando tornou-se mais raro depois que os soldados foram substituídos pelos milicianos, que possuiam alguns bens e corriam o risco, em caso de fraude, de vê-los confiscados.

---

[91] Embora os autores do "Dicionário do Brasil", publicado em 1845, ainda indiquem o Registro de Curitiba como sendo o local onde são cobradas as taxas, parece claro — conforme diz Daniel Pedro Müller ("Ensaio", tab. 18) — que o posto fiscal foi transferido para o Rio Negro, mais adiante, um local bem mais próximo do limite meridional da província do que o Registro de Curitiba. Parece evidente também, e ainda de acordo com o mesmo autor, que já sob o governo constitucional foi efetuada a junção dos dois impostos, o da "casa doada" e o do "contrato", considerada por mim, aqui, uma medida necessária.

As pessoas atravessavam o Rio do Registro numa canoa, e os burros e cavalos a nado. O pedágio era cobrado por conta do fisco.

Do outro lado do Registro de Curitiba, as terras, montanhosas e cheias de matas, têm um aspecto menos aprazível do que a região que eu percorrera nos dias anteriores; já não se assemelham mais aos Campos Gerais, sendo consideradas como limite desse trecho tão característico da Província de São Paulo umas pequenas montanhas que se veem entre o Registro e o Sítio de Itaque, distante dele 4 léguas.

Capítulo V

A PARTE DO TERRITÓRIO DE CURITIBA SITUADA ENTRE ESSA CIDADE E OS CAMPOS GERAIS

O Sítio de Itaque. — Seu proprietário, o Capitão Veríssimo; emigrantes portugueses. — Uma Labiada chamada poejo; nomes de plantas de Portugal aplicadas a espécies brasileiras. — O lugarejo de Piedade; falta de hospitalidade. — Sítio de Ferraria; o Coronel Inácio de Sá e Sotomaior, seu proprietário; superstições absurdas confundidas com as verdades do cristianismo.

O Sítio de Itaque[92], onde parei no dia que deixei o Registro, pertencia a um capitão da milícia chamado Veríssimo, que me recebeu muito bem e em cuja casa fui forçado a permanecer três dias, devido ao mau tempo.

Era um excelente homem, que havia nascido em Portugal mas vivia no Brasil desde a idade de quinze anos. Depois de ter servido à milícia em postos subalternos, ele se havia retirado para Curitiba e se casara com uma mulher tão pobre quanto ele. Dedicara-se a cultivar a terra com suas próprias mãos, procurando verificar quais os produtos que lhe trariam mais lucro. Como desse mais atenção do que os seus indolentes vinhos ao cultivo e fabrico do fumo, as pessoas abastadas vinham adquirir o produto em suas

---

[92] Já foi visto, em alguns dos capítulos precedentes, que o nome de Itaque é encontrado em vários pontos da Província de São Paulo, bem como que se trata de um termo indígena e significa "pedra de amolar".
É nas proximidades do Itaque que, segundo me disseram, o Rio Assungui tem a sua nascente, o qual por sua vez vai formar a Ribeira de Iguape.

65

mãos, e pouco a pouco ele foi melhorando de vida; comprou alguns escravos, tornou-se capitão da milícia e, embora não contasse com grande fortuna, quando o conheci ele já podia descansar das labutas da mocidade. A maioria dos portugueses que se achavam estabelecidos no Brasil à época da minha viagem eram pessoas sem instrução, mas ainda que pertencessem a um povo menos laborioso do que os alemães e os franceses, eles eram infinitamente mais ativos do que os brasileiros, e ainda que demonstrassem pouco senso e perseverança eles não tardavam a alcançar uma certa prosperidade.

O Capitão Veríssimo atribuía a boa qualidade do seu fumo ao fato de só serem fiadas as folhas quando adquiriam uma cor amarela, bem como ao cuidado que ele tinha de expor ao calor do sol os paus onde eram enroladas as cordas de fumo recém-fiado[93].

Vi em seu pomar várias pereiras e ameixeiras, que davam frutos todos os anos, segundo me disse ele. Já se comiam maçãs nessa época (12 de março), mas em toda parte elas eram colhidas antes da maturidade, e não eram de boa qualidade.

Entre Itaque e Piedade, num trecho de 2 léguas, as terras ainda são cobertas de matas; contudo, a estrada passa sempre através de campos, sendo aquela região chamada de Campo Largo[94]. Uma Labiada, muito comum nos lugares baixos e úmidos, espalhava a grande distância um perfume muito agradável, que lembra o da *Mentha pulegium*. Os primeiros portugueses que se fixaram no país, iludidos sem dúvida pelo odor dessa planta, imaginaram que se tratava do poejo comum em sua pátria, pois foi esse o nome que deram à espécie brasileira. Da mesma forma, são aplicados a várias plantas brasileiras os nomes de espécies portuguesas com as quais elas mostram alguma semelhança, mas que os portugueses, entretanto, consideram idênticas às da sua terra, ansiosos por encontrarem num país tão distante uma lembrança da pátria.

Piedade, onde eu ia fazer uma parada depois de deixar Itaque, era um pequeno lugarejo que tinha uma capela[95]. O principal proprietário do lugar recusou hospedagem a José Mariano, que eu tinha mandado na minha frente, e quando cheguei ele insistiu na recusa, dizendo que se achava de partida para a cidade com toda a sua família; mencionei a minha portaria, e o homem concordou em me ceder uma casa desabitada, vizinha da sua. Foi a única pessoa, desde Itararé, que me recebeu assim tão mal. Em todos os outros lugares eu havia sido muito bem acolhido.

Depois de Piedade, num trecho de 2 léguas, passamos quase sempre através de matas nas quais sobressai a araucária e onde era horrível o caminho. O passo sempre igual dos burros tinha formado saliências e buracos que se sucediam regularmente, os animais escorregavam nos primeiros e se atolavam até os joelhos na lama que enchia os últimos. Em outros lugares havia fundos lodaçais, onde eu temia que eles mergulhassem. Para grande satisfação minha, cheguei finalmente ao Sítio de Ferraria, onde parei.

---

[93] Ver o primeiro capítulo deste volume.
[94] O território do Distrito de Campo Largo transformou-se no de uma paróquia do mesmo nome, criada por uma lei provincial de 12 de março de 1841 (Milliet e Lopes de Moura, "Dicionário geográfico", I).
[95] Esse povoado não pode deixar de ser o núcleo da nova Paróquia de Campo Largo, mencionada acima. Na verdade, o lugarejo de Piedade não é indicado nem por Pedro Muller, nem por Milliet, nem na carta topográfica de Villiers. Mas o presidente da província em 1844 fez menção a esse arraial duas vezes no seu relatório, e na tabela nº2 que acompanha esse relatório Campo Largo e Piedade estão expressamente registrados como sendo uma única paróquia ("Discurso recitado pelo Presidente Manuel Felizardo de Sousa e Melo", 1844).

Esse sítio pertencia a Inácio de Sá e Sotomaior, coronel da milícia de cavalaria, para quem eu trazia uma carta de recomendação e que me deu excelente acolhida.

Ele era europeu, o que equivale a dizer que era mais ativo e mais empreendedor do que os seus vizinhos. Ele havia plantado ao redor de sua casa diversas variedades de uvas, e fazia alguns anos vinha fabricando um vinho bastante razoável. Alegava-se nos primeiros tempos que o vinho não fermentava nas redondezas de Curitiba, e todos os habitantes da região escarneceram das primeiras tentativas feitas nesse sentido. O Coronel Sá e outros agricultores provaram que o vinho fermenta ali como em qualquer outro lugar, mas não conseguiram obter uma bebida de boa qualidade. Isso, aliás, não é de espantar, pois ali chove quase todos os dias desde a época em que a uva começa a se formar até o momento da colheita; ela quase nunca recebe os raios do sol e apodrece antes de se tornar perfeitamente madura. O Coronel Sá não se limitou a plantar videiras; cultivava também em seu pomar um grande número de árvores frutíferas, várias espécies de macieiras, ameixeiras, pessegueiros, castanheiras, pereiras e até mesmo de abricoteiros.

Várias pessoas de Curitiba vieram visitar à noite o coronel; sua mulher e sua filha participaram da reunião, o que não teria ocorrido em Minas, e conversamos bastante. Fui interrogado sobre variados assuntos, especialmente sobre os movimentos dos corpos celestes e sobre diversos pontos de Física, tudo o que eu ouvia mostrava uma ausência total da instrução mais elementar. Falou-se também das inúmeras superstições praticadas na região, de almas-do-outro-mundo, de duendes, de lobisomens, em que todos acreditavam. Os dogmas do cristianismo eram confundidos com as mais absurdas fantasias. Perguntavam-me ao mesmo tempo se eu acreditava em fantasmas e no Juízo Final, no fim do mundo e nos lobisomens, e as pessoas que duvidavam da existência das assombrações achavam que deviam pôr também em dúvida as verdades do Evangelho. Para as pessoas que pertencem às classes altas, uma ignorância profunda é tão perigosa quanto uma instrução superficial, pois, pretendendo colocar-se acima das crenças vulgares dos ignorantes, mas incapazes de fazer qualquer análise, eles repelem desdenhosamente as próprias verdades diante das quais se curvam respeitosamente Newton e Pascal, Fenelon e Bossuet.

As terras que atravessei para ir de Ferraria até Curitiba são ainda cheias de matas. A pouca distância dessa cidade, entretanto, encontra-se uma vasta planície ondulada e aprazivelmente entremeada de grupos de árvores e de pastagens. Montanhas pertencentes à Serra de Paranaguá[96], que faz parte da Serra do Mar, limitam o horizonte, forman-

---

[96] 96 Corroborando a opinião do Príncipe de Neuwied, acho que existe um grande número de casos cm que se torna necessário fazer concordar a grafia dos nomes brasileiros com a maneira como eles são pronunciados. Esse critério não deve, entretanto, ser adotado sem restrições ("Viagem às Nascentes do Rio São Francisco", Prefácio). Quando se trata de um nome que, embora venha sendo deturpado pela pronúncia popular, já tenha a sua grafia consagrada pela maioria dos historiadores e geógrafos, bem como pelas próprias autoridades governamentais, é evidente que essa grafia deve ser conservada. Assim, apesar de todo mundo no Brasil pronunciar Parnaguá, não devemos escrever dessa maneira esse nome, assim como na França não escrevemos "Tar, Béar, Momorillon ou Pivier", embora os habitantes da região pronunciem esses nomes dessa forma. Por outro lado, eu não adotaria o nome de Braganza, proposto pelo Príncipe de Neuwied para um dos rios que deságuam na Lagoa Feia, na Província do Rio de Janeiro, pois é mais do que evidente que esse nome foi dado ao rio em honra da casa de Bragança. Aliás, esse nome foi dado ao rio em honra da casa de Bragança. Aliás, esse curso d'água tem tão pouca importância que

do um semicírculo e seguindo a direção nordeste-sul. A extensão da planície, a natureza de sua vegetação e as elevadas montanhas que se veem ao longe tornam a paisagem ao mesmo tempo risonha e majestosa.

---

não é citado em nenhum lugar; mas o nome de Bragança — nunca Braganza — é encontrado em outras partes do Brasil, como se pode ver no "Dicionário" de Milliet e Moura.

Capítulo VI

A CIDADE DE CURITIBA E O SEU DISTRITO

A cidade de Curitiba; sua história; sua situação; suas casas, ruas, praça pública, igrejas, fontes; uma capela. — Os habitantes de Curitiba, em sua maioria agricultores; mobiliário de suas casas. — Comércio; dificuldades das vias de comunicação; O Brasil de certa maneira interrompido. — Limites da Comarca de Curitiba; cidades que fazem parte dela; sua população; sua Guarda Nacional; proporção entre o total da população e o número de membros da Guarda Nacional. — População do Distrito de Curitiba; salubridade desse distrito e seu clima; seus produtos; o caráter de seus habitantes. — Excelente acolhida feita ao autor. — Descrição da chácara onde ele ficou alojado. — O Capitão-mor de Curitiba. — Duas índias da tribo dos Coroados de Garapuava; vocabulário da língua dessa tribo; maneira como se pronunciam as línguas indígenas em geral; comparação do idioma dos Coroados de Garapuava com outras línguas; retrato de duas mulheres dos Coroados; os nomes das tribos indígenas como simples apelidos; nenhuma ideia de Deus; cauim; preparativos para a partida: o Sargento-mor José Carneiro.

Curitiba, situada aproximadamente 110 léguas de São Paulo, à altura do 25° 51'42" de lat. sul[97], deve o seu nome à prodigiosa quantidade de araucárias que crescem em seus arredores. Em guarani, "curii" significa pinho, e "tiba", reunião[98].

À época de minha viagem todos diziam, na cidade, que os primeiros habitantes da região se tinham estabelecido inicialmente num lugar denominado agora Vila Velha, mais próximo da Serra de Paranaguá, onde tinham sido erguidas algumas casas. Não sei se a permanência nesse lugar trouxe algum inconveniente para os desbravadores, mas o fato é que eles não ficaram ali muito tempo. De acordo com uma velha lenda, a

---

[97] Uso aqui os dados fornecidos por Pizarro ("Memórias hist."), mas não se chegou a um perfeito acordo quanto à posição de Curitiba.

[98] É evidente que, de acordo com essa etimologia, não se deve escrever "Curytiba", como Casal, ou "Coritiba", como Feldner e muitos outros, e com menos razão ainda "Corritiva", como John Mawe, ou "Coritigba", como Pizarro.

imagem de Nossa Senhora da Luz, a sua padroeira, aparecia todas as manhãs com os olhos voltados para o sítio onde hoje se ergue Curitiba, e foi por essa razão — ajunta a lenda — que os colonos de Vila Velha se mudaram para lá. Eles próprios decidiram dar o título de vila à nova povoação, pouco se importando com os direitos e a autoridade do seu soberano. O governo acabou por compreender que era indispensável tirá-los da situação irregular em que eles se encontravam e, no final do século XVII, Curitiba recebeu oficialmente o título de vila[99]. Quando a Capitania de São Paulo, que por muito tempo contara apenas com um ouvidor, foi desmembrada em duas comarcas, a do norte e a do sul, Curitiba foi naturalmente incluída nesta última. O ouvidor da Comarca do Sul residia inicialmente em Paranaguá, mas por um decreto de 19 de fevereiro de 1812 recebeu ordem de se fixar em Curitiba. A cidade tornou-se, então, a verdadeira sede da Comarca do Sul, que recebeu o nome de Paranaguá e Curitiba[100], sem dúvida para não despertar a rivalidade dos habitantes do litoral. Mas essa medida não foi muito eficaz, pois à época de minha viagem não havia ninguém que não se referisse normalmente à Comarca do Sul, dando-lhe o nome de Comarca de Curitiba. Foi com razão, aliás, que se transferiu para ali a residência do ouvidor. A comarca é dividida pela cordilheira marítima em duas partes desiguais, de difícil comunicação entre si, e nada mais justo que a principal autoridade da região morasse na parte mais extensa. Dois juízes ordinários faziam os julgamentos de primeira instância e presidiam, de acordo com o costume, a câmara municipal.

Depois de estabelecido o governo constitucional no Brasil, Curitiba foi honrada com o título de cidade. Estabeleceu-se ali um professor de Latim, podendo ser considerada a cidade como a capital da quinta comarca[101]. Muito próxima da Província do Rio Grande do Sul, ela não participou, entretanto, de nenhuma forma, das perturbações que agitaram essa província. O presidente de São Paulo em 1840 fez merecidos elogios à sua fidelidade[102], na verdade bastante louvável, considerando-se que os curitibanos vinham solicitando em vão, desde 1822[103], a sua separação do resto da Província de São Paulo, o que poderia justificar uma certa hostilidade da parte deles em relação ao governo central.

Surge naturalmente aqui uma questão que talvez fosse interessante tentar resolver: de onde vieram os homens que povoaram inicialmente Curitiba, o seu distrito e os Campos Gerais? Pertencendo em sua maioria à raça caucásica pura, falando um português perfeito, os atuais habitantes dessa região não podem, evidentemente, descender de seus vizinhos, os mestiços dos distritos de Itapetininga e de Itapeva. Não se pode também imaginar que descendam de uma colônia oriunda da sede da capitania, pois nesse caso eles apresentariam alguns traços de sangue indígena, já que os bandos de aventureiros que partiam de São Paulo e se embrenhavam nos sertões do Brasil eram compostos em grande parte de mamelucos. Parece, pois, difícil refutar a ideia de que a Comarca de Curitiba tenha sido originariamente povoada por europeus que teriam vindo diretamente de Portugal para Paranaguá, provavelmente atraídos pelas minas de ouro da

---

[99] Os pormenores que dou aqui só têm a apoiá-los a tradição. Contudo, à época da minha viagem eram considerados incontestáveis pelas pessoas mais credenciadas do país. Pizarro diz que foi um certo Teodoro Ébano Pereira, capitão de navios de guerra, que em 1654 fundou Curitiba; segundo P. Müller, o primeiro nome desse homem não seria Teodoro e sim Heliodoro (Pizarro, "Mem. hist.' VIII; P. Müller, "Ens. estat."); finalmente, o paulista Pedro Taques de Almeida Pais Leme, certamente mais bem informado do que esses dois autores, dá a Ébano o nome de Leodoro ("Hist. da Capitania de São Vicente", *in* "Revista trim.", segunda série, II).
[100] Pizarro, "Memórias hist.", VIII.
[101] Milliet e Lopes de Moura, "Dicionário", I.
[102] Manuel Machado Nunes, "Discurso recitado no dia 7 de janeiro de 1840."
[103] Francisco de Paula e Silva Gomes *in* Sigaud, "Anuário do Brasil"

região; eles teriam atravessado mais tarde a Serra do Mar procurando expandir suas buscas ou talvez fugir do ar insalubre do litoral a fim de poderem cultivar as plantas do seu país. Essa teoria tem a corroborá-la o fato de haver Gabriel de Lara trazido em sua companhia várias famílias europeias, ao estabelecer residência em Paranaguá em 1647, como representante do Marquês de Cascais, donatário daquelas terras[104].

Curitiba foi construída numa das partes mais baixas de uma vasta planície ondulada que, como já disse, apresenta uma agradável alternativa de matas e campos e é limitada do sul ao nordeste pela Serra de Paranaguá.

A cidade tem uma forma quase circular e se compõe de duzentas e vinte casas (1820), pequenas e cobertas de telhas, quase todas de um só pavimento, sendo, porém, um grande número delas feitas de pedra. Todas as casas, como ocorre cm Minas e Goiás. possuem o seu quintal, mas não são bananeiras, mamoeiros ou cafeeiros que se veem ali, e sim macieiras, pessegueiros e outras árvores frutíferas europeias.

As ruas são largas e bastante regulares, algumas totalmente pavimentadas, outras calçadas apenas diante das casas. A praça pública é quadrada, muito ampla e coberta por um relvado.

As igrejas são em número de três, todas feitas de pedra. A que mais se destaca é a igreja paroquial, dedicada a Nossa Senhora da Luz; ela fica situada na praça, perto de um de seus ângulos, e sua localização assimétrica prejudica a harmonia do conjunto. A igreja não tem torre nem sino. A capela-mor[105] e os dois altares laterais são bastante bonitos e enfeitados, a nave fica num plano elevado e tem cerca de 30 passos de comprimento, mas não tem abóbada, nem forro, e é inteiramente nua.

Há em Curitiba duas fontes de pedra sem nenhum ornamento. Abaixo da cidade passam dois córregos, cujas águas são usadas pelos seus habitantes; um deles, que tem uma ponte feita de tábuas, corta a estrada de Castro[106]. Existem também nos arredores da cidade algumas nascentes de água muito boa, que são de bastante utilidade para os seus habitantes.

Além das três igrejas que mencionei, vê-se a uma centena de passos de Curitiba uma capelinha construída no alto de um outeiro que domina não só a cidade como uma parte da planície, e de onde se descortina uma bela vista[107].

Curitiba mostra-se tão deserta, no meio da semana, quanto a maioria das cidades do interior do Brasil. Ali, como em inúmeros outros lugares, quase todos os seus habitantes são agricultores que só vêm à cidade nos domingos e dias santos, trazidos pelo dever de assistir à missa.

Em Curitiba e nos seus arredores é muito pequeno o número de pessoas abastadas.

Eu vi o interior das principais casas da cidade, e posso afirmar que nas outras cabeças de comarcas ou mesmo de termos não havia nenhuma casa pertencente às pessoas importantes do lugar que fossem tão modestas assim. As paredes eram simplesmente

---

[104] Milliet e Lopes de Moura ("Dicionário do Império do Brasil", II)

[105] Já expliquei no capítulo intitulado "A Cidade de Itu» do volume anterior ("Viagem à Província de São Paulo"), o significado do termo capela-mor.

[106] Não me forneceram na região o nome desse rio. Deve ser o Rio Curitiba, mencionado por Feldner e por Milliet ("Reisen durch mehrere provinzen Brasiliens", I; — "Dicionário", I). O Rio Curitiba é o começo do Iguaçu, que já mencionei mais atrás.

[107] Lê-se na nota de Francisco de Paula e Silva Gomes, inserida no "Anuário" de Sigaud relativo ao ano de 1847, que vinte anos antes havia sido iniciada em Curitiba a construção da câmara municipal e da cadeia, mas que a obra nunca tinha sido terminada. O autor da nota acusa, a esse respeito, de negligência o governo provincial sediado em São Paulo.

caiadas e o mobiliário das pequenas salas onde eram recebidas as visitas se compunha apenas de uma mesa e alguns bancos.

Entretanto, havia em Curitiba várias lojas muito bem abastecidas. Os negociantes traziam suas mercadorias diretamente da capital do império, mas só as vendiam aos fazendeiros do distrito porque os comerciantes das cidades vizinhas também se abasteciam no Rio de Janeiro. A exceção dos artigos de armarinho, dos tecidos e dos utensílios de cobre e ferro, etc., o sal era o artigo de mais alta importação, devido ao seu grande consumo pelo gado. A cidade de Curitiba enviava ao Porto de Paranaguá, situado abaixo dela, toucinho, milho, feijão, trigo, fumo, carne seca e mate, sendo este último consumido em parte no litoral e em parte despachado para as cidades de Buenos Aires e Montevidéu, impossibilitadas de receberem esse produto do alto Paraguai devido à situação política. Entre os artigos de exportação não posso deixar de mencionar uma certa quantidade de gado que Curitiba vendia a São Paulo ou ao Rio de Janeiro[108].

A cidade de Itapeva, como já disse no relato anterior, só dispunha de comunicações extremamente precárias com o Porto de Iguape[109]. Curitiba podia, pois, ser considerada como a única cidade no interior que, a partir de São Paulo, mantinha contato frequente e direto com o litoral; em consequência, sua situação era extremamente favorável ao comércio, e não há a menor dúvida de que ela se tornaria uma cidade muito florescente se a estrada que atravessa a Serra de Paranaguá não fosse tão acidentada. Com efeito, como veremos mais adiante, poucas estradas são tão horríveis como era essa à época de minha viagem.

Quem não imaginaria estar ainda nos primeiros tempos da descoberta do Brasil ao saber que, numa extensão de mais de 110 léguas paralelas ao mar e pouco distantes deles, só existia praticamente um único centro de população que mantinha contato com o litoral, e ainda assim através de uma estrada capaz de assustar os homens mais intrépidos? Esse trecho de 110 léguas conta com quatro ou cinco portos, mas, ainda que estes não distem mais do que 20 léguas das povoações do interior, os habitantes do litoral se acham tão alheios ao que se passa nas redondezas quanto a França com relação ao que ocorre na Rússia ou no reino de Nápoles. Garantiram-me que os que viviam à beira-mar jamais tinham visto uma vaca, e no entanto a poucas léguas dali havia imensos rebanhos.

O trecho da Província de São Paulo que eu tinha percorrido entre Sorocaba e Curitiba era formado por uma língua de terra estreita, isolada no meio de uma região inculta, e se pode dizer que na extremidade dessa língua de terra o Brasil se interrompia, por assim dizer. Com efeito, do lado do mar erguia-se, quase inacessível, a Serra de Paranaguá, e depois de Lapa, também chamada Vila Nova do Príncipe, situada a 12 léguas de

---

[108] Os produtos de exportação são ainda os mesmos, hoje; mas o seu volume aumentou, forçosamente, tendo em vista o acentuado crescimento da população e a extensão cada vez maior das terras cultivadas. Francisco de Paula e Silva Gomes diz que, em ano recente, a Comarca de Curitiba despachou centenas de alqueires de feijão para o Rio de Janeiro, numa época em que havia escassez nesta cidade, e que essa remessa fez com que o preço caísse de 20.000 réis para 8.000 (*in* Sigaud, "Anuário do Brasil", 1847). O mesmo autor acrescenta que, se as estradas fossem melhores, Curitiba poderia fornecer ao Rio de Janeiro batatas de excelente qualidade.

[109] Ver o capítulo intitulado "Viagem de Itapetininga aos Campos Gerais", no relato anterior ("Viagem à Província de São Paulo").

Curitiba, era necessário, para sair da província, atravessar 60 léguas do Sertão do Sul, ou Sertão de Viamão, região totalmente despovoada e infestada de selvagens, onde a estrada não passa de uma sucessão de perigosos atoleiros[110].

Na verdade, além do caminho que ligava Curitiba a Paranaguá, havia um outro que partia da paróquia de São José dos Pinhais[111] e ia desembocar quase no litoral, num ponto à altura da Ilha de São Francisco, pertencente à Província de Santa Catarina; entretanto, pelo que me disseram, esse caminho era pouco transitado e ainda mais acidentado e perigoso do que o de Paranaguá. Em certos trechos a carga tinha de ser transportada nos ombros dos homens, e não era raro aparecerem ali os selvagens[112].

Poucos anos antes de minha passagem por ali, o venerável bispo do Rio de Janeiro, José Caetano da Silva Coutinho, em visita à sua vasta diocese, tinha percorrido a Comarca de Curitiba; depois de atravessar a Serra de Paranaguá ele prometeu aos habitantes da região que iria solicitar ao Rei os meios necessários para se construir naquelas montanhas uma estrada praticável. De volta ao Rio de Janeiro o bispo foi fiel à sua palavra, e pouco tempo depois o ministro escreveu às autoridades locais, solicitando-lhes informações precisas sobre o atual estado do caminho da Serra, os melhoramentos que podiam ser feitos nela e a forma de custear as despesas que isso acarretaria. As autoridades responderam a essas perguntas propondo que se criasse um imposto sobre os burros e as mercadorias que descessem e subissem a Serra. O Rei mudou o seu ministério, e nunca mais se falou na estrada[113].

Falei sobre a cidade de Curitiba tomando-a isoladamente, por assim dizer, agora direi algumas palavras sobre o conjunto da comarca de que ela é sede, e me estenderei também sobre o seu distrito.

---

[110] O Presidente da Província de Santa Catarina no ano de 1847, Marechal de Campo Antero José Ferreira de Brito, diz positivamente em seu discurso à Assembleia Legislativa que acabam de ser completados os estudos preliminares relativos à estrada que liga Curitiba a Lajes, cidade fronteira a Santa Catarina e se congratula por ter sido descoberto um atalho de fácil acesso e que torna a viagem muito mais curta ("Fala que o Presidente", etc.). Em breve, veremos que, se em 1847, ainda não existia entre Curitiba e Lajes um caminho em melhores condições do que o existente em 1820, os viajantes que nessa época faziam o percurso entre a primeira cidade e Paranaguá não tinham também motivos para louvar o caminho que usavam.

[111] São José dos Pinhais, situado 3 léguas a sudeste de Curitiba, é mais antigo do que esta cidade, segundo me disseram. Em 1820, São José não passava de uma paróquia pertencente ao Distrito de Curitiba; em consequência, Manuel Aires de Casal errou em 1817 ("Corog. Bras.", I) ao considerá-la como cidade. Daniel P. Müller, em 1838, o presidente Manuel Felizardo de Sousa e Melo, em 1844, e finalmente Villiers em 1847 sempre se referem a São José como sendo uma simples paróquia. ("Ensaio estatístico"; — "Discurso recitado no dia 7 de janeiro de 1844"; — "Carta topográfica da Província de São Paulo".).

[112] De acordo com os relatórios do presidente da Província de São Paulo referentes ao ano de 1844, parece que atualmente as comunicações diretas entre o sul da Comarca de Curitiba e São Francisco não apresentam tantas dificuldades como em 1820; não obstante, M.L. Aubé, uma competente autoridade, diz ("Notícia sobre a Província de Santa Catarina") que "as obras da estrada de Curitiba à Ilha de São Francisco foram tão mal feitas que essa estrada continua, por assim dizer, quase impraticável".

[113] Os discursos dos presidentes da Província de São Paulo às diversas assembleias legislativas tendem a mostrar que, no que se refere a estradas, não ocorreram grandes mudanças na Comarca de Curitiba, desde a época de minha viagem. Foram abertos alguns atalhos e picadas, e começadas algumas estradas, mas tudo isso realizado sem a menor constância ou arte. Nada foi feito que tivesse valor ou fosse duradouro. Francisco de Paula e Silva Gomes escreveu, provavelmente em 1846, que a estrada de Curitiba a Paranaguá se encontra em péssimo estado (in Sigaud, "Anuário", 1847) e o próprio presidente da Província de São Paulo, Manuel Felizardo de Sousa e Melo, faz observações bastante semelhantes em seu relatório relativo ao ano de 1844. (Ver a nota precedente.)

A Comarca de Curitiba é limitada ao norte pelo Rio Itararé, ao sul pelas províncias de Santa Catarina e do Rio Grande do Sul, a leste pelo oceano e também pela Província de Santa Catarina; a oeste os seus limites não parecem estabelecidos com exatidão, estendendo-se desse lado vastas regiões despovoadas.

No começo de 1820, a comarca compreendia, além de sua sede, as cidades de Guaratuba, Paranaguá, Antonina, Cananeia e Iguape, no litoral; Lajes, Castro e Vila Nova do Príncipe ou Lapa, no planalto. No final desse mesmo ano Lajes foi anexada à Província de Santa Catarina. Depois da instalação do governo constitucional, a Comarca de Curitiba passou a ser a quinta da Província de São Paulo, tendo sido desmembradas dela as cidades de Cananeia e Iguape, que foram anexadas à sexta comarca, inteiramente litorânea. Assim, em 1838 ela se compunha apenas de Guaratuba, Paranaguá, Antonina, Vila Nova do Príncipe, Curitiba e Castro[114]. Hoje a comarca inclui mais uma cidade, sem que, no entanto, o seu território tenha sido aumentado. É que foi desanexado do território de Antonina o antigo arraial de Morretes, que passou a ser sede de um distrito[115].

A Comarca de Curitiba contava, em 1813, com 36.104 habitantes[116]. Na suposição de que Cananeia, Iguape e Lajes não tivessem sido desmembradas dela, essa população se elevaria em 1839 a 56.626 indivíduos, a saber: 42.890 para a comarca propriamente dita, tal como ela é hoje, 9.396 para o distrito de Iguape, 1.627 para o de Cananeia[117] e 2.713 para Lajes[118]. Finalmente, de acordo com o pequeno trabalho de Francisco de Paula e Silva Gomes e os dados enviados em 1843 pelas próprias autoridades de Curitiba ao governo central, o número de habitantes da comarca atual seria hoje 60.000[119]. De tudo isso se conclui que, se o território de Curitiba não tivesse sofrido nenhuma modificação entre 1813 e 1839, sua população teria aumentado, em vinte e cinco anos, na proporção de 1 para 1,56; ou, se preferirmos, esse aumento terá sido de aproximadamente 5/9 em relação ao número primitivo, ou seja, menos 1/7, praticamente, do que o acréscimo que teria ocorrido no mesmo espaço de tempo na Comarca de Itu se o território dessa comarca não tivesse sido também diminuído depois de 1813. De resto, se algo nos deve causar surpresa nessa diferença, é que ela não tenha sido maior, pois as imigrações são mais numerosas no território de Itu do que no de Curitiba, e a introdução de escravos deve ter sido mais considerável — guardadas as devidas proporções — numa região voltada para a produção de açúcar do que numa outra dedicada à criação de gado.

---

[114] D. P. Müller, "Ensaio estatístico".
[115] De acordo com o que dizem Milliet e Lopes de Moura em seu útil dicionário, Palmeiras teria também sido desmembrada do Distrito de Curitiba em 1840, para ser elevada a cidade; mas Villiers, em sua carta topográfica de 1847, ainda se refere a esse lugar como sendo uma simples paróquia, e é com esse título que Palmeiras figura na tabela no 5 que acompanha o relatório do presidente da província para o ano de 1845 ("Discurso recitado pelo Presidente Manuel da Fonseca e Silva"; mapa 5).
[116] Pizarro, "Memórias históricas", VIII; — Eschw., "Journal", II, tab. 1.
[117] Müller, "Ensaio estat".
[118] "Fala do presidente de Santa Catarina do 10 de março de 1841, document." 15.
[119] Villiers, em sua excelente carta topográfica de São Paulo, publicada em 1847, registra 78.000 habitantes na Comarca de Curitiba; parece-me entretanto, totalmente impossível que tenha havido em quatro anos um aumento de 18.000. Além do mais, as autoridades de Curitiba, sempre desejosas de mostrar que sua terra se achava muito povoada, não iriam indicar um número inferior ao verdadeiro.

À época de minha viagem, a Comarca de Curitiba contava com dois regimentos da milícia, um de infantaria, formado pelos habitantes do litoral, e o outro de cavalaria, sendo os componentes das companhias deste último regimento escolhidos entre os proprietários de cavalos que habitavam as terras situadas a oeste da Serra. Em 1838, quando a comarca já se achava reduzida aos distritos de Paranaguá, Guaratuba, Castro, Curitiba e Lapa, sua Guarda Nacional compunha-se de 1.572 homens da cavalaria. residentes no planalto, e 2.062 da infantaria, metade dos quais, aproximadamente, habitava o litoral. Ao todo somavam-se 3.634 homens, o que representava pouco mais da quinta parte da guarda nacional de toda a província, que na época se elevava a 16.247 homens[120].

Creio que na França seria possível estabelecer com certa precisão que o número dos componentes da guarda nacional de cada departamento apresenta sempre a mesma proporção em relação ao número de habitantes desse departamento; em consequência, é possível deduzir, tomando-se como base a população total do país, qual é o número total dos componentes da sua guarda nacional. Essa regra, entretanto, não se aplica ao Brasil. O fato de representar a milícia da Comarca de Curitiba a quinta parte de toda a milícia da Província de São Paulo não nos deve levar a concluir que essa comarca contenha a quinta parte de toda a população da província. Com efeito, os negros entram junto com os brancos no cômputo da população brasileira, mas eles não fazem parte da guarda nacional. Ora. há na Comarca de Curitiba um número de negros relativamente muito menor do que na de Itu, por exemplo, ou em qualquer outra região onde se fabrica açúcar em grande escala. Consequentemente, é bem possível que uma outra comarca tenha uma população muito maior do que a de Curitiba e não possua, entretanto, uma guarda nacional tão numerosa quanto a dela. Tenho ainda outra observação a fazer: em 1813, a milícia da antiga Comarca de Curitiba era composta unicamente de 758 homens da artilharia e 560 da cavalaria[121], em consequência, o aumento da Guarda Nacional foi bem mais considerável entre 1813 e 1838, guardadas as devidas proporções, do que o da população tomada em seu todo. Essa diferença não se deve, na minha opinião, a uma maior severidade no recrutamento e sim ao fato de se ter tornado mais próspera a região e ser maior o número de homens que podiam comprar o equipamento necessário; e talvez ao fato, também, de terem sido incluídos entre os brancos alguns jovens cujos pais tinham alguns traços de sangue indígena.

O Distrito de Curitiba, em particular, é limitado do oeste ao noroeste pelo de Castro, ao norte pelo de Apiaí, a leste pela Serra de Paranaguá, que o separa do território de Morretes, pertencente outrora ao de Antonina, ao sudeste pelo Distrito de São Francisco, parte da Província de Santa Catarina, e finalmente ao sudoeste pelo Distrito de Lapa, também chamado Vila Nova do Príncipe.

---

[120] Esses números foram tirados do trabalho de D. Pedro Muller ("Ensaio estat.", tab. 11). Na verdade, o presidente da província, Manuel da Fonseca e Silva, atribui à Guarda-Nacional 24.033 homens, no ano de 1845; mas nesse cômputo ele inclui não apenas os ausentes, que provavelmente estão também incluídos no número indicado por Müller, como também os homens que se achavam na reserva e os que foram dispensados do serviço. Em resultado, o número de militares prontos a entrar em ação se reduz a um efetivo de 14.260 ("Relatório apresentado no dia 7 de janeiro de 1845").

[121] Quadro apresentado a Eschwege pelo Ministro de Estado, o Conde da Barca (*in* "Journ. Bras.", 11, tab. 2).

De leste a oeste, o distrito deve ter 28 léguas de extensão; do norte ao sul, 40. A parte mais próxima do território de Apiaí é, entretanto, inteiramente despovoada. Em 1820, não existiam limites bem demarcados entre os dois distritos. Recentemente havia sido aberta uma picada que ligava diretamente um ao outro, mas ela atravessava extensas matas despovoadas, e podemos verificar, pelos relatórios do presidente da província, relativos a 1843 e 1845, que nessa época ainda faltava muito para que esse caminho se tornasse praticável[122].

Em 1817 a população do Distrito de Curitiba compunha-se de 10.652 indivíduos, no ano de 1818 a varíola devastou a região, e no entanto um novo recenseamento mostrou, no fim do mesmo ano, um aumento de 362 indivíduos, somando um total de 11.014. Em 1838, esse número se elevava a 16.155. Os dados que obtive na região me permitem mostrar de que maneira se dividia a população relativa a 1818 e comparar os números dessa época com os de 1838, fornecidos por D. Pedro Müller[123].

Aqui está o quadro que organizei:

1818

Brancos de ambos os sexos	6.140
Mulatos livres	3.036
Negros livres	251
Indivíduos livres	9.427
Mulatos escravos	544
Negros escravos	1.043
Escravos	1.587
Total	11.014

1838

Brancos de ambos os sexos	9.806
Mulatos livres	4.119
Negros livres	289
Indivíduos livres	14.214
Mulatos escravos	704
Negros escravos	1.237
Escravos	1.941
Total	16.155

Esse quadro dá margem às seguintes considerações:

1º) A população total do Distrito de Curitiba aumentou em vinte anos na proporção de 1 a 1,46, e por conseguinte o aumento foi um pouco maior do que no total da comarca, como ela era primitivamente, o que não é de admirar, pois é sempre

---

[122] "Discurso recitado pelo Presidente José Carlos Pereira de Almeida Torres no dia 7 de janeiro de 1843":
— "Discurso recitado pelo Presidente Manuel Felizardo de Sousa e Melo no dia 7 de janeiro de 1844".
[123] "Ensaio estatístico" cont. do apêndice a tab. 5.

nos centros mais populosos de qualquer país que se concentram as imigrações. — 2°) Não se deve pensar que o aumento tenha sido na mesma proporção para todas as raças, pois para os brancos foi de 1 para 1,59, para os mulatos livres, de 1 para 1,35, para os negros livres, de 1 para 1,29 e para os negros escravos de 1 para 1,18; por conseguinte, a população branca é a que mais cresceu, e aqui podemos ver mais uma vez como é enorme a vantagem que têm sobre as zonas açucareiras as regiões que se dedicam exclusivamente a outro tipo de cultura, principalmente as que se ocupam com a criação de gado. Com efeito, em dezesseis anos — de 1823 a 1838 — o aumento do número de escravos, no Distrito de Itu, foi na proporção de 1 para 1,54, e nós sabemos que, na realidade, um aumento desse tipo representa um verdadeiro mal. — 3°) Em 1838, no Distrito de Curitiba, o número de homens casados era proporcionalmente de 0,40 para 1, no total da população, e apenas de 0,29, ou quase, no Distrito de Itu e em outros onde o fabrico de açúcar em grande escala exige um maior número de escravos; essa diferença se deve ao fato de que são poucos os escravos que têm permissão para casar, e também que a promiscuidade é diretamente relacionada com o número de escravos.

À época de minha viagem, havia no Distrito de Curitiba 948 agricultores, 31 negociantes, 205 diaristas e 50 arrieiros. O número de comerciantes quadruplicou de 1820 a 1838, o que vem provar como progrediu a agricultura na região. Ainda em 1838, havia em Curitiba e em seu distrito 1 marceneiro, 11 carpinteiros, 8 serralheiros, 2 seleiros, 8 ourives, 5 oleiros, 1 pedreiro, 10 alfaiates e 12 sapateiros. Causa espanto, sem dúvida, ver nessa lista apenas 1 pedreiro para 11 carpinteiros, 8 serralheiros e sobretudo 8 ourives, mas não devemos esquecer que no Brasil, de um modo geral — como já disseram Spix e Martius — há uma infinidade de coisas que são feitas pelos escravos, bem como que existem negros obreiros e que cabe a eles, comumente, o trabalho de levantar paredes, o qual não exige os mesmos cuidados que o de seleiro e muito menos o de ourives.

Em 1818 contavam-se no Distrito de Curitiba:

Indivíduos de 80 a 90 anos

Brancos 43

Negros livres (sexo não especificado) 5

Negros escravos (sexo não especificado) 3

Mulatos livres 9

Indivíduos de 90 a 100 anos

Brancos 11

Negros livres (sexo não especificado) 2

Escravos (sexo não especificado) 1

Mulatos livres 6

Um fato digno de nota é que, à medida que a população apresentava um sensível aumento, os casos de longevidade se tornavam cada vez menos numerosos, proporcionalmente. Com efeito, aqui estão os dados relativos a 1838:

Indivíduos de 80 a 90 anos
Livres..43
Escravos...4
Indivíduos de 90 a 100 anos
Livres..5
Escravos...2

Não é possível que o clima se tenha modificado, e não me parece que alguma epidemia tenha atacado particularmente os velhos. Sinto-me tentado a crer que o gosto pela cachaça se tenha tornado mais difundido, ou então que o vírus venéreo* se tenha espalhado mais largamente.

Curitiba e seus arredores não são menos salubres do que os Campos Gerais, as doenças epidêmicas são ali quase desconhecidas, e pelo menos num certo período os casos de longevidade não eram raros na região. Todavia, a proximidade das montanhas torna a temperatura ali mais inconstante do que nos Campos Gerais; as geadas são mais fortes no inverno, e mais intenso o calor no verão. Fazia muito tempo que eu não sentia tanto calor quanto em Curitiba (março).

Encontram-se laranjas e abacaxis de excelente qualidade nos arredores de Castro, principalmente no distrito denominado Ponta Grossa, ao contrário do que ocorre em Curitiba, onde o inverno rigoroso não permite o cultivo da segunda dessas frutas e as laranjas são muito ácidas. Algumas partes do distrito, como por exemplo as margens do Rio Assungui, constituem uma exceção; é possível plantar ali cafeeiros, bananeiras e abacaxizeiros, tendo eu próprio experimentado algumas bananas colhidas nas margens do Assungui que me pareceram muito boas. Presumo que os lugares onde são cultivadas algumas plantas muito sensíveis ao frio, principalmente os cafeeiros, devem ser protegidos por alguma elevação do terreno dos ventos do sudoeste que comumente trazem as geadas, nessa região.

De todas as árvores frutíferas da Europa, o pessegueiro é o que melhor se adapta não só ao clima do Distrito de Curitiba como também ao dos Campos Gerais. Essa árvore é usada para fazer cerca-viva, nenhum cuidado é tomado com ela, os animais se coçam esfregando-se no seu tronco, mas nada disso impede os pessegueiros de se desenvolver com extraordinário vigor. Plantam-se também no distrito, macieiras de várias espécies, ameixeiras, algumas pereiras e até mesmo nogueiras.

Quanto às outras plantas cultivadas em grande escala, são as mesmas dos Campos Gerais, isto é, o milho, o arroz, o trigo, o feijão e o fumo, recebendo ali essas plantas os mesmos cuidados que têm as da região situada entre o Itararé e o Tibagi. O linho dá-se muito bem nos arredores de Curitiba, podendo ser semeado e colhido três vezes no correr do ano. Contudo, parece que até 1820 eram poucos os que se dedicavam à sua cultura, por não saberem tirar partido dela. À época de minha viagem o milho era vendido em Curitiba, em situação normal, a 160 réis o alqueire, ou 40 litros, o trigo a 2 cruzados, o arroz com casca a 2 patacas e sem casca a 4, o feijão a 1 cruzado o alqueire — preços que acredito serem muito inferiores aos de hoje, mesmo se levarmos em conta a desvalorização da moeda, o que iria provar, se o fato já não fosse conhecido, que o comércio se expandiu de uma maneira considerável.

Veremos em breve que nos arredores de Curitiba é fabricado o mate, que constitui um importante produto de exportação[124].

Com a lã dos carneiros fabricam-se muitos cochonilhos, mantas para cavalos muito usadas na região e que são também exportadas para Sorocaba.

No ano de 1680 o paulista Salvador José Velho descobriu terrenos auríferos nas vizinhanças de Curitiba, os quais, segundo Pedro Tacques, ainda eram muito produtivos em 1772. À época de minha viagem todo mundo sabia da existência desses terrenos e de outros, pouco distantes dali, mas ninguém se interessava mais por eles, e não parece que tenham voltado mais tarde a ser explorados[125].

Em nenhuma outra parte do Brasil encontrei tantos homens genuinamente brancos quanto no Distrito de Curitiba. Os habitantes da região pronunciam o português sem nenhuma das alterações que já mencionei no relato anterior[126] e que indicam uma mistura da raça caucásica com o indígena. De um modo geral eles são altos e bem constituídos[127] têm os cabelos castanhos e a pele rosada; suas maneiras são afáveis, sua fisionomia é franca, e eles não mostram o menor sinal daquela basófia que comumente torna insuportáveis os empregados e os comerciantes da capital do Brasil. As mulheres têm as feições mais delicadas do que as de todas as outras regiões do país que visitei; elas são menos arredias e sua conversa é agradável.

Em resumo, os curitibanos têm alguma semelhança com os seus vizinhos, os habitantes do Rio Grande do Sul, mas — que me seja permitido exprimir-me dessa maneira — eles são mais brasileiros do que estes. Sua hospitalidade não é maior do que a dos mineiros, mas se não possuem a inteligência destes últimos, são mais estáveis e ainda conservam muitas das características de seus ancestrais maternos e paternos, os europeus.

Há de causar espanto, sem dúvida, que os habitantes do Distrito de Curitiba e os dos Campos Gerais, em sua maioria oriundos de europeus, sem nenhuma mistura de sangue indígena, deem a todos os portugueses legítimos um apelido injurioso, o de emboabas, mas não se deve esquecer que as novas gerações não pertencem ao país de seus ancestrais e sim à terra onde nasceram e foram criados. Os homens nascidos no Brasil, filhos de pai e mãe portugueses, são brasileiros e têm tão pouco amor aos europeus quanto o resto de seus compatriotas, alimentando contra eles os mesmos preconceitos. O nome de emboaba era dado pelos índios a todas as aves cujas penas lhes iam até os pés, e eles o associaram aos europeus porque estes usavam botas ou polainas. Os paulistas logo começaram a andar de pernas nuas, como os próprios índios, passando também a usar o apelido, que era aplicado principalmente aos forasteiros que pretendiam participar junto com eles dos tesouros de Minas Gerais[128]. Esse nome já parece esquecido agora

---

* As doenças venéreas são, em sua maioria, ocasionadas por bactérias (M.G.F.).

[124] Francisco de Paula e Silva Gomes informa (in Sigaud, "Anuário", 1847) que foi introduzida a cultura do chá na Comarca de Curitiba, já tendo sido produzida uma dezena de arrobas de chá de excelente qualidade.

[125] Se houvesse hoje terrenos auríferos em exploração na Comarca de Curitiba, seria de esperar que Francisco de Paula e Silva Gomes mencionasse esse fato na nota em que ele se refere pormenorizadamente aos produtos de sua terra (In Sigaud, "Anuário", 1847).

[126] Ver o volume anterior ("Viagem à Província de São Paulo").

[127] Casal já havia dito, antes de mim, que, dentre todos os paulistas, os curitibanos são os mais robustos e os mais bem conformados fisicamente ("Corog. I).

[128] Casal, "Corog. Bras,", I, — Pizarro, "Mem, hist.", VIII, segunda parte. Ver também o primeiro parágrafo do volume anterior ("Viagem à Província de São Paulo.").

numa grande parte da Província de São Paulo, mas ainda o encontrei em uso entre os mestiços de Itapeva, de onde se deve ter espalhado para os distritos vizinhos de Curitiba e de Castro.

Os curitibanos se dedicam geralmente à agricultura, ocupando-se em cultivar suas terras talvez mais do que com a criação de gado, primeiramente porque podem vender seus produtos com bom lucro em Paranaguá, e depois porque nos arredores de Curitiba existem mais matas do que campos.

Apesar da amenidade do clima, os habitantes desse distrito não são menos indolentes do que os das zonas mais setentrionais do Brasil. O digno homem que exercia, à época de minha viagem, as funções de capitão-mor era obrigado a demarcar a quantidade de terra que cada um devia semear, metendo na cadeia, de vez em quando, alguns preguiçosos, a fim de intimidar os outros. A cultura do trigo, que iria trazer tantos benefícios, só pôde ser introduzida na região à custa de imposições e ameaças, e se os pessegueiros são atualmente tão comuns ao redor de todos os sítios, é porque o capitão-mor obrigou os agricultores a plantá-los. Ali não é o calor excessivo que causa preguiça nos homens, eles se tornam indolentes porque têm poucas necessidades e não se acham habituados ao luxo; além do mais, a fecundidade da terra, bem como a doçura do clima, não exige deles grandes esforços. Em Curitiba, como ocorre em todo o Brasil setentrional, o cultivo da terra não necessita de mais de dois meses de cuidados. Dez meses de descanso habituam os homens à ociosidade, e quando chega o momento de trabalhar ninguém se sente com coragem para isso. A espécie humana é por natureza inclinada ao repouso, e os povos mais laboriosos da Europa deixariam de sê-lo em pouco tempo se pudessem prover às suas necessidades e caprichos sem que precisassem trabalhar. Entre nós, os europeus, a emulação contribui também para afastar muita gente da ociosidade, mas até agora esse nobre sentimento — forçoso é confessar — ainda é bastante raro entre os brasileiros. Contudo, veremos a seguir o que conseguiu o capitão-mor de Curitiba nesse sentido, ao estimular a vaidade das mulheres e o seu gosto pelos enfeites. O capitão me disse que as terras mais bem cultivadas do seu distrito eram habitadas unicamente por pobres criaturas cujos maridos tinham fugido dali para escapar à tirania do Coronel Diogo. Cada uma dessas mulheres, desejando possuir uma corrente de ouro, brincos e algumas roupas decentes, punha-se a trabalhar para conseguir isso. Quando o capitão-mor notava que uma delas estava mais mal trajada do que as outras, procurava fazer com que ela se envergonhasse disso, incentivando-a assim a trabalhar para igualar-se às suas vizinhas.

Como veremos a seguir, só tenho de me congratular com a acolhida que me fizeram os amáveis curitibanos.

Quando eu estava quase chegando a Curitiba, vindo de Ferraria, avistei logo à minha frente um grupo de homens a cavalo, quase todos uniformizados. Tratava-se do capitão-mor, de um coronel e de vários oficiais do regimento da milícia. Esses homens dirigiram-se a mim com extraordinária cortesia e, para grande desespero meu, deram-me o tratamento de Excelência, o que já me tinha acontecido algumas vezes. Atravessamos por uma ponte feita de tábuas, o riacho que já mencionei mais acima e entramos na cidade, dirigindo-nos à casa do capitão-mor. Ali nos foi servido um belo jantar, para o qual foram convidados todos os componentes do grupo que eu havia encontrado. A carne era excelente, e diante do prato de cada um havia sido colocado um pãozinho branco muito saboroso. Depois do jantar o capitão-mor perguntou-me se eu preferia alojar-me numa casa na cidade ou numa chácara pouco distante dali. Optei pela segunda, tendo sido levado até lá por toda a comitiva. Depois que me instalei, o capitão-mor e os outros oficiais se retiraram, deixando à minha porta um guarda encarregado, segundo me disse ele, de receber minhas ordens. Conversei com ele alguns instantes, amavelmente, depois o mandei embora.

Não podia existir nada mais encantador do que a posição da chácara onde eu me achava alojado. Situada num morro a pouca distância de Curitiba, ela domina toda a planície onde é construída a cidade. O horizonte é limitado pela serra de Paranaguá, que forma um semicírculo e cujos cumes ora se mostram arredondados, ora se projetam como pirâmides. A planície é ondulada, e nela se alternam agradavelmente campos verdejantes e matas no meio das quais ressalta sempre a pitoresca e imponente araucária. À esquerda vê-se, à entrada de uma floresta, uma lagoa à beira da qual há algumas casinhas, e ao longe se avista, a sudeste, a Paróquia de São José dos Pinhais. A cidade de Curitiba não fica à vista; situada numa baixada, ela fica oculta por um pequeno morro no topo do qual foi erguida a capela que já mencionei no começo deste capítulo.

Passei nove dias em Curitiba, cumulado de gentilezas pelo capitão-mor e as pessoas mais importantes do lugar. Não há dúvida de que desde que chegara ao Brasil eu não tinha recebido em nenhum outro lugar melhor acolhida do que essa. Nos primeiros dias da minha chegada as pessoas mais ilustres da região vieram ver-me, conforme o antigo costume, e antes de partir não deixei de lhes retribuir a visita.

O capitão-mor de Curitiba, sobre quem já falei bastante, era um excelente homem, jovial, franco, prestimoso, que parecia muito estimado por todos. Ele me cumulou de gentilezas e fez questão absoluta de que eu comesse todos os dias em sua casa, sem dar ouvidos às minhas objeções. Mencionarei, de passagem, que o jantar começava sempre, como na França, por uma sopa de pão, o que eu ainda não tinha visto em nenhum lugar desde que chegara ao Brasil.

Morava na casa do capitão-mor uma moça de Garapuava pertencente a um desses povos indígenas que têm o hábito de fazer uma pequena tonsura ao redor da cabeça, e que por isso os portugueses chamam de Coroados. Essa mulher me ditou algumas palavras de sua língua, e em seguida eu li essas palavras para uma outra mulher da mesma nação, corrigindo os erros que me haviam escapado. Era o método que eu sempre seguia, quando possível[129].

---

[129] O Príncipe de Neuwied fez algumas conjecturas ("Brasilien") sobre a maneira como eu registrei as palavras da língua dos Botocudos que incluí em meu relato "Viagem a Minas Gerais", II; o príncipe bem poderia ter poupado a si próprio esse trabalho, pois aqui vai transcrito o que escrevi no livro acima citado: "Eu não quis deixar São Miguel sem coligir um pequeno vocabulário da língua dos Botocudos. Com esse fim, eu ia dizendo palavras da língua portuguesa a um escravo negro pertencente ao comandante, que conhecia o idioma dos selvagens, e as palavras eram traduzidas pelo nego e repetidas para um botocudo do bando de jan-oé, sendo em seguida anotadas por mim. Depois de postas no papel, eu as lia para o índio de jan-oé, pedindo-lhe que apontasse para mim os objetos a que elas se referiam. Quando ele não conseguia compreender-me, eu repetia a palavra para o negro Julião, e em seguida corrigia o que eu havia anotado." Creio que seria impossível usar de maior precaução do que a que tomei para não cometer enganos. E se escrevi "manhan", ao invés de "magnan", para indicar a palavra em botocudo que significa água, é porque segui a ortografia portuguesa, conforme já declarei (obra cit.), a qual é mais fácil do que a francesa para reproduzir as palavras indígenas. Neuwied compara várias palavras do meu vocabulário

Aqui vão as palavras que me foram ensinadas pelas duas mulheres dos Coroados:

Sol	Elê (o *l* tem o som de *r*)
Lua	Cochê (pronúncia arrastada)
Estrelas	Crinhê
Terra	Nga
Fogo	Pin
Água	Goió
Chuva	Ta
Pedra	Pa (o *a* é pronunciado quase como o *awe* dos ingleses)
Homem	Hanguê (*h* aspirado)
Mulher	Fanga (*a* final quase mudo)
Criança	Paissi
Esposa	Quajana (o *a* final tem o som do *é* francês)
Mãe	Nan
Pai	Io (*o* aberto)
Irmão	Aranguerê

com as do seu, e naturalmente são as minhas que ele considera erradas; ele faz o mesmo, e de maneira mais rigorosa, com o vocabulário de Al. d'Orbigny, e finalmente com o de Feldner. Comparei com o de Neuwied o vocabulário de Jomard, desde a letra A até a letra K inclusive, e só encontrei quatro palavras perfeitamente iguais e seis que eram em parte diferentes; quanto ao resto, a grande maioria não apresentava a mais leve semelhança nos dois vocabulários. É evidente que o de Jomard seria também condenado pelo Príncipe de Neuwied. Enfim, teremos de condenar igualmente o valioso vocabulário, ainda inédito, coligido pelo ilustre Guido Marlière, que no entanto viveu longo tempo entre os Botocudos (ver "Viagem pelo Litoral do Brasil", II), já que ele difere muito menos do que o meu do de Neuwied. De fato, Marlière registra bem menos vogais finais do que eu, porém mais do que Neuwied. Assim, cavalo para ele é "pomu cuame", e para Neuwied "pomo kenam"; canoa para o primeiro é "djonkate", para o segundo "tiogeat"; para um estrelas é "meréette", para o outro "nioré-at"; mole é "nhoque", para um, "gneuiock" para o outro; língua é "gisoque" para um, "kjitiock" para o outro; ave é "atarane" para um, "atarat" para o outro; arco é "nime" para Marliére, "neem" para Neuwied. Por outro lado, Neuwied traduz flecha por "ouagike", e Marliàre por "uazik". Creio que de tudo isso podemos concluir que os Botocudos, assim como os portugueses, muitas vezes têm palavras cujas vogais finais são difíceis de perceber, e que eu, ao registrar o seu vocabulário, devo ter acrescentado algumas inexistentes, ao passo que Neuwied talvez tenha suprimido outras, como ocorre com o nome vulgar do *Vanellus cayanus*, do qual ele elimi nou os dois o registrados por Casal e pronunciados pelos portugueses, que não dizem "queriqueri". Longe de admitir que Feldner, d'Orbigny, Jomard, Marliàre e eu estejamos todos errados, sinto-me tentado a acreditar que todos nós temos razão até certo ponto, assim como Neuwied. Nossos dialetos mudam não apenas de uma cidade para outra, como de aldeia para aldeia. Como não iriam mudar os idiomas dos indígenas, que jamais são escritos, já que, quando as tribos que falam a mesma língua se tornam inimigas umas das outras por uma circunstância qualquer, elas próprias procuram modificar o seu idioma (Vasconcelos)? A diferença entre os vocabulários se deve necessariamente à extrema dificuldade de reproduzir com as nossas letras todos os sons das línguas indígenas. Um alemão, um inglês e um francês comumente escrevem as mesmas palavras de maneira diferente, e provavelmente cada um as entende de forma diversa também. Eschwege e eu fizemos com que uma mesma pessoa nos dissesse algumas palavras da língua dos Chicriabas, e no entanto nem sempre estivemos de acordo quanto à maneira de escrevê-las. Unicamente os missionários que viviam entre os índios e usavam o idioma deles para poder catequizá-los, inventando sinais para reproduzir determinados sons, puderam fazer bons dicionários; apesar do cuidado com que os viajantes anotam as palavras, os vocabulários recolhidos por eles serão sempre muito falhos.

Tio	Cacrê
Tia	Imba
Cabeça	Iterim
Cabelos	Nhem
Olhos	Incanê
Nariz	Inhinê
Orelhas	Ininglê (o *l* tem o som de *r*)
Boca	Inhan tu
Dentes	Inhê
Testa	Icaquê
Braço	Iningdá
Mãos	Ningue
Perna	Sfa
Pé	Pen
Onça	Min
Anta	Oioro (o *r* tem o som de *l*)
Veado	Gembê
Macaco	Cajerê (o primeiro *e* aberto, o segundo fechado)
Cachorro	Ogog
Perdiz	Cuiupepê
Papagaio	Congió
Peixe	Piré
Lambari	Cringlofora
Uma mata	Ka
Folha	Faiê
Jabuticaba	Mé
Pinhão, semente da araucária	Fangue
Milho	Nhere
Feijão	Eringro (o *r* tem som de *l*, e o *o* é aberto)
Farinha	Manenfu
Arco	Uieie
Flecha	Dó
Ponta de flecha	Nhemgfim
Bom	Maha
Bonito	Chintovin
Feio	Corê
Doente	Canga

Branco	Cupri
Preto	Capro
Vermelho	Cucho
Comer	Coia
Dormir	Noro
Ir	Tinhra
Falar	Uimra (o *a* muito nasalado)
Dançar	Grangraia
Vamos embora	Mona

Nesse vocabulário, assim como em todos os outros que publiquei, adotei a ortografia portuguesa, que quase sempre segue a pronúncia e na qual as vogais de *em* e *im* são bem mais nasais do que no *en* e *in* franceses[130].

A língua dos Coroados de Garapuava, assim como todas as outras línguas indígenas, é gutural e falada com a boca quase fechada. Observei essa mesma pronúncia em tantas tribos indígenas que creio poder considerá-la como uma das características da raça americana[131], ou pelo menos dos indígenas do Brasil.

Comparando o vocabulário da língua dos Coroados de Garapuava com o da língua dos Guanhanãs, que dei anteriormente[132], verificaremos que há entre as duas uma grande semelhança. Com efeito nos dois vocabulários, eu anotei vinte palavras que representam as mesmas coisas, e entre essas vinte, doze são iguais ou quase iguais nas duas línguas[133]. Consequentemente, é de supor que as duas tribos tenham a mesma origem, mas que o tempo e a distância foram introduzindo pouco a pouco as diferenças que observamos nelas hoje. Quanto ao mais, há tão pouca analogia entre o idioma dos Coroados de Garapuava e os das tribos cujos vocabulários eu publiquei quanto entre esses idiomas e a língua dos Guanhanãs[134]. É bem verdade que a palavra "piré", que entre os Coroados de Garapuava significa peixe, tem uma grande semelhança com o termo guarani "pirá", cujo significado é o mesmo. Uma vez, porém, que tantas outras palavras diferem, não acho aconselhável deduzir, diante de tão frágil analogia, que os Coroados descendem dos Guaranis.

Em outro trabalho[135] eu já mostrei que os primeiros não têm nada em comum com os indígenas do mesmo nome que habitam as redondezas do Rio Bonito, por conseguin-

---

[130] Ver o que escrevi sobre a ortografia portuguesa em meu relato "Viagem à Província de Goiás".
[131] Obra cit.
[132] Ver um dos capítulos do volume precedente, "Viagem à Província de São Paulo."
[133] Guanhanã, "leve", sol; Coroado, "ele". — G., "clinguê", estrelas; C., "crinhê". G., "meve", jabuticaba; C., "mê" — G. "goio", água; C., "goio". — G, "cajere", macaco; C. "cajerê". — G., "clinglofora", lambari; C., "clinglofora" — G., "nherê", milho; C., "nhere". — G., "manenfu", farinha; C., "manenfu". G., "ingro", feijão; C., "eringo" — G., "dove", flecha; C., "do". — G., "cuipepe", perdiz; C., "cuiupepê". — G., "fogfogve", cão; C., "ogog".
[134] Já mostrei que a língua dos Guanhanãs não tinha nada em comum com a dos malalís, dos macunis, dos coiapós, dos índios do litoral, etc. (ver o volume precedente, "Viagem à Província de São Paulo").
[135] Ver meu relato "Viagem às Nascentes do Rio São Francisco"

te, acho desnecessário voltar ao assunto[136]. Limitar-me-ei a repetir que, embora esses últimos sejam uma raça de grande fealdade, as duas mulheres de Garapuava tinham belos rostos. Sua cabeça era redonda e muito junto dos ombros, como é comum entre os indígenas de qualquer tribo, mas não tinha o tamanho exagerado que tem a das índias Coroadas do Rio Bonito; seus olhos eram divergentes, mas inteligentes e vivos, e suas feições mostravam uma grande doçura; a pele tinha um tom moreno-claro.

A beleza dessas mulheres quase me fazia crer que elas tinham uma origem comum com as que eu havia visto em Jaguariaíba e Fortaleza[137] apesar da distância que as separava. Elas não souberam dizer como se chamava a sua nação, mas se referiram com pavor a duas tribos inimigas da sua: os Socrês, que têm o costume de perfurar o lábio inferior. e os tactaias, que não têm esse hábito nem o da tonsura[138].

Martius já disse que quando perguntava a um índio o nome de sua tribo, este, à semelhança do que haviam feito as duas índias Coroadas de Curitiba, não respondia à pergunta e sim mencionava imediatamente o nome das tribos com as quais o seu povo estava em guerra. Isso parece provar que cada tribo, em seu isolamento, se considera como o povo por excelência, o povo único, por assim dizer, e que os nomes das diversas tribos são quase sempre apelidos dados pelos portugueses ou que elas próprias dão umas às outras. Já chamei a atenção, em outro relato, para o fato de que a palavra tupi é um verdadeiro apelido, originado da língua geral, e que os Coiapós não têm nenhum nome para designar a sua tribo e devem aos paulistas a denominação que lhes é dada hoje[139] o nome de Botocudos é evidentemente um apelido tirado, com algumas modificações, da língua portuguesa; o dos Coroados é uma palavra da mesma língua que não sofreu a menor alteração. O que ficou dito acima servirá para explicar por que razão se encontram em vários autores, tantos nomes diferentes de tribos. O que acontecia era que uma mesma tribo podia ter vários nomes, ou melhor, vários apelidos, conforme o número de seus inimigos.

---

[136] O Príncipe de Neuwied diz, com razão ("Brasilien"), que existem poucos dados precisos sobre a história dos índios do Brasil; não obstante, quando um fato não é antigo demais e é corroborado pelas maiores autoridades do país, creio que podemos dar-lhe crédito. Não rejeitarei, pois, como queria Neuwied, o que afirmam Manuel Aires de Casal e Azeredo Coutinho a respeito da origem dos Coroados de Minas ou de Rio Bonito ("Viagem pelo Litoral do Brasil"). É sabido que o primeiro desses autores estava muito bem informado sobre o que havia no norte do Brasil (J.F.F. Pinheiro, "Anais", segunda edição), e as ligações da família do segundo com os Goitacases remontam quase à época em que uma parte desses índios, reunindo-se aos Coropós, formou a tribo dos Coroados ("Ensaio econômico"). — É inegável, como afirma o Príncipe de Neuwied e como eu próprio já disse, que os Goitacases se chamaram outrora Ouetacas ou Goaytacazes; mas, agora que o termo goitacases foi geralmente adotado e se acha consagrado por documentos oficiais, seria inteiramente fora de propósito voltar a escrevê-lo na sua antiga forma.

[137] Ver os capítulos II e III deste livro.

[138] Quem tem alguma noção da pronúncia das línguas indígenas não pode deixar de identificar os Socrês com os Xocrens, que o abade Chagas menciona de passagem cm seu valioso trabalho ("Mem. *in* Revista trim.", I) e que segundo José Joaquim Machado de Oliveira ("Not. Racioc.", *in* "Revista trim.", segunda série, I) habitam a região situada entre o Iguaçu e o Uruguai. Quanto aos "tac tayas", não encontro referência ao seu nome em nenhum lugar.

[139] Segundo José dos Prazeres Maranhão ("Coleção de etim.", *in* Revista trim.", segunda série), coiapó derivaria das palavra caa, mata, e pora, habitante (habitante da mata), pertencendo esses dois termos à língua geral. Os paulistas falavam essa língua, que tinham aprendido com os índios do litoral, e costumavam usá-la para dar nome aos lugares habitados por outros índios que não a conheciam, ou aos próprios índios.

Segundo as mulheres dos Coroados que conheci em Curitiba, seus compatriotas não têm a mínima ideia da divindade. À época de minha viagem, a palavra tupi estava começando a aparecer entre esses selvagens, e foram os portugueses que a trouxeram. Isso tende a confirmar o que eu disse sobre essa mesma palavra com referência aos Guanhanãs, em cujo idioma ela também se tinha introduzido[140].

Sabe-se que os Tupinambás, antigos habitantes do litoral, faziam com a mandioca ou o milho socados uma bebida que eles denominavam cauim[141] e que provocava a embriaguês. Eu próprio observei o uso dessa bebida pelos seus descendentes[142] e, para me valer de uma expressão do simplório Lery, eu "cauimei" junto com eles. A absoluta diferença existente entre as duas línguas não nos permite crer que os Coroados de Garapuava tenham tido algo em comum com os Tupinambás, mas, como estes, eles também fazem uma bebida forte com o milho socado e se embriagam com ela; contudo, eles a preparam de uma maneira ligeiramente diferente. Ao invés de simplesmente aferventarem o milho antes de socá-lo, como os antigos Tupinambás[143] eles torram os grãos antes de cozinhá-los, depois os socam e deixam fermentar. Foram ainda as duas índias de Curitiba que me forneceram esses pormenores.

Depois que deixei Castro continuei a recolher objetos de história natural, e antes de sair de Curitiba despachei para o Sargento-mor José Carneiro, que me hospedara naquela cidade, dois caixotes com pássaros e plantas perfeitamente acondicionados, rogando-lhe que os fizesse chegar às mãos do governador da província, João Carlos d'Oeynhausen.

Como não se pode atravessar a Serra de Paranaguá a não ser com burros treinados para isso, despachei os meus com todo o seu equipamento para o Sargento-mor de Castro e aluguei nove outros por 9.000 réis, para alcançar o litoral. O prestimoso José Carneiro se oferecera para guardar a minha pequena tropa de burros em seus pastos e

---

[140] Ver o capítulo intitulado "Viagem de Itapetininga aos Campos Gerais" no volume anterior, "Viagem à Província de São Paulo".
[141] Lery, "Histoire d'um voyage fait en la terre du Brésil"; — Ferdinand Denis, Brésil.
[142] Ver meu relato "Viagem pelo Distrito dos Diamantes e Litoral do Brasil".
[143] Aqui está como Lery descreve o processo usado pelos Tupinambás para o fabrico do cauim: "A mandioca é cortada em pedaços pequenos, que são postos a ferver em grandes vasilhas de barro, e quando as mulheres verificam que os pedaços estão cozidos e macios, as vasilhas são tiradas do fogo e postas a esfriar um pouco. Isto feito, as mulheres se acocoram em torno delas e vão retirando os pedaços de mandioca cozida e levando-os à boca; depois de mascá-los e transformá-los numa pasta, elas os cospem nas mãos e os depositam em outras vasilhas de barro já colocadas sobre o fogo, fervendo-os de novo. Em seguida elas se põem a mexer essa mistura com um pedaço de pau até verificarem que já está suficientemente cozida; tiram, então, as vasilhas do fogo pela segunda vez e despejam o seu conteúdo em grandes potes de barro, sem escorrer a mistura nem passá-la por uma peneira; em seguida os potes são tampados, e quando a mistura começa a espumar e a fermentar a beberagem está pronta para ser tomada... Os Índios americanos fabricam uma bebida semelhante, aferventando e em seguida triturando nos dentes um milho graúdo, que eles chamam de auati. "Histoire d'um voyage en la terre du Brésil," ed. 1594. (Foi feita uma tradução livre do trecho acima, escrito em francês do século XVI. — N. da T.)

enviá-la para mim quando eu voltasse ao Rio de Janeiro. Eu havia aceitado o seu oferecimento, mas a distância e as dificuldades de comunicação me faziam recear que jamais viesse a recuperar esses meus modestos bens. Ao fim de dois anos, aproximadamente, tudo me foi entregue no Rio de Janeiro, no melhor estado possível, com os burros em perfeita saúde e o equipamento nas condições em que eu o havia deixado[144].

---

[144] Um dos nossos navegadores chegou ao Rio de Janeiro no dia 24 de março, tornando a partir no dia 4 e alcançando Montevidéu no dia 23. O relato de sua viagem foi publicado às expensas dos contribuintes mas redigido, ao que tudo indica, por uma pessoa que não tinha tomado parte na expedição. Eis aqui o que nele se lê: "Os brasileiros são pouco sociáveis... Os estrangeiros não são recebidos na sua intimidade ("Voyage bonite", I). "Os brasileiros ocupam um país muito extenso, e é fácil perceber que o trecho acima citado não pode ser aplicado indiferentemente aos habitantes dos Campos Gerais e aos do Distrito de Curitiba. Quantas injúrias dirigidas aos habitantes do Brasil os contribuintes vêm pagando desde 1815, sem falar nas várias coisas que, na minha opinião, eles poderiam continuar ignorando sem maiores consequências, como por exemplo, o fato de que no ano de... "os oficiais de uma embarcação do Estado não foram procurar as sereias francesas da Rua do Ouvidor, no Rio de Janeiro, por prudência ou por economia." Pobres contribuintes!

Capítulo VII

DESCIDA DA SERRA DE PARANAGUÁ

Partida de Curitiba; maneira como são usados os burros. — A região situada entre Curitiba e Borda do Campo. — Borda do Campo; as propriedades dos Jesuítas. O fabrico do mate; quantidade produzida pela Comarca de Curitiba. — A temperatura que convém à Araucária brasiliensis. — O autor começa a subir a Serra de Paranaguá. Pão de Ló. — Boa Vista; caminhos horríveis. — Belo gesto de José Caetano da Silva Coutinho. — Descida da Serra; caminhos ainda piores. — Parada em Pinheirinho, no meio da mata. — O Porto. — Mudança de temperatura; causas que influem sobre a dos Campos Gerais. — A planície chamada Vargem. — Morretes, arraial, hoje cidade; seus habitantes, sua localização; produtos dos seus arredores. — Transporte das mercadorias de Morretes a Paranaguá. — Navegação no Rio Cubatão. — Chegada a Paranaguá.

Quando eu me achava em Curitiba o tempo se tornou chuvoso, e eu me vi forçado a permanecer na cidade até o dia 22 de março. Com efeito, não somente a Serra só deve ser atravessada quando há bom tempo, como também não é aconselhável atravessá-la logo depois de uma chuva forte.

No dia marcado para a partida, os homens que eu havia contratado para nos acompanharem até Paranaguá se apresentaram, mas tiveram grande dificuldade em acomodar sobre o lombo dos burros as minhas canastras e o resto da bagagem. De fato, ninguém como os mineiros para se desincumbir desse trabalho com perfeição. Em todo o sul da Província de São Paulo as cangalhas são feitas sem nenhum cuidado e ferem o lombo dos burros; além do mais, por menor que seja a viagem, quando são precisos, por exemplo, dois animais de carga, sempre se levam seis. Não é de admirar, aliás, que as pessoas ali sejam tão pródigas no uso dos animais e os tratem com menos cuidado do que em

Minas, a região que os fornece fica bem próxima dali e, em vista disso, os burros devem ser muito mais baratos do que nas partes mais setentrionais do Brasil.

Como tivesse partido muito tarde, não pude fazer mais do que uma légua no primeiro dia. Atravessei uma parte da vasta planície ondulada, cortada por matas e campos, que se estende desde Curitiba até a Serra, e parei num pequeno sítio denominado Bacachiri, nome derivado das palavras guaranis "vacá" e "ciri" "vaca que escorrego"[145].

No dia seguinte percorri 4 léguas.

A primeira parte do caminho é montanhosa e intercalada de matas e pastos. Olhando para trás, eu conseguia ainda avistar, ao longe, a cidade de Curitiba, cujos habitantes me haviam recebido tão bem, e a bela chácara onde eu estivera hospedado. Logo depois passei por um lugar chamado Vila Velha, onde se haviam estabelecido inicialmente os primeiros europeus que vieram para a região, conforme já ficou dito mais atrás.

Mais adiante o terreno se torna menos irregular, com matas e pastos se alternando agradavelmente, sendo as primeiras, em sua maior parte, compostas quase que exclusivamente de araucárias. Essas árvores, sempre muito juntas umas das outras, compõem massas verde-escuras e às vezes nascem também nos pastos. Aí suas copas mal se tocam, e o tom carregado de sua folhas contrasta fortemente com o verde-claro do capim que nasce embaixo delas. À nossa frente, avista-se no horizonte a Serra de Paranaguá, cujos cumes, de formas variadas, são cobertos de matas. A paisagem tem ali o aspecto austero e imponente que a Natureza sempre apresenta nos sopés das montanhas.

A fazenda onde parei, denominada Borda do Campo, tinha sido também uma propriedade dos antigos jesuítas. Depois de sua expulsão, a propriedade foi administrada inicialmente pela Fazenda Real, mas como não produzisse nada nas mãos dos funcionários do governo, ela foi levada a leilão. É essa, praticamente, a história de todos os estabelecimentos que haviam pertencido aos jesuítas e dos quais eles sempre tinham sabido tirar grande proveito. As terras ao redor de Borda do Campo não são, na verdade, muito boas, e seus pastos não possuem também as qualidades que têm os dos Campos Gerais, mas o lugar pode ser considerado como ponto-chave para os distritos de Curitiba e de Castro. Os padres da Companhia de Jesus podiam, ali, prestar sempre os seus serviços aos que subiam e desciam a Serra e, dessa maneira, aumentar sua influência e o número de seus amigos. Não é de admirar que, em geral, as propriedades dos jesuítas fossem tão lucrativas para eles, quando nas mãos do Rei elas se tornavam inúteis. São conhecidos o descaso e a má fé com que era administrado no Brasil, sob o governo de Portugal, tudo o que se relacionava com o serviço público. Em oposição, os jesuítas punham em tudo uma ordem e uma atividade que ninguém conseguia sobrepujar e, além do amor ao dever que os animava, eles tinham um "esprit de corps" e uma noção de honra elevados ao mais alto grau.

---

[145] Itinerário aproximado de Curitiba ao Porto de Paranaguá:

De Curitiba a Bacachiri, sítio	1 légua
De Bacachiri até Borda do Campo, fazenda	4 léguas
De Borda do Campo a Pinheirinho	3 léguas
De Pinheirinho a Morretes, arraial, hoje cidade	4 léguas
De Morretes a Camiça, sítio	2 léguas
De Camiça a Paranaguá, cidade	4 léguas
	18 léguas

Como vimos mais acima, o mate ou congonha, como é chamado em Minas, constitui um importante produto de exportação para a cidade de Curitiba. A árvore que o fornece é comum nas matas vizinhas da cidade, principalmente nas de Borda do Campo, tendo sido esse, provavelmente, um dos motivos que levaram os jesuítas a se estabelecerem no lugar.

A árvore da congonha, ou árvore do mate (*Ilex paraguariensis,* Aug. de S. Hil.) é uma árvore de pequeno porte, ramosa no topo, muito folhuda, mas cuja forma não tem nada que a caracterize.

As folhas da árvore, quando verdes, não têm cheiro, e o seu sabor é o de uma planta herbácea um pouco amarga. Depois de preparadas, porém, elas têm um aroma que lembra um pouco o do chá suíço.

Até a época da minha viagem o mate era feito com muito menos cuidado nos arredores de Curitiba do que no Paraguai; mas o processo usado pelos habitantes desse último país começava a ser adotado pelos curitibanos. Com efeito, o capitão-mor do distrito tinha a intenção de obrigar todos os seus administrados a adotar esse método, porque o mate obtido por meio dele era vendido muito mais caro em Buenos Aires e Montevidéu do que o produzido pelo processo antigo. Quando passei por Borda do Campo o meu hospedeiro tinha a seu serviço um paraguaio que havia deixado o seu país por causa da guerra. Esse homem preparava o mate pelo processo hispano-americano. Acompanhei as várias etapas do processo e passarei a descrevê-las.

Para que fique bom, o mate deve ser colhido — disse-me o paraguaio — a partir de março até agosto, isto é, numa época em que a diminuição do calor retarda o movimento da seiva. Os galhos da árvore são cortados e empilhados no local onde será feita a preparação. Em seguida é armada uma fogueira estreita e comprida com troncos de árvores recém-cortados, não muito grossos e com oito ou dez metros de comprimento. Enquanto ardem os troncos, os homens se enfileiram de um lado e de outro deles e mantêm acima do fogo os galhos da erva-mate, segurando-os pela extremidade inferior e fazendo com que fiquem ligeiramente tostados. Terminada essa operação, são arrancados dos galhos os pequenos ramos guarnecidos de folhas, os quais são estendidos sobre o barbaquá, uma espécie de caramanchão armado da seguinte maneira: fincam-se no chão dois troncos de árvore, de uns vinte e cinco centímetros de diâmetro, a uma distância de mais ou menos 2 metros um do outro; cada tronco tem uma forquilha situada a uma altura aproximada de dois metros e meio do solo. Sobre as duas forquilhas é apoiada uma vara flexível, que forma um arco denominado arco-mestre. Esse arco é destinado a sustentar outros cinco, que se cruzam com ele e cujas extremidades chegam até o chão. Nesses últimos são trançadas varas transversais a partir de um metro acima do solo e a intervalos de poucos centímetros uma da outra. Resulta disso uma armação arredondada, semelhante a um forno, com cerca de seis passos de diâmetro e aberta dos lados onde ficam as duas forquilhas. Essa armação é inteiramente coberta pelos ramos da erva-mate, que são passados por entre as varas transversais, tendo-se o cuidado de não deixar nenhum intervalo entre os ramos. Em seguida, acende-se um fogo com lenha verde bem no centro da área recoberta pelo barbaquá; a fumaça se evola pelas aberturas laterais e pelas partes de armação próximas do solo, onde não foram trançadas as varas transversais. Ao cabo de uma hora e meia as folhas estão perfeitamente secas. Os ramos são então retirados do barbaquá e empilhados, e em seguida batidos com pesados pedaços de pau medindo cerca de um metro e meio de comprimento, aos quais foi dada a forma de um sabre com cabo cilíndrico. O mate está pronto quando as folhas ficam reduzidas a pó e os ramúsculos a pequenos fragmentos; ele é então colocado dentro de cestinhos cilíndricos artisticamente feitos com taquaras de bambu e coberto com folhas de samambaias totalmente secas.

A antiga maneira de fabricar o mate, nos arredores de Curitiba, diferia da do Paraguai em vários pontos. Não era dada nenhuma atenção à época do ano em que se cortavam os galhos da árvore. Para tostar os galhos (sapecar era o termo usado em Curitiba e no Paraguai) não se acendia um fogo de lenha verde, empregando-se de preferência o cerne que resta das araucárias quando a árvore apodrece. Não se construíam barbaquás, mas unicamente jiraus[146] de cerca de um metro de altura, sobre os quais eram colocadas as folhas da erva-mate. Finalmente, a madeira dos ramos não era aproveitada; no entanto, segundo dizem os hispano-americanos, é ela que dá mais sabor à bebida.

Os historiadores do Paraguai têm feito muitas referências ao chá desse país, mas antes da época da minha viagem era tão pouco conhecida a planta que o produzia que o tradutor do relato da viagem de Azara julgou poder associá-la ao gênero *Psoralea*. Tão logo cheguei a Paris eu li um trabalho meu na Academia de Ciências no qual dizia o seguinte: "Uma interessante planta cresce em abundância nas matas próximas de Curitiba, é essa árvore, conhecida pelo nome de árvore-do-mate ou árvore-da-congonha, que fornece a famosa erva do Paraguai, ou mate. Uma vez que, à época da minha viagem, a situação política tomava quase impossíveis as comunicações entre o Paraguai, Buenos Aires e Montevidéu, as pessoas vinham dessas cidades buscar o mate em Paranaguá, porto vizinho de Curitiba. Os hispano-americanos, ao verificarem haver uma grande diferença entre a erva preparada no Paraguai e a do Brasil, julgaram que a deste último se originasse de outra planta. Algumas amostras que recebi do Paraguai me colocam em posição de poder garantir às autoridades brasileiras que a árvore de Curitiba é totalmente semelhante à do Paraguai; e sua similaridade me foi demonstrada de maneira incontestável quando eu próprio vi as plantações da erva-mate feitas pelos jesuítas em suas antigas missões. Se o mate do Paraguai é, pois, superior ao do Brasil, isso se deve à diferença dos processos empregados na sua preparação... Em outro trabalho que pretendo apresentar à Academia, relativo a essa mesma planta, demonstrarei facilmente que ela pertence ao gênero *Ilex* ("Aperçu d'un voyage au Brésil", ou em "Memóires du muséum", IX)." A esse trecho acrescentei, em uma nota, uma descrição sumária da árvore-do-mate, indicando-a pelo nome científico de *Ilex paraguariensis*.

Nesse trabalho, eu daria a conhecer várias espécies, uma *Luxemburgia,* uma voquisia e a minha *Trimeria pseudomate,* as quais, conforme a região, são consideradas na Província de Minas como o legítimo mate, mas que na realidade são muito diferentes dele[147].

---

[146] "Explico a seguir" — disse eu em outro relato ("Viagem pela Província do Rio de Janeiro") — "como são feitos os jiraus: fincam-se no chão quatro paus, dispostos à maneira dos quatro pés de uma cama, ligando-se os pares mais próximos um do outro e correspondentes à cabeceira e aos pés com um pau disposto transversalmente e amarrado com uma embira; em seguida coloca-se uma fileira de varas sobre os dois paus transversais, formando-se assim uma espécie de leito, que geralmente é coberto com uma esteira ou um couro cru".

[147] Entre as plantas que foram erroneamente consideradas como a árvore do mate conta-se a *Cassine congonha,* Spix e Martius. Lambert publicou belas estampas dessa espécie e da *Ilex paraguariensis* ("Descript. Pinus", II, supl.), mas o texto que as acompanha deve ser considerado nulo, pois não passa de uma série

Esses equívocos podem ser, aliás, facilmente explicados. Os mineiros vão buscar os seus burros no Sul; ali lhes é servido o mate, sendo-lhes mostrada a planta que o produz, de volta à sua terra, eles imaginam encontrar a planta em todas as espécies cujas folhas se assemelham às dela.

Contudo, ainda que várias plantas tenham sido erroneamente consideradas em Minas como a árvore-do-mate ou chá do Paraguai, a verdadeira *Ilex paraguariensis* também cresce naquela província. O que há de notável no fato é que em Minas, assim como em Curitiba, ela é encontrada junto com a *Araucária brasiliensis*.

Ignoro inteiramente qual era, à época da minha viagem, a quantidade de mate fornecido pelo distrito de Curitiba, sem mencionar, entretanto, o que era consumido na região e o que era despachado por terra, entre 1835 e 1836, o Porto de Paranaguá exportou 84.602 arrobas de mate produzidas provavelmente por toda a comarca avaliadas em 169.204.000 réis[148]. Por fim a produção do mate adquiriu tamanho vulto que no presente alcança anualmente 300 ou 400 mil arrobas.

Depois de assistir à fabricação do mate, deixei a fazenda da Borda do Campo. Logo penetramos em matas onde predomina a araucária e onde encontramos alguns profundos atoleiros aos quais o meu guia não deu grande atenção. Com efeito, isso nada era, comparado com o que iríamos enfrentar mais tarde.

Logo começaremos a subida, e pouco depois a araucária deixou de figurar na paisagem. Isso prova que essa árvore, amiga de climas moderados, teme as temperaturas muito baixas. Ela é encontrada nos arredores do Rio de Janeiro, nos cumes mais altos da Serra da Estrela, cuja temperatura média corresponde provavelmente à de Curitiba ou dos Campos Gerais, e desaparece no sopé da Serra de Paranaguá.

Quando começamos a subir a serra o caminho mostrou-se razoável, a princípio. Víamos matas de todos os lados, e até o lugar onde fizemos alto, andamos continuamente dentro delas.

O trecho difícil que encontramos tem o nome de Pão de Ló. Nesse local o caminho é coberto por grandes pedras arredondadas e o seu declive é muito acentuado, de vez em quando as bestas de carga são forçadas a dar saltos assustadores para o viajante que nunca passou por essa serra.

O caminho volta a se tornar apresentável até o lugar chamado Boa Vista, por se descortinar dali uma grande parte da planície que se percorre antes de chegar à Serra.

Perto de Boa Vista o caminho é cavado na própria montanha, numa profundidade de quase 4 metros, apresentando uma passagem muito estreita, por onde os burros avançam

---

de equívocos dos mais estranhos (ver a nota que acrescentei ao meu trabalho intitulado "Comparaison de la végétation d'un pays en partie extratropical avec celle d'une contrée limitrophe entiàrement située entre les tropiques", nos "Annales des sciences naturelles de l'année 1850"). Desejo acrescentar que unicamente o nome específico de *paraguaiensis* deve ser adotado, não só por uma questão de antiguidade como também porque os historiadores vêm consagrando essa designação — ou melhor, a forma *paraguariensis* *— há duzentos anos, e seria tão inaceitável querer mudá-la para *paraguensis*, como pretende Lambert, ou *paraguajensis*, segundo Endlicher, quanto escrever *londonensis* em lugar de *londinensis*. Damos ênfase ao fato de que é esta (*paraguariensis*) é que, realmente, deve ser a forma adotada; por isso corrigimos, mesmo neste livro de Saint-Hilaire, a grafia *paraguaiensis* para *paraguariensis*, exceto uma vez, nesta nota, pois do contrário, ela perderia o sentido. (M.G.F.).

[148] Francisco de Paula e Silva Gornes, *in* Sigaud, "Anuário" 1847.

esbarrando com suas cargas nos barrancos, à direita e à esquerda. Logo adiante aparece à nossa frente um dos picos mais elevados da Serra, denominado Marumbi, cujos flancos, talhados quase verticalmente, mostram em vários trechos apenas a rocha nua. A estrada vai-se tornando cada vez mais difícil: em certos lugares ela é cavada na montanha a uma profundidade considerável, tem pequena largura e é coberta pela folhagem das árvores, que se entrelaçam no alto e privam o viajante da luz do dia. Em outros trechos são os atoleiros que surgem, e é com grande dificuldade que os burros se livram deles: finalmente há bruscos desníveis no terreno, que obrigam os animais a dar grandes saltos. Em vários lugares foram colocadas algumas achas de madeira sobre os atoleiros, mas os animais escorregam ao pisar sobre as suas superfícies arredondadas e molhadas, correndo o risco de cair a todo momento.

O venerável bispo do Rio de Janeiro, José Caetano da Silva Coutinho[149], desejando visitar toda a sua imensa diocese, viu-se forçado a passar por essa estrada horrível. Alguns homens provavelmente requisitados entre os ordenanças, receberam a incumbência de transportá-lo numa rede, revezando-se nesse trabalho. O bispo ouviu um deles queixar-se da sua carga em temos grandemente desrespeitosos (aquele desgraçado pesa muito): ele imediatamente fez parar a marcha e, sem uma única palavra de censura, passou a mão num Bastão e desceu a pé o resto do caminho. Esse caso não se relaciona propriamente com a minha viagem, mas não pude deixar passar essa oportunidade de prestar mais uma homenagem a um prelado que honrou a sua cúria por suas virtudes e sua sabedoria, cujos atos de bondade não se apagaram da minha memória e que, amigo entusiástico do Brasil, se deleitava em conversar comigo sobre as regiões que ambos tínhamos percorrido.

A parte pior do caminho é onde começa a descida, e que tem o nome de encadeado. O declive é abrupto demais; os ramos das árvores se estendem por sobre o caminho, escavado na montanha, tornando-o muito sombrio, e o chão é forrado de pedras grandes e escorregadias, o que às vezes obriga os burros a acelerarem o passo. Eu não me cansava de admirar a habilidade desses animais para se safar de situações difíceis. Eles são treinados inicialmente para fazerem a travessia da serra sem nenhuma carga no lombo, em seguida levando apenas a cangalha e, finalmente, transportando a carga. Muitos morrem nos primeiros treinos, mas depois que a travessia foi feita muitas vezes os animais não encontram nenhuma dificuldade em enfrentar os obstáculos que o caminho apresenta a todo momento. Eles sabem escolher, com uma sagacidade extraordinária, os lugares onde podem colocar os pés com mais segurança.

Tínhamos levado quase oito horas para percorrer 3 léguas. Meu guia afirmou-me que nos seria impossível alcançar as habitações mais próximas antes do fim do dia. Resolvi, pois, passar a noite no meio da mata; em vista disso, paramos num lugar denominado Pinheirinho, onde parece que os viajantes costumam abrigar-se. À direita, elevavam-se picos inacessíveis e cobertos de matas, à esquerda, árvores gigantescas e de um verde sombrio espalhavam sua vasta ramagem; mais abaixo se despejava uma torrente, cujo barulho era ouvido de longe.

---

[149] Já disse algumas palavras a respeito de D. José Caetano da Silva Coutinho em minha "Segunda Viagem", vol. II.

Tão logo foi descarregada a minha bagagem, a chuva começou a cair. Afligi-me ao pensar nas minhas coleções, mas Manuel e o meu guia tomaram algumas medidas que logo dissiparam os meus receios. Colocaram as minhas canastras sobre algumas varas estendidas no chão e fizeram acima delas uma armação com paus e varas de bambu, estendendo finalmente por cima os couros que serviam para proteger a carga dos burros. Minha cama foi arrumada em cima das canastras e a bagagem miúda colocada ao meu lado, e ainda sobrou espaço no abrigo para Laruotte e José.

Não choveu durante a noite, mas tão logo o sol apareceu o tempo se tornou nublado e choveu quase o dia todo.

A descida continua até o lugar chamado Porto, e embora o declive já não seja tão acentuado o caminho se mantém tão ruim quanto antes.

Ao chegar ao Porto eu me vi em outra atmosfera. O ar era pesado e o calor muito mais forte do que nos arredores de Curitiba[150] e nos Campos Gerais. Eu não me achava mais no planalto, nem na serra, e sim nas proximidades do litoral, onde a temperatura dos trópicos ainda chega a uma parte do sul. O clima tinha mudado, e a vegetação deveria forçosamente mudar também. Com efeito, voltei a ver, de repente, as plantas cultivadas nas regiões mais quentes do Brasil. Em lugar dos pessegueiros que cercam as habitações do distrito de Curitiba, são as bananeiras que abrem suas largas folhas sobre as casas do Porto, e encontrei algumas crianças carregando cana-de-açúcar. Se, pois, o clima de Curitiba é muito temperado, embora essa cidade esteja situada num paralelo bem mais meridional que o do Porto, se as plantas europeias se adaptam ali com tanta facilidade, se ali as geadas matam os cafeeiros, as bananeiras e a cana-de-açúcar, não há dúvida de que a causa principal disso tudo seja a altitude do lugar. Não creio, entretanto, que a distância do Equador não possa ser responsabilizada também pela temperatura reinante na região que se estende entre Itu e Curitiba, pois quanto mais nos aproximamos dessa última cidade, ou, melhor dizendo, do Sul, mais frio se torna o clima. Os cafeeiros, como já expliquei, não se estendem muito além de Sorocaba, Itapetininga marca praticamente o limite da cana-de-açúcar, Itapeva o das bananeiras e, finalmente, a Serra das Furnas o do algodão e do abacaxi. Se unicamente a altitude influísse no clima, as plantas tropicais que crescem acima da Serra das Furnas deveriam, com mais razão, crescer abaixo dela, pois ocorre aí um rebaixamento do solo. No entanto, é o contrário que ocorre.

É no Porto que se veem as primeiras habitações; por ali passa também o Rio de Cubatão, que eu já tinha visto ao descer a Serra, onde ele nasce. Para ir a Paranaguá, embarcava-se antigamente no Porto. Mas como existam corredeiras entre esse lugarejo e o arraial de Morretes — hoje cidade — à época da minha viagem, era nesse arraial que se faziam os embarques. O Porto tinha perdido sua primitiva finalidade, mas conservava ainda o nome que lhe dera a sua antiga função.

É encantadora a vista que podemos descortinar à saída do lugarejo, se olharmos para trás. Vemos as montanhas cobertas de matas que acabamos de atravessar, no sopé da serra fica o aglomerado de casinhas do lugarejo, rodeadas de árvores copadas, e diante delas o Rio do Cubatão, que é bastante largo e desliza celeremente sobre um leito coberto de seixos.

---

[150] Segundo o Capitão King, citado por D. P. Müller ("Ensaio estatístico"), a cidade de Curitiba estaria situada a 402 m e 6 cm acima do nível do mar.

No Porto começa uma planície pantanosa que tem o nome de Vargem, como todas as planícies desse tipo, e que causa tanto temor aos tropeiros quanto a própria Serra. Essa planície coberta de mata não passa, toda ela, de um extenso brejo, e é com grande dificuldade que os burros se safam dos fundos atoleiros onde caem a todo momento. De um modo geral o caminho é bastante largo e vai margeando o rio, mas em certos trechos temos de nos esgueirar por entre as árvores, pouco espaçadas umas das outras, o que faz com que as cargas dos burros se choquem contra elas a todo instante.

Parei no arraial de Morretes, situado em aprazível local, à beira do Rio de Cubatão. O capitão-mor de Curitiba mandara avisar ao comandante do lugar sobre a minha chegada, e ele me arranjara uma casa. Logo que me instalei, recebi sua visita, e pouco depois ele enviou um miliciano para montar guarda à minha porta, mas eu o dispensei, como havia feito com o de Curitiba.

Morretes[151] era primitivamente um vilarejo subordinado ao distrito da pequena cidade de Antonina, da qual dista cerca de 2 léguas[152]. Quando por ali passei não fazia mais de oito anos que o lugar havia sido elevado a sede de uma paróquia, a qual, segundo me declarou o vigário, contava com cerca de mil fiéis. Os habitantes da região, em sua maior parte mestiços de índios, de brancos e de mulatos, assassinavam seus semelhantes com muita facilidade, mas algum tempo antes da época da minha viagem haviam sido tornadas severas medidas a esse respeito, fazendo com que se tornassem menos frequentes os assassinatos. Como a população de Morretes tenha aumentado muito de uns tempos para cá, e o lugar represente um importante ponto de ligação entre o planalto e o porto de Paranaguá, a Assembleia Legislativa provincial decidiu elevar o arraial a cidade, por um decreto de 1º de março de 1841[153].

Morretes fica situado à beira do Rio Cubatão[154], no ponto onde o rio se torna navegável, e se compunha em 1820 de cerca de 60 casas. A igreja foi erguida no centro do arraial, num outeiro de onde se descortina uma bela vista; a Serra, coberta de matas sombrias, as terras planas que se estendem no sopé dela e o Rio do Cubatão. Essa paisagem lembra bastante as que encontramos nos arredores do Rio de Janeiro, e nada ali, absolutamente nada, nos faz recordar o aspecto severo das terras vizinhas de Curitiba e dos Campos Gerais.

O trecho que medeia entre a Serra de Paranaguá e a cidade do mesmo nome é plano e úmido. Segundos porém, fui informado, parece que a parte da vargem onde se situa o arraial de Morretes é a mais úmida de toda a região. De acordo com o que declararam

---

[151] Não se deve escrever nem Morrete, como Casal, nem Morettes, como os autores do excelente "Dicionário do Brasil". Sigo aqui a pronúncia corrente no país e a ortografia adotada por D. P. Müller.

[152] A cidade de Antonina, que no fim do século passado pertencia ainda ao Distrito de Paranaguá, fica situada nas proximidades da foz de um rio que vai desaguar no fundo da Baía de Paranaguá. Seu distrito contava em 1822 com 2.917 habitantes, e em 1838 com 5.923. Seu clima é mais saudável que o de Paranaguá, sendo cultivados ali principalmente o arroz e a mandioca (Casal, 'Corog. Bras.", I; — Pizarro, "Mem. hist.", VIII; — Müller, "Ensaio estat."; Milliet e Lopes de Moura, "Dicion.", I).

[153] Milliet e Lopes de Moura, "Dicionário", II.

[154] Os autores do útil "Dicionário do Brasil" dizem que o Rio do Cubatão vai desaguar na Baía de Paranaguá sem que suas águas banhem uma única cidade ou arraial ("Dic. I); em seguida acrescentam que é o Nhundiaquara que passa em Morretes (II). Ignoro se o rio à beira do qual se acha situada essa cidade teve primitivamente o nome de Nhundiaquara, mas não há a menor dúvida de que hoje ele é geralmente chamado de Rio do Cubatão, e é com esse nome que figura no "Ensaio estatístico" de D. P. Müller.

as pessoas mais autorizadas do lugar, ali chove constantemente. O milho comumente mofa na espiga, antes de amadurecer, e a raiz da mandioca apodrece na terra antes que possa ser colhida. Não obstante, cultivam-se também ali o café e a cana-de-açúcar, mas essa última só é empregada para fazer rapaduras[155] e cachaça. O algodão colhido nos arredores de Morretes é de qualidade inferior, como o de todas as regiões extratropicais do Brasil.

A navegação do Rio Cubatão era taxada pelo fisco. O transporte das mercadorias que iam de Paranaguá para Morretes e vice-versa era cobrado à razão de 30 réis por arroba. A pesagem da mercadoria era feita em Morretes, mas o seu proprietário podia, se quisesse, pagar as taxas em Paranaguá. Durante muito tempo apenas dois soldados da milícia ficaram encarregados de fiscalizar essa navegação, mas em época bastante recente um oficial superior que exercia o comando em Paranaguá veio reforçar essa guarda, evidentemente para pôr mais ordem nas coisas.

No dia seguinte ao da minha chegada a Morretes, choveu a manhã inteira, e eu resolvi não partir. Contudo, aborrecia-me esse atraso, uma vez que um tenente de Paranaguá a quem eu havia sido recomendado, sabendo que eu não tardaria a chegar a Morretes, tinha enviado para ali fazia muitos dias uma canoa com dois reinadores, e eu lhe estava causando transtornos ao privá-lo de seu barco e de seus homens. Por volta das duas da tarde, porém, os dois homens vieram procurar-me e me disseram que o tempo tinha melhorado e que poderíamos percorrer ainda algumas léguas naquele dia. O encarregado do posto de fiscalização emprestou-me também uma canoa, e eu deixei Morretes.

Não era estritamente necessário usar a via fluvial para ir de Morretes a Paranaguá. Havia uma estrada que ligava as duas cidades, mas ela passava no meio de brejos e de matas eriçadas de espinhos, tornando-se impraticável para os burros de carga e só servindo para pessoas a pé ou para o gado.

Seja como for, num trecho de 2 léguas até Camiça, o Rio Cubatão deve ter a largura de nossos rios de terceira ou quarta ordem e banha terras muito planas, descrevendo uma série de curvas. As matas avançam até as suas margens e diversas espécies de lianas revestem o tronco das árvores, recaindo sobre a superfície das águas. Entre as árvores que margeiam o Cubatão observei várias palmeiras e a *Cecropia**, que não me recordo de ter visto nos Campos Gerais. Uma planta também bastante comum na beira do rio é uma gramínea gigantesca, de folhas dispostas em dois renques, de panícula longa e flutuante, encontrada frequentemente nos arredores do Rio de Janeiro e que é chamada de ubá ou cana-braba. São muito numerosas as plantações de arroz nas proximidades do Cubatão; pertencem a pequenos sítios que se avistam de vez em quando e que emprestam uma certa variedade à paisagem.

Os proprietários desses sítios tinham permissão para possuir canoas, mas não podiam usá-las para transportar mercadorias de Paranaguá a Curitiba ou vice-versa. Não obstante, se insistiam em fazer eles próprios algum transporte não encontravam nenhuma objeção,

---

[155] Já falei diversas vezes sobre as rapaduras em meus outros relatos. Trata-se, como já expliquei, de pequenos tijolos feitos de açúcar mascavo. Os hispano-americanos dizem raspaduras, porque se torna necessário raspar esses tabletes para poder comê-los.

* *Ceocropia* é o nome científico do gênero ao qual pertencem as embaúbas (M.G.F.).

contanto que pagassem aos fiscais da navegação a mesma quantia que estes teriam recebido se houvessem fornecido os barcos e os barqueiros.

Como já fosse tarde quando chegamos ao sítio chamado Camiça e o tempo estivesse encoberto, tomamos a decisão de dormir nesse lugar. O proprietário estava ausente e levara consigo a chave da casa; instalei-me, pois, num pequeno galpão coberto de folhas de palmeira, que servia de alojamento dos escravos.

Partimos ao romper do dia, para podermos aproveitar a maré.

Durante cerca de 1 légua a água permaneceu doce, mas pouco a pouco o rio foi-se alargando, a água se tomou salgada e a vegetação se modificou. Agora, nas margens, só se viam mangue**, Avicennia n° 1659 e alguns outros arbustos comuns em terrenos pantanosos próximos do mar. Uma infinidade de aves aquáticas de diversas espécies procuravam alimento no lodo, no meio dos manguezais, e entre elas era impossível deixar de notar o guará (*Ibis rubra*), que voa em bandos e cuja plumagem cor de fogo faz nos ares um encantador efeito.

À tarde a chuva começou a cair torrencialmente, e ainda continuava quando chegamos a Paranaguá. Essas chuvas ininterruptas me levavam ao desespero; impediam-me de coletar plantas, e o pouco que eu tinha conseguido apanhar não secava. Além do mais, tudo o que se encontrava nas minhas canastras se estragava.

Depois de percorrer cerca de 4 léguas desde que deixara o Sítio Camiça, entrei finalmente na Baía de Paranaguá, costeando diversas ilhas de pequeno tamanho. Passando entre a extremidade ocidental da ilha de Cotinga, a maior de todas, e a terra firme, que ficava à minha direita, cheguei à foz de um riozinho chamado Rio de Paranaguá e logo depois desembarquei na cidade, diante da qual estavam ancoradas várias embarcações pequenas, lanchas e sumacas.

** Mangue é o nome vulgar da espécie *Rhizophora mangle* (M.G.F.).

CAPÍTULO VIII

A CIDADE DE PARANAGUÁ

História da cidade de Paranaguá. — A baía do mesmo nome. — Posição da cidade, casas, ruas, igrejas, antigo Convento dos Jesuítas, escolas, comércio, exportações. — Clima, insalubridade, comedores de terra. — População do Distrito de Paranaguá. — Sua Guarda Nacional, os ordenanças. — Suas produções. — Maneira de explorar as matas. — O marechal que estava no comando em Paranaguá. — Meio de tornar praticável o caminho da Serra. — Maneiras pouco corteses. — Encontro com um estrangeiro. — Arredores de Paranaguá. — A Ilha de Continga, um velho alemão. — A Capela do Rocio, um passeio encantador. — A Sexta-Feira Santa.

O primeiro lugar em todo o Brasil onde foi descoberta a presença do ouro foi o local onde se ergue atualmente a cidade de Paranaguá. Antes mesmo de 1578[156], alguns aventureiros paulistas encontraram terrenos auríferos nessa região e iniciaram a sua exploração. Parece, contudo, que suas pesquisas não tiveram grandes resultados, pois em 1613 foi proclamada como um fato totalmente novo a descoberta de minas em Paranaguá, e é bem pouco provável que essas minas tenham sido positivamente exploradas antes do início da construção da cidade, ou um pouco depois. Segundo Frei Gaspar da Madre de Deus, foi Gabriel de Lara que lançou os fundamentos de Paranaguá, um pouco antes de 1653, Pizarro, porém afirma que ela foi fundada por Teodoro Ébano Pereira, oficial da marinha real. As minas de Paranaguá produziram ouro durante um certo tempo[157], e com efeito sua produção deve ter sido considerável, pois o governo estabeleceu na

---

[156] Pizarro, "Mem. hist.", VIII, II.
[157] Pizarro, Pedro Taques, Müller e Martius consideram Ébano como o fundador de Paranaguá, mas estão em desacordo quanto à data; os dois primeiros indicam o ano de 1648 e os outros, 1640. Se Teodoro Ébano Pereira tivesse fundado Paranaguá em 1648 é quase certo que ele logo se aventuraria a atravessar a Serra, e em 1654 já teria fundado uma segunda cidade, a de Curitiba; isso parece muito pouco provável. O fundador das duas cidades é designado pelo autor das "Memórias históricas" pelo nome de Teodoro Ébano Pereira; segundo Müller, o fundador de Curitiba teria o nome de Heliodoro Ébano Pereira, e o de Paranaguá simplesmente Heliodoro Pereira; o trabalho de Pedro Taques registra Leodoro Ébano Pereira. Finalmente, o Rei de Portugal, em carta escrita em 1651, diz que recebeu amostras das minas descobertas nos arredores de

cidade uma casa de fundição, a qual, segundo Casal, ainda existia em 1817[158]. Um estabelecimento destinado à fundição do ouro seria hoje inteiramente inútil, pois não ouvi ninguém em Paranaguá fazer referência às minas, e nem Francisco de Paula e Silva Gomes, sempre empenhado em gabar as riquezas de sua terra, nem Daniel Pedro Müller fazem qualquer menção a elas.

As 40 léguas que formavam a parte mais meridional da antiga Capitania de Santo Amaro começavam em Paranaguá. Tão logo foi construída, a cidade se viu envolvida nas disputas — hoje difíceis de entender — entre os herdeiros de Pero Lopes de Souza, donatário da Capitania de Santo Amaro, e os de Martim Afonso, donatário da de São Vicente. Após demorado processo, o Conde de Monsanto entrou na posse da herança de Pero Lopes, mas o seu procurador apossou-se também de São Vicente. Escorraçado dessa cidade, o herdeiro de Martim Afonso elevou a capitania a cidade de Itanhaém, que ainda lhe restava. Diante disso, o Marquês de Cascais, representando os interesses de Pedro Lopes, teve também a ideia de transformar Paranaguá na sede de uma capitania, mas essa ideia, inteiramente ridícula, não chegou a se concretizar[159].

Quando a Província de São Paulo foi dividida em duas comarcas, a do norte e a do sul, a cidade de Paranaguá foi escolhida para ser sede dessa última. Mas, como já disse mais atrás, essa honra só lhe foi concedida até 1812, ocasião em que a residência do ouvidor foi transferida para Curitiba, que se tornou a verdadeira capital da comarca. Para consolar os habitantes de Paranaguá, o nome da cidade passou a fazer parte do da comarca, tendo havido mesmo o cuidado de que ele figurasse em primeiro lugar; assim, nos atos oficiais escrevia-se, Comarca de Paranaguá e Curitiba.

Com o advento do governo constitucional foram tomadas ainda maiores precauções para evitar que incômodas rivalidades surgissem entre as cidades. As comarcas passaram a ser designadas prudentemente por um simples número de ordem. A antiga Comarca de Paranaguá e Curitiba passou a ser a quinta e as duas vilas receberam oficialmente o título de cidade.

Entre a Serra de Paranaguá, segmento da cordilheira marítima, e o Atlântico, estende-se uma planície de 12 a 15 léguas de largura, extremamente regular, baixa e pantanosa, coberta de matas e cortada em toda a sua extensão por numerosos rios que têm sua nascente na serra e dos quais o mais volumoso é o Cubatão. Essa baixada era outrora coberta pelas águas do mar, que aos poucos foram recuando; além do mais, as terras trazidas da serra pelas chuvas fizeram subir gradativamente o nível da planície. O ouro encontrado outrora em Paranaguá tinha, pois, com toda probabilidade, as suas jazidas na Serra, e é lá que talvez fosse conveniente fazer pesquisas agora.

Os numerosos rios que banham a planície lançam suas águas numa baía de forma muito irregular, pontilhada de ilhas e com várias enseadas, a qual, segundo dizem,

---

Paranaguá por Teotônio dos Ébanos. Seria de grande importância fazer pesquisas nos arquivos da Comarca de Curitiba; talvez fossem encontrados ali documentos que dissipariam todas as dúvidas.

[158] "Corog. Bras.", I.

[159] No que se refere a esses fatos, Milliet e Lopes de Moura ("Dic.", II) parecem estar inteiramente em desacordo com Gaspar da Madre de Deus ("Mem. São Vicente"), bem como com Pedro Taques ("História da Capitania de São Vicente", *in* "Revista trim.", 1848). Creio, porém, dever dar crédito aos dois últimos autores, os quais se acham perfeitamente informados sobre tudo o que se refere à antiga Capitania de São Vicente.

mede cerca de 7 léguas de comprimento, na direção leste-oeste, e 3 léguas no seu ponto mais largo[160]. Essa baía era chamada de Paranaguá[161] pelos antigos habitantes do lugar, nome que na língua indígena significa Mar Pacífico e é bem merecido, pois que a baía é perfeitamente resguardada[162]. Os portugueses, reunindo palavras que não poderiam estar juntas, passaram a chamá-la de Baía de Paranaguá, aplicando também o nome de Paranaguá à cidade que construíram junto à baía, ao rio ou braço de rio que passa abaixo da cidade, a todo o distrito e às montanhas que o limitam.

Pode-se entrar na baía por três diferentes canais ou barras, que passam entre a terra firme e duas ilhas: uma ao norte, denominada Ilha das Peças, e outra ao sul, chamada Ilha do Mel. O canal mais navegável e mais usado passa entre as duas ilhas e tem o nome de Barra Grande. O do sul é chamado, devido à sua posição, de Barra do Sul[163], sendo limitado, do lado oposto à Ilha do Mel, por uma ponta de terra denominada Pontal de Paranaguá. Navios de grande tonelagem não podem transpor a barra, mas as pequenas embarcações que os portugueses chamam de lanchas e sumacas, bem como os bergantins e os pequenos brigues, podem facilmente entrar na baía e ancorar diante da cidade.

A cidade de Paranaguá fica situada defronte da extremidade ocidental da Ilha de Cotinga, a algumas centenas de passos da Foz de um pequeno rio denominado Rio de Paranaguá e um pouco acima dele[164].

Quando se chega a Paranaguá, vindo do interior, onde a maioria das casas das vilas e arraiais são feitas de barro, o que chama a nossa atenção é ver todas as casas e todos os prédios públicos feitos de pedra.

A cidade se compõe de algumas ruas que se estendem paralelamente ao rio e são cortadas por outras de pequena extensão. As primeiras são geralmente largas e bem alinhadas; ninguém se deu ao trabalho de pavimentá-las, e no entanto elas jamais se mostram barrentas, já que o terreno ali é muito arenoso.

De um modo geral as casas parecem bem cuidadas, mas quase todas têm apenas um pavimento.

Não existe uma praça pública em Paranaguá.

---

[160] Casal, "Corog. Bras.", I.
[161] É fora de dúvida que se deve escrever Paranaguá (ver uma das notas do capítulo V deste livro). Mas todo mundo na região pronuncia Parnaguá, e Frei Gaspar da Madre de Deus, bem como Pedro Taques ("Memórias"), inúmeras vezes admitiram essa pronúncia.
[162] Parece claro que é a Baía de Paranaguá que figura sob o nome de Rio de Santo Antônio no valioso trabalho do velho Gabriel de Sousa, intitulado "Notícia do 'Brasil" (*in* "Not. ultram.", parte 1ª), assim como ela chama de Rio Alagado a Baía de Guaratuba, de que falarei mais tarde. Os primeiros navegadores julgavam tratar-se da foz dos rios as grandes extensões de água que eles viam avançar pela terra a dentro, e daí se originam os nomes de Rio de Janeiro e Rio do Espírito Santo, além dos que citei mais acima. Quando, porém, estabeleceram-se as colônias em Paranaguá e Guaratuba, os novos habitantes adotaram os nomes já consagrados pelos indígenas, e os que os navegadores tinham dado provisoriamente, por assim dizer, foram esquecidos.
[163] Manuel Aires de Casal ("Corog. Bras.", I) dá o nome de Ibupetuba ou Barra Falsa ao canal do sul.
[164] Casal, juntamente com Milliet e Lopes de Moura, situa Paranaguá na própria baía, ao passo que Pizarro a coloca num braço de mar que se comunica com a baía ("Corog. Bras.", 1; - "Dic. Bras.", II; — "Mem. hist.", VIII). O que talvez tenha confundido o último desses autores é a palavra braço, muitas vezes empregada para designar os afluentes menores de um rio.

A cidade conta com três igrejas, a paroquial e mais outras duas de menor importância. A primeira, dedicada a Nossa Senhora do Rosário, é mais ampla do que a maioria das que eu tinha até então visto no Brasil.

A câmara municipal está instalada num prédio bastante grande, que defronta o rio e tem dois pavimentos. Conforme o costume, o andar térreo é ocupado pela cadeia.

Os jesuítas tinham em Paranaguá um convento que ainda existe, mas não se deve esperar que esses padres tenham dedicado a essa propriedade os mesmos cuidados que sempre deram aos estabelecimentos que construíram. Trata-se de um prédio grande, feio e irregular. À época de minha viagem ele servia de alojamento para o vigário e estava muito mal conservado. Müller informa[165] que mais recentemente uma parte do prédio foi restaurada e transformada em quartel, e Milliet declara que foi instalada ali a alfândega[166].

Em 1847 havia em Paranaguá dois professores e uma professora primária, contando os primeiros com um total de 136 alunos, e a segunda com 29[167]. Mesmo antes de 1820, havia sido designado para a cidade um professor de latim, que atualmente é obrigado a ensinar também o francês[168].

De acordo com Müller, fundou-se em Paranaguá uma sociedade dita patriótica e protetora, mas um pouco mais tarde surgiu a feliz ideia de se transformar essa sociedade numa Casa de Misericórdia, nome que evoca algo mais tocante do que o antigo. Não desejando ficar em posição de inferioridade com relação às suas irmãs de São Paulo e de Santos, a Casa de Misericórdia de Paranaguá, reconhecida pelo governo provincial, já se dedicava em 1838 a cuidar dos marinheiros doentes e a dar esmolas aos indigentes[169].

Vê-se em Paranaguá um grande número de vendas e de lojas bem abastecidas. Os negociantes importam do Rio de Janeiro os artigos de que têm necessidade e exportam para essa cidade, bem como para o Sul, arroz, cal, uma grande quantidade de tábuas, principalmente de peroba e de canela-preta, mate, cordas feitas com cipó-imbé ou com folhas de Bromeliáceas e uma enorme variedade de miuçalhas. Não será de admirar se o comércio de Paranaguá tomar um grande incremento quando o caminho da Serra se tornar facilmente transitável e a agricultura dos Campos Gerais se desenvolver suficientemente. Mesmo agora, apesar das dificuldades de transporte e do pouco estímulo que a região recebe, esse comércio vem fazendo desde o princípio do século progressos muito acentuados. De 1805 a 1807, as exportações de Paranaguá, oriundas não apenas do distrito dessa cidade mas também de outra parte da Comarca de Curitiba, foram avaliadas[170] em 51.482.530 réis, e somente no ano financeiro de 1835 a 1836 elas se elevaram a 197.900.470[171], (a 225 réis o franco, ao câmbio da época[172] o que corresponde a 879,559 francos).

---

[165] "Ensaio estatístico".
[166] "Dicionário", II. — Lê-se também, nessa mesma obra, que Paranaguá possui atualmente um teatro.
[167] "Discurso recitado pelo Marechal de Campo Manuel da Fonseca Lima e Silva na abertura da Assembleia Legislativa provincial.
[168] Obra cit.
[169] "Ensaio estatístico", tab. 19.
[170] Pizarro, "Mem. hist.", VIII.
[171] Müller, "Ensaio estat.", tab. 12.
[172] Horace Say, "Histoire des relations", tab.1.

À época de minha viagem entravam anualmente no porto de Paranaguá cerca de cinquenta embarcações de pequeno calado; em 1836 o número dessas embarcações já se elevava a cento e trinta e quatro[173], entre as quais figuravam um barco dinamarquês, um francês, um português, um inglês, um uruguaio e um chileno. É bem provável que no começo do século Paranaguá só mantivesse intercâmbio com os outros portos do Brasil, e no máximo, talvez, com o Rio de la Plata. Em 1836, porém, já partiam da cidade navios não somente destinados a esses lugares como também ao Chile e à costa da África[174]. Entre as embarcações que, por volta de 1820, aportavam a Paranaguá, pelo menos uma dúzia pertencia aos habitantes da região; esse número certamente não permaneceu estacionário, mas eu não saberia informar qual foi o aumento que ocorreu.

Os produtos de exportação continuam hoje praticamente os mesmos do princípio do século, mas convém notar que naquela época Paranaguá exportava o trigo em grão e a farinha de trigo, e hoje não exporta nenhum dos dois[175]. Talvez não seja difícil explicar essa mudança. Nos anos que se seguiram a 1800, o preço extremamente baixo do gado[176] provavelmente levou os fazendeiros do Distrito de Curitiba a abandonar a criação de bois e procurar novas fontes de lucro. Naquela época, as leis portuguesas e a guerra tornavam difícil a entrada de trigo estrangeiro no Brasil; os curitibanos dedicaram-se ativamente ao cultivo desse cereal, e se afirma que foram construídos vários moinhos nos arredores de São José dos Pinhais[177]. Mas, quando a Província do Rio Grande do Sul deixou de enviar o seu gado para o Rio de Janeiro e começou a haver uma grande procura de bois em Curitiba, tendo-se quadruplicado o seu valor; quando o trigo estrangeiro de boa qualidade voltou a entrar facilmente no país e era vendido a preços moderados, os curitibanos, que tinham deixado degenerar a qualidade do seu trigo[178] decidiram que seria mais proveitoso aumentar os seus rebanhos do que se dedicar, como antes, à cultura do trigo, que era mais trabalhosa e menos lucrativa.

Ignoro os dados numéricos relativos aos produtos exportados pela cidade de Paranaguá em 1805 e 1820. Mas D. P. Müller nos mostra que em 1835 a cidade exportou, como eu já disse, 84.602 arrobas de mate, no valor de 169.204.000; 27.950 alqueires de arroz, no valor de 6.149.000 réis; madeira para carpintaria, avaliada em 3.591.320 réis; carne no valor de 8.504.000 e cal no valor de 1.607.600. Nenhum dos outros produtos, tais como tecidos de algodão, fumo de rolo, feijão e farinha de mandioca alcançou números tão elevados.

De resto, por considerável que tenha sido em 1836 o valor das exportações, esse valor foi sobrepujado em 168.047.899 réis pelo das importações, as quais consistiam quase que inteiramente de mercadorias europeias. Convém não esquecer, porém, que as exportações da Comarca de Curitiba não se limitam unicamente aos produtos oriundos de Paranaguá. Essa comarca despachou também, por terra, para as regiões mais ao norte, bois, cavalos, tecidos, coberturas para selas, e, se nos fosse possível calcular em seu conjunto tudo o que sai de seu território, certamente verificaríamos que os produtos que a comarca exporta são em muito maior volume do que os que nela entram.

---

[173] Müller, "Ensaio estat.', tab. 17.
[174] Müller, "Ensaio estat.', tab. 17.
[175] Pizarro, "Mem. hist.", VIII. Müller, "Ensaio", tab. 12.
[176] Ver mais acima.
[177] Casal, "Corog. Bras.", I.
[178] Müller não registra nenhuma quantidade de trigo produzida em 1837 pelos distritos de Castro e de Lapa, anotando 10 alqueires unicamente para o Distrito de Curitiba ("Ensaio estat.", tab. 3).

Volto à minha descrição de Paranaguá, interrompida pelas considerações gerais feitas acima.

Essa pequena cidade é certamente uma das mais bonitas que já visitei desde a minha chegada ao Brasil, mas o calor ali é quase tão forte quanto no Rio de Janeiro. As emanações que vêm dos brejos vizinhos tornam o ar extremamente insalubre, e a água que se bebe, fornecida por uma fonte distante das casas algumas centenas de passos, é de qualidade medíocre. Quando a pessoa vem dos Campos Gerais, o calor de Paranaguá parece insuportável, e depois de ter respirado o ar puro dos aprazíveis campos do Distrito de Curitiba não conseguimos acostumar-nos ao odor de lodo que predomina nessa parte do litoral. Chama a nossa atenção, ao chegarmos a Paranaguá, o aspecto macilento e a cor amarelada das pessoas do povo e das crianças. Os comerciantes, que formam a primeira classe da sociedade, alimentam-se melhor do que as pessoas de poucas posses e sofrem menos com a insalubridade do clima. Contudo, eles não parecem escapar à influência do calor, pois são vistos estirados displicentemente sobre os balcões de suas lojas, à espera de que apareça algum freguês.

Ali e em Guaratuba, pequeno porto de que falarei mais tarde, veem-se muitas pessoas que têm o singular costume de comer terra; os que são atacados por essa espécie de doença adquirem uma cor amarelada, sofrem de obstruções intestinais, vão emagrecendo paulatinamente, definhando, e acabam morrendo. Em vista disso, quando um escravo é comprado, o seu futuro dono tem o cuidado de perguntar se ele come terra. Esse hábito condenável se transforma comumente num vício incontrolável, e às vezes veem-se negros com mordaça na boca rolando na terra para poderem aspirar um pouco de pó. Os comedores de terra preferem a que é tirada dos formigueiros dos cupins, e há pessoas que mandam seus escravos buscarem um torrão desses formigueiros para com eles se regalarem. Essas pessoas também apreciam enormemente roer cacos de potes de barro, especialmente dos que vêm da Bahia. As crianças, principalmente, têm uma grande predileção por esses potes, e costumam quebrá-los para saborear os seus pedaços[179]. O vigário de Guaratuba procurava transformar esse estranho vício num problema de consciência para os seus paroquianos, e não sem razão, já que todos os que o praticam estão se envenenando voluntariamente. Ele próprio me contou que nunca dava confissão a um escravo ou a qualquer outra pessoa sem lhe perguntar se ele tinha por hábito comer terra, cacos de potes de barro ou torrões dos formigueiros, e certa vez deixou grandemente surpreendido um capitão de navio estrangeiro que viera confessar-se com ele durante a Páscoa, ao lhe fazer por hábito essas perguntas.

Até essa época o Distrito de Paranaguá era limitado ao norte pelo de Cananéa; ao sul pelo território de Guaratuba; a leste pelo mar e finalmente a oeste pelos distritos de Curitiba e de Antonina. Agora que o território de Morretes foi desmembrado do de Antonina, é evidente que ele passa a fazer parte dos limites ocidentais do Distrito de Paranaguá. Esse distrito tem cerca de 20 léguas de norte a sul e 6 de leste a oeste. Contavam-se aí, em 1820, cerca de 5.000 habitantes[180] e, segundo D. P. Müller, 8.891 em 1838.

---

[179] Ver o "Aperçu de mon voyage au Brésil" e a "Introduction à l' histoire des plantes les plus remarquables du Brésil et du Paraguay", XLIV.

[180] Spix e Martius, como veremos em breve, registram 5.801 indivíduos no ano de 1814 ("Reise", I). Segundo Pizarro, a Paróquia de Paranaguá contava com 5.677 habitantes em 1822; temos aí uma diminuição bastante singular, caso sejam exatas as duas cifras e não tenha havido nenhuma alteração nos territórios da paróquia e do distrito.

Enquanto que no Distrito de Curitiba e no de Castro os homens considerados brancos pertencem realmente a essa raça, há na cidade de Paranaguá um grande número de indivíduos que parecem brancos à primeira vista, mas que devem sua origem a uma mistura de sangue indígena e português. Esses mestiços se distinguem, talvez mais facilmente ainda que os de Itapeva e de Itapetininga, dos homens que pertencem exclusivamente à nossa raça, e são chamados de caboclos[181] designação usada em outras partes da Província de São Paulo, a qual constitui uma corruptela da palavra caboco, apelido pejorativo dado aos indígenas nas diferentes províncias do Brasil. É de supor que a origem dos mestiços de Paranaguá remonte à época em que os paulistas chegaram pela primeira vez até essa parte do litoral. Esses aventureiros não traziam mulheres em seus bandos, e confraternizavam livremente com os índios do litoral. Os ancestrais dos curitibanos, pelo contrário, vieram acompanhados de suas famílias, e provavelmente não havia índios na região onde eles se estabeleceram. Ou quem sabe os antigos habitantes do lugar tenham fugido à sua aproximação.

Os quadros seguintes, ainda que evidentemente apresentem apenas dados aproximados, irão dar-nos uma ideia do movimento da população no Distrito de Paranaguá e nos levarão a fazer algumas considerações interessantes. Devo lembrar que, nas duas épocas a que se referem os dados abaixo, a extensão do território era a mesma.

1815

Homens brancos 1.858
Mulheres brancas 1.967
Mulatos livres 249
Mulatas livres 292
Negros livres 174
Negras livres 188
Total de indivíduos livres 4.728
Negros 357
Negras 327
Mulatos 177
Mulatas 212
Total de escravos 1.073
Total da população[182] 5.801

1838

Brancos 2.436
Brancas 2.462

---

[181] Caboclos, e não "capóculos", como pensaram os ilustres cientistas Spix e Martius, bem como o Major Schaeffer. De um modo geral, os nomes das raças mestiças são muitas vezes deturpados, e creio já ter revelado alguns erros desse tipo ("Viagem a Goiás"). O Príncipe de Neuwied apontou também, no relato de viagem do fidedigno Gardner, um possível erro na aplicação do termo caboclo, e seria conveniente que o leitor aceitasse com grandes restrições a lista de raças mestiças encontradas no relato de um de nossos ilustres viajantes ("Voyage Vénus", I).

[182] Spix e Martius, "Reise", I.

Mulatos livres 1.162
Mulatas livres 1.147
Negros livres 20
Negras livres 25
Total de indivíduos livres 7.252

Negros 636
Negras 645
Mulatos 158
Mulatas 200
Total de escravos 1.639

Total da população[183] 8.891

    O aumento da população, tomada em seu conjunto, foi bem mais acentuado, no mesmo espaço de tempo, em Paranaguá do que em Curitiba. No primeiro desses distritos a proporção foi de 1 para 1,53, ao passo que no segundo foi de 1 para 1,46. Há, porém, uma diferença infinitamente mais acentuada na maneira como esse aumento se repartiu entre as diversas raças. Com efeito, em Curitiba a proporção entre os brancos foi de 1 para 1,50 e entre os mulatos de 1 para 1,35, ao passo que em Paranaguá os brancos aumentaram na proporção de 1 para 1,28 e os mulatos na de 1 para 4,26. A diferença que assinalo aqui, bastante singular na aparência, é devida a duas causas: a primeira é que reina menos libertinagem em Curitiba do que em Paranaguá, que é porto de mar e lugar de clima muito quente. Ali os homens casados representam menos de um terço da população masculina, e em consequência as uniões ilegítimas de brancos com mulatas devem ser mais frequentes do que em Curitiba. A segunda causa é que os mulatos, marinheiros, pescadores, etc., não costumam emigrar para Curitiba, já que a cidade é de difícil acesso e eles não encontram ali condições de vida que lhes convenham, ao passo que chegam facilmente a Paranaguá, onde podem exercer suas profissões mais proveitosamente do que em qualquer outro pequeno porto do litoral, depois de Santos. Também não é difícil explicar por que o número de escravos do Distrito de Curitiba se tornou menor, em vinte e três anos, do que no de Paranaguá. Os fazendeiros do planalto dedicam-se à criação de gado, o que exige menos escravos do que no litoral, onde a principal atividade é a agricultura. Além do mais, o homem branco não se sente diminuído em trabalhar em fazendas de gado e acha mais ameno o trabalho no planalto, já que ali não faz tanto calor quanto no litoral. Por outro lado, e uma vez que Paranaguá se tornou o principal centro comercial da região, deve haver muito mais prosperidade nessa cidade do que em Curitiba. Ora, é sabido que nos países onde é permitida a escravidão, o aumento do número de escravos é proporcional ao das fortunas acumuladas na região.

    Já disse em outra parte que a milícia, ou Guarda Nacional, da Comarca de Curitiba era composta de dois regimentos: um de cavalaria, do qual faziam parte os proprietários de cavalos que moravam serra acima, e o outro de infantaria, formado pelos habitantes

---

[183] Muller, "Ensaio estat.", cont. do apêndice, tab. 5.

do litoral. Era o Distrito de Paranaguá que, naturalmente, devia fornecer a maior parte dos milicianos da infantaria. Um governador militar comandava todo o regimento, cujos homens eram chamados, cada um por sua vez, para prestarem serviço, não podendo, entretanto, ser requisitados como barqueiros. Unicamente os ordenanças, soldados de uma milícia inferior composta de mestiços de todo tipo, eram obrigados a trabalhar nas barcas empregadas no serviço do Rei. Os legítimos guardas nacionais faziam questão absoluta de usar em seus chapéus o pequeno penacho vermelho e azul que constituía o seu distintivo.

Pelo que eu disse anteriormente, parece claro que o Distrito de Paranaguá deve ser, todo ele, situado em terras baixas, cobertas de matas e de brejos, como os próprios arredores da cidade. As bananeiras são muito comuns ali, e se encontram laranjas e abacaxis de muito boa qualidade; a cana-de-açúcar dá-se bem na região, mas o cafeeiro produz frutos medíocres, porque essa planta floresce melhor nas encostas dos morros. O algodão, que se torna tão viçoso em terrenos secos, leves e fofos, é ali de uma qualidade ainda pior do que a do café. De todas as árvores frutíferas europeias, a única que dá frutos ali é o pessegueiro, ao passo que no planalto as macieiras, ameixeiras, abricoteiros, etc., os produzem em abundância.

Eu já disse mais acima que as tábuas constituem em Paranaguá um importante artigo de exportação, e a maneira como são cortadas as árvores é semelhante à usada no Espírito Santo[184]. Elas são escolhidas no meio da mata e abatidas a cerca de 1 metro do solo. Dessa forma não podem brotar de novo, e com isso é evidente que às vezes as espécies mais úteis acabam sendo exterminadas. É claro que não se pode exigir que a mata inteira seja esquadrinhada cada vez que for preciso cortar umas poucas árvores, mas pelo menos o trabalho deveria ser feito como na Europa, cortando-se pela base as árvores das quais serão feitas as tábuas e ao mesmo tempo limpando-se o terreno ao redor, para impedir que o mato rasteiro sufoque os novos rebentos. Se este livro cair nas mãos de algum fazendeiro brasileiro, ele rirá dos meus conselhos... mas os seus netos só irão encontrar sob a forma de velhos móveis as preciosas madeiras oriundas de matas já desaparecidas e que os poderiam ter enriquecido.

Quando cheguei a Paranaguá fizeram-me desembarcar defronte da casa do capitão-mor, que veio ao meu encontro. Ele me recebeu com frieza e me conduziu imediatamente à casa que me havia sido destinada, onde pelo menos encontrei todo o conforto que um viajante poderia desejar.

Tão logo troquei de roupa fui fazer uma visita a um marechal de campo que fora enviado a Paranaguá para defender a cidade, caso os espanhóis resolvessem atacar o litoral, como se temia na ocasião. O marechal era um homem já idoso, alegre e bem educado, que parecia desejar sinceramente o bem de seu país. Desde que chegara a Paranaguá ele se dedicara ativamente a corrigir os erros e falhas da polícia, infelizmente muito numerosos em todo o distrito. Havia também assegurado a subsistência dos habitantes da cidade providenciando para que fosse trazido gado dos Campos Gerais, e com a finalidade de tornar menos insalubres as cidades de Morretes e de Paranaguá, ele tinha mandado cortar as matas que as rodeavam. Tinha, enfim, tomado severas medidas contra os assassinos e conseguido manter a ordem em toda a região, sendo o seu trabalho louvado por todo mundo.

---

[184] Ver minha "Viagem pelo Distrito dos Diamantes e Litoral do Brasil".

Conversamos muito sobre o caminho da Serra. Parece que ele tivera a intenção de fazer alguns melhoramentos na estrada, mas acabava de receber ordens para se dirigir a Santos, e é bem possível que os seus projetos tenham logo sido esquecidos. É bem verdade, entretanto, que esse caminho não teria exigido obras de grande vulto como as que são necessárias na Europa para tornar transitáveis as estradas das montanhas. Em toda a extensão do caminho que atravessa a Serra não existe nenhum precipício, nenhuma torrente caudalosa a ser transposta, nenhuma ameaça de avalanches. É bem verdade que no trecho denominado cadeado ou encadeado seria absolutamente indispensável atenuar o declive, fazendo o caminho descrever uma série de curvas; afora isso, bastaria alargar alguns trechos, calçar outros, tapar alguns buracos e cortar os ramos que não deixam passar os raios do sol e impedem o chão de secar. Seria também necessário mandar construir, de distância em distância, alguns ranchos onde os viajantes pudessem, em caso de necessidade, encontrar um abrigo, e para evitar que fossem depredados por pessoas de má índole poderiam ser designados alguns soldados para tomar conta deles, os quais seriam substituídos por outros em datas previamente determinadas. Quanto à Vargem, que é um trecho alagadiço, não seria nada difícil torná-la transitável; bastaria, para isso, forrá-la com seixos trazidos do Rio do Cubatão, que passa a pouca distância dali.

Depois de ter visitado o marechal, fui procurar o governador da cidade, o capitão-mor e a pessoa a quem eu havia sido recomendado. Em Curitiba, as principais pessoas do lugar me haviam cumulado de gentilezas, tratando-me com toda a consideração. Já ali, as quatro visitas que fiz me foram simplesmente retribuídas, e nada mais. Não desejando estar sempre pedindo favores ao capitão-mor, eu não contava com ninguém para me ajudar a lidar com obreiros e artesãos, os quais, conforme já tive ocasião de dizer, tratam com descaso o estrangeiro que não dispõe de proteção oficial. Faz alguns anos que as pessoas se queixam da falta de hospitalidade dos habitantes do litoral do Brasil[185], e eu próprio tive provas disso na Província do Rio de Janeiro. Entretanto, podemos dizer, em favor dos habitantes litorâneos, que estando sempre em contato com estrangeiros — geralmente gente do mar, rude e grosseira — eles devem ter muito menos disposição de lidar com os viajantes do que os colonos do interior. Convém acrescentar que muitos portugueses de baixa classe, principalmente marinheiros, costumam estabelecer-se em pequenos portos, devendo forçosamente exercer uma má influência sobre a população local com suas maneiras rudes e descorteses.

Entretanto, em Paranaguá recebi muitas gentilezas de um homem que me abordou na rua, dirigindo-se a mim em francês. Mas, assim como eu, ele também não pertencia ao país. Tratava-se do capitão de uma pequena embarcação espanhola que ia partir para Montevidéu com um carregamento de mate. Esse homem levou-me à casa de alguns artesãos e me apresentou ao patrão-mor da barra, que se mostrou muito cortês e tinha uma conversa muito agradável. No meio dos habitantes do Brasil, que se assemelham tão pouco aos povos europeus, as diferenças de nacionalidade entre estes últimos desaparecem. O que aproxima as pessoas de nações diferentes num país onde todas são igualmente estrangeiras é, além do mais — forçoso é convir — o prazer que todos sentem em poder falar livremente desse país e expressar sobre ele suas ideias, muitas vezes injustas e quase sempre maldosas.

---

[185] Mawe, "Travels". — Eschwege, ' 'Brasilien", II.

Aproveitei minha estada em Paranaguá para colher plantas nos seus arredores, que são infestados por mosquitos e têm um cheiro de maresia muito desagradável. As terras são todas cobertas de capoeiras, no meio das quais prolifera a tremândreas, 1645 *ter.* Entre as ervas e os subarbustos, vi muitos que também são encontrados nas terras úmidas do Rio de Janeiro, entre outros a Melastomácea n°1651. Essa semelhança de vegetação não deve surpreender, não só porque as plantas de lugares pantanosos e alagadiços podem ser encontradas em pontos muito distantes uns dos outros, podendo mesmo construir um elo entre tipos de flora muito diferentes, como também porque o clima de Paranaguá tem uma grande analogia com o da capital do Brasil. Isso viria confirmar — se necessário fosse — a lei segundo a qual há muito maior uniformidade, de um modo geral, na temperatura e vegetação do litoral do que nas terras do interior.

Um pequeno passeio que fiz pela baía me fez conhecer a Ilha de Cotinga, na qual desembarquei e cujo nome, derivado do guarani, significa "semelhante ao quati". Essa ilha, estreita e montanhosa, mede aproximadamente meia légua de extensão[186] e tem águas muito boas. Ela começa na parte mais afastada da baía, e ao sul apenas um estreito canal a separa da terra firme. Subi a um dos pontos mais elevados da ilha e de lá pude avistar uma parte da baía, a Serra de Paranaguá e as terras pantanosas, cortadas por rios e riachos, que se estendem desde as montanhas até o mar. Há alguns sítios na Ilha de Cotinga, um deles pertencia a um velho alemão, muito pobre, que se estabelecera no lugar havia muitos anos e que sofrera muito por infringir as regras e costumes da região. Enquanto que para muitas pessoas bastam uns poucos anos para que esqueçam a língua materna, o velho da Ilha de Cotinga ainda falava o alemão com uma fluência que me deixou assombrado, e no entanto não havia ali ninguém com quem ele pudesse trocar uma única palavra em sua língua. Aventurei-me a lhe perguntar o que o havia trazido a um país tão distante do seu. "Erros e desregramentos", respondeu-me ele com amargura. Eu havia tocado num ponto sensível e não lhe fiz mais perguntas.

Eu não podia deixar Paranaguá sem dar um passeio pela única estrada, nas imediações da cidade (1820), que não passava por brejos e terras alagadiças. Esse caminho é composto de areia quase pura e dá acesso a uma pequena capela denominada Capela do Rocio, onde é celebrada todos os anos uma festa que atrai uma grande multidão. Esse encantador caminho, muito frequentado pelos habitantes de Paranaguá, lembra vários outros existentes nos arredores do Rio de Janeiro; vai serpeando, à maneira das aleias de um jardim inglês, através de uma mata exuberante e de belo verdor, que oferece sombra e frescura. De vez em quando encontram-se pequenos sítios, ao redor dos quais se veem bananeiras, cafeeiros, abacaxizeiros e pequenas plantações de mandioca. A capela, dedicada a Nossa Senhora do Rosário, está construída num local isolado, a poucos passos do Rio Cubatão. Diante da porta há uma cruz, plantada no alto de pequenos degraus de pedra, vendo-se algumas palmeiras alinhadas assimetricamente à beira d'água. Do outro lado do rio veem-se pequenos morros e, ao longe, a Serra de Paranaguá, cujos cimos estão quase sempre coroados de nuvens. É inacreditável como as palmeiras plantadas junto à capela ajudam a dar um maior encanto à paisagem. Não

---

[186] Casal, imitado por Milliet, dá à Ilha de Cotinga uma extensão muito maior ("Corog. Bras.", I). É possível que a minha avaliação, feita durante um rápido passeio, esteja abaixo da realidade.

somente há nas formas da palmeira algo que se impõe por sua elegância e imponência, como também se acham associadas a essa bela árvore inúmeras recordações de fundo religioso, que fazem dela, por assim dizer, uma planta sagrada.

Passei a Quarta-Feira Santa (31 de março) em Paranaguá. Nesse dia, que é considerado a maior data religiosa na região, todas as lojas ficam fechadas, o que jamais acontece nos domingos ou em outros dias-santos. Não preciso dizer que os artesãos também não trabalhavam; nesse particular eles se mostram muito devotos, e quando o freguês vai buscar a sua encomenda eles sempre se desculpam, valendo-se dos dias santos. À noite vi passar uma procissão, formada por uma multidão que caminhava muito lentamente e em completa desordem, acompanhando uma enorme cruz ladeada por dois lampiões, que lançavam ao seu redor uma lúgubre claridade. Todos rezavam em voz alta, soturnamente, e de tempos em tempos paravam, punham-se de joelhos e beijavam o chão. Essa procissão tinha qualquer coisa de tenebroso que se ajustava bem à data, e isso merece ser mencionado, pois em nenhum outro lugar o povo tem menos noção das conveniências do que ali, no que se refere ao culto público e às cerimônias religiosas.

No Sábado de Aleluia vi bonecos enforcados em quase todas as ruas da cidade, representando Judas. Tão logo rompeu a Aleluia, os judas foram descidos dos postes e arrastados pelas ruas, sendo surrados e estraçalhados pelas crianças. Essa farsa popular foi levada de Portugal para o Brasil. Em 1816, eu me achava em Lisboa na Semana Santa, e ali também o Judas foi enforcado e feito em pedaços.

Nas províncias do Rio de Janeiro, Minas Gerais e Goiás, e numa grande parte da Província de São Paulo, o viajante dispõe de burros para transportar a sua bagagem; mas no litoral não são empregados esses animais, e em Paranaguá começaram as terríveis dificuldades que eu iria encontrar, até chegar à cidade de Laguna, para o transporte de minhas malas e coleções[187].

---

[187] Ver minha "Introduction à l'histoire des plantes les plus remarquables du Brésil et du Paraguay".

Capítulo IX

VIAGEM DE PARANAGUÁ A GUARATUBA. ESSA ÚLTIMA CIDADE E SEU DISTRITO

Incômoda maneira de viajar. — O autor embarca na Baía de Paranaguá. — Desembarque no Pontal de Paranaguá. — Viagem noturna em carroças. — Enseada de Caiobá. — O autor se dirige a cavalo até o Canal da Barra do Sul. — Embarca para atravessar o Canal e chega a Guaratuba. — Descrição da baía. — Situação da cidade de Guaratuba; casas; igreja; uma bela vista; ponte; comércio; história. — Limites do Distrito de Guaratuba; sua população, costumes de seus habitantes, seus produtos. Partida. — Viagem em carroça, beirando o mar; vegetação. — Os moradores da praia. — O Rio Saí-Mirim. — Considerações sobre o desejo manifestado pela Comarca de Curitiba de se separar do resto da Província de São Paulo.

Para ir de Paranaguá ao pequeno porto de Guaratuba, seria preciso que eu me dispusesse primeiramente de canoas e remadores que me levassem até a extremidade da baía, em seguida que, ao desembarcar no Pontal de Paranaguá, eu encontrasse ali carros de boi que pudessem transportar-nos até a Baía de Caiobá, por um caminho beirando o mar; e finalmente — tendo em vista que é um pouco arriscado atravessar essa baía numa canoa, segundo me avisaram — que eu tivesse certeza de encontrar em Caiobá, alguns homens dispostos a levar nas costas a minha bagagem até Guaratuba, através de um caminho muito acidentado. Num país onde as comunicações são difíceis, a indolência excessiva, e a falta de pontualidade extrema, teria sido impossível a mim fazer coincidir esses diversos meios de transporte se não tivesse recorrido às autoridades. Ao chegar a Paranaguá eu havia solicitado ao capitão-mor que me arranjasse meios de continuar a minha viagem, declarando-lhe, ao mesmo tempo, que pagaria aos homens que fossem requisitados para o meu serviço.

Partimos de Paranaguá no dia 3 de abril, em duas canoas, uma com dois remadores e a outra com três[188]. Depois de deixarmos o Rio de Paranaguá, entramos num canal que segue mais ou menos na direção do sul da baía e é limitado de um lado pela terra firme e do outro por uma série de ilhas. Em breve perdemos de vista a cidade. Ao longe avistávamos a Serra coroada de nuvens, que passavam céleres, ora deixando à mostra os picos, ora ocultando-os.

Nossas canoas avançavam velozmente, deixamos para trás a parte montanhosa da Ilha de Cotinga e fomos costeando a sua extremidade que dá para o mar, onde as terras ão baixas e cobertas de mangues. Após essa ilha vem a Ilha Rasa[189], plana, como o seu nome indica. A Ilha do Mel, que vem em seguida, avança até a entrada da baía. É na ponta dessa ilha que foi construído o fortim que defende a barra. À medida que avançamos, o canal de navegação se alarga. Assim como a Ilha Rasa e a Ilha do Mel, a terra firme é orlada de mangues, mas se veem nela, de vez em quando, quase à beira da água, pequenos sítios cobertos de telhas, diante dos quais se acham várias canoas.

A ponta de terra sobre a qual já disse algumas palavras, que é chamada de Pontal de Paranaguá foi o lugar onde desembarcamos. Fui recebido por um cabo da milícia que comandava um destacamento acantonado nas imediações. Esse homem recebera ordem de cuidar para que chegassem a tempo as carroças que iriam levar a mim e ao meu pessoal a Caiobá. Todos foram pontuais. As carroças pertenciam a alguns fazendeiros das vizinhanças, eram grandes e puxadas por duas juntas de bois, sendo cobertas por um trançado feito de varas de bambu sobre o qual haviam sido colocadas algumas folhas de bananeira amarradas com cipó.

Não havia no Pontal nem casas, nem vegetação; nada mais existia ali a não ser a areia pura. Logo que desembarcamos acendemos um fogo para cozinhar o feijão e o arroz, que juntamente com água e farinha iriam constituir o nosso jantar. A bagagem foi colocada nos carros de boi, e quando partimos o sol já se havia posto fazia muito tempo. Os moradores do lugar têm o hábito de viajar à noite, beirando o mar, porque os bois andam muito mais depressa no escuro do que à claridade do dia.

Instalei-me com Laruotte em um dos carros de boi, José e Firmiano subiram num outro e Manuel acomodou-se no terceiro. Laruotte pusera uma esteira no chão e estendera sobre ela um cobertor e o meu poncho. Deitei-me, e em breve o marulho das ondas me fez adormecer, mas acordava de vez em quando e percebia, à luz do luar, que seguíamos por uma praia de areia pura, com as ondas vindo lamber de vez em quando as rodas dos carros. Os bois caminhavam velozmente, e ao amanhecer chegamos à foz de um riozinho chamado Rio do Matosinho. Ali tivemos de esperar que a maré baixasse para podermos passar, e depois de termos percorrido ainda cerca de uma légua, sempre

---

[188] 188 Itinerário aproximado da cidade de Paranaguá até a fronteira da Província de Santa Catarina:
Da cidade de Paranaguá ao Pontal de Paranaguá (na baía) .... 4 léguas
Do Pontal de Paranaguá à cidade de Guaratuba, seguindo pela praia .... 13 léguas
De Guaratuba até a fronteira de Santa Catarina, seguindo pela praia .... 2 1/3 léguas
19 1/3 léguas

[189] Sabe-se que na entrada da baía do Rio de Janeiro existe uma ilha do mesmo nome. Milliet e Lopes de Moura registram uma terceira Ilha Rasa na Baía de Angra dos Reis, Província do Rio de Janeiro.

pela praia, chegamos a Caiobá, derivado do guarani "cairoga", "casa de macacos". A partir de Matosinho até esse lugar, as terras que margeiam a praia mostram uma espessa cobertura de arbustos, entre os quais sobressai a tremândrea, 1645 *ter.*, sendo de supor que grande parte da praia que percorremos durante a noite seja orlada por esse mesmo tipo de vegetação.

Em Caiobá há uma enseada semicircular que tem o nome de Baía de Caiobá. Ali as terras já não são baixas e pantanosas como em Paranaguá; morros cobertos de matas se estendem até a borda do mar, impedindo a passagem dos carros de boi. O caminho só se torna praticável, então, para pessoas a cavalo ou a pé.

Geralmente, quem vai de Paranaguá a Guaratuba faz o percurso em canoa, atravessando a enseada e entrando num canal que fica situado na parte meridional desta e forma a entrada da Baía de Guaratuba. Eu tinha sido advertido dos riscos que havia na travessia da enseada, e em consequência pedira — como já disse — ao capitão-mor de Paranaguá que providenciasse um meio de transporte terrestre para a minha bagagem. Encontrei em Caiobá cerca de dezesseis homens à minha espera, comandados por um sargento de milícia. À vista das águas do mar, perfeitamente calmas, eu me senti mais tranquilo e resolvi despachar por terra apenas as canastras de maior valor; as outras foram colocadas numa enorme canoa.

Montei no cavalo e contornei uma parte da baía, acompanhado do sargento e de Laruotte. Ao chegar à beira do canal que forma a entrada da Baía de Guaratuba e tem o nome de Canal da Barra do Sul, por ser essa a sua posição em relação à enseada de Caiobá, tive forçosamente de embarcar numa canoa, pois a cidade de Guaratuba fica situada do outro lado do canal, à entrada da baía do mesmo nome.

À minha chegada, o sargento que me acompanhava levou-me a uma casa já preparada para me receber. Logo depois recebi a visita do vigário, do capitão-mor do distrito e de um sargento-mor do regimento de milícia.

Não podendo mais recolher plantas enquanto viajava, como quando fazia o percurso em lombo de burro, decidi fazer uma pausa na viagem, de vez em quando, e para começar fiquei dois dias em Guaratuba. Não há dúvida de que esse prazo era mais do que suficiente para conhecer essa insignificante cidade, ainda que eu dedicasse a maior parte do tempo à história natural.

A Baía de Guaratuba, que os antigos navegantes tinham batizado de Rio Alagado[190] e os atuais habitantes do lugar ainda chamam de rio, pareceu-me ter uma forma elíptica, estendendo-se mais ou menos do nordeste para o sudoeste e devendo medir, segundo informaram os moradores da região, cerca de 2 léguas e meia de comprimento. Ela se comunica com a enseada de Caiobá e, em consequência, com o alto mar, através de um estreito canal denominado Canal da Barra do Sul, o qual, situado ao norte em relação à baía, fica entretanto ao sul da enseada. Do norte ao sul, passando pelo oeste, isto é, do lado da terra firme, a baía é rodeada de montanhas cobertas de matas, que constituem um prolongamento da Serra de Paranaguá e pertencem, por conseguinte, à cordilheira marítima.

---

[190] Ver uma das notas do penúltimo capítulo.

A língua de terra que separa a baía do alto mar é muito estreita na sua extremidade, isto é, no ponto onde passa o Canal da Barra, mas se vai alargando aos poucos, e ao sul mede cerca de 3 léguas entre a baía e o oceano. Nas proximidades de sua ponta há dois pequenos morros, mas o resto da sua topografia é regular. Num certo trecho a faixa de terra é orlada, do lado da baía, de *Avicennia* e de *Rhizophora mangle,* às quais se sucedem as matas; mas para o sul o terreno se eleva um pouco acima da baía e a mata avança até a beira d'água.

Um grande número de rios e riachos descem das montanhas e vão desaguar na Baía de Guaratuba. Os mais importantes são o Rio São João, o Rio Cubatão Grande e o Cubatão Pequeno.

Várias ilhas e ilhotas pontilham a baía, mas na sua maioria são compostas de terrenos pantanosos e cobertos de mangues, ou às vezes unicamente de duas gramíneas (ns. 1666 e 1667), ambas conhecidas na região pelo nome de parutava[191]. Algumas delas, entretanto, como a Ilha do Rato[192] e a da Pescaria, são susceptíveis de ser cultivadas. As mais notáveis de todas essas ilhas são a dos Papagaios, assim chamada porque a espécie no 366-9 é ali muito comum, e a dos guarás, nome de um pássaro de penas rubras, que constitui um dos mais belos ornamentos dessa região do Brasil (*Ibis rubra*).

Esses magníficos pássaros não são encontrados unicamente na parte mais meridional da Província de São Paulo; podem ser vistos também em Paranaguá, em Santos e em Santa Catarina, sendo crença geral, que eles só põem seus ovos na ilha que tem o seu nome. A partir de agosto até novembro, eles se reúnem ali em inumeráveis bandos e constroem seus ninhos, sem nenhuma arte, nos galhos dos mangues; e certamente se multiplicariam prodigiosamente se os ventos não derrubassem muitos de seus ninhos, se as aves de rapina não devorassem uma grande quantidade de seus ovos e se os habitantes do lugar não se apoderassem igualmente deles para comê-los. Quando se assustam na época da postura, os guarás abandonam os seus ovos; entretanto, mostram um grande apego aos seus filhotes. Já disse em outro relato[193] que esses pássaros já haviam desaparecido não somente do Rio de Janeiro, onde à época de Marcgraff eles eram muito comuns, mas também de uma das cidades da Província do Espírito Santo que lhes deve o seu nome, ou seja Guarapari[194]. O Príncipe de Neuwied afirma que não viu uma só dessas aves durante toda a sua viagem pelo litoral, iniciada no Rio de Janeiro[195]; e visto que já não é mais levada em consideração uma antiga lei que proibia matar essas aves[196], é de recear que elas sejam também exterminadas na Província de

---

[191] De "piritiba" (guarani), lugar plantado de juncos.
[192] Existe também na Baía de Angra dos Reis, Província do Rio de Janeiro, uma ilha que tem o nome de Ilha do Rato (Milliet e Lopes de Moura, "Dicion.", II).
[193] Ver meu relato "Viagem ao Distrito dos Diamantes e pelo Litoral do Brasil, II.
[194] O Príncipe de Neuwied queixa-se de que sou muito rigoroso porque digo ("Viagem pelo Litoral do Brasil") que se deve escrever Guarapari e não Guaraparim; não sou mais rigoroso do que Casal, Pizarro, Roussin e Milliet e Lopes de Moura, que escrevem como eu; da mesma forma não posso ser chamado de exigente quando afirmo, juntamente com todos os brasileiros, que o *i* e o *im* são pronunciados em português de uma maneira muito diferente. O *i* tem o mesmo som que em alemão e em francês; a vogal em *im* é fortemente nasal e tem um som que não encontra analogia em nossa língua (Morais, "Dicion.", 3a. ed. Abr. Meldola, Nova Gram. Port. — Sané, Gram.).
[195] Casal, "Corog. Bras,", I.
[196] "Beitrage", IV.

São Paulo. Em vão procuraremos por elas nos desolados brejos que a sua presença embelezava e cujo fétido odor o viajante nem chegava a notar, distraído a admirá-las; e em breve delas nada restará a não ser o seu nome, dado aos lugares que elas habitavam, e as descrições feitas em alguns livros. E é assim que hoje já não se encontra a inhuma (*Palamedea cornuta*) nos numerosos lugares em que, sem dúvida, havia bandos deles outrora, já que eles têm o nome dessa ave[197]. E quantas plantas que enfeitam o sertão desaparecerão também, não apenas nas queimadas dos campos e das matas virgens, mas também através da ação destruidora do implacável colecionador!

Descrevi pormenorizadamente a Baía de Guaratuba; para dar uma ideia do seu conjunto, eu poderia dizer que ela é uma cópia em miniatura da Baía do Rio de Janeiro. A paisagem que a cerca é, sem dúvida, mais austera e mais monótona do que a desta última, já que é rodeada por morros cobertos de matas, não se vendo nenhuma propriedade nas redondezas. Por outro lado, entretanto, essa paisagem ainda conserva a tranquilidade e a intacta majestade — se assim me posso exprimir — que só encontramos nas regiões desérticas.

Não é unicamente uma ilhota da baía que deve o seu nome aos guarás. A própria cidade de Guaratuba também lhes deve o seu, composto das palavras guaranis "guará" e "tiba", que significam "reunião de guarás".

Essa cidade — pois assim que deve ser chamada — foi construída no fundo de uma pequena angra, à entrada da baía e do lado do sudeste; em consequência, perto do final da ponta de terra que separa a baía do alto mar. É rodeada de árvores e relvados, e protegida do lado do nordeste por um morro coberto por uma mata virgem[198].

---

[197] "Viagem pelas Províncias do Rio de Janeiro", etc.
[198] 198 Pizarro diz que Guaratuba fica situada às margens do Rio Saí ("Mem. hist.", VIII). A foz desse rio fica a 5 ou 6 léguas de Guaratuba, e em 1820 não havia nem mesmo um lugarejo em suas margens. Entretanto, o erro que assinalo aqui poderia ser explicado por um fato histórico, por cuja veracidade não me responsabilizo e que citarei mais tarde. Casal não cometeu o mesmo engano de Pizarro, mas é impossível entender o que ele quis dizer ao indicar a posição de Guaratuba: "Essa cidade fica situada no sopé de um morro, na margem direita do braço meridional do Rio Guaratuba"; e mais adiante ele acrescenta: "Cinco léguas ao norte... do limite da província fica a foz do caudaloso e veloz Guaratuba, perto da qual se ergue o Morro Caioaba." (Corog., I). Confesso que não consigo adivinhar o que possa ser o braço meridional do Rio Guaratuba ou a sua margem direita. Ao registrarem rio ou baía de Guaratuba, Milliet e Lopes de Moura seguiram praticamente as indicações de Casal ("Dicion.", I). No mapa da costa do Brasil, traçado por Givry e Roussin, e num outro, que se refere às explorações do Barão de Antonina — o qual, no que diz respeito ao litoral, provavelmente não passa de uma cópia do primeiro — as águas de Guaratuba figuram como sendo um rio de pouca extensão, que receberia na sua nascente vários afluentes pequenos e seguiria em linha reta do oeste para o leste; como, porém, suas águas não comportem grandes embarcações, é claro que os dois cientistas franceses não puderam estudá-lo pessoalmente. Embora não seja de exatidão indiscutível, o mapa inédito da demarcação, feito pelo Engenheiro Francisco João Roccio, não registra um rio, e sim uma baía. Será este último o nome que lhe devemos dar, ou conviria preferirmos o de rio? Um rio é um curso d'água ininterrupto desde a nascente até a foz; uma baía é um pequeno golfo geralmente formado pelas águas do mar e cuja entrada ("Dicion. acad.") é mais estreita do que a sua parte central. As águas que se comunicam com a Baía de Caiobá através da estreita passagem denominada Canal da Barra do Sul não constituem o final de um curso d'água único; são, pelo contrário, formadas por um braço de mar, ao qual se juntam o Rio São João, o Cubatão Grande, o Cubatão Pequeno, etc. Consequentemente, deve ser dado a essa espécie de reservatório comum o nome de baía, como ocorre com as águas de Paranaguá ou com as do Rio de Janeiro. Pela mesma razão, deve ser chamado de Baía do Espírito Santo o vasto reservatório cuja entrada é limitada ao sul pelo morro de Moreno e ao norte pela Ponta de Piraé. Com efeito, não existe nenhum curso d'água que tenha desde a

É composta de não mais do que quarenta casas (1820), sendo que quinze delas formam um semicírculo à beira da angra. As outras estão localizadas mais atrás, à volta de uma extensa praça coberta de relva, na extremidade da qual fica a igreja. As mais antigas não passam de miseráveis casebres feitos de paus cruzados e em péssimo estado de conservação; entretanto, pouco antes de minha passagem por ali haviam sido construídas algumas casas bastante bonitas, feitas de pedra.

A igreja, também de pedra, é pouco ornamentada, porém limpa e bem iluminada; é dedicada a São Luís, rei da França.

Da cidade avista-se uma parte da baía, bem como algumas de suas ilhas e os morros cobertos de matas que a cercam. Entre estes, um dos mais notáveis é o de Araraquara[199] situado à entrada da baía do lado norte e quase defronte à cidade. Outros, mais elevados, podem ser vistos ao longe, no fundo da baía.

Embarcações de 17 a 22 metros de comprimento podem entrar na Baía de Guaratuba, mas elas não atracam diretamente diante da cidade. Defronte desta, há um canal muito estreito e do outro lado uma ilha de terreno pantanoso e inteiramente coberto pelas gramíneas denominadas paratuva. É do outro lado dessa ilha, que é muito pequena e tem uma forma alongada, que atracam as embarcações. Tudo leva a crer, entretanto, que essa ilha não tardará a desaparecer, pois cada ano, segundo dizem, as águas levam um pedaço dela.

A região é muito pobre e a população escassa, razão por que se veem poucas terras cultivadas e o porto de Guaratuba é pouco frequentado; não obstante, aportam ali de vez em quando algumas embarcações, em busca de farinha e de tábuas, as quais vão em seguida completar o seu carregamento em outros lugares.

Os habitantes da região me disseram, em 1820, que a fundação de Guaratuba não data de mais de cinquenta anos, acrescentando que cerca de dez anos depois, o pequeno agrupamento de casas que havia então recebeu o título de cidade, dado pelo governador da província, mas que o lugar havia sido descrito a ele não como era na ocasião e sim como talvez se tornasse um dia[200].

---

sua nascente o nome de Espírito Santo; esse nome é dado a um pequeno golfo cuja entrada é bem mais estreita do que o seu centro e no qual se lançam simultaneamente, como disse Moura, numerosos rios. Na verdade, os descobridores dessa baía deram-lhe o nome de rio, mas assim foram denominadas, também, as baías do Rio de janeiro e de Paranaguá, por se supor que se tratasse das embocaduras de grandes rios, e por uma questão de hábito elas continuam a ser designadas até hoje por Rio do Espírito Santo e Rio de Janeiro. Aliás, posso afirmar que, na região, ninguém entendia a que eu me referia quando dizia Baía do Espírito Santo. Já faz muito tempo que Casal mencionou essa baía pelo seu verdadeiro nome, e se em certo momento ele se refere ao Espírito Santo, isso se deve sem dúvida a uns restos do antigo hábito. Roussin, em seu "Pilote du Brésil", usa ora a palavra rio, ora baía; mas em seu mapa, em que ele tinha forçosamente de fazer a escolha, só é encontrado o último nome. Finalmente, Milliet e Lopes de Moura, em seu "Dicionário", bastante recente, iniciam o verbete *Espírito Santo* com estas palavras: baía da Província do Espírito Santo, e talvez em vinte pontos diferentes de sua importante obra eles aplicam esse mesmo nome ao pequeno golfo em questão (conf., Neuwied, "Brasilien").

[199] Essa palavra, que é encontrada em vários outros pontos da Província de São Paulo, significa buraco das araras (ver o capítulo III do relato anterior, "Viagem pela Província de São Paulo").

[200] Pizarro diz ("Mem. hist.", VIII) que a cidade de Guaratuba foi fundada em 1771 pelo Governador Luís Antônio de Sousa Botelho, às margens do Rio Saí. Segundo Muller ("Ensaio"), 1771 seria apenas o ano em que Guaratuba recebeu o título de cidade, e a verdadeira data de sua fundação remontaria a 1766. Spix e Martius também mencionam o ano de 1771 como sendo a data de sua elevação a ci-

Guaratuba é, na costa, a cidade mais meridional da Província de São Paulo. Essa modesta cidade pertence, como já disse, à Comarca de Curitiba, e no antigo governo só havia ali juízes ordinários. Seu distrito, que forma uma única paróquia, tem 15 milhas de comprimento de leste a oeste, e a mesma extensão de norte a sul, beirando o mar. Ao norte, ele começa no lugar denominado Curral, situado defronte de uma ilha do mesmo nome, que fica distante 8 milhas da cidade de Guaratuba, e ao sul é limitado pelo Rio Saí-Mirim, que o separa do Distrito de São Francisco, pertencente a Santa catarina[201]. Contavam-se ali, em 1820, cerca de 900 habitantes, dos quais 600 eram comungantes[202].

A maioria dos habitantes é composta de mestiços, de portugueses e índios. São indolentes, muito pobres e se alimentam quase que exclusivamente de peixe e farinha de mandioca. Suas roupas não passam geralmente de um calção de algodão, uma camisa solta por cima do calção e um chapéu de copa arredondada e aba muito estreita. Passando grande parte de sua vida sobre a água, eles dirigem suas canoas com uma habilidade extrema. Quando eu me encontrava às margens da Baía de Caiobá pude admirar a agilidade com que eles saltavam para dentro de suas embarcações no momento em que elas começavam a flutuar.

Faz muito menos calor em Guaratuba do que em Paranaguá, e como a região é mais elevada e menos pantanosa, o clima ali também é mais saudável. Não obstante, e assim como acontece em Paranaguá, veem-se ali muitas pessoas de tez amarelada; provavelmente a alimentação pouco substanciosa que geralmente usam, constitui uma das

---

dade ("Reise", I). Quanto a Milliet e Lopes de Moura, eles entram em maiores detalhes a respeito. "O começo de Guaratuba data", dizem eles, "de 1656, quando o Marquês de Cascais fundou a Capitania de Paranaguá. Alguns habitantes da Capitania de São Vicente, que se tinham estabelecido às margens do Rio Saí, entre o Rio São Francisco e o Rio Guaratuba, imaginaram construir uma capela dedicada a Nossa Senhora do Perpétuo Socorro, para lhes servir de paróquia. — D. Luís Antônio de Sousa Botelho Mourão, governador da Província de São Paulo, fundou uma cidade em 1771, na margem meridional do Rio Guaratuba, à qual deu o nome de Vila Nova de São Luís. Foi construída ali uma igreja dedicada a São Luís, mais tarde transformada em igreja paroquial para substituir a Capela do Perpétuo Socorro situada nas margens do Saí." ("Dicion.", I)

Os autores do "Dicionário do Brasil" não nos informam de onde tiraram esse relato bastante obscuro, que contradiz em vários pontos as indicações de outros autores; em consequência, não sabemos que valor lhe podemos atribuir. O que podemos deduzir com certeza desse relato é que houve outrora um lugarejo às margens do Saí, e esse fato estaria de certa maneira confirmado pelo erro de Pizarro, que situa a cidade de Guaratuba à beira do rio acima citado.

[201] Durante todo o tempo em que viajei pelo interior não vi outra maneira de se medir a distância a não ser por léguas, que eram calculadas um tanto arbitrariamente, sempre para mais do que para menos. Foi no litoral que, pela primeira vez, ouvi falar em milhas. São necessárias três milhas para perfazer uma légua.

[202] Não anotei em meus apontamentos o nome da pessoa que me forneceu esses dados, mas só pode ter sido o vigário, ou o capitão-mor, e acredito que sejam bastante exatos, pois não havia a menor razão para que me quisessem enganar. O mesmo não acontece com os dados oficiais, que as autoridades têm sempre tendência para exagerar ou então registrá-los muito aquém da realidade. Os ilustres cientistas Spix e Martius declaram que em 1815 havia 663 habitantes no Distrito de Guaratuba ("Reise", I). Pizarro reduz esse número para 533 em 1822 ("Mem.", VIII) e Müller eleva-o a 1.062 no ano de 1838 ("Ensaio", contin., tab. 3). É bem evidente que não podemos absolutamente confiar nesses números, principalmente nos dois primeiros, e muito menos nos dados contidos no quadro fornecido a Spix e Martius durante a sua estada em São Paulo. Com efeito, vemos no referido quadro que, juntamente com 62 brancos e 46 negros do sexo feminino, havia ali 430 mulatos escravos de ambos os sexos; de onde teriam vindo tantos mulatos? Os dados de D. P. Müller contradizem inteiramente esses números e são bem mais verossímeis, pois não mencionam nenhum mulato escravo, seja homem ou mulher, mas unicamente 8 escravos negros, o que está perfeitamente de acordo com a extrema pobreza da região.

principais causas disso. Como já disse antes, o hábito de comer terra é ali tão comum quanto em Paranaguá, com consequências igualmente danosas.

Existem nas imediações de Guaratuba terrenos compostos quase exclusivamente de um terriço preto, em que se misturam abundantemente fragmentos de conchas e uma espécie muito pequena de penteola. Esses terrenos, que os habitantes chamam de sambaqui[203], são muito produtivos. Fabrica-se a cal com as cascas de ostras tiradas dos sambaquis peneirando-se a terra com peneira de taquara; à época de minha viagem, entretanto, a cal assim obtida servia apenas para suprir as necessidades da região, não sendo ainda exportada.

Nos arredores de Guaratuba cultivavam-se o milho, a mandioca e o arroz, que ali rende na proporção de cem por um[204]. A terra é fértil e coberta por excelentes matas, mas para tirar partido da região seria preciso estabelecer ligação, por meio de estradas razoáveis, entre ela, Curitiba e Vila Nova do Príncipe. Enquanto ela permanecer no abandono e no isolamento, como se não fizesse parte da pátria comum, a região continuará pobre e despovoada[205].

Ao chegar em Guaratuba eu havia solicitado ao sargento-mor que me arranjasse três carros de bois para me levarem mais adiante, e pouco tempo depois enviei por seu intermédio, a uma autoridade da cidade de São Francisco, uma carta de recomendação na qual lhe era solicitado que providenciasse uma casa para mim.

No dia 7 de abril, pela manhã, os três carros de bois que eu tinha pedido pararam à minha porta, e nós partimos.

Atravessamos a língua de terra na qual se ergue a cidade de Guaratuba e logo me achei à beira do oceano, ao fundo de uma enseada semicircular cujo contorno media meia légua. A praia que a cerca tem o nome de Praia de Brajetuba, e na sua extremidade mais avançada na direção do mar, do lado do norte, há um morro coberto de mata denominado Morro de Caiobá; em sua extremidade meridional ergue-se outro morro igualmente coberto de mata, cujo nome é Morro de Brajetuba. Desnecessário é dizer que o Morro de Caiobá, ao formar a extremidade setentrional da Praia de Brajetuba, deve formar pela mesma razão, a ponta meridional da enseada de Caiobá, que precede a que circunscreve a enseada de Brajetuba.

Depois de ter passado por trás do morro desse nome, eu me achei em outra praia, à entrada da qual se pesca um peixe chamado biraguaia[206] que meus guias disseram medir 1 metro e pouco de comprimento, ajuntando que esse peixe imita o ruído do tambor[207]. Em quase toda a sua extensão essa praia é de areia compacta e dura, oferecendo um caminho sólido para os carros de bois e os caminhantes. Os Fucos só são encontrados nas rochas, por isso nessa praia também não havia nenhum, mas vi ali um grande número

---

[203] É pouco provável que essa palavra não derive de "caa", mata, montanha, e de "mbacuí", coisa queimada. Teria sido a intenção dos indígenas comparar aquelas terras, devido à sua cor escura, a florestas calcinadas?

[204] D. P. Müller diz que atualmente se cultiva ali um pouco de cana-de-açúcar e que foram encontrados na região alguns terrenos auríferos ("Ensaio estatístico").

[205] Há alguns anos um cavalheiro sueco, que desejava instalar no Brasil uma colônia de camponeses de terra, veio consultar-me para saber qual a região que devia escolher para isso. Indiquei-lhe as terras situadas acima de Guaratuba. Tivemos várias conversas, ele e eu, mas ignoro se ele levou avante o seu projeto. É precisamente ao lado da região que eu lhe havia indicado que se acha situada a dotação da Princesa de Joinville.

[206] Talvez derivado de "pirá", peixe, e "guai", pintura.

[207] Sabe-se que esse peixe não é o único que emite sons. O que digo aqui servirá talvez para provar que não exagero nos relatos dos viajantes, segundo os quais "drum" emite sons retumbantes (ver Dugès, "Physiologie comparée", III).

de moluscos vesiculosos, cor-de-rosa, que estouravam ruidosamente quando pisávamos sobre eles.

Acima do trecho da praia que é batido pelas águas do mar vê-se apenas um pequeno número de plantas esparsas brotando da areia. As principais são a *Calicera* nº 1.656, a Gramínea nº 1.672 e a Convolvulácea n o 1.679, tão comuns à beira do mar nas províncias do Rio de Janeiro e do Espírito Santo. Depois do trecho arenoso onde crescem essas plantas há um mato cerrado, composto de arbustos de um verde sombrio, cujo vigor e altura vão aumentando à medida que eles se distanciam do mar, formando, dessa maneira, uma espécie de rampa. Eu já tinha observado esse mesmo efeito na vegetação dos arredores de Macaé e em outros trechos da costa setentrional. Entre os arbustos que formam essa espécie de talude predomina a Mirtácea chamada papaguela (*Myrcia pubescens,* DC.) porque o seu fruto, que é preto e tem quatro lóbulos, é muito adstringente. Junto dela veem-se também, em maior ou menor quantidade, o feto nº1.652, uma grande Arácea e a Melastomácea nº1.651. Mais para o interior das terras veem-se grandes matas.

De longe em longe, uma trilha desembocando na praia, uma canoa e alguns paus cruzados para se estenderem neles as redes que indicam a proximidade de um sítio, que quase nunca se avista da praia, por se achar oculto entre arbustos. Eu fui até um deles e não encontrei senão um mísero casebre feito de varas fincadas ao lado umas das outras e que davam passagem ao vento e à chuva. Algumas panelas e esteiras eram tudo o que havia na casa, e seus moradores estavam cobertos de andrajos. O mais provável é que os outros sítios das redondezas fossem tão miseráveis quanto esse; não creio, entretanto, que os pobres ocupantes dessas tristes moradas sejam tão infelizes quanto aparentam. Descendentes, sem dúvida, dos antigos mamelucos, eles devem ser totalmente imprevidentes, pensando apenas no dia que estão vivendo ou, no máximo, no dia seguinte. O clima é ameno, o mar lhes fornece abundante alimentação. Eles desconhecem inteiramente o mundo, da mesma forma que este os desconhece, e acabariam por mergulhar num estado de selvageria muito próximo ao dos animais se, de tempos em tempos, não frequentassem a igreja, se através da prece não estivessem ligados à sociedade cristã e se, antes de partirem em suas canoas, eles não invocassem a Virgem para obter, por sua intercessão, uma pesca abundante.

O tempo estava magnífico e o céu de um azul luminoso; uma brisa fresca que soprava do leste nos impedia de sentir o ardor do sol; o mar rugia, e suas ondas chegavam até nossos pés.

Durante algum tempo tínhamos avistado apenas a Serra de Cavaracuara (das palavras da língua geral "caburu", cavalo, e "coara", buraco), mas ao chegarmos ao Rio Saí-Mirim passamos a avistar todas as montanhas que cercam a Baía de Guaratuba. Ali os meus guias me mostraram, ao longe, uma garganta por onde passa um caminho que liga a cidade de Morretes à Baía de Guaratuba, mas que só serve para o trânsito de animais.

O Rio Saí-Mirim[208] tem pouca largura, mas apesar disso não é vadeável. Minha bagagem foi descarregada e colocada em canoas, para a travessia; os bois não foram desatrelados — atravessaram o rio a nado, puxando os carros vazios. O Saí-Mirim

---

[208] Dá-se o nome de "saí" a várias espécies de pássaros. Talvez se possa atribuir a origem de Saí-Mirim às palavras guaranis "saí" e "mirim", olhos pequenos.

passa a 7 milhas de Guaratuba e, segundo informaram os meus guias, serve de limites para o Distrito de Curitiba e a Província de São Paulo. Na sua margem direita eu me vi à entrada do Distrito de São Francisco, pertencente à Província de Santa Catarina[209].

Ali só me restou saudar a terra de Curitiba, que se poderá tornar tão florescente, onde fui acolhido com tanta benevolência e que eu avistava pela última vez.

Eu deixaria incompleto o que tinha a dizer a respeito dessa bela comarca se silenciasse sobre um desejo manifestado por seus habitantes desde 1822 e inúmeras vezes exprimido, qual seja o de separá-la da Província de São Paulo. Em 1840, essa reivindicação foi feita de uma maneira toda especial. Ao responder às autoridades locais, o Ministério fez-lhes várias perguntas que demonstravam claramente não ter o governo grande conhecimento dessa parte do Brasil. O assunto morreu aí, mas os curitibanos não desistiram, e em 1843 renovaram o seu pedido, iniciou-se a discussão na Assembleia Geral dos Deputados do império, mas até o momento nada ficou decidido[210].

A maioria dos motivos alegados pelos curitibanos poderia ser igualmente apresentada pelos habitantes das regiões mais afastadas de cada província, se eles também desejassem formar governos independentes. Minas Novas teria o direito de exigir sua separação tendo em vista a fertilidade de suas terras, a excelência do seu algodão e as facilidades de que dispõe para transportá-lo pelo Rio Jequitinhonha; as comarcas mais setentrionais de Goiás poderiam queixar-se da enorme distância que as separa da atual capital da província, Campos Gerais faria valer suas riquezas, seus numerosos engenhos de açúcar, seu rio, as terras que os cercam, todas cultivadas, etc. Entretanto — forçoso é convir — há apenas pequenas diferenças entre as várias partes das províncias que acabo de enumerar. Não é difícil, em Ouro Preto, fazer uma ideia exata das necessidades de Minas Novas, assim como na cidade do Rio de Janeiro não é preciso muito esforço para se ter uma noção perfeita dos engenhos de açúcar de Campos, de suas terras cuidadosamente cultivadas e de seus numerosos escravos. Do outro lado de Itararé, pelo contrário, começa um mundo novo para os que vêm do norte da Província de São Paulo. Os campos têm outro aspecto, os produtos não são os mesmos, e há nas raças uma diferença notável: os habitantes do norte de São Paulo são, em sua maioria, descendentes de portugueses e índios, ao passo que a maior parte dos curitibanos pertence à raça europeia; finalmente a quinta comarca tem talvez menos analogia com as outras do que a Dinamarca com relação ao Languedoc, salvo as diferenças de religião e de língua. Homens que vivem a 110 léguas de uma região, que a desconhecem totalmente e estariam completamente errados se a julgassem segundo os padrões da sua própria região terão condições de administrá-la de forma conveniente? Não há ninguém, creio eu, que não responda essa pergunta negativamente.

Confesso, entretanto, que se fosse chamado a opinar sobre esse grave assunto, eu hesitaria, e estou certo de que o motivo que me levaria a isso seria o mesmo que impediu a Assembleia Geral de se pronunciar a respeito. De uns certos tempos para cá cada arraial, cada lugarejo brasileiro deseja tornar-se sede de um distrito, cada cidade a cabeça de uma comarca. Se essas reivindicações se estendessem também às

---

[209] Ver o capítulo seguinte.
[210] Milliet e Lopes de Moura, ' 'Dicion. Bras.", I. — Francisco de Paula e Silva Gomes, *in* Sigaud, "Anuário", 1817.

províncias, se fosse concedida a Curitiba a sua separação de São Paulo, uma centena de comarcas iriam querer o mesmo privilégio, e os laços, já frágeis, que ligam as diferentes regiões do Brasil não tardariam a se tornar mais frágeis ainda. Ainda que a reivindicação dos curitibanos seja inteiramente justificada, talvez eles dêem uma prova de seu patriotismo adiando-a mais uma vez. "Não foi unicamente no Brasil que eu vivi", disse eu outrora, "também visitei as margens do Prata e do Uruguai. Até recentemente tratava-se de uma das mais belas regiões da América meridional. Seus habitantes se desuniram, cada arraial e cada lugarejo decidiu formar uma pátria separada; chefes ignóbeis se armaram em toda parte; a população foi dispersada ou aniquilada; as estâncias foram destruídas; vastas extensões de terra, quase do tamanho de uma província, não produzem hoje senão cardos, e onde outrora pastava um numeroso gado não se veem presente senão bandos de cães, de veados, de emas e de ferozes onças[211]."

---

[211] Esse trecho foi tirado do "Resumo histórico das revoluções do Brasil", que encerra o meu relato "Viagem ao Distrito dos Diamantes e Litoral do Brasil". Nesse relato rendo ao Imperador D. Pedro I, cujo renome crescerá com o passar dos anos, toda a justiça que ele merecia; ao mesmo tempo, porém, não escondo os seus erros. Durante sua estada em Paris, ele dirigiu as seguintes palavras a um de meus amigos: "Diga ao Sr. Auguste de Sainte-Hilaire que ele falou a verdade." Esse fato honra demasiadamente a memória desse ilustre soberano para que eu não o torne conhecido.

Capítulo X

Esboço Geral da Província de Santa Catarina[212]

1. História

Até meados do século XVII a Ilha de Santa Catarina era coberta de densas florestas, sendo habitada apenas por índios da nação dos Carijós, que partilhavam suas terras com as onças e incontáveis bandos de veados.

O navegante Solis foi o primeiro europeu a visitar a Ilha de Santa Catarina (1515). Cerca de dez anos depois, Sebastião Cabot, encarregado de capitanear alguns navios espanhóis, lançou âncoras nessa ilha, quando se dirigia ao Rio da Prata, sendo bem recebido pelos Carijós. No ano seguinte, o piloto português Diogo Garcia, que navegava por aquelas mesmas águas a serviço do rei da Espanha, aportou também a Santa Catarina. Os índios lhe forneceram víveres, como tinham feito com todos os europeus

---

[212] Ao redigir este capítulo e o seguinte consultei todos os escritos que pude obter sobre Santa Catarina, os quais são citados por mim várias vezes, particularmente o excelente trabalho "Notice sur la Province de Sainte-Catherine", de L. Aubé, inserido no vol. III dos "Annales maritimes", relativos a 1847. Devo advertir, porém, que nunca deixei de indicar a paginação das separatas. O autor diz o seguinte, ao iniciar o seu relato: "À exceção de algumas páginas constantes da "Corografia" de Manuel Aires de Casal e do trabalho de Van Lede sobre a "Colonização" — trabalho esse inteiramente específico... e excetuando-se também algumas páginas de louvor inspiradas aos navegadores pela bela natureza... pode-se dizer que não existe praticamente nenhuma obra que fale sobre o país." ("Not.") A justiça e o interesse da ciência exigem que eu indique aqui alguns valiosos trabalhos desconhecidos de Aubé, que passou muito tempo na América, longe das grandes cidades. Além de vários artigos sobre as paróquias que compunham, em 1822, a Província de Santa Catarina, José de Sousa Azevedo Pizarro e Araújo inseriu, no vol. IX de suas "Memórias históricas", um capítulo muito importante, que trata da história de toda a província, de sua administração, seu comércio, suas estatísticas, etc. No final de seus "Anais da Província do Rio Grande de São Pedro do Sul", o pranteado José Feliciano Fernandes Pinheiro, Barão de São Leopoldo, publicou um resumo da história de Santa Catarina, onde fala pormenorizadamente sobre tudo o que se refere a essa província. Finalmente, encontra-se no "Dicionário Geográfico do Brasil" uma longa série de artigos sobre Santa Catarina. A aprovação de um dos brasileiros mais ilustres que conheci, o Barão de São Leopoldo, me animam a indicar também um trabalho que publiquei em "Nouvelles annales des voyages", IV, de 1835, sobre a "Ilha de São Francisco e a pesca em Itapocoroia", região até então praticamente desconhecida. Não posso deixar de acrescentar também que o trabalho de Van Lede, por específico que seja, fornece dados inteiramente novos sobre algumas partes da Província de Santa Catarina, bem como que algumas páginas de Casal contêm uma vasta série de informações e que este escritor, apesar dos erros, embora em pequeno número, encontrados em seu trabalho, foi no entanto o primeiro a dar aos geógrafos uma ideia precisa e completa do país de que nos ocupamos.

que haviam passado por ali antes dele, mas queixaram-se amargamente da ingratidão de Cabot, que, em recompensa pela acolhida que recebera, havia roubado os filhos de muitos deles.

Quando em 1531 Pero Lopes de Sousa explorou a costa do Brasil, ele chegou a um porto a que deu o nome de Porto dos Patos. Tratava-se da Baía de Santa Catarina. Nessa época a ilha inteira era chamada de Ilha dos Patos porque suas praias eram habitadas por bandos dessas aves; em 1559, porém, já havia muito tempo que a ilha perdera esse nome, como se pode ver pelo relato de Hans Staden[213], e unicamente o canal que separa a ilha da terra firme continuou a ser chamado de Rio dos Patos.

Fazia quase quarenta anos que a Ilha de Santa Catarina tinha sido descoberta, e os Carijós ainda não haviam visto outros europeus senão alguns navegadores talvez mais bárbaros do que eles. Mas iriam conhecer outros homens. Os missionários não tardavam a se dirigir para onde quer que houvesse índios a catequizar. O Pe. Leonardo Nunez, companheiro de Anchieta, ouviu falar dos Carijós de Santa Catarina e "voou" para junto deles. Era essa a expressão que os índios usavam para descrever a extraordinária atividade do padre no seu meio. Nunez pregou aos Carijós a verdade e o amor, e em breve os índios lhe provaram que ele havia sido compreendido. Os espanhóis se achavam então em guerra com esses indígenas, os quais aprisionaram alguns fidalgos castelhanos que se achavam a caminho do Prata com suas famílias. O missionário pediu aos Carijós que os libertassem, em nome de tudo aquilo que lhes havia pregado, e o seu pedido foi atendido sem a menor resistência.

Leonardo Nunez viu-se em breve forçado a deixar os Carijós, mas os jesuítas não abandonaram definitivamente esses indígenas, que eles consideravam como os mais dóceis e fáceis de catequizar. Em 1618, o piedoso João de Almeida e seu companheiro João Fernandes Gato partiram de Santos com destino a Santa Catarina, para ali pregarem o Evangelho. Os Carijós acorreram pressurosos para ouvi-los, e foi com grande pesar que consentiram que eles partissem. Maravilhados com o resultado de seus esforços, os dois religiosos rogaram ao chefe geral de sua Companhia que instalasse em Santa Catarina uma missão permanente junto aos selvagens. Seus rogos foram atendidos, sendo enviado um missionário com o título de Superior à ilha, o qual construiu ali uma casa, em 1622, que ainda existia em 1824.

Mas os jesuítas não conseguiam lutar contra os aventureiros europeus que desembarcavam constantemente na Ilha de Santa Catarina. Desejando, sem dúvida, escapar das perseguições destes últimos, os Carijós acabaram por abandonar suas terras e se dispersar. E hoje não resta no Brasil nenhum traço dos antigos donos da Ilha dos Patos a não ser o seu nome, dado a um cipó e ao aqueduto do Rio de Janeiro[214].

---

[213] "Quando esse homem se aproximou de nós", diz Hans Staden, "e lhe perguntamos onde estávamos, ele nos respondeu: Os senhores estão no porto que os índios chamam de *Schirmerein* (por *Jucumirem,* boca pequena); e para esclarecer melhor o leitor, acrescentarei que as primeiras pessoas que desbravaram o lugar lhe deram o nome de Baía de *Santa Catarina.*

[214] Trata-se de *Davilla rugosa,* Poir., vulgarmente chamada de *Cipó de Carijó.* Incluí essa planta no meu trabalho intitulado *Plantes usuelles des brésiliens,* e indiquei-a (nºXXII) como adstringente. É encontrada nas províncias de São Paulo, Rio de Janeiro e Minas Gerais. — O nome do aqueduto do Rio de Janeiro é *Arcos da Carioca* (e não do *Cariocco*). Se, como já foi dito, esse nome derivasse de *cary'ba,* homem branco, e *o'ca,* casa, Lery não teria deixado de indicar essa etimologia, uma vez que conhecia o riacho e a aldeia, os quais já tinham esse nome quando ele esteve ali, tendo ele sido um dos primeiros brancos a

Não parece que até meados do século XVII os portugueses se tenham estabelecido de forma permanente do outro lado do porto de Cananeia; durante longo tempo a Ilha de Santa Catarina serviu unicamente de asilo temporário para piratas, então muito numerosos, ou para os navios que por uma circunstância qualquer se viam forçados a ali arribar.

Por volta de 1650, o paulista Francisco Dias Velho Monteiro veio finalmente estabelecer-se na ilha com seus dois filhos e suas duas filhas, além de 500 índios catequizados[215] e um homem branco chamado José Tinoco, que também se achava acompanhado de sua família. A fé religiosa ainda reinava em todos os corações, e o primeiro cuidado dos imigrantes foi construir uma igreja, que dedicaram a Santa Catarina, padroeira da ilha[216].

A nova colônia prosperou depois de alguns anos, quando o capitão de um navio holandês que voltava do Peru carregado de ouro desembarcou na ilha a fim de reparar algumas avarias. Monteiro — diz a história — atacou de surpresa os estrangeiros, que levantaram âncora precipitadamente, abandonando seus tesouros na beira da praia. Mas ao partirem, eles juraram vingar-se dessa traição. Mal se passou um ano, e os holandeses já estavam de volta a Santa Cararina. Contrataram um piloto em São Francisco e se aproximaram da ilha cautelosamente. Monteiro foi avisado secretamente de sua chegada e se preparou para a defesa, indo aguardar os estrangeiros no local que lhe parecia mais propício a um desembarque, e no qual hoje acha situada a cidade de Desterro. Os holandeses desembarcaram em outro lugar e se lançaram sobre os paulistas, aprisionando Monteiro e exigindo a restituição dos lingotes de ouro, que haviam sido guardados na Igreja de Santa Catarina. No decorrer desses acontecimentos os companheiros do capitão holandês abusaram vergonhosamente das filhas de Monteiro; este apoderou-se da arma de um deles e ia vingar-se quando recebeu um golpe mortal[217].

Desesperados diante desses tristes eventos, os filhos de Monteiro e a maior parte de seus companheiros retiraram-se para Laguna, onde pouco tempo antes um outro paulista, Domingos de Brito Peixoto, tinha fundado uma colônia.

---

visitar o país. No entanto, eis como ele se exprime a respeito: *"Kariauh bé.* Nessa aldeia, assim dita ou chamada, porque é esse o nome de um riacho que passa por perto, sendo esse nome interpretado como a casa dos *Karios* e composto do termo *karios,* do qual se tira *os* e se acrescenta *auh,* formando-se assim *Kariauh." Hist. d'un voyage,* etc., 3a. ed.). Desnecessário é dizer que a palavra era escrita indiferentemente *Cariós* ou *Carijós.*

[215] Pizarro diz, em certo trecho, que Monteiro tinha em sua companhia 59 indígenas (*Mem. hist.* III), e em outro (IX) que esses indígenas eram 500. Aceito como exato o segundo número, por ter sido o indicado por José Feliciano Fernandes Pinheiro, Ferdinand Denis e Milliet; confesso, entretanto, que tudo me leva a considerar mais plausível a primeira cifra.

[216] Segundo o historiador altamente recomendável (J. F. Fernandes Pinheiro, "Anais", 2ª ed.), Dias Velho "dedicou sua igreja a Santa Catarina porque sua filha mais velha se chamava Catarina, e foi a partir de então que esse nome passou a designar a ilha toda". Desnecessário é dizer que isso não pode ser verdade, pois já em 1540 Hans Staden faz referência à Ilha de Santa Catarina dando-lhe esse nome, e Vasconcelos também lhe dá essa mesma denominação em seu livro publicado em 1663; da mesma forma, Ferdinand Denis encontrou esse nome num mapa datado do ano de 1554.

[217] José Feliciano Fernandes Pinheiro limita-se a dizer que Monteiro foi atacado pelos holandeses e morreu defendendo a sua igreja; aliás, ele refuta totalmente os fatos que relato aqui, mencionados por Pizarro, em primeiro lugar porque não fazem justiça ao caráter sem mácula de Monteiro, em segundo porque foram registrados unicamente pelo autor das "Memórias históricas" e finalmente porque esse historiador não dá absolutamente a conhecer a fonte de onde recolheu os dados para o seu relato.

Durante alguns anos Santa Catarina, praticamente abandonada, permaneceu sob a jurisdição dos capitães-mores de Laguna; estes estavam encarregados, pelo governo, de impedir que os estrangeiros fizessem comércio ali e além disso mantinham na ilha um oficial cuja função era estabelecer a ordem, na medida do possível, entre os homens que viviam sem lei, num estado muito próximo da selvageria.

A Ilha de Santa Catarina e parte da terra firme que dependia dela estavam incluídas na doação que o Rei de Portugal, D. João III tinha feito a Pero Lopes de Souza. Em 1711, essa região reverteu ao domínio da Coroa e o governo começou a se interessar por ela seriamente.

O Conde de Sarzedas, que em 1732 tomou posse no governo de São Paulo, percebeu como era importante para a defesa e o bem da província que Santa Catarina e o território vizinho fossem repovoados e enviou para lá muitas famílias da cidade de Santos, mais tarde, para lá foram levadas também varias famílias das Ilhas dos Açores. Por um decreto do ano de 1794, foi determinado que os criminosos até então banidos para o Pará e o Maranhão passariam, a partir dessa data, a ser mandados para Santa Catarina. Verificou-se entretanto, que o clima da ilha era saudável demais para eles, e em 1797 o decreto foi revogado. Assim, o número de habitantes de Santa Catarina cujos chefes de família eram criminosos deve ser muito pequeno ou talvez inexistente.

Até 1738, Santa Catarina e o seu território tinham constituído parte integrante da Província de São Paulo, mas a partir dessa época eles passaram a ter um governo separado, mas subordinado ao do Rio de Janeiro.

Entre os governadores que para ali foram enviados até ser proclamada a independência do Brasil, alguns foram homens pouco estimáveis e até mesmo tiranos, enquanto outros tiveram conduta bastante meritória. Entre estes últimos devem ser incluídos sobretudo Francisco Antônio da Veiga Cabral, que durante toda a sua administração deu provas de idoneidade moral, capacidade e generosidade, agindo como um pai não só para os soldados como para os colonos; Francisco de Barros Morais Araújo Teixeira Homem, que embora já com a avançada idade de oitenta anos soube cumprir todos os seus deveres, governando com justiça e prudência, estimulando o comércio e fundando um hospital para os pobres; e finalmente José, cujos conhecimentos, habilidade e interesse no aperfeiçoamento da agricultura merecem os mais altos louvores.

É de lamentar que, para honra de Portugal, nenhum desses estimáveis homens estivesse à frente do governo de Santa Catarina quando as tropas espanholas atacaram a ilha. Portugal e Espanha não tinham conseguido chegar a um acordo sobre os limites de suas respectivas colônias, e a guerra havia deflagrado. Uma formidável frota deixou Cadiz no dia 13 de novembro de 1776, levando 10.000 homens comandados por D. Pedro de Zeballos. Ao chegarem a Santa Catarina os espanhóis lançaram âncoras na enseada de Canavieiras; desembarcaram durante a noite e ninguém se apresentou para deter sua marcha. Os fortes se renderam sem que fosse dado um único tiro, e o governador da província, Pedro Antônio de Gama Freitas, tomado de pânico, retirou-se para o continente, onde logo depois se rendeu incondicionalmente.

Um grupo de oficiais recusou-se a participar desse ato de covardia. Negaram-se a assinar a capitulação e invectivaram acerbamente o seu general; e o coronel do regimento da ilha, Fernando da Gama, rasgou as suas bandeiras para que elas não servissem de troféu ao inimigo. Os colonos, por seu lado, demonstraram uma profunda aversão ao jugo espanhol, preferindo fugir para as matas, onde vários deles morreram de fome e exaustão. Contudo, os espanhóis não desfrutaram por muito tempo da sua conquista, pois já no ano seguinte a corte de Lisboa firmou com Madri um tratado de paz, e Santa Catarina foi devolvida aos seus antigos donos.

Depois desses eventos, a Província de Santa Catarina usufruiu durante muitos anos de uma perfeita paz. O desbravamento das terras, iniciado havia muito tempo, prosseguiu ativamente, a ilha, outrora insalubre, acabou por ser saneada, e a região chegou ao auge da prosperidade. Esse período, entretanto, foi de curta duração. As tirânicas medidas tomadas pelo governo e o deplorável sistema de agricultura geralmente usado pelos brasileiros causaram uma rápida decadência.

Quando o Brasil se separou da metrópole, os habitantes de Santa Catarina recusaram-se, no princípio, a reconhecer o Governador Joaquim Pereira Valente, que lhes tinha sido enviado do Rio de Janeiro; não tardaram, porém, a aceitá-lo, e atualmente a província, como todas as demais no Brasil, é administrada por uma assembleia provincial e por um presidente, encarregado do poder executivo e representante do governo central[218].

Situada na rota do Prata e do Cabo Horn, a Ilha de Santa Catarina tinha forçosamente de ser visitada por um grande número de navegadores. Vários deles nos legaram uma descrição dela, e seus relatos nos dão conhecimento, de uma maneira talvez melhor do que os próprios historiadores, das mudanças que ali se operaram sucessivamente.

Frezier desembarcou na ilha em 1712. Santa Catarina estava subordinada ainda ao governo de Laguna, também chamada Lagoa, e a região não contava com mais do que 147 homens brancos, uns poucos negros e alguns índios que se tinham juntado voluntariamente aos portugueses ou haviam sido aprisionados em combate. A ilha inteira era coberta de matas infestadas de onças, havendo sido desbravadas apenas as terras próximas de algumas fazendas, espalhadas por doze ou quinze lugares diferentes ao longo da praia. As terras do continente eram inteiramente desabitadas, e os colonos, temendo

---

[218] Pero Lopes de Sousa, "Diário". — Hans Staden, d'un pays situé dans le nouveau monde, in Ternaux, "Voyages." — Vasconcelos, "Notícias"; id., "Crônica". — Southey, "Hist.", III. — Graham, "Journal". — Pizarro. "Mem. hist.", III, IX. — J. F. Fernandes Pinheiro, "Anais Prov. São Pedro", 2a. ed. — J. F. de Abreu e Lima, Sinopse. — Milliet e Lop., "Dicion.", II. — F. Denis, in Aubé, "Notice". — O ilustre historiador J. F. Fernandes Pinheiro queixa-se da precipitação com que os viajantes europeus escrevem sobre o Brasil ("Anais", 2a. ed.) e cita como exemplo Lesson, que, depois de dizer que a Ilha de Santa Catarina pertencia, em 1822, a uma capitania geral que compreendia a região situada entre o Rio Grande e o governo de São Paulo, indica essa ilha como sendo um lugar para onde eram deportados os vagabundos das províncias centrais, etc." Os pormenores que acabo de dar, obtidos, como se vê, de fontes absolutamente fidedignas, são suficientes para provar que as censuras feitas pelo autor brasileiro não são, infelizmente, destituídas de fundamento. O mesmo escritor observa que a Ilha de Santa Catarina fazia parte das terras doadas por D. João III a Pero Lopes; não tendo, pois, sido doada a Dias Velho em 1750, como afirmou capciosamente Raynal, ou em 1650, como disseram Casal e, mais tarde, o ilustre Almirante Duperrey ('Voyage Coquille"). É evidente também que Barral foi iludido quando lhe asseguraram que "os europeus tinham desembarcado inicialmente na Ilhota de Inhatomirim... que haviam construído ali um forte e que, pouco a pouco, por meio de frequentes incursões à ilha e ao continente, eles haviam conseguido manter à distância as tribos selvagens." ("Anais Marítimos", 1833, II). Partindo das mesmas informações fornecidas por história da "Voyage de la Coquille" diz que "a fundação do Forte de Santa Cruz data do estabelecimento do primeiro núcleo colonial." A época dessa fundação é perfeitamente conhecida: ela ocorreu em 1739, durante o governo de José da Silva Pais, sobre o qual R. Walter disse tanta coisa ruim.

os selvagens e os animais ferozes, não se aventuravam a penetrar em suas matas senão em grupos bem armados de trinta ou quarenta homens. "Esses homens", diz Frezier, "sentem falta de tantas coisas que todos aqueles que nos traziam víveres não queriam ser pagos em dinheiro, preferindo receber em troca alguns metros de pano para cobrir a sua nudez; seus trajes não vão além de uma calça e uma camisa, aos quais os mais bem aquinhoados pela sorte acrescentam um colete e um chapéu. Contudo, eles são forçados a cobrir as pernas quando penetram na mata, e nessas ocasiões uma pele de onça lhes serve de perneira... A primeira vista essa gente parece levar uma vida miserável, mas na verdade eles são mais felizes do que os europeus, pois ignoram as fantasias e o supérfluo que na Europa as pessoas buscam com tanto empenho... A única coisa a lastimar neles é o fato de viverem na ignorância, é bem verdade que são cristãos, mas como poderão receber os ensinamentos da religião, se só contam com um capelão que vem de Lagoa (Laguna) celebrar a missa apenas nas grandes festas religiosas?"[219]

George Schelvocke, que aportou a Santa Catarina em 1719, confirma o que disse Frezier e elogia a maneira como foi recebido pelos habitantes do lugar, mas acrescenta que se tratava de um bando de ladrões foragidos das províncias vizinhas[220]. É bem possível que alguns criminosos, perseguidos pela justiça em sua terra, tenham procurado asilo em Santa Catarina, como fazem ainda hoje alguns bandidos, que vão de uma província a outra para escapar a um castigo merecido. Entretanto, se a afirmação de Schelvocke, tão generalizada, não fosse refutada pelos relatos de historiadores dignos de crédito, ela o seria de maneira bastante satisfatória pelo próprio navegante, pois diz ele que os habitantes de Santa Catarina mostraram grande honestidade nas transações que tiveram com ele e seus companheiros de viagem, tratando a todos com grande cortesia. Os bandidos, de resto, vivem do roubo, e onde poderiam eles realizar suas pilhagens, se viviam numa região desértica, em que os únicos habitantes eram eles próprios, além dos veados, onças e índios selvagens?

Os comandantes franceses que mais ou menos entre 1702 e 1704 percorreram os mares do Sul sempre teceram louvores a Santa Catarina. Costumavam ancorar do lado da terra firme, na enseada a que haviam dado o nome de Bom Porto e ali se abasteciam de água e madeira, encontrando sempre uma hospitaleira acolhida[221].

Em fins de 1740 0 Almirante Anson passou um mês em Santa Catarina. O primeiro governador da província, José da Silva Pais, recebeu-o mal e, sem dúvida para não desagradarem o seu superior, os habitantes da ilha seguiram o seu exemplo. O relato de viagem do almirante inglês acusa Pais de malversação e de perfídia, e procura destruir a boa impressão que os navegadores europeus tinham da Província de Santa Catarina e de seus habitantes. Nessa época a população da ilha tinha sido aumentada pelas imigrações, havia sido instalada ali uma guarnição militar e o governo funcionava com mais regularidade; mas o desbravamento das terras apenas tinha começado[222].

Quando, em 1763, Bougainville aportou a Santa Catarina, a cidade contava apenas com cerca de 150 casas, todas térreas. Era habitada por brancos, negros — principalmente

---

[219] Frezier, "Voyage dans la mer du Sud".
[220] "Voyage of George Shelvocke in Harris Collection", I.
[221] Walter, "Voyage round the world by George Anson."
[222] Obra citada.

mestiços, muito feios — e índios. Os homens andavam quase todos descalços, a cabeça descoberta, os cabelos despenteados; suas roupas não eram muito melhores do que as de seus ancestrais, pois vestiam apenas uma calça e uma camisa, e às vezes um capote. Somente os mais abastados possuíam um chapéu de copa alta, sapatos e um capuz que lhes caía sobre o rosto. Os escravos negros dos dois sexos andavam quase nus. Não se via na cidade nenhuma loja, praticamente. Os homens brancos e suas esposas viviam na mais completa ociosidade. Algumas famílias se tinham estabelecido no continente, mas nos arredores da cidade não existiam senão casebres miseráveis. O desbravamento da mata tinha feito poucos progressos, e a ilha inteira ainda continuava sendo uma vasta floresta, abrigo de onças e cobras. Jamais um raio de sol conseguia penetrar por entre as árvores, muito juntas umas das outras, e das baixadas se elevavam emanações fétidas e malsãs[223].

Num espaço de vinte anos, de 1753 a 1783, época em que La Pérouse aportou a Santa Catarina, os progressos foram ainda mais vagarosos. O ilustre navegador encontrou na ilha uma população de 3.000 indivíduos, sendo que 1.000, particularmente, em Desterro. O desbravamento da mata tinha tido um certo incremento, mas a região continuava pobre, faltavam ali artigos manufaturados e as pessoas do campo continuavam a andar quase nuas ou apenas envoltas em trapos. Quanto ao mais, os habitantes do lugar eram afáveis, corteses e prestimosos, mas ciumentos de suas mulheres, que, ao contrário do que ocorre hoje, não apareciam em público[224].

Krusenstern[225] visitou Santa Catarina em 1803. Grandes progressos tinham-se operado, a região não era mais a mesma. Parece que tinham sido feitos extensos desmatamentos, pois o clima se tornara muito saudável. As onças tinham desaparecido e a população branca avançara pelo interior do continente, numa extensão de duas léguas a partir do litoral. Já não era mais de 150 casas, como no tempo de Bougainville, e sim da várias centenas que se compunha Desterro. A população dessa cidade tinha triplicado, e nas lojas se encontravam todos os tipos de artigos europeus. As pessoas de poucas posses já não vestiam andrajos e andavam sempre limpas. As mulheres se trajavam mais ou menos como as de Portugal, mas com roupas mais leves; já não se mantinham trancadas no interior de suas casas e recebiam os visitantes com cordialidade. Reinavam em toda a parte a hospitalidade e a prestimosidade. Contudo, ninguém ali era rico. As proibições do governo tornavam quase nulo o comércio, e era pouco provável que em toda a extensão da ilha e no litoral vizinho houvesse produtos em quantidade suficiente para carregar um navio de 400 toneladas[226].

2. Colonização.

É evidente, pelo que ficou dito antes, que durante setenta e três anos, de 1712 a 1785, a Província de Santa Catarina progrediu muito pouco, mas que a partir desse último

---

[223] Pernety, "Voyage aux Iles Malouines", I
[224] La Pérouse, "Voyage", II.
[225] Krusenstern, "Reise un die Welt", I. — Langsdorff, "Bemerkungen auf einer Reise", I.
[226] Segundo Krusenstern, desde a época em que minha viagem começou vários navegantes famosos, como os almirantes Roussin e Petit Thouars, Duperrey, Barral, Lesson, Kotzebue e Chamisso, aportaram à Ilha de Santa Catarina e deram informações mais ou menos pormenorizadas sobre o lugar; terei ocasião de citar mais tarde todos esses viajantes, ou pelo menos a sua maior parte.

ano até 1803 ocorreram nela mudanças notáveis. Essas mudanças, ocasionadas por um considerável aumento da população e por extensos desmatamentos, teriam sido muito maiores não fossem os entraves que a administração opunha ao comércio e o despotismo da maioria dos governadores. A emancipação do Brasil, proclamada sob o reinado de D. João VI, representou para Santa Catarina, assim como para o resto do Brasil, um enorme benefício; veremos em breve as causas que limitaram os frutos desse benefício.

A extensão dos desmatamentos na Província de Santa Catarina e os melhoramentos nela ocorridos se deviam principalmente aos imigrantes açorianos; é pouco provável que o governo não tivesse em mente essa bela região quando formou o projeto de aumentar a população do Brasil através de colonos estrangeiros.

Pouco tempo antes de minha passagem por Santa Catarina o Ministro de Estado Tomás Antônio de Vila Nova e Portugal tinha acabado de instalar na enseada de Garoupa uma colônia de pescadores, que foi batizada de Nova Ericeira, por ser esse o nome da aldeia portuguesa de onde tinham vindo os colonos. Eu próprio fiquei conhecendo, na casa do governador da província, um jovem protegido do ministro que havia sido encarregado por este de supervisionar a execução de seus planos. Todavia, os habitantes de Nova Ericeira devem ter-se dispersado em pouco tempo, pois não há menor referência a essa colônia em nenhum dos livros que foram publicados sobre Santa Catarina depois de 1820.

Posteriormente a essa época, formaram-se na região colônias de alemães, italianos, belgas e até mesmo um falanstério francês. O governo provincial fez enormes despesas com esses estrangeiros, mas quase tudo em pura perda. Eu estaria fugindo ao propósito deste livro se tentasse encontrar a causa desse malogro ou se procurasse analisar pormenorizadamente os difíceis e complexos problemas da colonização do Brasil. O que se torna bem claro, porém, é que o governo não se deve limitar a aumentar simplesmente a população desse belo país através da imigração; é necessário que o assunto seja estudado previamente e se faça uma seleção dos imigrantes. É preciso, acima de tudo, que não sejam trazidos para o Brasil homens que estimulem por seus maus exemplos os vícios dos antigos habitantes e não destruam, valendo-se de grosseiros sofismas, o pouco de senso moral que ainda resta a esses últimos. Que o Brasil evite, pois, trazer para o seu seio grupos de operários, pois estes geralmente só emigram quando, por sua indolência, inabilidade e má conduta, se tornaram indesejáveis em sua pátria.

O governo brasileiro deve acima de tudo favorecer a imigração de agricultores, pois o Brasil é um país essencialmente agrícola e possui uma vasta extensão de terras despovoadas e de excelente qualidade; além do mais, os habitantes do campo, na Europa, são mais laboriosos, menos inconstantes e de moral mais elevada do que os das cidades. Entretanto, não convém que sejam aceitos indiscriminadamente todos os agricultores que se apresentem, e seria mesmo aconselhável abandonar a ideia de arrebanhar dispendiosamente grandes grupos de colonos selecionados por agentes desprovidos de inteligência ou pouco interessados no bem do país.

O Ministro de Estado Joaquim Marcelino de Brito foi quem, incontestavelmente, propôs o melhor plano de colonização[227]. Consiste esse plano em estimular a imigração de agricultores isolados, aos quais seriam cedidas terras por uma quantia que, embora

---

[227] "Relatório do Ministro de Estado de maio de 1847 *in* Sigaud, "Anuário".

extremamente módica, representaria entretanto uma garantia das boas intenções do comprador e da sua vontade de trabalhar; o governo não teria outra coisa a fazer senão protegê-lo da hostilidade de seus vizinhos e do despotismo das autoridades locais.

Se contudo, o governo insistisse em formar grandes colônias, é evidente que não seria aconselhável recrutar os colonos em todas as nações europeias, indiferentemente. Os franceses se adaptam com grande facilidade aos costumes de outros povos, mas só emigram com o objetivo de um dia retornarem ricos à sua pátria. Os alemães merecem, indubitavelmente, preferência em relação a eles; entretanto, deve-se considerar que, embora possam deixar o seu país sem a intenção de um dia voltar, eles continuam sendo alemães na sua pátria adotiva, conservando a sua língua, seus costumes e seus hábitos, e quase sempre desprezando os seus novos compatriotas. Receio que as colônias alemãs acabem por formar durante longo tempo pequenos estados dentro do próprio estado, tornando muito difícil a sua administração, e como prova disso posso citar a Colônia de Petrópolis, perto do Rio de Janeiro, e a de São Leopoldo, na Província do Rio Grande[228]. A Constituição dos Estados Unidos admite de boa vontade esses pequenos núcleos de população, que não tem entre si quase nenhuma ligação. O Brasil, ao contrário, necessita de união, é na união que está a sua salvação[229]. Admitindo-se que o país deseje criar colônias, é entre os portugueses e os açorianos que deve cair a sua escolha, como muito bem disse Antero José Ferreira de Brito[230]. A língua que eles falam é a mesma dos brasileiros, eles têm a mesma crença religiosa e praticamente os mesmos costumes e hábitos, e no Brasil voltam a encontrar as tradições de famílias e laços de parentesco. Os portugueses e os brasileiros são como irmãos que se desentenderam temporariamente, entre os quais uma vaidade pueril faz nascer de vez em quando mesquinhas rivalidades, mas que jamais poderiam esquecer que sugaram o leite do mesmo seio materno[231].

3. Limites da Província.

A Província de Santa Catarina, uma das menores do Brasil, compreende, além da ilha do mesmo nome e da de São Francisco, mais de 655 léguas quadradas em terra

---

[228] "Relatório do Ministro de Estado de maio de 1847", in Sigaud, "Anuário".

[229] Os colonos alemães terão, sem dúvida, sido úteis aos habitantes da região por seus exemplos de atividade e de inteligência; entretanto, não devemos pensar que sempre foi assim, nem muito menos exagerar os serviços prestados por esses estrangeiros. Um dos presidentes da Província de São Paulo queixa-se bastante da indisciplina de vários deles, e Blumenau, ele próprio um imigrante alemão, diz que entre os seus compatriotas há muitos que se mostram tão pouco ativos quanto os brasileiros e "que um grande número deles segue estupidamente os arcaicos métodos adotados no país. (Süd brasilien").

[230] "Fala do Presidente da Província de Santa Catarina, em 1º de março de 1844." — É evidente que Antero tinha em vista unicamente agricultores honrados, não sendo certamente sua intenção estimular a imigração de jovens das cidades de Portugal, já bastante inclinados a vir para o Brasil, os quais muitas vezes trazem consigo a ignorância, a rudeza de costumes e os vícios.

[231] Há algumas obras publicadas sobre a colonização do Brasil que podem ser lidas com interesse, mas creio que o leitor deve precaver-se contra o excesso de entusiasmo que forçosamente deve ter tomado conta dos seus autores: "Das kaiserreich brasilien", von F. X. Ackermann, livro que trata da colonização em geral e, em particular, da do Rio Doce. — "De la colonisation au Brésil; mémoire sur la Province de Sainte-Catherine", de Van Lede, no qual seria de desejar um pouco mais de método, mas que contém informações muito úteis. — Sud brasilien in seinen Bezichungen zu deutscher auswanderung und colonisation", von H. Blumenau, pequeno trabalho onde o autor dá a conhecer bem o Brasil meridional e as colônias fundadas ali.

firme. Ao norte é limitada pela Comarca de Curitiba, que pertence à Província de São Paulo[232]; ao sul é separada da do Rio Grande do Sul pelo Mambituba; é banhada pelo Oceano do lado leste[233], e a oeste os seus limites ainda não se acham perfeitamente determinados[234]. Exceptuando-se o Distrito de Lajes e as margens de certos rios, as terras ocupadas pelos colonos até 1822 não se estendiam a mais de 3 léguas do litoral, e nada indica que a partir dessa época eles tenham avançado mais para o interior.

A cordilheira marítima divide a Província de Santa Catarina em duas partes bastante desiguais. Unicamente o Distrito de Lajes, pouco conhecido e de população escassa, fica situado no planalto a oeste da cordilheira; em consequência, pertence à região dos campos e não poderia produzir nenhuma das culturas coloniais que, como já expliquei na minha descrição da Província de São Paulo, avançaram bastante os seus limites para o norte. Já na Ilha de Santa Catarina, pelo contrário, bem como na de São Francisco e no litoral, exceção feita do Distrito de Laguna, pode-se cultivar o café, a cana-de-açúcar e o algodão, mas a qualidade destes dois últimos é muito inferior à encontrada nas regiões tropicais.

4. População.

Até meados do século XVIII, quando ainda dependia de Laguna, Santa Catarina contava apenas com 147 brancos, alguns negros livres e um pequeno número de índios, aprisionados na guerra, e outros que se juntaram voluntariamente aos portugueses[235].

Em 1796, cerca de cinquenta anos depois da imigração das famílias açorianas, havia na Província de Santa Catarina 23.865 indivíduos. Dezesseis anos mais tarde, em 1812, a população já chegava a 33.049 pessoas, das quais 7.578 eram escravos e 665 eram negros ou mulatos livres[236]. Os dados oficiais relativos a 1818 já apresentavam um total de 44.044 indivíduos[237], e em 1824 esse total havia subido para 45.430, sendo 15.553 na ilha e 29.877 no continente[238]. Os dados relativos a 1840 apresentam uma população de 66.218 indivíduos, dos quais 53.707 eram livres e 12.511 escravos[239]. Finalmente, havia em 1841 na Província de Santa Catarina, excetuando-se o Distrito de Lajes, um excedente de 1.000 nascimentos sobre os óbitos[240].

---

[232] Ver, a respeito desses limites, o que digo no capítulo seguinte.
[233] Ver o trabalho intitulado "L'Ile de Sainte François", etc., em "Nouvelles annales des voyages", IV, 1835.
[234] Antero José Ferreira de Brito afirma isso de maneira positiva em seu relatório à Assembleia Legislativa de 184); ao mesmo tempo, porém, ele indica os limites presumíveis da província.
[235] Frezier, "Voyage dans la du Sud."
[236] Southey, "Hist.", III.
[237] Pizarro, "Mem. hist.", IX.
[238] O Presidente Antônio Rodrigues de Carvalho *in* J. F. Fernandes Pinheiro, "Anais".
[239] A. J. Ferreira de. Brito, "Fala de 1º de março de 1841", doc. 15.
[240] Idem, de março de 1842. — Aubé indica, para o ano de 1842, o número de 70.454; dever preferir os que constam dos relatórios oficiais do presidente da província. Não menciono também os números citados por Sigaud e tirados de Sturz e Fabregas ("Anuário, 1846") porque os relativos a 1838 ultrapassam de 6.000 os de 1835. Não acho igualmente necessário fazer referências aos números que se encontram no "Anuário" de 1847 porque o próprio Sigaud parece ter pouca confiança neles; além do mais, tomando-se por base os números oficiais em 1841 e 1842, a população de Santa Catarina, não devia passar, em 1847, de cerca de 73.000 habitantes, ao invés de 80.000. Não obstante, dever declarar que o excelente geógrafo Villiers registrou em sua carta topográfica de 1848 o número de 81.500.

Esses números dão margem às seguintes considerações:

1º — Se o primeiro e o último deles são exatos, é evidente que a população da Província de Santa Catarina quase triplicou em 45 anos, ou seja entre 1796 e 1841.

2º — Os documentos demasiadamente numerosos que possuímos não nos permitem estabelecer uma comparação perfeita entre o aumento ocorrido na população da Província de Santa Catarina e o da Província de São Paulo, mencionado por mim em outro relato. Entretanto, sabemos que num intervalo de 49 anos, ou seja entre 1777 e 1826, o aumento nessa última província foi na proporção de 1 para 2 213/1000 e em consequência bem menos acentuado do que em Santa Catarina. Esta província importou um número muito maior de negros do que São Paulo, que por sua vez recebeu vastas imigrações de mineiros; por outro lado, entretanto, no mesmo lapso de tempo um considerável número de paulistas fugiu para o sertão ou para o Rio Grande, a fim de escapar ao recrutamento militar ou à tirania do Coronel Diogo, e além disso a guerra contra Artigas roubou à Província de São Paulo, durante muitos anos, a fina flor da sua juventude[241].

3º — Se calcularmos, bastante aproximadamente, em 700 léguas quadradas a superfície total da Província de Santa Catarina, teremos 96 habitantes por légua quadrada, o que no Brasil constitui uma população considerável, pois São Paulo conta apenas com 9 habitantes por légua quadrada e Minas com 40. Se, porém, levarmos em conta que, excetuando-se as ilhas de São Francisco e de Santa Catarina, as terras povoadas no continente não passam de uma estreita faixa litorânea, verificaremos que não existe no Brasil, a não ser nas grandes cidades, uma população tão compacta quanto a encontrada na Província de Santa Catarina.

4º — Enquanto que nas regiões auríferas e mesmo naquelas onde a cana-de-açúcar constitui sua única riqueza o número de escravos iguala ou ultrapassa o de homens livres, na província de Santa Catarina, onde não existem minas de ouro em exploração nem grandes engenhos de açúcar, essa proporção é no máximo de 1 escravo para 5 homens livres. Essa diferença não é evidentemente um sinal de riqueza, como já mostrei em outra parte, mas indica um grande progresso no que se refere à moral pública. Não há dúvida de que as pessoas trabalham pouco nessa província, mas pelo menos o trabalho ali não é aviltado, como acontece nas regiões onde os escravos são muito numerosos; e de acordo com a justa observação do presidente da província, Antero José Ferreira de Brito, se são cometidos em Santa Catarina menos crimes do que em outras províncias, isso se deve certamente, e em grande parte, ao fato de não haver ali muitos escravos.

5. Divisão da Província

À época de minha viagem, a Província de Santa Catarina compreendia três cidades: São Francisco, na ilha do mesmo nome, Nossa Senhora do Desterro, na Ilha de Santa Catarina, e Laguna, no continente. Cada uma dessas três cidades era sede de uma paróquia. Havia três outras paróquias na Ilha de Santa Catarina — a de Nossa Senhora da Conceição, a de Nossa Senhora da Lapa e a de Nossa Senhora das Necessidades — e

---

[241] Ver, no meu relato anterior minha descrição da Província de São Paulo.

quatro no continente — a de São José, a de São Miguel, a de Nossa Senhora do Rosário e a de Santa Ana[242].

Depois de 1822 0 número de paróquias aumentou bastante. São as seguintes as divisões atuais da província, de acordo com um documento oficial[243]:

Municípios do Sul	O da cidade de Desterro, compreendendo toda a Ilha de Santa Catarina dividida em 6 paróquias.	A da sede .... 1.930 Nossa Senhora da Lapa do Ribeirão .... 563 Nossa Senhora da Conceição da Lagoa .... 677 Nossa Senhora das Necessidades de Santo Antônio .... 418 São João Batista do Rio Vermelho .... 403 São Francisco de Canavieiras 345
	Da cidade de Laguna, 4 paróquias.	A da cidade .... 1.192 A de São João Batista de Imaruí .... 545 A de Santa Ana de Vila Nova .... 400 A de Nossa Senhora da Piedade do Tubarão 189
Municípios do Sul (final)	Da cidade de São José, 2 paróquias.	A da cidade .... 1.635 A de Nossa Senhora da Rosário Enseada do Brito 590
	Da cidade de São Miguel, 2 paróquias.	A da cidade .... 1.100 A de João Batista das Tijucas Grandes 234
	Da cidade de Porto Belo, 2 paróquias.	A da cidade .... 553 A do Santíssimo Sacramento de Itajaí 137
Municípios do Norte	De São Francisco, 2 paróquias.	A da cidade .... 1.057 A de Nossa Senhora da Penha de Itapocoroia 233
	De Lajes, apenas uma paróquia.	A da cidade 290

---
[242] Casal, "Corog.", I.
[243] Antero José Ferreira de Brito, "Fala de 1º de março de 184".

Convém notar que na Província de Santa Catarina não é usada a palavra arraial para designar aldeias, como em Minas, e sim freguesia, que significa paróquia. O termo arraial, na verdade, quer dizer local de acampamento, e é certo que os antigos mineradores costumavam apenas armar acampamentos temporários, mas às vezes a grande quantidade de ouro que encontravam levava-os a se fixarem definitivamente no lugar, e com isso o termo arraial foi aos poucos perdendo o seu primitivo significado. Nada, porém, que se assemelhasse a isso ocorreu em Santa Catarina, onde não havia minas de ouro a explorar.

6. Administração Eclesiástica.

Desde a sua origem a Província de Santa Catarina fez parte da Diocese do Rio de Janeiro, que então compreendia uma região igual em extensão a três ou quatro dos maiores reinos da Europa e se estendia desde os limites do Arcebispado da Bahia, ao norte, até as próprias fronteiras do Brasil, no sul. Em 1776, o Bispado de São Paulo foi desmembrado do Rio de Janeiro. O mais cristalino bom senso indicaria que ao mesmo tempo deveria ter sido pelo menos transformada em bispado a imensa região do Brasil compreendida entre a Província de São Paulo e a fronteira com Buenos Aires. Mas não foi o que aconteceu. Santa Catarina e o Rio Grande continuaram a pertencer à Diocese do Rio de Janeiro, e nada mudou a partir de então, de sorte que essa diocese se acha dividida ao meio por um território tão grande quanto a França. Se os bispos do Rio quisessem, como o venerável José Caetano da Silva Coutinho, percorrer a sua diocese, seriam forçados a despender vários anos nessa visita e só alcançariam Santa Catarina depois de uma viagem por mar de vários dias ou de um percurso por terra de vários meses. Muitas pessoas de bom senso se queixam desse estado de coisas, e com efeito podemos afirmar que essa situação anula completamente a ação do episcopado numa parte do Brasil[244]. Os sacerdotes, afastados da supervisão de seus superiores, mergulham numa ociosidade total, chegando a perder a noção de seus deveres e apoiando, com o seu exemplo, os vícios dos seus fiéis. A religião se modifica, desaparece e é substituída pela ignorância e por uma grosseira superstição[245]. Se, por exemplo, à época da minha viagem tivesse havido um bispo em Desterro, ele não teria admitido — por relapso que fosse — que bem perto dele, na Ilha de São Francisco, as funções eclesiásticas fossem exercidas por um homem cujo aviltamento e devassidão o tinham feito mergulhar num estado vizinho da loucura. O governo brasileiro reconhece a saudável influência que a religião é capaz de exercer sobre as pessoas[246] e talvez venha a satisfazer a mais nobre

---

[244] José de Sousa Azevedo Pizarro e Araújo; o Desembargador Antônio Rodrigues Veloso de Oliveira.
[245] Durante a curta permanência de um dos nossos mais ilustres navegantes em Santa Catarina, ele foi informado de que "os habitantes dessa ilha eram dominados por superstições e crendices que deformavam o seu caráter e tornavam muito infelizes a vida de todos" ("Voyage Coquille, hist."). Não é improvável que haja em Santa Catarina, como em qualquer outro lugar, alguns espíritos doentios que se deixam atormentar por escrúpulos vãos; mas de um modo geral podemos dizer que, no Brasil, as crendices começaram por anular pouco a pouco o que a religião tinha de fundamental, e no final o povo acabou por dar pouca importância até mesmo a elas próprias. Era essa situação à época da minha viagem, e o que li num trabalho publicado em 1850 (Blumenau, "Süd brasilien") parece provar que nesse particular as coisas não se modificaram.
[246] José Joaquim Torres, "Relatório da Repartição da Justiça à Assembleia Geral Legislativa".

das necessidades de seu povo, ou seja, a de poder inspirar-se em ideias morais e religiosas e buscar nelas uma doce consolação.

À medida que a população da Província de Santa Catarina aumentava, expandindo-se por novas terras, crescia o número de paróquias, o qual, como já disse, chega hoje a dezenove. Já significa bastante o fato de ter sido facilitado tanto quanto possível aos habitantes do campo o cumprimento de seus deveres religiosos; infelizmente, porém, não se encontram padres em número suficiente para preencher as funções sacerdotais em todas as freguesias. O clero brasileiro permitiu que se rebaixasse de tal forma a carreira eclesiástica que atualmente poucas são as pessoas que desejam dedicar-se a ela. "O corpo eclesiástico da província", dizia em 1844 o seu digno presidente, Antero José Ferreira de Brito, "acha-se em estado lastimável." Depois de tudo o que foi dito acima, não se deve crer, entretanto, que os brasileiros sejam um povo decididamente ímpio, como ocorre com milhares de europeus. Se há entre eles um grande número que não pratica a religião, ou a pratica mal, isso se deve à sua ignorância, ao fato de não terem sido devidamente instruídos a respeito. Seus corações estão prontos a se abrir a todos os termos e elevados sentimentos que a religião inspira. Como prova disso, basta-me citar os relatórios de Antero. Em seu discurso relativo ao ano de 1844, ele anuncia à Assembleia Legislativa provincial que três religiosos espanhóis que lhe haviam sido recomendados pelo bispo do Rio de Janeiro tinham chegado a Santa Catarina; que eles haviam pregado em todas as paróquias da ilha, tendo sido ouvidos como igual interesse e fervor, e que estavam suprindo, de um modo geral, a falta dos padres seculares. "Esses mesmos religiosos", disse ele em seu discurso de 1847, "vêm perseverando há três anos e continuam a obter os mais felizes resultados." Por que alcançam esses homens um sucesso que o clero secular há muito tempo não conhece? Antero José Ferreira dar-nos-á uma resposta em poucas palavras: "Seus costumes são austeros; eles pregam a doutrina cristã em toda a sua pureza, mantêm-se alheios às coisas mundanas e se consagram sem reservas ao serviço de Deus"[247]. Prouvesse aos céus que o clero secular não lhes tivesse inveja e sim os tomasse como modelo!

7. Instrução Pública.

Sob o reinado de D. João VI, havia em Desterro um professor de Latim e alguns mestres-escola[248]; tudo indica, porém, que o ensino fosse quase nulo, pois em 1829; muito tempo depois que os benefícios da instrução primária tinham sido assegurados a todos os cidadãos pela Constituição Brasileira, J. F. Fernandes Pinheiro queixava-se de que essa parte tão fundamental do serviço público tinha sido muito negligenciada[249]. Todavia, de acordo com o que diz o Presidente Antero José Ferreira de Brito, em seu discurso de 1841 à Assembleia Legislativa da província, parece que pelo menos as famílias mereciam tantas censuras, nesse particular, quanto a administração, pois o

---

[247] Os discursos do Presidente Antero José Joaquim Ferreira de Brito merecem grandes louvores, principalmente os capítulos intitulados "Culto público", que se mostram imbuídos de um sincero amor ao bem e às conveniências.
[248] Casal, Corog. Bras., I.
[249] "Anais", 2a ed.

professor de Retórica e de Filosofia não tinham um único aluno, o de Gramática Latina só contava com seis, os quais tinham grande dificuldade em entender suas lições, e as escolas primárias não tinham a frequência que seria de desejar.

Depois de 1840, a Assembleia Legislativa e sobretudo o seu digno presidente, Antero J. Ferreira, ocuparam-se largamente da instrução pública, mas a administração viu seus esforços entravados durante muito tempo pelo desinteresse das famílias e a dificuldade em encontrar mestres capazes. Entretanto, em 1847, Antero anuncia que a sua perseverança começa a ser coroada por alguns sucessos. Dos vinte cargos de professores primários criados pela lei provincial, 16 estavam preenchidos, e nos sete relativos a professoras só havia quatro vagos, sendo que todos os seus ocupantes eram perfeitos cumpridores de seus deveres. Mas o que, acima de tudo, teve grande importância para a província foi a fundação de um colégio, obra devida aos religiosos já mencionados mais atrás. Esses padres recebem internos, em troca de uma pequena contribuição, aos quais ensinam Latim, noções de História e Geografia, Francês, Geometria, Retórica e Filosofia. Antero assistiu, em 1847, ao exame dos alunos e de um modo geral mostrou-se satisfeito com os seus progressos, alegrando-se principalmente com o fato de que "jovens outrora turbulentos e mal-educados se distinguissem agora por suas belas maneiras, sua aplicação e seriedade, sua obediência, seu respeito ao próximo e seu amor pelos seus mestres." Eu, que amo o Brasil quase como se fosse o meu próprio país, rejubilo-me do fundo do meu coração com o sucesso de uma obra tão bela, e faço ardentes votos para que mesquinhas intrigas não venham interromper o seu curso.

8. Administração Judiciária.

Embora formasse um governo à parte fazia muitos anos, a Província de Santa Catarina ainda dependia da Comarca de Paranaguá quanto à administração da justiça. Em 1749 foi-lhe designado um ouvidor, mas ao fim de meio século a cidade de Desterro perdeu o privilégio que tinha de ser cabeça de comarca; os habitantes da Ilha de Santa Catarina e dos distritos mais meridionais viam-se forçados a ir a Porto Alegre, cidade muito distante dali, para serem julgados em segunda instância. Essa era a situação à época de minha viagem. Havia apenas um juiz de fora na Ilha de Santa Catarina, cuja autoridade se estendia apenas a esse distrito e aos do sul; o Distrito de São Francisco era administrado por juízes ordinários e dependia, como nos primeiros tempos, da ouvidoria[250] de Paranaguá. Era em Lisboa que se determinavam todas essas coisas; os homens responsáveis pelo governo conheciam vagamente o Brasil através de mapas pouco verídicos e tinham uma ideia muito imperfeita das distâncias e das dificuldades apresentadas pelas viagens. A experiência demonstrou que, por mais ativo que fosse o ouvidor de Porto Alegre, teria sido a ele percorrer, na qualidade de corregedor, o imenso território sob a sua jurisdição, e em vista disso foi restabelecido, por um decreto de 12 de fevereiro de 1821, a antiga ouvidoria de Santa Catarina[251].

Depois que o Brasil conquistou a sua independência, a administração judiciária foi organizada na Província de Santa Catarina de maneira igual à do resto do Brasil, sendo

---

[250] Já expliquei em meu primeiro "Relato" o que eram os ouvidores, os juízes ordinários e os juízes de fora.
[251] J. F. Fernandes Pinheiro, Anais, 2ª ed.

promulgada uma legislação uniforme em todo o império. Mas em seu relatório de 1842 à Assembleia Legislativa da província, o Presidente Antero chama a atenção para a atual organização da justiça criminal, observando que ela dá pouca força à autoridade e declarando recear que isso acabe por gerar a anarquia. Nessa questão ele não parece estar em desacordo com um ministro do império em época recente, o qual também clama por uma reforma. Em 1840, na Ilha de São Francisco, uma mulher adúltera, ajudada pelo amante, corta a cabeça do marido; tanto um quanto outro admitem publicamente o seu crime diversas vezes; o júri os declara inocentes. Os franceses se queixam comumente, não sem razão, da excessiva indulgência dos nossos jurados, mas essa indulgência ainda não foi tão longe assim. A instituição do júri, tão diferente do que se praticava outrora no Brasil, ainda não foi inteiramente compreendida pelos habitantes desse país, a experiência e os seus próprios interesses terminarão por abrir-lhes os olhos, e, percebendo mais claramente a importância de seus deveres, eles acabarão por cumpri-los corretamente. De resto, é difícil que possa existir algo pior do que o que havia durante o governo do soberano de Portugal.

9. Guarda Nacional.

À época da minha viagem, a Guarda Nacional da província (milícia) compunha-se de cerca de 4.000 homens, e se achava em perfeitas condições de defender o país. Somente o Distrito de Santa Catarina fornecia dois regimentos de cavalaria; o de São Francisco e o de Laguna tinham um batalhão de caçadores cada um, composto de 600 homens. Vinte e dois anos mais tarde, em 1842, contavam-se em toda a província 6.282 milicianos uniformizados e razoavelmente armados[252]. O aumento ocorrido nesses vinte e pouco anos corresponde, pois, à metade do número primitivo e é praticamente proporcional ao aumento que se operou no total da população.

10. Riqueza Pública.

Não existe na Província de Santa Catarina nenhuma mina em exploração; fabricam-se ali alguns potes de barro e em algumas casas tecem-se panos para uso doméstico, mas até o presente não se estabeleceu na região nenhuma manufatura propriamente dita. Depois que começou a ser povoada pelos brancos, a região continuou inteiramente agrícola. As terras da província são geralmente muito férteis, e ela conta com um extenso litoral e excelentes portos. Seu clima temperado permite indiferentemente o cultivo de plantas europeias e tropicais, e não obstante a província é pobre. Os colonos que ali se estabeleceram em diferentes épocas não receberam ajuda, e a tirania do governo português pesou por muito tempo sobre eles. Essas são as causas mais antigas da pobreza da região, ajudadas mais tarde pela paixão das mulheres pelo luxo, bem como pelo sistema de agricultura adotado em quase todo o Brasil e pelas dificuldades de comunicação.

É evidente que as rendas públicas devem ressentir-se da pobreza dos habitantes. No período de 1829 a 1830, por exemplo, a receita não passou de 31.661.830 réis, ao passo que as despesas chegaram a 240.076.869 réis[253]. É certo que depois dessa época as

---

[252] Antero José Ferreira de Brito.
[253] J. F. Fernandes Pinheiro, Anais, 2a ed.

finanças da província melhoraram muito, pois em 1844 a dívida passiva foi insignificante. Nesse mesmo ano, entretanto, nenhum dos sete municípios que compõem a província se achava em condições de pagar o que devia, e sempre que a administração provincial precisa fazer alguma despesa extraordinária, por pequena que seja, ela encontra dificuldade em obter verbas para isso. Assim, em 1847 houve necessidade de 24.000.000 réis para fazer face às despesas com a instalação da primeira leva de trezentos alemães que o governo central desejava enviar para a província, a administração só dispunha de 4.000.000 réis para cobrir essa despesa, tendo sido obrigada a tomar o resto emprestado[254]. Em outras ocasiões, recorreu-se a loterias, e sempre que se trata de despesas pequenas alega-se falta de dinheiro.

A Província de Santa Catarina é agrícola, como acabamos de dizer. Para tirá-la, pois, da triste situação em que se vem arrastando há longos anos seria necessário aumentar a sua produção agrícola e encontrar mercado para ela. Mais adiante direi como se poderia incrementar a agricultura na Ilha de Santa Catarina, onde as terras continuarão pouco produtivas se não forem abandonados os atuais métodos de cultivo. O governo acredita agir bem ao instalar colonos estrangeiros nas terras continentais da província, partindo do pressuposto de que um maior número de braços significará um aumento na massa dos produtos. Esse aumento, porém, perderá muito de suas vantagens se os colonos formarem grupos isolados entre si, se os meios de comunicação forem difíceis ou mesmo impossíveis, se os seus produtos não puderem ser colocados nos mercados que lhes ofereçam mais vantagens e, principalmente, se não estabelecerem um regime de trocas com os habitantes do planalto, que têm outros produtos inteiramente diferentes a oferecer. Todos os que escreveram com seriedade sobre a Província de Santa Catarina e se achavam a par de todos os seus problemas, como José de Sousa Azevedo Pizarro e Araújo, João Rodrigues de Carvalho[255], Van Lede e Léonce Aubé[256], fizeram sentir a absoluta necessidade de se estabelecerem meios de comunicação por terra entre um ponto e outro da província de maneira a permitir que seus habitantes possam transportar seus produtos até Curitiba e mesmo até as missões. À época de minha viagem não existia na Ilha de Santa Catarina nenhuma estrada digna desse nome, e sim picadas ligando as fazendas umas às outras; quando muito, os melhores caminhos poderiam ser comparados aos piores dentre os que, na França, chamamos de "vicinais". Até 1847 não tinha havido nenhuma mudança digna de nota nessa situação; fizeram-se alguns projetos, gastou-se algum dinheiro, mas nada de positivo, de duradouro resultou disso, nada que fosse verdadeiramente útil e merecesse menção. A pobreza da província não lhe permite dedicar-se a vários empreendimentos simultaneamente; que sejam construídas, pois, gradativamente, as estradas mais necessárias, que as obras sejam confiadas a engenheiros verdadeiramente capazes e que o governo local tenha sempre em mente que abrir caminhos precários em regiões montanhosas é perder tempo e dinheiro, pois eles não tardam a ser destruídos.

---

[254] "Falas do presidente em março de 1844 e março de 1847".
[255] "Projeto de uma estrada", etc., *in* "Revista trim." VII (1840).
[256] Eis aqui como se exprimia Léonce Aubé em 1847: "Pode-se dizer que não existem estradas na Província de Santa Catarina, ou, se existem, elas não passam de pedaços de estrada de pouca extensão; o resto é constituído por caminhos e trilhas em péssimo estado... Três caminhos avançam pelo interior da província e atravessam a Serra Geral, desembocando em Lajes... Desses três, o de Tubarão é incontestavelmente o melhor; no entanto, antes de passarmos por ele jamais seríamos capaz de imaginar um caminho tão horrível e tão perigoso... Os dois outros são quase impraticáveis, e com efeito só são usados muito raramente." ("Notice").

11. Costumes.

Em outro relato eu disse que os habitantes das províncias do Brasil muitas vezes mostram menos semelhança entre si do que se vê entre vários povos europeus. Essas diferenças se devem, sem nenhuma dúvida, às diversas épocas em que ocorreram as imigrações portuguesas, ao grau de abastança que os colonos puderam alcançar, à mistura de sua raça, em maior ou menor escala, com os negros e os indígenas e principalmente à natureza e ao clima das regiões onde eles se estabeleceram.

Podemos verificar a importância desse último fator se compararmos os habitantes do Rio Grande do Sul com os de Santa Catarina. Tanto uns quanto outros são oriundos das Ilhas dos Açores, tendo emigrado mais ou menos na época. Lançados em imensos campos cobertos de capim, os primeiros se tornaram criadores de gado; os outros foram levados para uma região coberta de matas e situada à beira do mar; não podiam espalhar-se para muito longe sem muito esforço e trabalho, e então se tornaram pescadores. Obrigados a correr sempre atrás de suas vacas e touros, os colonos do Rio Grande se habituaram a andar a cavalo; já os colonos de Santa Catarina passam a vida em cima de uma canoa. Os primeiros, respirando sempre o ar puro, galopando sem cessar pelos campos, alimentando-se abundantemente da carne de seus rebanhos, adquiriram uma força e uma intrepidez notáveis; sua tez se coloriu de um belo tom rosado. Os outros, que não têm por alimento senão peixes, moluscos e farinha de mandioca, e que muitas vezes respiram os miasmas de um solo pantanoso, estão longe de ter uma aparência robusta e comumente apresentam uma tez amarelada e um aspecto macilento.

Os habitantes do Espírito Santo, assim como os colonos de Santa Catarina, também não se afastaram muito das bordas do mar. Tanto uns quanto outros têm a mesma ocupação e se alimentam da mesma maneira. Descendentes de primitivos colonos portugueses, que frequentemente tinham relações com as mulheres indígenas, então muito numerosas, os habitantes do Espírito Santo têm mais sangue americano do que os da Ilha de Santa Catarina. Os índios já haviam desaparecido dessa ilha quando chegaram os açorianos, cujos descendentes compõem quase toda a população atual da província, conservando sem alteração as características da raça europeia.

Os mineiros que obtiveram fortuna cuidaram da educação de seus filhos, que têm boas maneiras e não são alheios às coisas do espírito; os colonos de Santa Catarina chegaram a essa província pobres e ignorantes, e não tendo conseguido enriquecer mantiveram-se na sua ignorância.

Os criadores de gado do Rio Grande do Sul, sendo vizinhos dos hispano-americanos, tomaram-lhes emprestado um sem número de palavras; na província do Espírito Santo, foi a língua geral que alterou a pureza da língua portuguesa. Por seu lado, os mineiros talvez deem demasiada suavidade à língua materna, ao contrário dos habitantes de Santa Catarina, que a falam de um modo áspero e fanhoso, demorando-se longamente na penúltima sílaba e articulando as outras bruscamente. É possível que tenham herdado essa pronúncia dos seus antepassados açorianos.

Terminarei aqui o meu esboço. As informações que darei nos próximos capítulos suprirão, assim espero, os dados que deixei de mencionar aqui.

Capítulo XI

A CIDADE, A ILHA E O DISTRITO DE SÃO FRANCISCO

Continuação da viagem ao longo do litoral. — O Pontal do Rio de São Francisco; uma pequena propriedade. — Descrição do Rio de São Francisco. — O autor atravessa-o; aspecto da região comparado ao da Bretanha. — Vista que se descortina da praia da cidade de São Francisco. — Posição dessa cidade; suas ruas, casas, igreja, câmara municipal, água, comércio, mosquitos. — A Ilha de São Francisco; um caminho; doenças; natureza do solo, seus produtos, o imbé; mamíferos e pássaros. — Os limites do Distrito de São Francisco. — Administração da justiça nesse distrito. — Sua população. — Costumes de seus habitantes. — Seus produtos. Sua pobreza. — Caminho que liga a Comarca de Curitiba ao Rio das Três Barras. — Alguns passeios pela ilha; uma pobre mulher; o Pão de Açúcar; o bicho-de-taquara. — Um passeio pelo Rio São Francisco. — Os artesãos. — O vigário da Paróquia de São Francisco.

Como já disse mais atrás, ao vir de Guaratuba passei pelo Saí-Mirim e ao deixar, então, o território de São Paulo — segundo me informaram — eu penetrava no Distrito de São Francisco, pertencente à Província de Santa Catarina[257]. A pouca distância do

---

[257] Em meu trabalho sobre a Ilha de São Francisco e a pesca em Itapocoroia ("Nouvelles annales des voyages", IV, 1 835), eu disse que havia dúvida quanto aos limites setentrionais da Província de Santa Catarina; de fato, os meus guias paulistas me tinham dito que o mais setentrional dos dois Saí, o que era chamado de Saí-Mirim, separava a sua província do Distrito de São Francisco, e no entanto, um pouco mais tarde afirmaram-me, na sede do distrito, que o verdadeiro limite era formado pelo Saí Grande. Essa singular contradição e as discrepâncias encontradas em diversos autores nos levam a fazer as seguintes perguntas: Haverá dois rios distintos com o nome de Saí, ou apenas um, sem nenhuma bifurcação? O rio será um só, dividindo-se em dois braços? No caso em que haja dois rios denominados Saí, ou dois braços com esse mesmo nome pertencendo a um rio só, qual é o braço ou rio que separaria a Província

Saí-Mirim existe outro rio, que meus guias achavam ser apenas um braço do primeiro e é chamado de Saí Grande. Não é muito mais largo do que o Saí-Mirim e sua travessia foi feita da mesma maneira que a deste.

Os bois que puxavam nossos carros andavam muito depressa, mas como tínhamos perdido muito tempo para atravessar os dois rios só conseguimos chegar à noite ao Pontal do Rio de São Francisco, ponta de terra situada quase defronte da extremidade setentrional da Ilha de São Francisco e onde eu devia tomar um barco para alcançar a ilha.

A pequena fazenda onde passei a noite, no Pontal, pertencia a uma excelente família, que me cumulou de gentilezas. Em lugar de se esquivarem de mim, como teriam feito as mulheres do norte da Província de Minas, a dona da casa e suas filhas me receberam com toda a amabilidade. Na manhã seguinte elas me mandaram um prato de peixe, único alimento que é possível oferecer ao viajante na região.

Pelo meio do dia a pessoa a quem eu tinha sido recomendado e para quem eu já havia escrito, quando me achava em Guaratuba, arranjou-me uma canoa. Era uma das maiores que eu já tinha visto até então; verifiquei que media 1,15 metros de largura, o que indicava que o tronco de onde tinha sido tirada não devia ter menos de 5 metros de circunferência. Minha bagagem foi colocada dentro dela, mas o tempo estava horrível e só pude partir para a Ilha de São Francisco à tardinha.

É muito difícil fazer uma ideia exata dessa ilha e do canal que a separa da terra firme (Rio de São Francisco), e estou certo de que um bom mapa seria preferível a qualquer descrição[258]. Posso dizer, entretanto, que o conjunto da ilha e do canal tem uma forma aproximada de um quadrilátero bastante irregular compreendido obliquamente entre os braços muito afastados de um *Y*. O quadrilátero seria a ilha; o *Y* representaria o canal todo, composto de três partes, sendo que os dois braços do *Y* constituiriam o canal propriamente dito, que separa a ilha da terra firme, e a base do *Y* parte do canal que avança pelo continente a dentro. Conclui-se disso que, se dois lados do quadrilátero irregular

---

de São Paulo da de Santa Catarina? — 1º Embora vários geógrafos pareçam admitir a existência de um único Saí, é incontestável que há dois cursos d'água com esse nome, já que eu próprio os atravessei sucessivamente; além do mais, Casal, Milliet e Aubé registram igualmente dois ("Corog. Bras.", I. — "Dicion.", II. — "Notice"). 2º Como já disse, os habitantes das redondezas pareciam, à época de minha passagem por ali, considerar os dois Saí como braços de um só rio, sendo essa também a opinião de Casal e Milliete ainda que o texto de Aubé não seja perfeitamente explícito, nesse particular, sua carta indica bem claramente dois rios distintos. 3º Volto a repetir que no lugar me asseguraram que o Saí-Mirim separava a Província de São Paulo da de Santa Catarina, e o estatístico D. Pedro Müller diz isso de uma maneira muito precisa no seu "Ensaio estatístico", por outro lado, porém, o presidente da Província de Santa Catarina no ano de 1841 indica expressamente o Saí Grande como sendo o limite dessa província, e é num documento oficial que ele dá essa indicação ("Fala que o Presidente Antero José Ferreita de Brito dirigiu à Assembleia Legislativa em 1º de março de 1841"; documento 15). De resto, é possível que tenha ocorrido aí apenas uma transposição de nomes, pois me informaram na região que o mais setentrional dos dois Saí era chamado de Saí-Mirim, mas na carta de Aubé é o Saí Grande que se acha situado ao norte do outro. Seja como for, o mais provável é que, pelo que li em Casal e em José Feliciano Fernandes Pinheiro, exista apenas um Saí, e na realidade a distância que separa os dois é tão pequena que não se justifica considerá-los como dois rios.

[258] Pode-se consultar especialmente a carta de Léonce Aubé em sua "Notice sur la Province de Sainte-Catherine", e a que Antônio Xavier de Noronha Torrezão anexou ao mesmo trabalho.

que forma a ilha são banhados pelo canal propriamente dito (os dois braços do *Y*), os dois lados restantes são, forçosamente, pelo Oceano.

A primeira ideia que nos vem à cabeça ao examinamos o mapa — e que não deixa de ter sua lógica — é que o trecho do Rio de São Francisco que parece avançar pelo continente deve sua origem a uma reunião de vários rios que descem da grande cordilheira marítima e se dividem, no final, em dois braços, separando a Ilha de São Francisco do continente[259]. As águas desses dois braços são, na realidade, salgadas, mas existe um sem número de rios cujas águas são também salgadas mesmo acima de sua embocadura, em consequência da mistura causada pelas correntes e pelo fluxo e refluxo das marés.

Quanto ao canal propriamente dito, que banha a ilha de São Francisco de norte a sul, não há dúvida de que ele recebe as águas doces do braço intracontinental que reúne os rios denominados Palmitar, Três Barras e Cubatão Grande[260]; entretanto, como a maior parte de suas águas vêm evidentemente do mar, devemos — como venho fazendo há muito tempo[261], sendo mais tarde seguido por Aubé[262] — considerá-lo como um braço deste último.

Este braço faz uma curva, como já vimos, avançando inicialmente do norte para o sudoeste e em seguida desviando-se para o sudeste; tem aproximadamente 6 léguas de comprimento, sendo muito irregular na sua largura, mas podemos dizer que ele se vai estreitando a partir do meio até a sua extremidade meridional. No tempo dos índios, parece que a entrada do norte se chamava Babitonga ou Bopitanga (provavelmente das palavras guaranis "mbopi", morcego, e "tang", novo, tenro); mas à época de minha viagem, ninguém na região conhecia esses nomes ou os de Barra Grande e Barra do Norte. A entrada do norte tem cerca de 3.000 metros de largura e dá passagem até mesmo a pequenas fragatas. Segundo me informaram, as embarcações penetram nela quando sopram ventos do norte, do nordeste, do sul e do sudeste. A entrada meridional, denominada Barra do Araquari[263], mede apenas 400 metros de largura e só pode ser transposta por lanchas. Para facilitar as indicações, creio que se poderia, como fez Antônio Xavier de Noronha Torrezão, reservar o nome de Rio São Francisco, para a parte do canal que vai desde a entrada setentrional até o braço intracontinental; o nome de Rio de Araquari seria dado à parte compreendida entre esse braço e a entrada do sul; finalmente, seria chamado de Rio das Três Barras, o braço intracontinental propriamente dito.

O canal é todo pontilhado de ilhas e ilhotas, em número superior a vinte. As menores são a Ilha do Mel, situada no Rio Araquari, um pouco ao sul do braço intracontinental, a ilha dos Braços, um pouco mais ao sul ainda, e finalmente a Ilha de Antônio da Silva.

---

[259] Essa era, sem dúvida, a opinião de Pizarro, ainda que ele não se tenha exprimido com bastante clareza a respeito ("Mem. hist.", III); era esse, igualmente, o ponto de vista de Léonce Aubé ("Notice").
[260] Eu me limito a enumerar aqui o Cubatão Grande, o Palmitar e o Três Barras, uma vez que, segundo Aubé, os outros cursos d'água que parecem ser afluentes do braço intracontinental do Rio São Francisco são, ao contrário, formados por ele ("Notice").
[261] "L'Ile de Sainte François", em "Nouvelles annales des voyages", IV, 1835.
[262] "Notice".
[263] E não Aracary oy Aracari, como dizem Casal, o Almirante Roussin, Milliet e Van Lede, e muito menos Aricory, como escreveu Pizarro ("Mem. hist." III). O Pe. Antônio Ruiz de Montoya diz ("Tes. guar.") que "araquá" é o nome de um conhecido pássaro, e assim "araquari" viria de "araquá" e "y", água, significando rio dos pássaros chamados araquá. É possível também que esse nome significasse rio do ninho das araras.

Entre as duas barras, a partir da do norte, vão desaguar no Rio São Francisco, do lado da terra firme, os vinte e cinco rios que mencionarei a seguir..[264]

Ao norte do braço intracontinental:

O Jaguaruna Pequeno (em guarani e português, rio do cachorrinho preto, que é o mais próximo do Pontal); o Jaguaruna Grande; o Rio do Barbosa.

Na margem oriental do braço intracontinental:

O Rio do Pinto, o Rio dos Fernandes, o Rio dos Tornos, Batubi (do guarani "batobi", morro agudo), Bacuí ou Bocuí (do guarani "mbacuy", rio das dunas); Rio dos Barrancos; todos os seis muito pequenos e só aumentando de tamanho na maré alta.

Na margem ocidental do mesmo braço:

Rio das Três Barras, assim chamado porque não passa de uma embocadura comum a três rios, o Furta-Enchente, o São João e Três Barras, sendo que o segundo — o único de certo volume — mede, segundo dizem, 120 metros de largura e 8,5 de fundura, podendo ser subido de canoa numa extensão de 3 léguas, Rio dos Cavalinhos, navegável numa extensão de 10 milhas; o Pirapireba, ou talvez Piraberaba (em guarani, couro de peixe), de largura considerável e 2 metros de fundura, que é navegável por canoa até um morro pouco distante do ponto onde a maré se detém; o Biguaçu (em guarani, biguá, espécie de ave grande); o Ribeirão, com 11 metros de largura e pouca fundura, só podendo ser navegado em canoas; o Rio de Antônio Félix, estreito, raso e navegável apenas até meia légua de sua foz; o Cubatão Grande, com 44 metros de largura[265] e 6,5 de fundura, sendo navegável numa extensão de 10 léguas, desde sua foz até um morro elevado que tem o nome de Morro da Tromba; os dois Eriris, Grande e Pequeno (do guarani, "piriri", junco), medindo cada um 11 metros de largura e 4,5 de fundura na foz, sendo navegáveis numa extensão de 2 léguas.

Na margem ocidental do Rio de Araquari:

Rio Saguaçu (do guarani "saí guaçu", olho grande), que na sua foz mede um quarto de légua de largura e 8,5 metros de profundidade, podendo ser percorrido de canoa numa extensão de cerca de 10 milhas; o Paranaguá-Mirim, distante uma légua do precedente; o Parati (do guarani "piraty", peixe pintado), navegável numa extensão de duas léguas e meia; o Rio das Areias Pequeno, que é fundo, estreito e navegável num trecho de meia légua; o Rio das Areias Grande; o Rio dos Pinheiros, muito pequeno e sem a menor importância; e finalmente o Rio Piraquê (palavra guarani que designa uma espécie de peixe pequeno que os luso-brasileiros chamam de "lambari"), o mais próximo da Barra do Araquari, medindo — segundo dizem — 5 léguas de extensão e 11 metros de largura na sua foz, sendo navegável num trecho de 3 milhas.[266]

---

[264] "Description hydrographique", etc., em "Notice", de Aubé. — É essencial para os navegadores uma consulta a esse trabalho e à carta que o acompanha, já que o ilustre Almirante Roussin, em sua valiosa obra intitulada "Le pilote du Brésil", onde se encontram dados hidrográficos tão úteis, não diz absolutamente nada sobre a Ilha de São Francisco e parece considerar o Rio Araquari e o Rio São Francisco como dois cursos d'água distintos, sendo que o último desaguaria numa baía.

[265] Aubé chega mesmo a indicar essa largura como sendo de 60 metros ("Notice").

[266] Creio que posso confiar nessa lista, pois me foi fornecida pelo funcionário que mais conhecia a região, um nativo do lugar, merecedor da confiança das mais altas autoridades e encarregado de todos os negócios, mesmo os mais insignificantes. Ninguém mais do que ele estaria capacitado a me indicar quais os rios que se lançavam no São Francisco, uma vez que cumpria sempre a ele enviar ao governo os dados

Depois de embarcar na canoa para ir, como já disse, do Pontal à cidade de São Francisco, pude observar à vontade as duas margens do canal. Do lado da terra firme, a cerca de um quarto de légua do Pontal, há um fortim guarnecido por milicianos da Guarda Nacional. Nesse ponto, perto do Rio Jaquaruna Grande, começa uma pequena cadeia de montanhas pouco elevadas e cobertas de matas, que se estende ao longo da costa na direção do sul[267]. Do lado da ilha vi unicamente matas; a princípio veem-se alguns morros, em seguida o terreno se torna plano e finalmente, nas proximidades da cidade, ele volta a ficar montanhoso. Quando nos aproximávamos do nosso destino, o tempo que até então se mantivera sombrio começou a clarear, e eu pude admirar o azul luminoso do céu, cujas tonalidades contrastavam com o verde-escuro das montanhas, de onde se elevavam a intervalos colunas espessas e irregulares de vapor. Eu me

---

relativos à população, e as regiões a que eles se referiam não somente eram designadas, segundo os distritos, pelos nomes dos rios como também eram enumeradas de acordo com a ordem em que estes se localizavam. Eu li para o funcionário em questão todo o artigo de Casal referente ao Rio São Francisco e ele me apontou os erros em que havia incorrido o autor, tendo eu feito a minha lista obedecendo às suas retificações. Assim, verificamos que entre o Rio do Barbosa e o Rio dos Fernandes deve constar o Rio do Pinto; que devemos escrever Rio dos Tornos e não Fornos; que, depois do Paranaguá-Mirim vem, na direção do sul, não o Rio das Areias Grande, mas o Parati, e em seguida o Rio das Areias Pequeno, etc. Ajuntarei aqui que os barqueiros que me levaram da cidade de São Francisco a Araquari confirmaram tudo o que me havia dito o funcionário acima mencionado sobre os cursos d'água que vêm da terra firme e se lançam no canal, desde o Piraquê, partindo do sul, até o Paranaguá-Mirim. — Esta nota ficaria incompleta se eu não indicasse as diferenças existentes entre a minha lista e as indicações de Torrezão e Aubé ("Annales maritimes", 1841), as quais se devem talvez o fato de alguns rios terem dois nomes diferentes ou seus nomes terem sofrido modificações com o passar do tempo; pode ser, igualmente, que alguns cursos d'água tenham desaparecido e que outros vieram tomar o seu lugar; enfim, é possível que o litógrafo parisiense nem sempre tenha copiado corretamente os nomes, como me parece evidente no caso de Barrancos, que ele substituiu por Barrancas. Entre o Rio do Pinto e o dos Barrancos encontram-se, na valiosa carta topográfica de Torrezão, os rios Ronco, Batuí, Lamir, Comprido, Bacuri, Biguaçu; o Lamir foi mencionado por Casal, que escreveu Lamés; o Batuí não é outro, evidentemente, senão o Batubi, e o Bacuri o Bacuí; as etimologias indígenas indicam claramente que a grafia certa é Batubi e Bacuí. Ao norte do Rio dos Barrancos, vê-se, na referida carta, um Rio Baraara; Casal menciona o Rio Maria-Baraara (a palavra "mbaraara, em guarani significa aurora, Maria Aurora). Acima do Três Barras a carta indica um Rio Urubarana, que não consta da minha lista. No nome Pirabeirava, a grafia indígena foi substituída pela portuguesa. Entre o Piraberaba e o Ribeirão, a carta situa os rios Jequireúma, o das Ostras e o Sambaqui, que não figuram na minha lista nem na de Casal; em lugar deles, esse autor e eu temos apenas o Biguaçu. Entre o Ribeirão e o Cubatão Grande, Torrezão situa o Pesqueiro e o Saturno; Casal e eu registramos o Antônio Félix. Ao sul do Cubatão Grande e ao norte do Eriris, a carta menciona um Cubatão Pequeno, cuja existência é bastante plausível, pois o epíteto Grande, nos nomes geográficos, indica sempre uma comparação. Aubé escreve, em seu trabalho, Iriruú, e Torrezão, em sua carta, Iririú; ao preferir Eriri, como Casal, creio adotar a pronúncia usada na região, à época de minha viagem; mas talvez o mais certo seja usar, como Antero José Ferreira de Brito, presidente da província, o nome de Iriri, derivado evidentemente das palavras indígenas "piriri", jundo, e Y, rio, rio dos juncos. Entre o Saguaçu e o Paranaguá-Mirim, Torrezão situa um Rio Pernambuco, que não é encontrado nem em Casal nem em minha lista. O autor da "Corografia Brasílica" também não menciona o Rio Taquara, que na carta está situado ao sul do Pinheiros. Finalmente, a etimologia guarani mostra claramente que ao invés de Pereque devemos escrever Piraquê, como fez Van Lede ("Colonisation"). O amor à precisão, levado talvez ao exagero, e o desejo de satisfazer aos mais exigentes topógrafos é que me fizeram entrar em pormenores tão minuciosos, pois a maioria dos cursos d'água de que trata esta nota são mais insignificantes do que muitos riachos da França, os quais os habitantes das redondezas veem fluir todos os dias mas cujos nomes eles nunca chegaram a saber.

[267] Léonce Aubé representa essa cadeia em sua carta como que formando uma espécie de ferradura entre o Pontal do Rio São Francisco e o braço intracontinental.

lembrei, pensando na França, que no litoral da Bretanha tudo se junta para dar à paisagem um aspecto melancólico — pedreiras cinzentas e nuas, um céu pálido e brumoso, uma vegetação enfezada. Não se pode dizer que a natureza seja risonha no litoral do Brasil. As escuras matas que cobrem as montanhas têm qualquer coisa que lembra os sombrios versos de Ossian; entretanto, a beleza do céu e os brilhantes efeitos de luz resultantes do fulgor do sol tiram à natureza o que ela tem de demasiadamente austero e lhe dão uma majestade desconhecida nas nossas regiões. Pouco antes de chegar à cidade de São Francisco passei por uma pequena enseada, à beira da qual se viam algumas casas. Depois dessa enseada vem outra mais ampla, e é nesta que fica situada a cidade, a uma distância de 2 léguas de Barra Grande.

A Ilha de São Francisco tinha sido outrora ocupada pelos índios Carijós. Desde o ano de 1549 o canal que a limita do lado do oeste, ou pelo menos uma parte desse canal, já era conhecido pelo nome que tem atualmente[268]. Os portugueses o consideravam como um braço do grande rio cujas águas banham a Província de Minas e imaginavam que a ilha fazia parte do continente. Naquela época um espanhol chamado Hermano de Trijo estabeleceu-se no Porto de São Francisco, com o beneplácito do Imperador Carlos V; entretanto, mal se tinham escoado dois anos a fome obrigou os novos colonos a renunciar às suas esperanças de fazer fortuna, e eles emigraram para o Paraguai. Mais tarde alguns paulistas, que tinham conhecimento da fertilidade da região, vieram fixar-se ali. Os Carijós juntaram-se aos forasteiros; a população do lugar aumentou rapidamente, e antes do ano de 1656 já havia sido construída uma igreja dedicada a Nossa Senhora da Graça[269] na Ilha de São Francisco. A partir dessa época a ilha passou a depender do governo de Santa Catarina e até hoje sua situação continua a mesma.

Logo que desembarquei no Porto de São Francisco, fui levar minha portaria ao Comandante, que me recebeu muito bem e me ofereceu os seus préstimos. Em seguida instalei-me na casa que me havia sido previamente reservada; era pequena mas confortável, e tinha vista para o mar.

A cidade de São Francisco, também chamada de Vila da Graça de São Francisco[270], possui um porto muito bonito. Foi construída em local encantador, numa das angras

---

[268] De acordo com Pizarro, seria Gabriel Soares de Sousa o descobridor do Rio São Francisco, ao qual teria dado o seu nome; entretanto, as narrativas de Hans Staden provam que o rio já era conhecido por esse nome desde 1549, e me parece impossível que Gabriel Soares tivesse residido no Brasil antes dessa época. Parece pouco plausível também que, se foi povoada por ele a Ilha de São Francisco, ele não tenha mencionado o fato, bem como que, sendo dotado de um espírito sagaz e observador, não tenha ele determinado com certeza que o Rio São Francisco não é um braço de um caudaloso rio que tem sua nascente na Serra da Canastra. O que diz Southey sobre a viagem de Gabriel Soares pelo Rio São Francisco é evidentemente incorreto, e creio também não ser aconselhável aceitar sem maiores exames o que se encontra no "Dicionário do Brasil" sobre a história da Ilha de São Francisco. Segundo Casal, a entrada setentrional e a meridional do canal que separa a ilha da terra firme eram, no fim do século XVI, consideradas como foz de dois rios distintos, o Rio São Francisco e o Rio Alagado. A curiosa descrição de Gabriel Soares me leva a considerar como mais provável que o Rio Alagado seja a Baía de Guaratuba e a entrada meridional do canal de São Francisco o antigo "Rio dos Drayos" (ver uma das notas do capítulo desta obra intitulado "A cidade de Guaratuba").

[269] 269 Hans Staden, "Hist.", in H. Ternaux, "Voyages". — Gabriel Soares de Sousa, "Notícia do Brasil in "Not. ultramar.", III, parte I. — Southey, "Hist.", III. — Pizarro, "Mem. hist." — Casal, "Corog.", I.

[270] Milliet e Lopes de Moura dizem, em seu útil dicionário impresso em 1845, que havia sido dado o título de cidade à vila de São Francisco; o presidente da província, entretanto, ainda lhe dá o nome de vila em seu relatório à Assembleia Legislativa de 1º de março de 1847.

mais setentrionais de uma vasta enseada que se estende na direção norte-sul. Vou descrever a vista que se descortina da praia. O canal se assemelha a uma grande lagoa que se prolonga na direção do sul, rodeada de montanhas cobertas de matas. As mais próximas dessas montanhas, e menos elevadas do que as outras, formam uma pequena serra que começa junto ao fortim, e que já mencionei. Seu traçado é pouco irregular, mas no meio das sombrias matas que a cobrem veem-se, de vez em quando, algumas casinhas e plantações. A esses morros parecem ligar-se, por uma ilusão de óptica, uma série de ilhotas planas, arredondadas e também cobertas de matas. A grande ilha rasa denominada Ilha do Mel, um pouco mais afastada do que as ilhotas, parece também fazer parte da terra firme, limitando a parte meridional da lagoa, ou canal, que dá a impressão de ser cercado dos lados do oeste e do sudoeste pelas próprias terras da Ilha de São Francisco[271]. Bem mais ao longe, avista-se a grande cordilheira (Serra de Curitiba, Serra do Mar, Serra Geral), cujos cimos, muito irregulares, dão à paisagem uma agradável variedade. No flanco de uma das montanhas da cordilheira vê-se uma ampla cortina prateada, formada por uma cascata, segundo me disseram, a qual deve ser de grande beleza e muito volumosa, pois que é visível de uma distância de várias léguas.

A cidade de São Francisco tem mais ou menos a forma de um quadrilátero, mais largo no lado que dá para o canal do que nos outros. Do outro lado a cidade fica apertada entre dois morros de altura desigual. O mais alto, ao leste, tem o nome de Morro da Vila e é coberto por matas virgens. O outro, chamado Morro do Hospício, forma a parte setentrional da enseada e só apresenta capim e mato rasteiro, terminando numa plataforma sobre a qual se veem as ruínas de uma igreja e algumas palmeiras, cuja graciosa folhagem, agitada pela mais leve brisa, contrasta com a imobilidade das matas circunjacentes.

A cidade se compõe de cerca de oitenta casas (1820), caiadas e cobertas de telhas, a maior parte feita de pedra e em bom estado de conservação. A grande maioria tem apenas um pavimento, mas veem-se também alguns sobrados.

As ruas são largas e quase retas. Algumas, que descem na direção do mar, são calçadas; as outras só têm calçamento na frente das casas. Não obstante, nunca se vê lama nas ruas, porque o terreno ali é composto, como em Paranaguá, de uma pequena porção de terra misturada com areia e conchas.

No centro da cidade há uma grande praça de formato irregular, coberta de relva, é ali que foi construída a igreja paroquial, mas não se teve o cuidado de colocá-la em perfeito alinhamento com relação a praça. Entretanto, desde que deixara Itu eu ainda não havia encontrado uma igreja tão bonita quanto à de São Francisco. É muito grande, espaçosa, bem iluminada, feita de pedra. Tendo vindo de Minas, onde o mais modesto vilarejo possui várias igrejas, não pude deixar de me surpreender com o fato de haver apenas uma em São Francisco.

A Câmara Municipal, cujo andar térreo, conforme o costume serve de cadeia, ocupa um pequeno prédio de dois pavimentos situados ao lado da igreja e quase totalmente oculto por ela.

---

[271] Foi inadvertidamente que, em meu pequeno trabalho sobre a Ilha de São Francisco, escrevi oeste e sudoeste.

A água de São Francisco é muito boa. Há ao redor da cidade várias nascentes, mas bebe-se comumente a água de um chafariz desprovido de ornamentos, construído para a comodidade do público[272].

Vê-se em São Francisco um elevado número de tavernas e várias lojas sortidas. Os comerciantes se abastecem geralmente no Rio de Janeiro, mas em caso de necessidade recorrem também a Paranaguá. Em 1819, quinze embarcações, quase todas destinadas à capital e seis delas pertencentes a negociantes da região, foram buscar mercadoria ali, composta de farinha de mandioca, arroz e tábuas. Infelizmente, a escassa atividade agrícola existente na região torna o seu comércio de exportação muito difícil. Durante um de meus passeios, visitei o sítio de um homem que parecia ser um dos principais comerciantes da ilha. Proprietário de um barco, ele o usava para ir vender no Rio de Janeiro os produtos locais; queixava-se, porém, da extrema dificuldade que encontrava para fazer os seus carregamentos, sendo sempre forçado a andar pelas fazendas e sítios à procura de algo para comprar, no mais das vezes sem resultado[273].

Existem poucos lugares onde haja mais mosquitos do que na cidade de São Francisco, o que não é de espantar, já que ela é rodeada de matas, geralmente cerradas, e por toda a parte se veem brejos e água empoçada. Nos últimos tempos, a Assembleia Legislativa reservou algumas verbas para a drenagem de certas ruas, que pareciam verdadeiros pântanos, e em 1842 uma delas já havia sido completamente saneada[274]. O trabalho prosseguiu, e é bem possível que o número de insetos perniciosos que nascem nas águas estagnadas tenha diminuído bastante[275].

Depois de ter dado uma ideia geral da cidade de São Francisco, direi algumas palavras sobre a ilha onde ela se acha situada. Essa ilha mede seis léguas de comprimento, no sentido norte-sul, e duas, aproximadamente, no seu ponto mais largo. É montanhosa e coberta de matas. O Pão de Açúcar e o Morro da Laranjeira podem ser considerados seus pontos mais elevados. Uma estrada que havia sido aberta pelos milicianos pouco antes da minha viagem, e que recebeu o pomposo nome de estrada real, corta a ilha em todo o seu comprimento, afastando-se pouco do mar, e estabelece comunicação entre

---

[272] Posteriormente à minha viagem essa fonte deve ter sido inteiramente abandonada, talvez porque fosse de pouca utilidade para a região, ou então sua existência era inteiramente ignorada pelo presidente da província, pois em seu relatório de 1º de março de 1841 ele diz expressamente que não existe chafariz público em São Francisco ("Fala que o Presidente", etc.,).

[273] Léonce Aubé diz "que a pequena Vila de São Francisco fez, de uns anos para cá, um progresso muito rápido" ("Note"). Mas, pelo que ele acrescenta em suas "Observations" sobre a situação geral da província, é evidente que o progresso a que ele se refere é relativo e, na verdade, insignificante, já que não se observam ali os melhoramentos havidos nos outros distritos. Esse fato é, de resto, confirmado por Torrezão, que num artigo anexado ao trabalho de Aubé diz o seguinte: "A Vila de São Francisco é pobre e seus recursos de víveres são escassos" ("Notice"). Essas palavras são igualmente confirmadas, de modo irrefutável, pelo conjunto de discursos pronunciados, nos últimos anos, na Assembleia Legislativa provincial pelo ilustre presidente da província, Antero José Ferreira de Brito.

[274] "Fala que o Presidente A. J. Ferreira de Brito dirigiu à Assembleia Legislativa em 1º de março de 1842."

[275] John Mawe aportou, em 1807, em São Francisco, mas não se tem certeza de que ele soubesse achar-se numa ilha. "Os negociantes do Rio de Janeiro, Bahia e Pernambuco tinham mandado construir em São Francisco", diz ele, "não apenas numerosas embarcações de pequeno porte para a navegação costeira como também grandes navios. Quando esse comércio começou a florescer, os obreiros que se ocupavam da construção de embarcações eram muito procurados, além de ser empregado o trabalho de numerosos negros." ("Travels"). O que Mawe escreveu não merece grande crédito, de um modo geral, e se há alguma verdade nas palavras que acabo de citar, deve haver também muito exagero.

as suas diferentes partes; foi feita com capricho e é orlada de matas, constituindo um caminho muito aprazível[276].

De acordo com o que me disse o chefe do serviço de saúde da cidade, a morfeia é felizmente desconhecida na ilha (1820), mas as febres intermitentes e as tromboses são ali muito comuns. As doenças venéreas são mais raras do que na maioria dos outros lugares porque os habitantes da ilha têm pouco contato com o exterior.

As terras de São Francisco, do ponto de vista dos agricultores, são de qualidade inferior às dos distritos que ficam no continente. Quando é feita a primeira colheita num terreno que antes fora coberto por matas virgens, talvez baste esperar apenas três anos para fazer nova semeadura; mas a partir dessa segunda vez o terreno só poderá ser cultivado de sete em sete anos, para que o solo não se esgote. Se essa regra não for observada, ele acabará por produzir apenas um mato rasteiro e um capim ralo. No continente, pelo contrário, as plantações podem ser renovadas todos os anos, de um modo geral, principalmente quando são feitas nos cubatões, nome dado às grotas entre os morros, cheias de húmus.

Embora as terras da Ilha de São Francisco sejam inferiores às do continente, não devemos concluir que sua vegetação natural seja totalmente destituída de vigor; com efeito, encontram-se ali florestas em toda a sua majestade. No mês de abril, época em que me achava na ilha, o inverno tropical ia começar, poucas plantas estavam em flor, tendo eu notado que quase todas pertenciam à Flora do Rio de Janeiro, a qual, como eu já disse, se estende pelo litoral até bem longe, na direção do sul. Ali ainda se encontra nas matas virgens o cipó-imbé, espécie de liana que já descrevi há muito tempo[277] e que não é outra coisa senão a longa raiz de uma Arácea epifítica, cuja haste envolve o tronco de grandes árvores, a uma altura prodigiosa. Os Botocudos usam a casca do cipó-imbé para amarrar as penas nas suas flechas. Num dos vilarejos de Minas Gerais[278] fabricam-se chapéus com esse cipó, e em Paranaguá e São Francisco fazem-se cordas com ele, muito flexíveis e resistentes, que são muito apreciadas pelos marujos. O imbé está incluído entre os produtos vegetais que irão desaparecer junto com as matas virgens[279].

Vê-se ao redor da ilha, no canal e nas ilhotas que o pontilham, um grande número de aves aquáticas, tais como as de ns. 361, 379 e 382, mas no interior da ilha encontram-se poucas espécies terrestres. Dentre estas últimas, as mais comuns são o tucano nº381,

---

[276] "Na parte oriental da ilha", diz Manuel Aires de Casal ("Corog. Bras.", I), "há uma lagoa estreita denominada Rio Acaraí, que tem 3 léguas de comprimento de norte a sul; e mais ou menos ao 'norte dessa lagoa há uma outra com meia légua de extensão, 50 braças de largura e pouca profundidade." De acordo com as informações que obtive de pessoas merecedoras de crédito, o Rio Acaraí, não é uma lagoa e sim um rio verdadeiro, que se lança no mar a nordeste da ilha. Ao norte do Acaraí, segundo me informaram, não existe nem lagoa nem rio. Talvez o autor tenha querido referir-se ao Rio do Monte de Trigo, cuja foz se situa na Barra do Norte.

[277] Ver "Viagem pelas Províncias do Rio de Janeiro e de Minas Gerais".

[278] "Viagem ao Distrito dos Diamantes."

[279] Spix e Martius dizem (Reise, I), num quadro estatístico relativo ao comércio de Santa Catarina, que o imbé* do Brasil meridional é fornecido pela haste de várias *Paullinia;* como, porém, esses dois autores não visitaram a região, teríamos razões bastantes para duvidar dessa afirmativa. Entretanto, o respeito que tenho por eles me faz duvidar, por outro lado, do que eu próprio escrevi, levando-me a recear que eu tenha confundido com o imbé de Minas uma planta que em São Francisco seria conhecida pelo mesmo nome. Os viajantes que percorrerem a ilha, no futuro, devem procurar apurar essa dúvida de botânica.

* A planta que tem por nome vulgar imbé, pertencia à família das Aráceas, gênero *Philodendron* (M.G.F.).

o araçari n°378 e o gavião n°374. Há na ilha, segundo me disseram, alguns veados, macacos e pecaris[280].

Em 1820, o Distrito de São Francisco, do qual falarei a seguir, não se compunha unicamente da ilha desse nome, incluía 19 léguas de litoral, desde o Rio Saí[281], que o separa da Província de São Paulo, até a margem setentrional do Rio Cambriaçu, que formava então o limite do Distrito de Santa Catarina[282]. A oeste, esse território não tinha limites definidos, mas os colonos nunca se estabeleceram a mais de 2 léguas do litoral; daí em diante só há montanhas cobertas de matas que não têm dono[283].

À época de minha viagem, a justiça no Distrito de São Francisco era administrada em primeira instância — como já disse — por juízes ordinários, e enquanto que Santa Catarina dependia da ouvidoria de Porto Alegre para as apelações, São Francisco recorria a Curitiba.

Em 1820 a população em todo o distrito, no qual se inclui a armação de pesca de Itapocoroia, estava dividida da seguinte maneira:

Indivíduos livres	3.157
Escravos	871
Total	4.028

O número de famílias era o seguinte:

Na cidade	86
No resto da ilha	110
No continente	919
Total	1.115

Em 1841, os dados eram os seguintes:

Indivíduos livres na paróquia da cidade	5.479	
Indivíduos livres na Paróquia de Itapocoroia	1.417	6.896
Escravos na paróquia da cidade	1.057	
Escravos na Paróquia de Itapocoroia	223	1.280
Total		8.176

---

[280] Encontra-se em "Notice" de Aubé uma lista dos mamíferos e pássaros de toda a Província de Santa Catarina. Embora não sejam citados os seus nomes científicos e frequentemente haja inexatidão no registro dos nomes vulgares (por exemplo, "gombá" ao invés de gambá, grail em lugar de gralha, "pic a pau" por picapau), será difícil não classificar o seu trabalho como uma obra de naturalista.

[281] Ver o que escrevi sobre esses limites.

[282] Escrevo esse nome conforme é pronunciado na região e como o escreveu Van Lede várias vezes. Segundo Casal, porém, seria *Camboryguassu* ("Corog.", I), e de acordo com Milliet, Camboriú. Esse último autor acrescenta, no entanto, que no lugar se diz Cambriú, e se Aubé escreve em seu livro "Cambiriuguassu", a sua carta topográfica registra simplesmente Cambriú. Combriaçu é o aumentativo de Cambriú. Os autores do útil "Dicionário do Brasil" dizem que o território de São Francisco recebeu um enorme acréscimo do lado do oeste, desde que se juntaram a ele, em 1832, as terras situadas entre o Saí e o Itajaí. Como, porém, esse território tinha por limite o Cambriaçu, que passa ao sul do Itajaí, parece-me que, ao lhe ser dado por limite esse último rio, suas terras foram diminuídas ao invés de aumentadas. De resto, não é nem o Cambriaçu nem o Itajaí que serve atualmente de limite ao Distrito de São Francisco, e sim o Gravatá, situado ainda mais ao norte do que o Itajaí ("Fala que o Presidente Antero José Ferreita de Brito dirigiu, etc., em 10 de março de 1841"; documento n°13).

[283] Não parece, pela "Notice" de Aubé, que tenha havido ali, nesse particular, modificações dignas de nota.

O número de famílias se dividia da seguinte maneira:
Na paróquia da cidade 1.040
Na Paróquia de Itapocoroia 576
Total.. 1.616[284]

A comparação desses números dá lugar às seguintes comparações:

1º — Se todos são exatos[285] devemos concluir que a população do Distrito de São Francisco, hoje município, aumentou para um pouco mais do dobro em vinte anos, o que só pode ser explicado pelas tentativas de colonização que foram feitas na região, as quais teriam deixado ali alguns estrangeiros.

2º — O aumento não ocorreu em proporção igual entre os escravos e os homens livres, pois entre estes últimos foi de 1 para 2,18 e entre os primeiros de 1 para 1,46. A posse de escravos é um indício de riqueza. Entretanto, como já vimos, São Francisco permaneceu pobre[286], e não seriam os novos colonos, gente provavelmente de poucas posses, que teriam podido comprar negros e aumentar o número de escravos.

3º — Uma vez que, nos países onde é permitida a escravidão, um número maior ou menor de escravos indica o grau de riqueza de seus donos, e que, por outro lado, em 1820 a proporção entre a população negra e a branca era de 1 para 3,64, ao passo que em 1840 já não ia além de 1 para 5,39, é evidente que havia em São Francisco menos prosperidade em 1840 do que em 1820[287].

4º — De acordo com os dados apresentados, existiriam em 1820, 3,61 indivíduos por família, e em 1840, 5,77, ou seja quase o dobro. Poderíamos concluir daí que, ou a vida e os laços familiares se fortaleceram, e os filhos passaram a deixar o lar paterno menos irrefletidamente, ou — o que é mais plausível — se tornou mais difícil o desdobramento das casas, tendo em vista a diminuição do número de escravos em relação ao resto da população.

---

[284] Os números que cito como sendo relativos à população total do Município de São Francisco, no ano de 1840, são um pouco inferiores aos indicados por Léonce Aubé em 1842: tirei esses números do relatório feito à Assembleia Legislativa da província de 1º de março de 1841 ("Fala do Presidente Antero José Ferreira de Brito"; documento nº15).

[285] Eschwege, eu, Daniel Pedro Müller e mais recentemente Sigaud já demonstramos que os censos de população no Brasil não podem ser considerados como absolutamente exatos. Aqui vai uma observação que tende a provar que os dados relativos à Província de Santa Catarina não constituem exceção: o quadro estatístico oficial da província, relativo ao ano de 1840, indica que, independentemente dos viúvos de ambos os sexos, havia então na Paróquia de São Francisco 1.026 homens casados e 707 mulheres casadas; a menos que tenham ocorrido separações legais e livremente consentidas, os casamentos pressupõem necessariamente um número igual de homens e de mulheres. Acreditar que em 1.026 mulheres, 319 tenham abandonado seus maridos seria admitir uma imoralidade que me parece impossível. Prefiro acreditar que tenha havido sérios erros no quadro citado. De resto, Eschwege assinalou alguns não menos palpáveis nos dados demográficos fornecidos pelo governo da Província de São Paulo.

[286] Ver mais acima.

[287] Não seria aconselhável atribuir à abolição legal do tráfico de escravos a diminuição do número de negros no Município de São Francisco, pois ninguém ignora que os escravos continuaram a ser trazidos para o Brasil e que seu número sempre foi suficiente para satisfazer o mercado (Gardner, "Travels". — Ver também meu relato "Viagem à Província de Goiás").

5º — Dos 1.057 escravos existentes na Ilha de São Francisco em 1840, 591 pertenciam ao sexo masculino, do quais 193 eram casados. Essa proporção parecerá, sem dúvida, bem insignificante; não obstante, estava longe de ser alcançada por qualquer outra paróquia da província. No período em questão não havia um único escravo casado na Paróquia de Santa Catarina, e no entanto os do sexo masculino somavam 1.019. Uma diferença tão grande é por demais honrosa para os habitantes de São Francisco para que eu deixe de mencioná-la.

A maior parte dos habitantes do Distrito de São Francisco são agricultores e têm poucas posses, moram em seus sítios, espalhados pela ilha e pelo continente, mas os mais abastados possuem uma casa na cidade, onde passam os domingos.

Qualquer que seja a profissão que os moradores do lugar tenham, eles são também pescadores. Não há ninguém que não possua uma canoa e ninguém que não saiba manejá-la com destreza. Veem-se mulheres enfrentando um mar encapelado, em barcos inseguros, sem demonstrarem o menor temor. O mar é o elemento natural dos habitantes da região, todo mundo sabe de que lado sopra o vento, a que horas a maré vai subir ou descer, e assim como os habitantes dos Campos Gerais dizem, quando querem exprimir a abundância de alguma coisa, que ela daria para carregar um burro, em São Francisco se diz que daria para encher uma canoa.

Todos estão habituados a se alimentar de farinha de mandioca e de peixe cozido na água, e ninguém faz o menor esforço para obter outro tipo de comida. Muitas vezes eles não se dão nem mesmo ao trabalho de pescar, contentando-se em catar mariscos nas pedras e no meio dos manguezais. No máximo umas duas vezes por ano são abatidos alguns bois na sede do distrito[288]. Quando eu me encontrava em São Francisco procurei por todo lugar um pouco de toucinho, inutilmente; informaram-me que fazia muito tempo esse produto vinha faltando até mesmo para as pessoas mais abastadas, e no entanto é a única substância que substitui, no Brasil, a manteiga e o azeite.

Não somente em São Francisco, mas também em todo o litoral, desde Paranaguá e talvez mais para o norte ainda, os homens das classes inferiores usam os cabelos muito curtos, deixando entretanto uma franja cobrindo a testa e uma mecha mais comprida na nuca, mas seus trajes nada têm de especial.

O clima em todo o Distrito de São Francisco é menos insalubre que o de Paranaguá porque o terreno é mais elevado e não tem tantos brejos. Também não se vê nesse distrito tanta gente de pele amarelada e aspecto doentio quanto no litoral da Comarca de Curitiba. Entretanto, é impossível não perceber, pela magreza das pessoas e por suas faces encovadas, que, assim como ocorre com os habitantes de Paranaguá, sua alimentação é pouco substanciosa. Cabe exclusivamente a eles, entretanto, tornar menos frugal a sua vida. No presente (1820), criam-se poucas vacas no distrito, sendo pequeno também o número de porcos e aves. Com as repetidas queimadas das matas, os agricultores poderão formar pastos ao redor de suas casas para a criação de bois e dispor assim de leite e queijo, ao invés de plantarem apenas uma pouco de cará (*Dioscorea alata*), de aipim (*Manihot aipi, Pohl*), de batata (*Convolvulus batatas*), que passem a cultivar

---

[288] É de supor que tenha havido algumas modificações nesse particular, pois o presidente da província, no ano de 1841, diz que foi dada ordem oficial para a construção de um abatedouro na Ilha de São Francisco ("Fala que. o Presidente A. J. Ferreira de Brito, etc., em março de 1842»).

também o inhame (*Caladium esculentum*), desconhecido para eles[289] e que serviria para engordar porcos e aves.

Mas seria inútil, creio eu, dar esses conselhos aos habitantes do Distrito de São Francisco, eles são tão indolentes quanto os que habitam os pontos mais remotos do Brasil e têm tão poucas necessidades quanto estes. A pesca lhes fornece uma alimentação garantida, e se eles possuem uma casinha e uma canoa, se têm uma pequena plantação de mandioca que lhes permite comer o seu peixe com farinha, se colhem algumas libras de algodão grosseiro que deem para fazer uma par de camisas e de calças, eles não precisam praticamente de mais nada. O mobiliário de suas casas é ainda mais escasso do que o dos mineiros mais pobres. Para que precisariam eles, como os mineiros, de uma mesa e alguns bancos? Basta-lhes estender uma esteira no meio da sala, onde são servidos o peixe e a farinha de mandioca, com os convivas acocorados ao redor[290].

Já descrevi como eram, em 1820, os hábitos de quase toda a população de São Francisco, depois desta época não houve nenhuma mudança digna de nota[291], e se algum melhoramento chegar a ocorrer, será devido apenas ao passar do tempo ou ao exemplo dos colonos estrangeiros. Em um clima tão quente e em região tão fértil, onde não é necessário trabalhar tanto quanto na Europa, os estrangeiros acabarão sem dúvida por se modificar, mas é pouco provável que os habitantes do lugar não se modifiquem também, deixando-se influenciar por eles. Os estrangeiros só terão a perder, e os nativos a ganhar com isso.

A mandioca e em segundo lugar o arroz, que ali rende à razão de 120 por 1, eram as plantas que à época da minha viagem os habitantes de São Francisco cultivavam mais frequentemente, sendo os únicos produtos que eles exportavam. Contudo, plantavam também um pouco de milho, mas apenas para servir de alimentação para as galinhas, os cavalos e às vezes para os escravos. A cana-de-açúcar dá-se muito bem no Distrito de São Francisco, mas só é empregada para o fabrico de aguardente. O algodão é de qualidade inferior, sendo cultivado unicamente para consumo da região, o mesmo acontecendo com o café. As bananas são abundantes e de boa qualidade.

O Distrito de São Francisco, por se achar situado a leste da grande cordilheira marítima, faz forçosamente parte da região das florestas[292], e os seus habitantes mais pobres ganham a vida serrando as árvores para fazer tábuas, que são importante artigo de exportação. Esse ramo de comércio poderia expandir-se muito mais se a região fosse mais povoada; essa expansão poderia ocorrer até mesmo na atual situação, se os habitantes mais abastados aproveitassem os cursos d'água que descem das montanhas para montar serras movidas a água. Mas ninguém ali tem a menor noção a respeito desse tipo tão simples de mecanismo (1820)[293].

---

[289] Já disse em outro relato que não se deve confundir os inhames de nossas colônias, que são *Dioscorea,* com os inhames do Brasil.
[290] Esse costume, como se sabe, é encontrado também na Província do Espírito Santo.
[291] Aubé, "Notice".
[292] Ver meu relato "Viagem pelas Províncias do Rio de Janeiro e de Minas Gerais".
[293] As serras de água não devem ser desconhecidas atualmente na Província de Santa Catarina, pois no seu relatório referente ao ano de 1844 o presidente da província informa que foi instalada uma dessas serras numa colônia, atualmente destruída, que havia sido fundada às margens do Rio das Tijucas grandes com o nome de Nova Itália ("Fala que o Presidente Antero José Ferreira de Brito Dirigiu, etc., março 1844").

Como a Província de Santa Catarina contasse com poucas rendas e tivesse quase sempre que custear a manutenção de tropas, a administração não somente jamais fez o menor sacrifício em prol do Distrito de São Francisco como ainda o explorava cada vez mais. Vinte milicianos da Guarda Nacional eram mantidos regularmente a serviço da cidade e do forte, e muitas vezes outros eram destacados e enviados a Santa Catarina, sem que lhes fosse dado nem mesmo o suficiente para a sua alimentação. No entanto, tratava-se de homens pobres, que viviam do trabalho de suas mãos e não podiam abandonar suas casas e suas plantações sem que isso resultasse um grande prejuízo para eles próprios e para suas famílias.

Um meio de ajudar essa região a sair da miséria em que se acha mergulhada seria tornar praticável o caminho que sai da Comarca de Curitiba e vai desembocar no Rio das Três Barras[294]. O comandante de São Francisco me disse que esse caminho necessitava de obras de maior vulto apenas num trecho de meia légua de extensão, acreditando ele que o custo disso não deveria ir além de 500.000 réis. Se o caminho de Três Barras estivesse todo aberto, o Distrito de São Francisco poderia usufruir, juntamente com o principal porto da Comarca de Curitiba, dos benefícios do comércio dos Campos Gerais, esses vastos campos são bastante férteis para que os seus produtos, divididos entre o porto de São Francisco e o de Paranaguá, possam contribuir para enriquecer todos os dois... Há vinte anos eu fazia essas observações em meu diário de viagem, e somente no dia 1º de março de 1842 é que o presidente da província pôde anunciar à Assembleia Legislativa que o caminho de Curitiba tinha sido terminado[295]. Mas nós ficamos sabendo por um antigo aluno da nossa Escola Politécnica, Léonce Aubé, que, embora terminado, o caminho nunca chegou a ser praticável[296], e essa afirmativa parece ser confirmada pelo próprio presidente da província quando diz, em seu relatório de 1º de março de 1847, que o governo imperial incluiu entre as estradas gerais o caminho de Três Barras, tendo estabelecido uma verba de 4 contos de réis para as obras a serem executadas nele[297].

De qualquer maneira, era por esse caminho, no estado em que se encontrava em 1820, que São Francisco recebia de Curitiba a carne-seca, o mate e o toucinho. Como, entretanto, o transporte precisasse ser feito nos ombros dos homens, no péssimo trecho de meia légua que já mencionei, era evidente que as comunicações entre um lugar e outro se faziam raramente.

Passei doze dias na Ilha de São Francisco e aproveitei esse tempo para fazer vários passeios.

Numa dessas ocasiões eu me dirigi ao norte da ilha, seguindo o aprazível caminho denominado Estrada Real, que já mencionei. Todo o trecho que percorri, montanhoso e coberto de matas, é pontilhado de sítios que se comunicam por atalhos com a estrada. O Pão de Açúcar, coberto de matas de um lado, e do outro inteiramente nu e quase a pique, eleva-se muito acima dos morros vizinhos e quebra a monotonia da paisagem.

---

[294] Já mencionei esse caminho no capítulo intitulado "A Cidade de Curitiba e seu Distrito".
[295] "Fala que o Presidente Antero José Ferreira de Brito dirigiu à Assembleia Legislativa em 1º de março de 1842."
[296] "Notice".
[297] "Fala que o presidente", etc., 1º de março de 1847.

Em outro passeio segui a parte meridional do mesmo caminho. De distância em distância viam-se, como na banda do norte, atalhos que levavam aos sítios. Estes se compõem, ali, de um modo geral, de casas muito pequenas, feitas de barro e madeira, cobertas de telhas e em mau estado de conservação, ao redor delas veem-se laranjeiras e bananeiras e uma plantação de mandioca. Entrei numa dessas casinhas para me abrigar da chuva e os únicos objetos que vi dentro dela foram algumas vasilhas de barro. "Moro aqui sozinha com seis filhos pequenos", disse-me a dona da casa, pondo-se a chorar. "Perdi meu marido faz alguns meses, meu pai mora longe e eu não tenho ninguém que pesque para mim e minha pobre família."

O Pão de Açúcar tinha chamado minha atenção. Desejei conhecê-lo e colher nele algumas plantas. Como já disse, esse morro é o mais alto dos que rodeiam a cidade e se ergue do lado do norte. Entretanto, não merece o seu nome, pois sendo a pique na parte setentrional só pode ser alcançado pelo lado do sul. Para chegar ao seu cume subi por um caminho que havia sido aberto à época em que havia ali o temor de uma invasão das tropas espanholas. Em todos os pontos onde o terreno não é cortado verticalmente veem-se matas virgens. Encontram-se também muitos bambuais em toda a extensão da montanha, mas como isso ocorre geralmente nos lugares cobertos de matas, eles são mais comuns nos trechos mais elevados.

A vista que se descortina do alto do Pão de Açúcar é muito bela e extensa, apresentando um panorama de toda a região. De um lado vê-se o alto mar e do outro o canal de São Francisco, as ilhas espalhadas nele, os morros cobertos de matas que o margeiam do lado do oeste e, finalmente, no horizonte, a grande cordilheira, que parece formar um semicírculo do oriente ao ocidente, para os lados do norte avistam-se ao longe à beira do mar, as montanhas de Guaratuba e ao sul as de Itapocoroia. Os morros que se erguem ao sul da cidade escondem o sudoeste da ilha, mas ainda permitem que se veja uma boa parte desta. As terras ali são todas cobertas de matas; entretanto, avistam-se muitos sítios nos arredores da cidade, visível entre os dois morros que a ladeiam. Na extremidade setentrional da ilha há algumas elevações, mas a parte ocidental é plana. Nas imediações da cidade, o lado que dá para o oeste é montanhoso; entretanto, mais para o sudoeste vê-se um trecho inteiramente plano, depois do qual surgem alguns morros que, como já expliquei, limitam o horizonte, sobressaindo entre eles o Morro da Laranjeira, o mais elevado de todos.

Até o momento em que subi ao Pão de Açúcar eu não tinha visto andorinhas na Ilha de São Francisco, mas ao chegar ao seu topo vi um grande número delas esvoaçando ao redor do morro. Firmiano, que me acompanhou, matou ali um belo gavião (Cuv.) que estava pousado numa árvore seca; eu tinha estado observando a ave durante dez minutos e ela não havia feito o menor movimento. Geralmente as aves de rapina escolhem como pouso os troncos secos, de onde podem enxergar mais facilmente os outros pássaros que lhes servem de presa.

Quando eu estava quase chegando ao cume do Pão de Açúcar, notei que Firmiano tinha ficado para trás. Chamei-o, e ele me respondeu que estava catando bichos-de-taquara. Eu já expliquei, em meu primeiro relato de viagem[298], que os índios Malalis tiram de dentro das hastes do bambu um "verme" do qual são grandes apreciadores,

---

[298] "Viagem pelas Províncias do Rio de Janeiro e de Minas Gerais".

gosto esse que é compartilhado por alguns luso-brasileiros; disse também que o velho Januário, comandante da sétima divisão na Província de Minas, fazia provisões de bichos-de-taquara derretidos no fogo, à semelhança do que fazemos com a banha ou a manteiga[299]. Com os Malalis, eu só tinha visto bichos-de-taquara secos e sem cabeça, mas no Pão de Açúcar vi alguns desses "vermes" vivos, que passo a descrever. Trata-se simplesmente de uma lagarta, que Latreille associou aos gêneros *Cossus e Hipiale*[300] baseado nas informações que lhe dei ao voltar; seu corpo, pouco menor do que um dedo, é mole, liso, luzidio, sendo composto de treze anéis, dos quais os três primeiros são dotados de pés, os dois seguintes não, voltando a tê-los os quatro que vêm depois. O corpo do verme é quase branco, mas sua cabeça, de forma arredondada, é avermelhada. O primeiro anel é também avermelhado, o segundo tem uma lista da mesma cor e o terceiro uma simples mancha; de cada lado de oito desses anéis vê-se um pequeno ponto preto. Como não fiz uma descrição dos bichos-de-taquara dos Malalis, não posso dizer com absoluta certeza se eles pertencem à mesma espécie dos de São Francisco; mas se não há entre eles uma semelhança perfeita, é bem provável que exista uma relação muito íntima entre os dois. Os Botocudos, segundo me disse Firmiano, apreciam tanto esses "vermes" quanto os Malalis, e os que comem deles abundantemente costumam engordar. Firmiano pegava o "verme", partia-o ao meio, tirava-lhe a cabeça e o tubo intestinal e chupava a substância que restava sobre a pele. Apesar da terrível repugnância que me causava esse petisco, desejei experimentá-lo, verificando que tinha um sabor muito delicado, lembrando o do creme.

José Mariano costumava caçar à beira da baía ou nas ilhas que pontilhavam, valendo-se para isso de uma canoa. O comandante ordenava a um ou dois de seus milicianos que lhe servissem de remadores, e quando voltavam eu os recompensava pelo seu trabalho. Um dia resolvi tomar parte no passeio, e achei-o encantador. Embarcamos numa canoa minúscula, que oscilava ao menor movimento, e confesso que no primeiro quarto de hora não pude livrar-me de um certo receio; contudo, a tranquilidade dos dois milicianos não tardou a me acalmar. O tempo estava magnífico. Havia pouco vento e o canal se assemelhava a um soberbo lago, cercado por terras ora baixas, ora elevadas, sempre cobertas de matas. A cordilheira marítima aparecia ao longe, e suas tonalidades difusas suavizavam a severidade do verde sombrio das pequenas montanhas mais próximas do porto. Distanciando-nos de São Francisco, chegamos às ilhotas que, vistas da praia, parecem limitar o canal. Descemos primeiramente na Ilhota de Maracujá (do guarani "mburucuia", nome genérico das passifloras), que forma uma espécie de calota hemisférica e não mede mais que uma centena de passos de circunferência. À volta toda da ilhota havia sido deixada uma orla de árvores, mas o seu centro tinha sido desmatado e transformado numa plantação de feijão. Os meus remadores me disseram que várias

---

[299] Não posso deixar de repetir aqui o que disse em outro relato sobre os singulares efeitos causados pelos bichos-de-taquara nos indígenas de Pussanha: "Quando o amor lhes causa insônia eles comem um desses vermes, os quais deixam secar previamente sem lhes tirarem as tripas; eles mergulham então numa espécie de sono extático que dura vários dias. Todos os que comem o bicho-de-taquara contam, ao despertar, sonhos maravilhosos, fazendo referência a florestas cintilantes e dizendo terem provado frutos de delicado sabor. Antes de comerem o verme, porém, eles têm o cuidado de lhe cortar a cabeça, a qual é considerada como um violento veneno.

[300] Pode-se consultar, a respeito dos gêneros *Cossus e Hipiale*, o que escreveu o próprio Latreille no "Règne animal de Cuvier", vol. V., ed. 1829.

outras ilhotas estavam sendo igualmente cultivadas, em parte ou em sua totalidade. Depois de deixar Maracujá, desembarquei em outra ilha que não sofrera nenhum desmatamento, apresentando-se inteiramente coberta de matas. Dediquei-me ali a recolher algumas plantas pertencentes à flora do Rio de Janeiro, e durante o tempo que gastei nisso fui atormentado por milhares de mosquitos. Nas proximidades dessas ilhotas, alguns penhascos nus e brancacentos se elevam acima da superfície do canal, e é ali que se encontra a maioria das aves aquáticas. Duas espécies de *Stuna* reúnem-se nesses rochedos em numerosos bandos; o biguá (cormorão), e a garça-branca e o baiagu também são encontrados ali em abundância, mas quase sempre aos pares. Na ida tínhamos passado pelo meio do canal, mas na volta viemos bordejando a Ilha de São Francisco, tendo eu visto um belo sítio pertencente ao dizimeiro. Se o cobrador de dízimos da região não fosse rico, quem mais poderia ser[301]?

Encontrei em São Francisco as mesmas dificuldades que sempre enfrentava quando necessitava dos serviços de um obreiro. Eu já tinha tido bastante sorte em conseguir alguns caixotes de que precisava, mas procurei em vão o couro para revesti-los. Eu morria de tédio em São Francisco; já conhecia de sobra o pequeno número de plantas que se achava em flor na época, e o comandante local, a pessoa que mais me podia valer, estava quase sempre ausente.

No dia seguinte ao da minha chegada a São Francisco fiquei conhecendo o vigário, mas sua companhia estava longe de me oferecer alguma satisfação, pois era evidente que ele não primava pelos dotes intelectuais. Ele havia prometido visitar-me, mas demorou muito a cumprir a sua promessa, e quando afinal apareceu em minha casa lamentei que não a tivesse esquecido inteiramente. Com efeito, ele desfiou diante de mim um verdadeiro rosário de tolices, obscenidades e heresias. Não era difícil perceber que tinha uma certa instrução, e me asseguravam que a sua conduta, em outros tempos, fora correta. Pouco a pouco, entretanto, ele se havia entregado à bebida e se misturava com marinheiros, negros e homens de ínfima classe; sua mente se degenerou e ele acabou por mergulhar na degradação total. Não existe nenhum lugar no mundo onde não possa acontecer uma desgraça semelhante; o que é raro, entretanto, é que se tolere que um homem tão embrutecido e de vida tão desregrada quanto o vigário de São Francisco continuasse a ser o único pastor de um número tão grande de fiéis. Mais espantoso ainda é o fato de que ninguém na região me falou mal do vigário; todos pareciam tolerar o seu comportamento, exprimindo-se a respeito dele em termos muito moderados ou então mantendo-se calados. Jamais deve ter existido um povo — seja isso dito em honra dos brasileiros — que tenha levado a prudência aos extremos que eles levavam então e cujas explosões de cólera fossem tão raras; contudo, por essa mesma razão — forçoso é admitir — o espírito de intriga, entre eles, era muito mais acentuado do que em qualquer outro lugar, e quando odiavam alguém faziam-no intensamente[302].

---

[301] Ver o que escrevi sobre os cobradores do dízimo em minhas outras obras.
[302] Em seu mapa do Brasil meridional, o inglês Luccock, que esteve em Santa Catarina em 1813, mostra a Ilha de São Francisco como estando à entrada de uma baía redonda na qual o Rio São Francisco desaguaria, descendo da grande cordilheira. Aqui está como esse mesmo autor descreve a região: "O São Francisco é o único rio importante da Província de Santa Catarina. As terras que ele banha são pantanosas e insalubres, Pequenos riachos descem das montanhas, trazendo muita terra, a qual se vai acumulando ao pé do Serro e formando, com a areia trazida pelo mar, terreno plano onde abundam as lagoas e os brejos, Nas duas extremidades da ilha principal há vários trechos desse tipo, cobertos de matas de pouco valor,"

Não seria muito fácil descobrir, nessa descrição, o Distrito de São Francisco; não obstante, ainda prefiro a geografia de Luccock à sua etnografia, principalmente a maneira como ele fala da religião professada pelos brasileiros. O que John Mawe escreveu sobre São Francisco não deve, igualmente, merecer crédito ("Travels").

Capítulo XII

AS ARMAÇÕES DE PESCA DE ITAPOCOROIA

Partida da Ilha de São Francisco. — Descrição do Rio de São Francisco, desde a Ilha do Mel até o canal meridional. — O posto militar à margem do Rio Piraquê; passeio à beira do mar; várias ilhotas. — Meios de transporte. — O Rio Itapicu. — Os índios selvagens da Província de Santa Catarina. — O caminho se afasta da praia; terras inteiramente cultivadas e sítios muito próximos uns dos outros; costumes das mulheres. — O Rio Itajubá; um notável exemplo de longevidade. — Praia da Picarra; traços de sangue mestiço nos habitantes da região. — A Enseada de Itapocoroia. — A armação do mesmo nome. — História das armações. As da Província de Santa Catarina; sua produção. — Descrição da armação de Itapocoroia. — Detalhes sobre a pesca da baleia e o processo de extração do óleo desses animais. — Os homens empregados na pesca; seus hábitos. — Viagem por mar desde Itapocoroia até a cidade de Desterro.

Acabei por vencer todos os obstáculos que me haviam retido na Ilha de São Francisco, onde pouco acrescentei à minha coleção de plantas, e parti no dia 21 de abril com destino às armações de pesca de Itapocoroia, fazendo parte do percurso por mar e parte por terra[303].

O comandante mandara preparar para mim um barco tripulado por quatro remadores e um piloto, e às dez horas da manhã levantamos âncora.

---

[303] Itinerário aproximado da vila de São Francisco à de Desterro:
São Francisco até a Barra do Araquari, pelo rio .... 5 léguas
Do Araquari até um sítio perto de Barra Velha .... 3 léguas
De Barra Velha até Itapocoroia, pesqueiro .... 3 léguas
De Itapocoroia a Desterro, por mar .... 3 léguas

Já descrevi o Rio São Francisco até a Ilha do Mel, que é rasa, pantanosa e coberta de mangue nº1659, tendo também descrito um dos canais maiores. A parte da Ilha de São Francisco paralela à Ilha do Mel apresenta uma ponta de terra à qual é dado o nome de Ponta Grossa, e no ponto onde ela começa é que o Rio Araquari[304] tem a sua maior largura. Lançando os olhos para trás, descortinamos dali uma vista muito bonita, que inclui a Barra do Norte, a parte mais setentrional da Ilha de São Francisco, a cidade dominada pelo Pão de Açúcar, o trecho mais belo do canal, as ilhotas que o pontilham e as montanhas da pequena serra onde se acha o forte, as quais, à distância, já não têm uma tonalidade tão sombria. Ao sul da Ilha do Mel o canal se estreita, percebendo-se que entre as duas barras, e independentemente do braço intracontinental, ele forma, como disse Casal[305], uma espécie de arco cuja corda seria uma linha imaginária que passasse pelas duas extremidades da Ilha de São Francisco[306]. Tendo deixado para trás a Ilha do Mel[307], passamos diante de duas outras igualmente planas, já mencionadas por mim — a dos Barcos e a de Antônio da Silva, que, juntamente com a primeira, constituem as maiores ilhas de todo o canal. Ao se aproximar do sul da Ilha de São Francisco, o litoral se torna plano, mas ainda se veem morros nas redondezas, os quais são também encontrados, segundo me disse o meu piloto, para os lados do sudeste.

Quando partimos a maré estava contra nós e ao pôr do sol ainda nos achávamos bem distantes da Barra do Araquari. Não conseguindo enxergar mais nada, estendi-me numa esteira e dormi um sono profundo. Ao cabo de algumas horas acordei com o barulho que faziam os meus remadores, que discutiam animadamente. Uns afirmavam que já tínhamos ultrapassado o lugar onde devíamos parar e onde havia um destacamento de soldados encarregados do serviço da barra; consequentemente, se continuássemos a avançar, acabaríamos em alto mar, outros afirmavam, em oposição, que dificilmente poderíamos estar tão distantes assim. Navegávamos então impulsionados pelas velas, mas todos achamos que seria mais prudente recolhê-las. Os homens se puseram a remar vagarosamente, acompanhando a margem o mais possível, e para grande satisfação de todos ficou constatado que ainda nos achávamos a uma certa distância do local onde devíamos passar o resto da noite.

Eram duas horas da madrugada quando chegamos ao nosso destino. Ali se achava instalado, como já disse, o destacamento de milicianos encarregados do serviço da Barra do Araquari. Os soldados tinham por abrigo uma choupana construída, do lado da terra firme, na margem esquerda do Rio Piraquê, o último dos cursos d'água que se lançam no canal ao norte de sua saída[308]. Minha viagem por mar devia terminar ali. Dispensei os meus remadores, e os milicianos compartilharam comigo a sua casa.

---

[304] É sabido que o Rio de Araquari é a parte do canal que vai desde o braço intracontinental até a entrada do sul.
[305] "Corog. Bras.", I.
[306] Um rápido exame do mapa de Torrezão, oficial da marinha brasileira, bastará para confirmar a justeza dessa comparação.
[307] "A partir da Ilha do Mel, a navegação do Araquari se torna bastante difícil porque os canais são muito estreitos e fazem muitas voltas. A barra é muito perigosa, e a profundidade de uma braça e meia só existe num canal muito estreito, à volta do qual o mar se quebra com violência... Em consequência, o Rio São Francisco não é navegável sem a ajuda de um piloto." Os navegadores que desejarem visitar essas paragens devem consultar a pequena "Descrição hidrográfica dos portos de Porto Belo, Itapocoroia, Rio São Francisco", de Antônio Xavier de Noronha Torrezão, onde extraí o trecho citado acima, e que se acha inserido nos "Annales maritimes", III, 1847.
[308] O nome de Piraquê é aplicado igualmente a dois rios da Província do Rio de Janeiro, na qual também é encontrado um ribeirão de Piraquê-guaçu (Milliet e Lopes de Moura, *Dic.*, II). Convém não confundir os

Os cavalos que deviam transportar minha bagagem a Itapocoroia, e que haviam sido encomendados havia muitos dias pelo comandante de São Francisco, não estavam à minha espera no Piraquê e fui obrigado a permanecer ali um dia inteiro. Empreguei-o colhendo plantas, e os resultados foram os mais satisfatórios que tinha obtido desde que deixara Curitiba.

Nas imediações do posto militar o terreno é úmido e pantanoso, e coberto exclusivamente de manguezais (*Laguncularia racemosa*, Gaert.). Atravessei o Rio Piraquê e segui pela praia, do lado do sul, muito além do Rio São Francisco. Essa praia é composta de uma areia brancacenta e fofa, com um pequeno número de plantas esparsas, mas apresentando de vez em quando pequenos trechos de relva bastante viçosa. Acima da praia há uma mata fechada, à beira da qual vi um sítio. O seu proprietário achava-se ocupado em estender suas redes sobre a areia, para secá-las, e me disse que havia abundância de peixe naquele lugar. Esse homem possuía algumas vacas; provei do seu leite, que me pareceu sem sabor e já não era o mesmo leite cremoso dos Campos Gerais. As plantas mais comuns nessa praia são a *Calicera* 1636, a Convolvulácea 1679, as Ciperáceas 1708 *bis* e 1710, a Apocinácea 1707 e, finalmente, o feijão-da-praia (*Sophora littoralis*), tão comum no litoral do Rio de Janeiro.

Ao passar diante da Barra do Araquari, vi as três ilhas chamadas Ilhas dos Remédios, situadas quase em frente da extremidade meridional[309] da Ilha de São Francisco. Segundo me informaram, o nome de Remédios se deve ao fato de que as ilhas servem de abrigo, em caso de necessidade, às embarcações que não podem entrar no canal. Elas são muito pequenas, mas têm água e são susceptíveis de ser cultivadas; e se ninguém se estabeleceu ali até o momento (1820), isso se deve, segundo me disseram, ao fato de que os seus moradores se veriam impossibilitados de se comunicar com a terra firme quando os ventos fossem contrários. A pouca distância dessas ilhas avistei duas outras, ainda menores, a Ilha dos Lobos e a Ilha da Tapetinga (do guarani "Tapetyga", caminho branco). Da praia avistam-se também, um pouco adiante da Barra do Araquari, as quatro ilhotas chamadas Tamboretes[310]. Situadas a pouca distância da extremidade meridional da Ilha de São Francisco, mais paralelamente à costa oriental, elas se alinham a intervalos regulares umas das outras e têm uma forma arredondada, como indica o seu nome.

No dia seguinte ao da minha chegada ao posto de Piraquê, por volta das oito horas da manhã, apareceram afinal os cavalos e os homens que deviam levar a minha bagagem até Itapocoroia, entretanto, os cavalos traziam apenas lombilhos — pequenas selas — ao invés de cangalhas, e seus condutores não dispunham nem de couros para cobrir a carga, nem de correias para prendê-las. Perdeu-se um tempo enorme até que os baús fossem amarrados com cordas, e partimos muito tarde. Em todo aquele trecho do litoral não se conhece outro meio de transporte a não ser a canoa; os cavalos locais são

---

rios Piraquê com os rios Pirique (Piriqui-Mirim e Piriqui-Guaçu), pertencentes à Província do Espírito Santo ("Viagem pelo Litoral", II). A etimologia é, aliás, inteiramente diferente, já que Piraquê é o nome de um peixe muito pequeno, e Piriqui significa "lugar onde cresce o junco". Eu escrevo "Piraquê" e "Piriqui-Guaçu", seguindo a ortografia portuguesa, exatamente como fazem Milliet e Lopes de Moura. Casal não faz referência nem aos rios Piriqui nem ao arraial de Piriqui-Guaçu, mas, como já vimos mais acima, admite a existência do Rio Piraquê (conf. Max New., "Brasilien").

[309] Em meu trabalho sobre a Ilha de São Francisco saiu impresso setentrional, incorretamente.
[310] É erroneamente que Casal indica apenas duas ("Corog. Bras." I)

pequenos e ruins, só servindo para sela, e as pessoas do lugar não sabem usá-los como animais de carga.

Seguimos por mais de uma légua por uma praia árida, a oeste da qual ficam as matas. O horizonte é limitado ao longe, na direção do sul, pelos morros de Itapocoroia, que avançam consideravelmente pelo mar a dentro, descrevendo um semicírculo, e entre os quais ressaltam dois cumes quase iguais, cuja forma lembra a de uma mitra. Depois de caminharmos cerca de duas léguas chegamos ao local onde se comunica com o mar uma lagoa formada pelo Rio Itapicu (do guarani "ytapecy", pedra côncava)[311], o qual tem sua nascente no interior, muito distante dali. Essa lagoa, de mais de uma légua de extensão, segue paralelamente ao oceano, do qual é separada apenas por uma língua de terra de algumas centenas de passos. Sua entrada, mais setentrional que o próprio leito do rio, é estreita e já mudou de lugar várias vezes; a parte da lagoa que fica ao norte dessa entrada tem o nome de Lagoa da Cruz e mede ao todo meio quarto de légua; a parte meridional chama-se Lagoa da Barra Velha, porque era por ali que antigamente as águas se escoavam.

Na embocadura atual acha-se instalado um destacamento de milicianos da Guarda Nacional, encarregados de receber as ordens enviadas a São Francisco pela administração de Santa Catarina e encaminhá-las ao posto de Piraquê. Os dois milicianos que transportaram minha bagagem para a margem meridional da entrada da lagoa não tinham mais de quatorze ou quinze anos; uma vez que o serviço do Rei — conforme era chamado então — exigia muita gente na Província de Santa Catarina, até mesmo meninos estavam sendo recrutados para a milícia. O transporte da minha bagagem foi demorado, porque a canoa não comportava mais do que três canastras de cada vez, além do mais, gastou-se muito tempo também para recarregar os cavalos, que já estavam, quase todos, com pisaduras, e quando reiniciamos a viagem já era bem tarde.

Seguimos pela estreita língua de terra que separa a lagoa do oceano, e nela não se vê senão areia e alguns tufos de capim; não obstante, o lugar é aprazível.

À esquerda tínhamos o mar, e à direita a lagoa, cujas águas, inteiramente calmas, contrastam com o movimento das ondas que vêm rebentar na praia; matas de um viçoso verde se estendem até a beira da lagoa, e suas árvores se refletem na água; ao longe, na linha do horizonte, ainda se avistam as montanhas de Itapocoroia. Quando se chega defronte do lugar onde o Itapicu[312] vai desaguar na lagoa, descortina-se uma vista ainda mais bonita. Esse rio deve ter a largura do Marne nas imediações de Alfort e vem serpeando vagarosamente do sudoeste, por entre matas fechadas.

Logo fomos surpreendidos pela noite e continuamos a caminhar até as dez horas, à luz de um luar esplêndido. Três léguas depois de termos deixado Piraquê paramos,

---

[311] Escrevo essa palavra da mesma maneira que Casal e como a ouvi ser pronunciada na região. Ao escrever Itapecu, Aubé aproximou-se ainda mais da etimologia indígena. De resto, se os dois autores que cito aqui não se acham de acordo quanto ao nome de Itapicu, eles não deixaram de fornecer dados muito interessantes sobre o rio. O primeiro diz ("Corog. Bras.", I) que o rio tem uma cachoeira a 10 milhas da sua foz e que recebe as águas do Piranga, do Upitanga, do Itapicu-Mirim, do Jaraguá e do Braço. De acordo com o segundo ("Notice"), o Itapicu banha uma das mais belas regiões da província; sua queda poderia ser facilmente nivelada, sendo fácil também formar um canal interior que iria juntar a extremidade do Itapicu (Lagoa da Cruz) com o Rio Araquari. — Van Lede faz apenas uma ligeira referência ao Itapicu e escreve esse nome da mesma maneira que Aubé ("Colonisation").

[312] Ver mais acima.

finalmente, num sítio rodeado de laranjeiras e bananeiras; o interior da casa era muito limpo, mas, segundo o costume, não se via ali nenhum móvel. Contudo, as donas da casa me receberam muito bem e seu aspecto era apresentável. Tinham as pernas e os pés nus, mas usavam vestidos de algodão com um amplo xale de musselina e traziam os cabelos arrepanhados no alto da cabeça.

Bandos de índios selvagens, vindos do interior, costumavam atacar a praia que eu percorrera ao sair de Piraquê. Pouco tempo antes de minha viagem eles tinham degolado dois rapazes num sítio afastado. Foram perseguidos, e um deles, que tinha o lábio inferior furado, foi morto. Os índios que infestam a Província de Santa Catarina são, como os do sul da Província de São Paulo, designados pelo nome de Bugres; entretanto, como já disse em outro relato, esse nome não passa de um apelido genérico que é aplicado a várias tribos distintas e às vezes até inimigas umas das outras[313]. Uma vez que o índio morto entre o Piraquê e o Itapicu tinha o lábio inferior perfurado, é evidente que pertencia à primeira das quatro tribos de bugres indicadas por Manuel Aires de Casal[314] ou seja, à que as mulheres dos Coroados de Curitiba consideravam inimiga da sua e designavam pelo nome de Socrê[315]. Posteriormente à minha viagem os Bugres continuaram a fazer incursões na Província de Santa Catarina, principalmente no litoral do Distrito de São Francisco, e o presidente da província, em vários relatórios[316], queixou-se amargamente das depredações e mortes causadas constantemente por eles. Esses índios se movimentam em bandos diminutos, esgueirando-se cautelosamente por entre as árvores da mata e caindo inopinadamente sobre sítios isolados, onde degolam as mulheres e as crianças e fogem ao primeiro tiro de espingarda que ouvem, deixando em poder de seus inimigos os seus próprios filhos, quando se mostram fracos demais para acompanhá-los. Seja dito em louvor do presidente da província, o Marechal de Campo Antero José Ferreira de Brito, que essa autoridade, longe de açular seus governados contra esses infelizes selvagens, que não sabem o que fazem, exige que sejam tratados com brandura os prisioneiros, proibindo que sejam considerados como escravos. Ele próprio tomou a seu encargo uma das crianças deixadas pelos selvagens em sua fuga. "Quando os sertões, hoje impenetráveis, que servem de asilo aos selvagens forem cortados por estradas e se civilizarem, talvez seja possível", diz Antero José, "ensinar a esses homens a religião cristã e trazê-los para o seio da sociedade da qual eles hoje são inimigos implacáveis[317]." A época em que as matas habitadas pelos selvagens

---

[313] "Corog. Bras.", I.
[314] Ver mais acima.
[315] "Falas", etc., 1841.
[316] "Fala que o presidente da Província de Santa Catarina dirigiu à Assembleia Legislativa em 1º de março de 1841."
[317] Aubé diz, em seu excelente "Notice", que os Bugres têm o rosto largo, os olhos um pouco divergentes, e que suas feições lembram as dos mongóis; trata-se de sinais característicos que pertencem, sem dúvida nenhuma, a toda a raça americana. Quando, porém, o mesmo autor acrescenta que "esses homens têm olhos sem expressão, os quais parecem nadar dentro das órbitas, provavelmente mostrando falta de inteligência", ele está mencionando uma característica que nenhum outro autor registrou até agora, que eu saiba, e que eu próprio nunca observei, nem entre os índios catequizados do litoral, nem entre os Guaranis das antigas Missões do Uruguai ou entre as inúmeras tribos que conheci em fase de extinção, e muito menos ainda entre as índias Coroadas de Curitiba, mulheres de olhar inteligente, que pertenciam praticamente à nação dos selvagens de Santa Catarina. Aubé não viveu entre estes últimos, pois eles se acham em guerra com os brancos. Ele deve ter visto apenas alguns infelizes prisioneiros, embrutecidos pela tristeza, pela perda da liberdade e talvez por maus tratos.

serão cortadas por estradas ainda está muito distante, não seria uma iniciativa digna do Presidente Antero José, que mostra tanta sabedoria em seus relatórios, procurar uma forma de antecipar essa época? Os antigos missionários não ficavam à espera de que as matas fossem derrubadas para enfrentar tribos mais cruéis do que os Bugres, porque eram antropófagas, e nos dias atuais vemos o francês Marlière civilizar, na medida do possível, os Botocudos, que dentre os índios atuais são considerados os mais ferozes.

Depois de deixar o sítio onde passei a noite, eu e meus acompanhantes nos afastamos da praia e seguimos num trecho de cerca de uma légua por um caminho que passa por terras muito planas e inteiramente cultivadas, coisa verdadeiramente rara em regiões afastadas das grandes cidades. Ali os sítios ficam tão juntos uns dos outros quanto as casas nas imediações do Rio de Janeiro, e a terra, muito arenosa, é coberta por plantações de mandioca. As plantas que crescem à beira dos caminhos e nas vizinhanças das casas são as mesmas que se veem em localidades semelhantes, nas redondezas da capital. Posso citar, entre outras, um *Tagetes* e o nº 1708, que pertence às Quenopodiáceas, família pouco numerosa no Brasil.

À medida que íamos avançando, os moradores dos sítios se postavam à porta para nos ver passar. As mulheres não somente não se escondiam, como respondiam com polidez a nossa saudação. Esse dia era domingo e de um modo geral elas estavam bem vestidas, tendo eu notado que, ao contrário das mulheres de Minas, que deixam a descoberto o colo e as espáduas, todas elas usavam um xale de musselina e muitas traziam também a cabeça coberta por um lenço do mesmo tecido.

No final das terras planas e cultivadas que já mencionei acima, encontra-se a embocadura de um pequeno rio que passa no sopé de um morro no qual havia um sítio. Esse rio, chamado Rio de Itajubá (da língua geral "ita", pedra, "jubá", amarelo, e "y", rio, rio da pedra amarela), é vadeável[318] na maré baixa; chegamos ali, porém, na maré montante e tivemos de descarregar os cavalos, colocar toda a bagagem numa canoa muito pequena e depois fazer com que fosse levada nas costas dos homens até o alto do morro. O dono do sítio localizado ali no alto tinha mãe, enquanto que sua filha já tinha netos.

Depois de descermos pelo outro lado do morro, achamo-nos numa praia chamada Praia da Piçarra[319] que circunda uma enseada bastante ampla, limitada ao norte pelo morro de Itajubá e ao sul pelo morro de Cambri. As terras que rodeiam a praia são geralmente pouco elevadas, vendo-se de vez em quando pequenos sítios que na maioria das vezes não passam de miseráveis choupanas. Toda essa região é densamente povoada, mas a uma distância de pouco mais de meia légua do mar não se viam, à época da minha viagem, senão matas despovoadas e sem dono.

Notam-se alguns traços de sangue indígena nos habitantes do lugar, mas segundo me disseram esses traços tendem a desaparecer cada vez mais, já que constantemente emigram para ali habitantes da Ilha de Santa Catarina, os quais, em sua maioria, descendem dos açorianos e pertencem à raça caucásica pura.

---

[318] Em meu trabalho intitulado "A Ilha de São Francisco" saiu impresso "agradável na maré baixa", o que não faz sentido.
[319] Escrevo acompanhando a pronúncia da região, mas, segundo Milliet e Aubé, a grafia correta seria pissaras ("Dic. Bras.", II. — "'Notice"). A palavra portuguesa piçarra significa uma mistura de cascalho e areia.

Tendo caminhado por algum tempo ao longo da praia da Piçarra chegamos à beira de um pequeno rio denominado Rio de Iriri. É também chamado de Rio da Guarda porque foi instalado na sua margem direita um posto da Guarda Nacional encarregado de encaminhar aos destacamentos vizinhos os despachos enviados pelas autoridades. Minha bagagem foi descarregada mais uma vez e colocada em duas canoas pequenas, conduzidas cada uma por um miliciano.

Da praia de Piçarra não se avistam mais os morros de Itapocoroia, que ficam ocultos pelo de Cambri, mas este último, que como já disse forma o limite da enseada, empresta muito encanto à paisagem. Sua forma é arredondada e ele é coberto de matas, no meio das quais se vê um sítio, construído numa das encostas.

Depois de passarmos por trás da Ponta do Cambri e atravessarmos o pequeno rio do mesmo nome por uma ponte de madeira em muito mau estado, chegamos à praia que contorna a Enseada de Itapocoroia[320]. Esta se estende desde a Ponta do Cambri até a da Vigia, formando um amplo semicírculo que avança profundamente pela terra adentro. Acima da praia se elevam morros irregulares e cobertos de matas. Os mais altos são os que, quando me achava entre Piraquê e Itapicu[321], me fizeram lembrar a forma de uma mitra mas que, na realidade, vistos de perto, estão muito mais distantes um do outro do que pareciam e têm uma forma muito diferente da que lhes atribuí inicialmente. No fundo da enseada, mas muito mais perto do Morro da Vigia do que do de Cambri, avistam-se à beira do mar e ao pé de um morro as vastas construções das armações de Itapocoroia.

Ao chegar a esse estabelecimento fui muito bem recebido pelo administrador, já avisado da minha visita. Tratava-se de um velho jovial e prestimoso, que tinha sido outrora capitão de um navio mercante e cuja conversa não era inteiramente destituída de interesse.

Foi na Província da Bahia que os portugueses instalaram pela primeira vez essas armações, nome que é dado aos estabelecimentos de onde partem os barcos que vão à pesca e para onde são trazidas as baleias a fim de lhes ser extraído o óleo.

As armações da Bahia já se achavam em atividade quando foram instaladas três outras na Província do Rio de Janeiro, não tardando que São Paulo e Santa Catarina também tivessem as suas. No começo a pesca era inteiramente livre, mas logo passou totalmente às mãos do governo, que a entregou a concessionários. Os que a exploravam em 1765 tinham feito um contrato de doze anos, mediante o pagamento anual de 80.000 cruzados, e nesses doze anos ganharam 4.000.000 cruzados[322]. Nessa época a pesca era de tal forma abundante que apenas uma das armações capturou 523 baleias, mas essas vantagens tão extraordinárias não foram aproveitadas por longo tempo, pois o governo foi encontrando dificuldades cada vez maiores em achar quem se interessasse pelas concessões, e em 1801 desistiu do monopólio[323].

---

[320] Juntamente com Aubé e Torrezão, escrevo Itapocoroia, porque é assim que esse nome é pronunciado no lugar. Em outros autores encontram-se "Itapocoroia, Itapocorôya, Itapocorói e Itapocoroy". O nome parece derivar do guarani "Itapacorá", (parecido com um muro de pedra).
[321] Ver mais acima.
[322] Ver os cálculos de Freycinet em seu "Voyage autour du monde", part. hist., I.
[323] Jacinto Jorge dos Anjos Correia, *in* Pizarro, "Memórias históricas", IX. — José Feliciano Fernandes Pinheiro, "Anais da Província de São Pedro", 2ª ed.

À época de minha viagem existiam, só na Província de Santa Catarina, seis armações, que enumero a seguir, começando pelo norte: a da Ilha da Graça, à entrada setentrional do Canal de São Francisco, que era a mais recente e datava apenas de 1807; a de Itapocoroia, estabelecida em 1777 ou 1778; a Armação Grande, ou de Nossa Senhora da Piedade, à entrada da Ilha de Santa Catarina, no continente, a primeira a ser fundada em 1746[324]; a da Lagoinha, na costa oriental da Ilha de Santa Catarina, instalada em 1772; a de Garopaba, em 1795; e finalmente a de Embituba, estabelecida em 1796[325].

A pesca começava no mês de junho e durava até meados de agosto. Nessa época as baleias, provavelmente banidas do Sul pelos rigores do frio, vinham procriar no litoral do Brasil. Como esses animais só têm um filhote de cada vez, o seu número estava diminuindo acentuadamente, à época da minha viagem. Nos primeiros anos da instalação das armações de pesca, isto é, entre 1748 e 1750, somente a Armação Grande tinha capturado cerca de 500 baleias, e a partir de 1777, época em que foi construída a Armação de Itapocoroia, ainda se conseguiu pescar nas imediações desse local cerca de 300 desses cetáceos; entretanto, em 1819, todas as armações reunidas pescaram apenas um total de 59. Comentou-se que, se no correr do ano o vento continuasse a soprar do Sul, a pesca seria mais abundante. De cada baleia retiravam-se de 12 a 20 barris de óleo, sendo contados 15 barris como média[326].

Uma parte das construções de pesca de Itapocoroia se estende à beira do mar. A casa do administrador, denominada Casa Grande, a capela e os alojamentos do capelão e dos empregados tinham sido construídos sobre uma plataforma elevada, coberta de relva, que se estendia pelo sopé de um morro coroado de matas.

Da casa do administrador descortinava-se uma vista magnífica. Dali não se avistava a entrada da enseada, que parecia fechada pela praia de Piçarra, e a impressão que se tinha era de uma vasta bacia arredondada, cercada por morros cobertos de matas. Viam-se ainda vários outros morros, mais para o interior, e entre eles não se podia deixar de perceber o Morro do Baú, que serve de baliza para os navegantes e termina por um cume agudo e inclinado.

A primeira das construções que mencionei acima e podia ser vista quando se vinha de Cambri, servia de alojamento para os empregados do estabelecimento. À época da pesca, eles se instalavam ali com suas mulheres e se entretinham saboreando os frutos das numerosas laranjeiras plantadas nas imediações do prédio.

A construção que vinha a seguir media noventa e um passos de comprimento e era denominada de frigir porque era ali que se fabricava o óleo. Havia nesse prédio nove caldeiras para derreter o óleo, com os respectivos fogões. Elas tinham sido mais numerosas em outros tempos, mas as que existiam à época da minha viagem eram mais do que suficientes para a pesca que se fazia então. As caldeiras tinham a forma de uma calota hemisférica e mediam cerca de 5 metros de circunferência. Atrás do engenho de frigir havia outro prédio de igual extensão, dividido em sete reservatórios de 3,5 metros

---

[324] Mawe diz que em 1807 eram empregados 150 negros na Armação Grande e faz enfáticos elogios ao tamanho e beleza desse estabelecimento ("Traveis").
[325] Essas datas foram tiradas de Pizarro ("Mem. hist.", IX).
[326] Segundo Freycinet ("Voyage autour du monde", part. hist., I), o barril de Lisboa corresponde a 5 litros; não creio que o mencionado aqui tenha capacidade diferente.

de altura, para os quais era escoado o óleo das caldeiras através de canais de comunicação. Esses reservatórios eram separados por uma parede de ladrilhos feita com capricho e coberta por uma tábua no ponto que ficava mais distante do engenho de frigir. Cada um deles media treze passos de comprimento, e segundo os cálculos 30-35 centímetros de óleo num dos tanques equivalia a 10 barris[327].

Em seguida ao engenho de frigir havia na praia um espaço vago correspondente à Casa Grande e à Capela, que como já disse tinham sido construídas num plano mais elevado. Depois desse trecho localizavam-se os armazéns e os alojamentos dos negros, à volta de um pátio quadrado.

Os barcos utilizados na pesca tinham as extremidades muito afiladas, semelhando uma naveta, eram leves e dispunham de seis bancos para os remadores. Todos os anos, seis deles partiam da Armação de Itapocoroia para ir à pesca, tendo cada um a acompanhá-lo um outro barco cuja finalidade era prestar socorro aos pescadores em caso de necessidade, não havendo nele arpoadores. Na hora da partida, o capelão ia até a beira do mar para abençoar os barcos, e os tripulantes recebiam uma gratificação. Os barcos não se distanciavam muito da armação. Quando os pescadores avistavam o esguicho que a baleia solta ao respirar, eles se aproximavam o mais silenciosamente possível e a arpoavam; a baleia mergulhava e eles começavam a puxá-la pouco a pouco para a superfície e em seguida trespassavam-na com uma lança. O barco de socorro rebocava-a até a armação, onde ela era colocada sobre o trapiche situado diante do estabelecimento. Ali a baleia era virada de costas e a sua gordura era cortada em tiras e levada para o engenho de frigir, onde a picavam em pedaços menores, os quais eram colocados dentro das caldeiras e postos a ferver. Depois de derretida a gordura, os torresmos eram retirados e queimados nos fornos. O óleo era colocado nos barris e enviado para o Rio de Janeiro. Quanto às barbatanas, eram postas de molho dentro de um tanque circular, arrancando-se em seguida os pelos que as cobriam.[328]

Os homens empregados na fabricação do óleo eram escravos, mas na pesca utilizavam-se homens livres, que mereciam mais confiança. Eles eram pagos de acordo com o número de baleias mortas, e os homens de todas as embarcações recebiam a mesma quantia paga aos arpoadores. Assim, para cada baleia, todos os arpoadores recebiam 3.000 réis, os timoneiros dos barcos pesqueiros 1.000 réis e os dos barcos de socorro 800 réis, sendo a mesma proporção em relação aos remadores.

As pessoas que se ocupavam da pesca eram lavradores muito pobres quase todos. Ao invés, porém, de guardarem para o futuro um pouco do dinheiro ganho com esse trabalho e de cultivarem suas terras nos dias de folga, eles ficavam à toa quando terminava a pesca e passavam a vida bebendo cachaça, cantando e tocando violão até que o dinheiro acabasse.

Fiz uma descrição detalhada da Armação de Itapocoroia, tal como era em 1820, e mostrei também como foi grande a diminuição havida na pesca entre 1777 e 1819. Já então era fácil prever que aquele estabelecimento e todos os seus congêneres não

---

[327] Ver nota precedente.
[328] Pela descrição que faço aqui do estabelecimento de Itapocoroia, vê-se que o ilustre Almirante Roussin foi iludido quando lhe disseram que, de um modo geral, "as armações consistiam em galpões onde ficavam as caldeiras, etc." ("Pilote du Brésil"). Essa descrição também não se ajusta à Armação de Garopaba, nem à de Embituva, de que me ocuparei mais tarde.

conseguiriam manter-se por muito tempo. Parece que eles ainda duraram vários anos após a minha viagem[329], mas atualmente restam apenas alguns vestígios da Armação de Itapocoroia[330]. Uma vez que a pesca foi diminuindo gradativamente, o que deve ter prenunciado a extinção total das armações, é de supor que quando isso ocorreu os habitantes de Itapocoroia não tenham sido apanhados de surpresa. De qualquer forma, o dinheiro que eles ganhavam não trazia proveito para a região, já que após cada pescaria eles caíam na ociosidade e negligenciavam as suas terras. Agora eles se veem forçados a cultivá-las, o que está longe de constituir um mal. Um fato que tende a confirmar o que digo aqui a respeito da pouca influência que terão tido sobre o Distrito de Itapocoroia a diminuição da pesca e a supressão da armação é que em 1839 o distrito foi considerado suficientemente povoado para que pudesse ser elevado a uma paróquia, cujos limites são constituídos, no norte, pelo Itapicu, e no sul pelo Rio Gravatá[331] (corruptela da palavra indígena caraguatá, que designa uma Bromeliácea de folhas largas[332]).

Apesar da sua pouca extensão, a Paróquia de Itapocoroia contava em 1811 com uma população de 1.417 indivíduos livres e 223 escravos[333]. Estabeleceu-se ali uma instituição de ensino primário e sua igreja foi consagrada a Nossa Senhora da Penha.

Como todo mundo me tivesse garantido que o caminho que vai de Itapocoroia até o ponto que defronta com a Ilha de Santa Catarina era muito ruim e apresentava muitas dificuldades para o transporte de cargas, resolvi fazer a viagem por mar[334]. O administrador fez questão de me emprestar um dos barcos que serviam para a pesca, e por volta das nove horas da manhã eu parti, com seis remadores e um timoneiro, que eu havia contratado por 1.920 réis cada um. O tempo estava magnífico, e a beleza do céu, a placidez do mar e o viçoso verdor dos morros tornaram muito agradável a viagem. Os remos só foram usados nas primeiras horas, porque depois o vento mudou para o nordeste, e ainda não eram nove horas da noite quando entramos na Baía de Santa Catarina.

Até a Praia de Itajaí[335] navegamos rente à costa, depois nos afastamos, mas sem jamais perdê-la de vista.

---

[329] Na 2ª ed. de seus "Anais da Província de São Pedro", publicada em 1839, José Feliciano Fernandes Pinheiro fala das armações da Província de Santa Catarina como estando ainda em funcionamento.

[330] Trata-se das próprias palavras de Léonce Aubé ("Notice"), cujo trabalho data de 1847; ele acrescenta que as armações de Nossa Senhora da Piedade (perto de São Miguel), de Imbituba e de Garopaba deixaram igualmente de existir (obra cit.). Van Lede, que esteve em Santa Catarina em 1842, diz que "todas as antigas armações se desmancharam em ruínas e só existem umas poucas baleeiras em Porto Belo; a pesca dos grandes cetáceos está hoje inteiramente abandonada." ("Colonisation").

[331] Milliet e Lopes de Moura, Dic. Bras., II.

[332] Em minha "Viagem pelo litoral do Brasil" expliquei detalhadamente a origem da palavra gravata.

[333] "Fala que o presidente da Província de Santa Catarina dirigiu", etc. a 1º de março de 1841, documento 15.

[334] Van Lede seguiu essa estrada desde São José, situado defronte do Desterro, até Itajaí ("Colonisation") e apresenta sobre a sua viagem alguns dados que não são destituídos de interesse.

[335] Na Praia de Itajaí desemboca o rio do mesmo nome, que é o mais extenso de toda a província e em cujo leito se encontram, segundo dizem, partículas de ouro. É também na mesma praia que foi construído o pequeno arraial de Itajaí, sede de uma paróquia onde se contavam, em 1841, 1.404 indivíduos livres e 137 escravos. D. Pedro I fundou às margens do Itajaí duas pequenas colônias alemãs, as quais, em 1844, contavam em seu conjunto com 227 habitantes (José Feliciano Fernandes Pinheiro, "Anais", 2ª ed. — Antero José Ferreira de Brito, "Falas", 1842. 1844. Aubé, "Notice"). O termo Itajaí vem do guarani "Itajay", "rio das pedras juntas".

Ao passarmos diante de uma pequena cruz fincada entre algumas pedras que se elevam pouco acima da água, os meus remadores se puseram a pé, tiraram o chapéu e fizeram uma prece à Virgem e às almas do Purgatório pelo feliz desfecho de nossa viagem.

À medida que avançávamos, eles me diziam os nomes das pontas de terra e das enseadas pelas quais íamos passando. A primeira a aparecer depois da Ponta da Vigia tem o nome de São Roque; entre as duas pontas o mar avança muito pouco para dentro da terra. Depois da Ponta de São Roque vem uma pequena enseada e a seguir a Ponta do Cantagalo. Entre esta e a Ponta Negra não existe propriamente uma enseada, e os morros não deixam nenhum intervalo entre eles e o mar; sua base, formada por rochas nuas e escurecidas, é batida pelas ondas, e toda a parte superior deles é coberta de matas. Ao sul da Ponta Negra ficam a Enseada e a Praia de Itajaí, onde vai desembocar o caminho que até aquele ponto passa por trás dos morros. Como já disse, ao chegarmos ali nós nos afastamos um pouco mais do litoral, mas o meu timoneiro mostrou-me ainda, ao longe, à medida que passávamos por elas, a Ponta do Cabeçudo, a Praia Brava, a Ponta do Cambriaçu, bem como o local onde o rio do mesmo nome despeja suas águas no mar[336], a Ponta da Taquara[337], a Enseada das Garoupas[338], que oferece um bom ancoradouro e onde na ocasião acabava de se estabelecer uma colônia de pescadores vindos da aldeia de Ericeria, em Portugal[339], a Ponta do Cachaçudo[340], a Enseada das Bombas e, finalmente, a ponta do mesmo nome, que é muito extensa. A pouca distância dessa ponta, na direção do sul, há três pequenas ilhas inabitadas e cobertas de matas — a Ilha das Galés, que me pareceu ser comprida, a Ilha Deserta e a Ilha do Arvoredo, a maior das três. Depois da ponta das Bombas passamos defronte da Praia dos Imbus, por trás da qual se veem ao longe algumas montanhas. Em seguida vieram a Ponta dos Macucos (*Tinamus brasiliensis,* Lath. Neuw.) e, defronte dela, uma pequena ilha do mesmo nome, separada da ponta de terra por um estreito canal, pelo qual passamos. A partir desse ponto é que começamos a avistar a Ilha de Santa Catarina. Depois da Ponta dos Macucos há uma enseada muito ampla chamada Saco das Tijucas Grandes[341] porque o rio desse nome despeja aí as suas águas[342]. Passamos em seguida pela Ponta dos

---

[336] Ver mais acima. — Encontram-se informações interessantes sobre o Cambriaçu, bem como sobre o Itajaí, na "Colonisation du Brésil", de Van Lede.

[337] Pizarro escreve "Jaquarassatuba", palavra que deriva do guarani taquaruçu, bambu grande, e tiba, conjunto, "conjunto de grandes bambus".

[338] A Enseada de Garoupas é uma das melhores do litoral do Brasil meridional. Ali, à beira do mar, fica situada a pequena cidade de Porto Belo, cujo distrito, que incluía a Paróquia de Itajaí, tinha em 1841 uma população de 4.825 indivíduos livres e 690 escravos. (Milliet e Lopes de Moura' "Dic. Bras.", II. — Antero José Ferreira de Brito, "Fala", 1841).

[339] Essa colônia, que devia chamar-se Nova Ericeira, tinha sido fundada, como já disse, sob os auspícios do Ministro de Estado Tomás Antônio de Vila Nova e Portugal. Totalmente composta de portugueses, ela deve ter sido absorvida pelo resto da população, pois não encontro menção à sua existência em nenhum dos trabalhos que pude consultar.

[340] E não "Cachaçuda", como escreve Van Lede.

[341] O velho Frezier escrevia "Toujouqua". Ver o que falo sobre o termo tejuca em minha "Viagem à Província de Goiás".

[342] O Rio de Tijucas Grandes tem um curso bastante extenso. A cerca de um dia de viagem de sua foz fica situado São João Batista das Tijucas Grandes, sede de uma paróquia que faz parte do Distrito de São Miguel e cuja população se elevava, em 1840, a 1.489 indivíduos livres e a 204 escravos. Mais distante de São João Batista havia sido fundada, sob o nome de Nova Itália, uma colônia sarda, que foi assolada por uma tempestade em 1838, sofreu uma invasão dos Bugres em 1839, e em 1847 já não existia mais

Ganchos e a Praia das Palmas, junto à qual há uma ilha do mesmo nome. Avistei ainda a Ponta do Bote, mas logo fomos surpreendidos pela noite, e embora houvesse um luar muito claro não me foi possível distinguir mais nada.

Navegando pelo canal que separa a Ilha de Santa Catarina do continente, passamos por entre dois fortes, o de Santa Cruz, do lado da terra firme, e o da Ponta Grossa, do lado da ilha. Finalmente, depois de atravessarmos o canal num ponto de pouca largura, entramos no Porto de Santa Catarina.

Os remadores atracaram o barco no trapiche e eu desembarquei levando comigo o timoneiro para tentar encontrar Diogo Duarte da Silva, tesoureiro da junta, a quem eu havia sido recomendado e para quem tinha escrito de São Francisco pedindo que me arranjasse um alojamento. Vagueamos longamente pela cidade e por fim chegamos à casa de Diogo da Silva, que me convidou a passar a noite ali.

(Antero José Ferreira de Brito, "Falas" de 1842, 1844 e 1847. — Aubé, "Notice"). Van Lede escreveu 'Tijuca Grande", mas restabeleceu a grafia correta em seu mapa ("Colonisation", 2º mapa).

Capítulo XIII

A ILHA DE SANTA CATARINA – A CIDADE DE DESTERRO

Posição geográfica da Ilha de Santa Catarina. Sua população. — Os fortes que a defendem. — O canal que separa da terra firme e de sua baía. — Vista que se descortina da cidade de Desterro; ruas; casas; igreja paroquial e capelas; hospital; palácio; câmara municipal e cadeia; quartel; comércio. As terras nas redondezas de descrição dos sítios. — Retrato dos homens e das mulheres da Ilha de Santa Catarina. — Hábitos dos camponeses. — Autoridade das mulheres sobre os maridos. — Trabalho; costumes. — Semelhança da vegetação nativa da Ilha de Santa Catarina com a do Rio de Janeiro. Clima. — Produtos. — Decadência da Ilha de Santa Catarina. — Uma forma de detê-la.

A Ilha de Santa Catarina, situada, segundo La Pérouse, entre os 27° 19'10" e os 27°49'[343], e segundo Barral entre os 27° 22'31" e os 27° 50'[344], mede cerca de três léguas em sua maior extensão.

Em 1820, época da minha viagem, sua população, segundo os dados oficiais, não ia além de 12.000 indivíduos, mas as pessoas que, por sua posição, deviam estar mais bem informadas, afirmavam que o seu total chegava a 14.000, dos quais apenas um quinto era de escravos[345]. O que leva os dados oficiais a se afastarem tanto da verdade é que muitas pessoas, na esperança de impedirem que alguns membros da família sejam convocados para servir na Guarda Nacional, nunca declaram o número exato de seus componentes.

---

[343] "Voyage", I.
[344] "Notions sur l'Ile Sainte-Catherine", em "Annales maritimes", 1833, II.
[345] O primeiro presidente da Província de Santa Catarina depois do estabelecimento do governo constitucional, João Antônio Rodrigues de Carvalho, tinha calculado que em 1824 a população da ilha se elevava a 15.533 habitantes (José Feliciano Fernandes Pinheiro, "Anais", 2ª ed.).

Os dados oficiais de 1841 registram, somente para a Ilha de Santa Catarina, 19.568 indivíduos, sendo 15.032 livres e 4.336 escravos[346]. É de supor que o receio de ser chamado a lutar contra os recém-pacificados rebeldes do Sul terá dado motivo a tantas declarações falsas em 1840 quanto deu em 1820, e em consequência poderemos, sem medo de cometer muitos erros, comparar os dados relativos a esses dois anos. Essa comparação, bem como os dados suplementares com que contamos, nos levam aos seguintes resultados:

1º — Em dez anos — de 1820 a 1841 — o aumento da população foi de mais da metade em relação ao número primitivo, e se admitirmos o total de 3.000, indicado por La Pérouse para o ano de 1785[347] a população terá mais do que sextuplicado a partir desse ano até 1820, isto é, em trinta e cinco anos.

2º — A proporção entre escravos e indivíduos livres variou pouco, pois se em 1820 a relação entre uns e outros era aproximadamente de 1 para 5, em 1840 essa relação era de 1 para 4,47; podemos concluir também que a média das fortunas particulares permaneceu praticamente estacionária, pois num país onde é aceita a escravidão o número de escravos serve de base para medir a fortuna dos indivíduos livres.

3º — À época de minha viagem, havia na Ilha de Santa Catarina uma grande desproporção entre o número de negros e negras, e não era costume providenciar-se o casamento de escravos. Nessa ilha, como mostrarei mais tarde, as terras já estão muito repartidas, e em sua maior parte nas mãos de agricultores pobres. Quando um proprietário conseguia juntar dinheiro suficiente para comprar um negro, muito tempo se passava antes que voltasse a reunir novas economias, e quando isso acontecia ele preferia comprar outro escravo do sexo masculino e não uma negra, cujos trabalhos sua própria mulher e seus filhos poderiam fazer. Parece que hoje não existe uma diferença tão acentuada no número de negros dos dois sexos, mas os casamentos de escravos são tão raros quanto antigamente. Entre 2.535 escravos que havia na Ilha de Santa Catarina em 1841, somente 10 eram casados, sendo que na cidade de Santa Catarina, particularmente, cujo número de escravos chegava a 1.019, não havia um único que fosse casado. Tudo isso vem provar, infelizmente, que os habitantes dessa região não são dotados de uma moral muito elevada, e me vejo na obrigação de citar outro fato que corrobora o que digo acima.

À exceção da Paróquia de Lajes e mais quatro outras, a Província de Santa Catarina contava apenas, em 1840, com 246 escravos casados; em 1841 nasceram, nessa mesma parte da província, 417 crianças, filhas de mulheres escravas[348]. Se, como afirma Eschwege, as negras casadas provocam comumente o aborto para que a cor de seus filhos não traia as suas infidelidades, não é muito provável, por outro lado, que os abortos voluntários sejam mais raros entre as mulheres negras solteiras.

Apressemo-nos a desviar os olhos de todas essas infelicidades para contemplarmos as belezas da região que lhes serve de palco.

A Ilha de Santa Catarina é montanhosa, fértil e extensamente cultivada, sendo a mandioca, o arroz e o feijão os seus principais produtos. A costa oriental não tem

---

[346] Antero José Ferreira de Brito, "Fala de 1º de março de 1841", documento 15.
[347] "Voyage", I.
[348] "Fala que o presidente de Santa Catarina", Antero José Ferreira de Brito, dirigiu à Assembleia Legislativa em 1º de março de 1841, documento 15; — "Fala", etc., março de 1842.

nenhum porto e é considerada naturalmente inabordável. Na costa ocidental, e na margem oposta, foram construídos há pelo menos um século vários fortins, mas eles são de pouca serventia. À época de minha viagem alguns deles tinham sido restaurados e postos, na medida do possível, em condições de cumprir com a sua função de defesa. Os mais importantes eram os de Santa Cruz de Anhatomirim, ou simplesmente Santa Cruz, destinado a defender do inimigo a entrada setentrional do braço de mar que separa a Ilha de Santa Catarina da terra firme; foi construído na ilhota de Anhatomirim[349], quase encostada no continente, e fica defronte de outro situado na ilha e denominado Fortaleza de São José da Ponta Grossa ou, por abreviação, Fortaleza da Ponta Grossa[350].

O canal que se estende entre a Ilha de Santa Catarina e o continente não mede mais que três quartos de légua em sua maior largura. O canal se estreita na sua parte central, um pouco acima da cidade, e os cavalos podem atravessá-lo facilmente a nado, mas em seguida se alarga bruscamente, formando uma vasta bacia na qual fica situado o Porto de Santa Catarina. O estreito é defendido, do lado da terra firme, pelo Forte de São João, e do lado da ilha pelo de Santa Ana, nomes esses dados também às pontas de terra onde eles foram construídos. O Porto de Santa Catarina propriamente dito só dá entrada a embarcações de pequeno porte tais como lanchas, sumacas, bergantins e galeras, mas as fragatas podem chegar até o Forte de Santa Cruz, onde encontram um excelente ancoradouro[351]. Para uma melhor descrição desse ancoradouro, darei aqui o relato do Capitão Duperrey, homem digno de toda fé. Eis como se exprime esse ilustre navegante: "A Baía de Santa Catarina é a melhor e a mais vasta da América meridional; tem capacidade para receber as mais numerosas esquadras e, ajudada por fortificações muito mais bem planejadas do que as que se fazem hoje, pode oferecer proteção a um número de navios muito mais vasto do que jamais aportará ao Brasil, vindo talvez a se tornar um dia, por sua posição geográfica, um dos pontos mais importantes da América austral"[352].

Deixei-me levar por considerações demasiadamente longas sobre os movimentos da população da Província de Santa Catarina e da ilha em particular. Limitar-me-ei agora a indicar apenas alguns números relativos às modificações ocorridas na da cidade de Desterro. Segundo La Pérouse, em 1785 a população dessa cidade somava 1.000

---

[349] Foi na pequena Ilha de Anhatomirim, e não Atomirim, como escreveram Krusenstern e Langsdorff, que o ilustre Almirante Roussin fez suas observações astronômicas; ele acredita que esse nome signifique "cabeça de macaco" ("Pilote"), mas nada confirma essa suposição. Caí é a palavra que significa macaco em guarani, e cabeça, nessa mesma língua bem como na língua geral, é acanga.

[350] Depois de ter situado corretamente os fortes de Santa Cruz e Ponta à entrada do canal, do lado norte, Pizarro transfere-os praticamente para a barra do sul ("Mem. hist.", IX); além dessa contradição, todo o seu trabalho sobre a Ilha de Santa Catarina deixa muito a desejar; entretanto, não é menos verdade que encontramos nele interessantes dados sobre a história e a topografia da região, razão por que não devemos desdenhá-lo. José Feliciario Fernandes Pinheiro não se estende tanto sobre o assunto, mas me parece muito mais claro do que Pizarro ("Anais", 2ª ed.). De resto, tanto um quanto outro são de opinião que os fortes de Santa cruz e de Ponta Grossa constituem uma frágil proteção na entrada do canal de Santa Catarina. O Almirante Anson já havia percebido isso em 1740 (Walter, "Voyage"), o mesmo acontecendo com La Pérouse em 1785 ("Voyage", I) e Krusenstern em 1803 ("Reise um die Welt", I). Finalmente, eis como se exprime Barral, oficial da marinha francesa, que visitou a região em 1831: "Os fortes se encontram em mau estado, mas mesmo que estivessem bem conservados eles não impediriam nenhum desembarque." ("Not. S. Cat., *in* Annales maritimes", 1833, II).

[351] Os navegantes que frequentam essas paragens não devem deixar de consultar o mapa de Barral; seria aconselhável também o que examinassem o de Van Lede, em seu livro sobre a colonização do Brasil.

[352] "Voyage Coquille, hist."

indivíduos; em 1803 ela já chegava, diz Krusenstern, a 3.000 pessoas livres e alguns escravos, em 1824 somava 6.000 indivíduos, segundo Deperrey; finalmente, em 1840, o presidente registrava 7.178 para a população da cidade e do distrito, número que, sete anos mais tarde, Aubé eleva a 7.812.

Desde que eu chegara ao Brasil ainda não tinha visto uma região tão aprazível quanto a que inclui a cidade de Santa Catarina, ou Desterro, e seus arredores. O porto, situado a igual distância das duas extremidades da ilha, é quase semicircular. Estende-se do noroeste ao sudeste, e a cidade acompanha os contornos do litoral. Defronte dela o canal parece formar uma baía quase circular. De todos os lados é orlado de colinas e pequenos morros de formatos variados, os quais, dispostos em vários planos, apresentam uma encantadora mistura de cores brilhantes e vaporosas. A ponta de terra que limita o porto do lado do sul é coberta de matas de um verde bastante escuro; mais ao longe ficam alguns morros cujas encostas são cultivadas e cujos cumes são coroados de matas. Do lado oposto, ao norte, a Ponta de São João, que é pouco elevada e em parte coberta de relva, ajuda a alegrar a paisagem; bem defronte da cidade alguns morros são entrevistos ao longe, através da bruma, e na direção do sul veem-se outros ainda mais distantes. O azul do céu não é tão profundo nem tão luminoso quanto o do Rio de Janeiro, mas é igualmente puro e se matiza com os tons acinzentados dos morros que limitam ao longe o horizonte. Os morros não são suficientemente altos nem o canal bastante largo para dar imponência à paisagem; a Natureza não exibe ali a pompa de que ela às vezes se reveste nos trópicos; é bela e risonha como no Sul da Europa, na Ilha da Madeira ou em Lisboa[353].

A cidade de Santa Catarina, também chamada de Desterro, é muito comprida mas de pouca largura.

Comparadas com as de outras cidades do Brasil, suas ruas são mais estreitas, mas em geral bem alinhadas[354]. Só são calçadas defronte das casas, e no entanto, como ocorre com as de Paranaguá e São Francisco, nunca há lama nelas porque o terreno é muito arenoso.

As casas, feitas comumente de tijolo ou de pedra, caiadas e cobertas com telhas são em sua maioria muito bem conservadas. De um modo geral são maiores do que as comumente encontradas nas cidades do interior, vendo-se muitas de dois pavimentos, com vidraças nas janelas e construídas com bom gosto. Visitei as dos principais moradores da cidade e as achei muito bem mobiliadas.

A cidade é dividida em duas partes desiguais por uma grande praça, que ocupa quase toda a sua largura e vai em declive suave até a beira da água. A praça é retangular e coberta por uma fina relva, medindo aproximadamente noventa passos de largura por trezentos de comprimento desde a beira d'água até a igreja paroquial, onde termina.

Essa igreja, dedicada a Nossa Senhora do Desterro[355], prejudica a simetria da praça, já que não tiveram o cuidado de construí-la a igual distância das duas fileiras de casas,

---

[353] Pelas leis portuguesas, a Ilha da Madeira faz parte da Europa.
[354] Nesse ponto estou de acordo com Pizarro e Léonce Aubé ("Mem. hist.", IX; — "Notice"). É evidente que Casal se enganou quando disse que as ruas da cidade de Santa Catarina são tortuosas ("Corog.", I).
[355] Desnecessário é dizer que não se deve escrever, como Mawe, Nossa Senhora de Dereito, nem Laguno por Laguna, Tejucos, por Tijucas, Riberon por Ribeirão, Groupas por Garoupas, e finalmente Porto Groed por Ponta Grossa. Tenho bastante dúvida de que exista no Distrito de Santa Catarina um rio chamado Tigreno e um lugar denominado Barragros ("Travels").

além de a colocarem em posição oblíqua em relação à beira do mar. Ela é grande e tem duas torres, mas não me pareceu que tivesse uma largura proporcional à sua altura. Sobe-se até ela por uma rampa margeada por dois muros de arrimo, a qual vai desembocar numa pequena plataforma em meia-lua. Na base dessa elevação há uma alta palmeira, cuja elegante folhagem, que se agita à mais leve brisa, contrasta com a imobilidade do prédio ao qual ela serve de ornamento. No seu interior, a igreja tem forro e é bem iluminada, mas achei-a menos limpa do que em geral são as igrejas no Brasil (1820). Medi cerca de quarenta e dois passos desde o altar da capela-mor[356] até a porta. O altar é pouco ornamentado, sendo mais enfeitados os dois outros que o ladeiam obliquamente. Afora esses, há ainda mais dois altares dos lados da igreja, além de duas capelas bastante ricas.

Afora a igreja paroquial, veem-se ainda em Santa Catarina algumas capelas, sendo a mais notável a do Menino Deus, mandada construir por Joana Gomes de Gusmão, irmã de Alexandre de Gusmão[357], célebre paulista a que já me referi em outra parte[358]. Essa capela um pouco afastada da cidade, na extremidade de uma pequena cadeia de morros elevados que a dominam do lado leste e que, estendendo-se de norte a sul, formam a ponta meridional do porto. Isolada, rodeada de matas, construída a meia-encosta sobre uma pequena plataforma, a Capela do Menino Deus contrasta, pela alvura de suas paredes, com o verde-escuro das árvores vizinhas; não somente ela produz na paisagem um efeito muito pitoresco como também oferece, do terraço que se estende diante de sua fachada, uma vista encantadora que abrange a cidade, os viçosos campos que a cercam, o canal e os morros vizinhos. No seu interior a Capela do Menino Deus é muito bonita, muito limpa e ornamentada com bom gosto.

Ao lado da capela localiza-se um hospital onde, à época de minha viagem, eram tratados os militares da guarnição, mas que habitualmente se destinavam aos doentes pobres da região e era mantido pelas esmolas dos fiéis e uma subvenção anual do governo. Esse hospital tem apenas um pavimento e oito janelas na fachada (1820); goza, porém, de uma grande vantagem, pois os ventos renovam ali o ar constantemente, ao mesmo tempo em que a altitude do lugar e a distância em que se encontra da cidade colocam os habitantes desta ao abrigo de todo contágio. Foi um homem de grande mérito, o Governador Francisco Barros Morais Araújo Teixeira Homem que, no último quartel do século passado, fundou com o nome de Hospital da Caridade a Casa de Saúde do Menino Deus, mas as subvenções dadas pelo governo para a manutenção dos doentes não se elevavam a mais de 300.000 réis, as esmolas dos fiéis eram poucas e durante um certo tempo não houve dinheiro nem mesmo para pagar um médico[359]. Hoje o governo provincial fornece verbas para o Hospital da Caridade; não obstante, em 1844, o presidente descrevia com cores muito sombrias a situação desse estabelecimento e suas deficiências[360].

Não é unicamente a igreja paroquial que se acha construída na praça; o palácio do governador e a câmara municipal também estão situados nela. O primeiro desses prédios não passa de um sobrado de aparência pesada, com cinco janelas na fachada,

---

[356] Ver mais acima.
[357] Pizarro ("Mem. hist.", III).
[358] Ver o capítulo intitulado "Estada na cidade de São Paulo, etc.", no meu relato anterior, "Viagem pela Província de São Paulo".
[359] Pizarro, "Mem. hist.", IX.
[360] Antero José Ferreira de Brito, "Fala de, 1º de março de 1844".

não havendo nada nele de extraordinário. A câmara tem um formato quase quadrado e é maior do que a maioria das que se veem nas cidades do interior; é uma casa de dois pavimentos, e o acesso ao andar superior é feito por duas amplas escadarias situadas defronte uma da outra. Segundo o costume, o andar térreo é ocupado pela cadeia.

Um dos prédios mais notáveis da cidade de Desterro é o quartel (1820). Trata-se de uma construção muito comprida, cortada por uma espécie de portal, acima do qual se ergue um pequeno pavilhão. Embora o prédio só tenha o rés-do-chão, nele se abrigam facilmente 1.500 homens. Os soldados portugueses que o ocupavam à época de minha viagem não dispunham de leitos e dormiam em grupos em cima de tarimbas, espécie de mesa muito comprida, sobre as quais eles estendiam os seus colchões ao lado um do outro, mais ou menos como é feito nos nossos quartéis. Do lado do mar o prédio fica oculto por algumas casas, mas do lado oposto ele dá para uma vasta praça coberta de relva, onde os soldados costumavam fazer os exercícios[361].

Desterro, cidade marítima e comercial, não se mantém deserta como as cidades do interior. À época de minha viagem havia normalmente uma dúzia de embarcações de pequeno porte tanto no seu porto quanto em Santa Cruz, e o canal era animado pelo constante tráfego de canoas que, principalmente pela manhã, traziam víveres para a cidade.

Em nenhuma outra parte a não ser em São Paulo eu havia visto, desde que deixara o Rio de Janeiro, lojas tão bem sortidas e em tão grande número como em Santa Catarina. Os comerciantes fazem suas compras na capital do Brasil, e a rapidez da viagem lhes permite ter em suas lojas todas as novidades[362].

Os principais produtos de exportação, em 1820, eram a farinha de mandioca, o arroz, o óleo de baleia, a cal, o feijão, o milho, o amendoim (*Arachis hypogea*), o melado, a madeira para construção e carpintaria, couros, potes de barro, peixe salgado, tecidos de linho e tecidos feitos com uma mistura de cânhamo e algodão (riscados). Eram embarcados no porto 100.000 alqueires (40.000 hectolitros) de farinha de mandioca todos os anos, bem como 100 barris de aguardente, entre 4 e 5.000 varas (440 a 550 metros) de tecido de linho e entre 3 e 4.000 de riscado. Santa Catarina exportava também um pouco de açúcar, uma grande quantidade de alho e cebola, de 400 a 500 arrobas de café e um pouco de amido. Parece que atualmente os produtos exportados são quase os mesmos que em 1820, com a diferença de que alguns deixaram de figurar na lista[363].

Nada é mais belo do que os arredores de Santa Catarina, ou Desterro. Os morros que a cercam do lado leste ainda se acham coroados de matas virgens, com pedreiras brotando no meio delas, o restante das terras foi todo desmatado, e apresenta ora trechos cultivados, ora capoeiras. Nas imediações da cidade veem-se bonitas chácaras e mais

---

[361] Posteriormente à época da minha viagem foram feitos vários melhoramentos na cidade de Desterro, achando-se em projeto muitos outros. A fachada da igreja principal foi restaurada, dois pequenos jardins ocuparam o lugar dos depósitos de lixo que havia na sua vizinhança; construíram-se um prédio para a tesouraria, um arsenal, um abatedouro, um cemitério e várias pontes; uma casa onde são recolhidas as crianças abandonadas foi acrescentada ao Hospital do Menino de Deus; plantaram-se muitas árvores nas vizinhanças do prédio onde fica a Assembleia Legislativa, etc. (Ver os relatórios do Presidente Antero José Ferreira de Brito, principalmente o de 1847; a "Colonisation", de Van Lede; finalmente, o "Dicionário do Brasil", I)

[362] Luccok diz que os comerciantes de Santa Catarina possuem grande probidade de especulação (Not. do Brasil), e eu creio que sobre este ponto, pode-se ter qualquer confiança na opinião deste viajante, porque ele mesmo era negociante e comerciava com a cidade de Desterro.

[363] "Fala do presidente, etc., em 1º de março de 1841". — Aubé, "Notices".

longe um grande número de sítios espalhados por toda parte. Enquanto que mesmo nas províncias mais populosas do interior do país o viajante muitas vezes percorre longos trechos de estrada sem encontrar nada que indique a presença do homem, ali se vê a cada passo uma casinha rodeada por uma prodigiosa quantidade de laranjeiras, tendo ao lado uma plantação de mandioca. As terras pertencentes a cada sítio são cercadas por uma sebe formada por limoeiros cheios de espinhos, e os numerosos caminhos que estabelecem comunicação entre a cidade e o campo ou entre os diferentes sítios são também orlados de limoeiros. Essas sebes não exibem, é verdade, o verde tenro dos espinheiros, mas o matiz de suas folhas nada tem de sombrio, e além do mais elas não se despojam das folhas na sua base, como as nossas, e embalsamam o ar com o perfume de suas flores e até mesmo de suas folhas. Num raio de cerca de uma légua ao redor da cidade os caminhos são largos, em sua maioria cobertos de areia e perfeitamente lisos. Há sempre vida e movimento no campo; a todo momento encontramos um agricultor, como nos arredores de nossas cidades na Europa, e a vista varia a cada instante. Ora avistamos através da folhagem o canal e os morros que se erguem ao longe, ora é a cidade que enxergamos, ou a Capela do Menino Deus, ou ainda os morros que orlam o mar; às vezes é uma chácara, que serve para compor a paisagem, outras é um sítio pitoresco rodeado de bananeiras e laranjeiras carregadas de frutos. As plantações mostram ainda menos simetria do que em outros pontos do Brasil, não se veem duas laranjeiras ou dois pés de mandioca plantados na mesma linha, mas essa desordem, que atesta a negligência dos agricultores, produz na paisagem um efeito encantador e faz com que a Ilha de Santa Catarina possa ser comparada a um vasto jardim inglês.

Cada sítio tem apenas uma casa feita de barro e paus cruzados, mas sempre coberta de telhas e na maioria das vezes caiada e bem conservada. Os móveis não são muito mais numerosos do que nas pequenas propriedades existentes no interior do país, e geralmente consistem de alguns tamboretes, uma mesa e uma esteira sobre a qual as mulheres trabalham, de cócoras, e sobre a qual também são servidas as refeições. Não existe nenhum sítio que não possua um tear para o fabrico de panos, tipo de trabalho que é comum a todas as famílias[364].

A população da Ilha de Santa Catarina e mesmo a do resto da província é em grande parte originária das Ilhas dos Açores. O número de negros, como já disse, é pequeno ali, e o dos mulatos é ainda menor[365]. Os homens não são corpulentos e sim magros, de um

---

[364] Foi provavelmente isso que fez correr a notícia de que existem em Desterro fábricas de linho e de algodão ("Voyage Coquille, hist.").

[365] "O pequeno número de negros livres que se encontram em Santa Catarina", informaram a um de nossos mais ilustres navegantes durante sua curta permanência na ilha, "devem a sua liberdade exclusivamente ao arrependimento ou à superstição. É no seu leito de morte que, atormentado pelo temor da justiça divina, o proprietário de escravos se torna capaz de um pensamento generoso; só então ele abjura de um poder mantido pela força e aceita como seu próximo um ser saído, como ele, das mãos do Criador." ("Voyage Coquille, hist."). Os brasileiros estão habituados, desde a infância, a ver escravos à sua volta, e nem mesmo os mais honrados e sensatos chegam a suspeitar que possa haver algum mal na posse de um negro. Alforriam-se os escravos em sinal de reconhecimento, assim como nós, na França, concedemos uma pequena pensão aos que nos serviram com fidelidade, na maioria das vezes com o intuito de nos desembaraçarmos deles depois que se tornam inúteis. Todo mundo sabe, de resto, que os brasileiros tratam geralmente os escravos com grande brandura. A esse respeito podem ser consultados os trabalhos de Gardner ("Travels") e mais recentemente de Blumenau ('Süd brazilien"); finalmente, o que eu próprio escrevi em minha "Viagem às nascentes do Rio São Francisco"

modo geral, e os do campo têm a pele morena. Tanto estes quanto os citadinos nascidos na ilha têm geralmente os ossos malares muito salientes, mas seu rosto afilado, seu nariz comprido e a finura de seus cabelos provam suficientemente que eles não devem sua origem a uma mistura de sangue indígena e caucásico.

As mulheres são muito claras; de um modo geral têm olhos bonitos, os cabelos negros e muitas vezes uma pele rosada. Elas não se escondem à aproximação dos homens e retribuem os cumprimentos que lhes são dirigidos. Já descrevi os modos canhestros das mulheres do interior, que ao saírem à rua caminham com passos lentos umas atrás das outras, sem virarem a cabeça nem para um lado nem para o outro, e sem fazerem o menor movimento. Não acontece o mesmo com as de Santa Catarina. Elas não demonstram o menor embaraço, e às vezes chegam mesmo a ter um certo encanto; frequentam as lojas tão raramente quanto as mulheres de Minas (1820), mas quando andam pelas ruas em grupos, colocam-se geralmente ao lado umas das outras; não receiam dar o braço aos homens e muitas vezes chegam a fazer passeios pelo campo. Para sair elas não se envolvem num manto negro ou numa capa grossa, e se vestem com mais decência e bom-gosto do que as mulheres do interior.

As mulheres mais ricas da cidade acompanham a moda do Rio de Janeiro, que por sua vez segue a da França.

As mulheres do campo, que não trabalham fora de casa e em nada se parecem com as nossas camponesas, não se apresentam, como as de Minas, com os ombros e o colo nus; todas elas, sem exceção, usam vestidos de chita ou de musselina e um xale de seda ou de algodão; os cabelos são arrepanhados no alto da cabeça e presos com uma travessa, e muitas vezes enfeitados com flores naturais. Durante a semana elas usam apenas os sapatos, mas aos domingos calçam meias também; nos dias das grandes festas religiosas poucas são as que vão à missa sem estarem calçadas com sapatos forrados de damasco (1820)[366]. Esse luxo, porém, está longe de significar riqueza ou mesmo bem-estar. Na verdade, essas mulheres procuram ganhar algum dinheiro com o seu trabalho. Quem passa diante de suas casas ouve-as batendo o algodão; elas fiam e tecem, mas de um modo geral empregam o que ganham unicamente para satisfazer o seu gosto pelas roupas bonitas. E assim a maioria das famílias dos sitiantes leva uma vida bastante miserável, alimentando-se praticamente de farinha de mandioca, de peixe cozido na água[367] e de laranjas, uma fruta tão comum na ilha que nenhum proprietário reclama quando os passantes apanham algumas em suas árvores[368].

Os homens mais abastados se vestem geralmente bem. Os que vivem no campo não se trajam com tanto apuro quanto suas mulheres; não obstante, apresentam-se mais bem vestidos do que os habitantes de Guaratuba e São Francisco. Geralmente usam sapatos

---

[366] Tudo indica, conforme o relato de Barral ("Not. S. Cat. Qt.", in "Ann. maritimes", II, 1833), que de 1826 a 1831 os hábitos das mulheres da Ilha de Santa Catarina não mudaram muito.

[367] "É impossível", diz Van Lede ("Colonisation"), "fazer uma ideia da imensa quantidade de peixes que pululam à beira do mar, em Santa Catarina, bem como nos rios e lagoas dessa ilha." Segundo Mawe, era possível comprar em 1807, por um xelim inglês, uma quantidade de peixe suficiente para alimentar doze pessoas ("Travels"). De um modo geral, todos os navegadores são unânimes em afirmar que em Santa Catarina é possível obter víveres por baixo custo.

[368] Barral diz que o café substitui a bebida entre os habitantes de Santa Catarina ("Not. S. Cat., in Annales maritimes", II, 1833); com isso ele quer dizer, provavelmente, que o café é usado ali com muita frequência.

e um chapéu de feltro, calças de algodão e uma jaqueta, sempre limpa, de chita ou de pano grosso. Os que pertencem à Guarda Nacional deixam crescer o bigode (1820).

As mulheres da Ilha de Santa Catarina exercem dentro de suas casas uma autoridade de que não desfrutam as do interior do país. Os homens se privam de tudo em favor de suas esposas ou amantes, e em nenhum outro lugar existe, como ali, uma desproporção tão grande entre as roupas das mulheres e as dos homens. Nos domingos e dias santos todas as mulheres do campo se assemelham a damas de alta classe, e a maneira como se acham trajados os seus maridos faz com que eles pareçam seus criados.

Os agricultores da Ilha de Santa Catarina não são nem de longe tão ativos, evidentemente, quanto os camponeses da França e da Alemanha; entretanto, eles me pareceram bem mais industriosos do que comumente os fazendeiros do interior. Como sejam raros ali os negros, principalmente no campo, e a população seja pobre e muito numerosa, ninguém considera uma desonra cultivar a terra com suas próprias mãos, e em Desterro são os brancos que exercem todos os ofícios. Numa parte da Província de Minas, onde a brancura da pele estabelece uma espécie de nobreza e as pessoas de cor são as únicas que trabalham, são estas que constituem a classe do povo. Em Santa Catarina essa classe é composta de brancos, e os que pertencem a uma classe muito baixa estão situados no mesmo nível das pessoas da classe baixa nos países de raça caucásica.

Habituados desde a infância a enfrentar um mar agitado em suas frágeis canoas, os habitantes da Ilha de Santa Catarina consideram o mar como o seu elemento, por assim dizer, e são muito bons marinheiros. Seu pendor natural e o temor do serviço militar fazem com que um grande número deles se decida pela vida no mar, resultando disso que existem habitualmente na ilha muito mais mulheres do que homens.

Essa desproporção, bem como o exagerado amor das mulheres pelos atavios, tornaram a prostituição extremamente comum. O juiz de fora que se achava em função ali à época de minha viagem afirmou-me que a câmara municipal do distrito despendia quase toda a sua receita na educação das crianças abandonadas. A partir de 1820 ocorreram algumas mudanças na Ilha de Santa Catarina, mas infelizmente não foi nesse setor, pois em seus discursos às assembleias legislativas de 1841, 1842 e 1844 o presidente da província, Antero José Ferreira de Brito, queixa-se amargamente das despesas que se torna necessário fazer todos os anos com as crianças abandonadas[369].

Situada em sua maior parte a leste da grande cadeia (Serra do Mar, Serra Geral), a Província de Santa Catarina pertence em sua quase totalidade à região das florestas[370] isso quer dizer que, à excessão das terras baixas e alagadas pelas águas do mar, a ilha do mesmo nome era originariamente coberta de matas.

Como a temperatura se mantém a mesma, no mesmo meridiano, ao longo de um trecho muito mais extenso no litoral do que no interior a vegetação é geralmente muito mais uniforme à beira do mar do que longe da costa. O que se observa na Ilha de Santa

---

[369] "Falas de 1º de março de 1841, de 1842 e de 1844".
[370] É claro que a cidade de Lajes e o seu território não estão incluídos nessa região, pois que só se consegue chegar ali, partindo do litoral, depois de atravessar a Serra do Mar.

Catarina confirma esse fato. Quando cheguei a Curitiba já fazia muito tempo que eu não encontrava plantas nativas do Rio de Janeiro; no entanto, aproximadamente metade ou dois terços das plantas que vi em flor na Ilha de Santa Catarina (27 de abril/18 de maio) pertenciam à flora da capital do Brasil. Entre as espécies comuns posso citar a *Sophora littoralis* (feijão-da-praia), a *Avicennia* n°1665, a *Escrofulariácea* n°1589, etc.[371]. Uma grande variedade de insetos é comum às duas regiões, e muitos pássaros, principalmente as espécies pequenas, são igualmente encontrados em Santa Catarina e no Rio de Janeiro. Devo observar, entretanto, que a diferença das estações é muito acentuada na primeira dessas regiões do que alguns graus ao norte do Trópico de Capricórnio. Nos meses de abril e maio observei em Santa Catarina um número de plantas em flor bem menor do que haveria na mesma época nos arredores da capital do Brasil[372].

Os vales e as vargens são ali geralmente férteis, mas não acontece o mesmo com os morros, os quais, como já disse, apresentam apenas um terreno pedregoso e se tornam cada vez menos favoráveis à cultura, pois suas encostas são quase sempre muito íngremes e as chuvas arrastam forçosamente para os vales o húmus que as cobrem.

Embora o clima de Santa Catarina seja temperado, é claro que podem ser cultivadas na ilha as mesmas plantas que se cultivam nos trópicos, já que a vegetação nativa ainda é tropical. Não obstante, a cana-de-açúcar é menos doce ali do que na zona tórrida, e à época de minha viagem era empregada quase que exclusivamente no fabrico da aguardente[373]. O algodão não cresce muito e é de qualidade inferior, sendo cultivado unicamente para o consumo local. As laranjas são excessivamente comuns, mas pequenas e pouco doces[374]. As bananas são muito boas, o mesmo acontecendo com o café[375]. Parece, pelo que me disseram ali, que em certos lugares a geada prejudica

---

[371] Quando foi dito que a murta, o jasmim, as rosas e os cravos nascem na Ilha de Santa Catarina ('Voyage Coquille, hist."), a intenção foi provavelmente explicar que essas plantas são cultivadas nos jardins dos arredores de Desterro.

[372] Langsdorff fala com enorme entusiasmo dos produtos naturais da Ilha de Santa Catarina ("Bemerkungen auf einer Reise", I); nessa época ele ainda não tinha percorrido os arredores do Rio de Janeiro.

[373] Aubé informa que em 1847 os pequenos proprietários de Santa Catarina ainda se recusavam a cultivar a cana de Taiti, vulgarmente chamada de cana-caiana (*Sacharum taitense*, var. da *Officinarum*)*, que há tanto tempo é cultivada na Província do Rio de Janeiro. Seria difícil dar crédito a essa informação se o autor que a forneceu já não nos tivesse dado provas da exatidão de suas observações. O que Aubé diz sobre o assunto bastaria, aliás, para confirmar as observações que fiz em outro relato sobre a planta em questão (viagem pela Província do Rio de Janeiro", etc.), as quais, porém — devo confessar — foram feitas de outra forma (conf. Neuw., "Bras.") Eu me contentei em indicar o nome de batismo do general que trouxe de Caiena para o Brasil a cana de Taiti: José Narciso de Magalhães e Menezes. Foi ele que, durante as guerras do império, se apoderou da Colônia de Caiena em nome do príncipe regente de Portugal (Abreu e Lima, "Sinopse").

* A espécie à qual pertence a cana-de-açúcar é hoje designada pelo nome científico *Saccharum officinarum* (M.G.F.).

[374] Duperrey tem a mesma opinião que eu nesse particular ("Voyage Coquille, hist."), e se alguns viajantes acharam deliciosas as laranjas de Santa Catarina, é provavelmente porque as compararam com as que se comem na França ou na Inglaterra. — Barral diz que a ilha possui algumas abouticavas ("Not. S. Cat.", in Annales maritimes", 1833); é claro que desejava referir-se às jabuticabas.

[375] Em meus outros relatos já falei tantas vezes sobre a cultura do algodoeiro, da cana-de-açúcar, etc., que seria desnecessário voltar aqui ao assunto.

frequentemente a agricultura[376], e em consequência foi julgado conveniente introduzir algumas modificações na poda dos cafeeiros[377].

Como as terras da Ilha de Santa Catarina estejam muito repartidas e os pastos tenham pouca extensão, o gado ali é pouco numeroso e caro, em relação aos preços correntes no planalto, em Curitiba e nos Campos Gerais. Os bois abatidos em Desterro vêm da Província do Rio Grande, sendo trazidos por terra, seguindo o litoral (1820)[378].

Como já disse todas as terras que circundam a cidade de Santa Catarina foram desmatadas, e só se veem matas no alto dos morros; creio poder afirmar, entretanto, que pelo menos nessa parte da ilha nem um décimo das terras chega a ser cultivado. À força de plantar sempre no mesmo terreno, sem jamais adubá-lo, os agricultores acabaram por cansar a terra, e por toda a parte se veem capinzais e capoeiras extremamente raquíticas. Por isso os habitantes se queixam de que não dispõem de terra suficiente em sua ilha, indo vários deles procurá-la no continente. Por outro lado, como eles vivem muito próximos uns dos outros e sempre mantêm comunicação entre si, nenhuma família concorda em deixar a região se não for acompanhada por várias outras, e isso torna as emigrações mais raras do que em Minas[379].

De acordo com o que já foi dito acima sobre a Ilha de Santa Catarina, tudo indica que essa ilha tende a empobrecer cada vez mais, uma vez que sua população cresce sem parar e que, devido ao errôneo sistema de agricultura adotado na região, assim como em todo o Brasil[380], as terras produzem cada vez menos. Além do mais, o dinheiro obtido com as exportações é logo gasto, seja em objetos de luxo que são trazidos de fora e têm de ser sempre renovados, seja na aquisição de escravos, que também vêm de fora e que, em sua maior parte, não se multiplicam. Não foi nos últimos anos que começou a decadência de Santa Catarina. Houve época em que havia em toda a província 288 engenhos de açúcar; em 1797 eles já tinham diminuído para 256[381], em 1820 a região exportava

---

[376] Estive em Santa Catarina em abril e maio; em consequência, não posso saber, por observação própria, o que acontece ali em junho e julho, os meses mais frios do ano. Langsdorff assegura que, durante o inverno, o termômetro não desce abaixo de 10 graus Réaumur; mas foi em dezembro que esse cientista visitou a região ("Bemerkingen auf einer Reise", I) e sua palavra não mereceria crédito nesse particular se não fosse corroborada por Aubé, que passou dois anos em Santa Catarina ("Not."). Sua informação é confirmada tampém pelo interessante opúsculo intitulado "Süd brasilien", cujo autor, Blumenau, registra a mesma temperatura, no inverno, indicada por Langs dorff e Aubé; entretanto, acrescenta que no continente, a pouca distância da orla marítima, ele viu cair geadas muito fortes durante o inverno de 1846.

[377] Os habitantes de Santa Catarina se dedicavam outrora à cultura do nopal, do trigo e do cânhamo, mas acabaram por abandoná-las inteiramente. Van Lede diz que abandonaram também a do linho. Não é minha intenção refutar isso; entretanto, eu poderia perguntar como se explica então que as sementes dessa planta estejam incluídas entre os produtos que o mesmo autor informa terem sido exportados de 1838 a 1839? Van Lede acrescenta que a planta do mate (*Ilex paraguariensis*) é nativa nas matas da Província de Santa Catarina, o que é bastante plausível, já que essas matas se confundem com as de Curitiba. Diz ainda que foi tentado com sucesso o cultivo do chá. Finalmente, de acordo com Antero José Ferreira de Brito, a amoreira ter-se-ia adaptado igualmente bem em Santa Catarina ("Colonisation" "Fala de 1º de março de 1844").

[378] O relato publicado por Langsdorff sobre sua estada na Ilha de Santa Catarina é de um modo geral não só exato como interessante; no que se refere ao gado, porém, ele aplicou o que se pratica no planalto à parte habitada do litoral, do lado continente.

[379] Ver minha "Viagem pela Província de Goiás.

[380] Faz já muitos anos que dei a conhecer esse sistema e os seus inconvenientes. Acho desnecessário voltar agora ao assunto.

[381] Pizarro, "Mem. hist.", IX.

apenas uma pequena quantidade de açúcar e atualmente esse produto já não figura entre as mercadorias exportadas[382]. Embora no momento em que foram suprimidas as armações o fato não tenha tido, talvez, uma grande influência na economia da região, já que a diminuição da pesca vinha ocorrendo havia muito tempo, de forma progressiva, não é menos verdade que Santa Catarina devia ser bem mais próspera quando floresciam os estabelecimentos de pesca, quando os moradores das redondezas ganhavam salários compensadores e o transporte do óleo de baleia estimulava a navegação costeira. Outrora, o suco dos limões que existiam em abundância na região era exportado para Montevidéu, mas à época da minha viagem já fazia muito tempo que esse pequeno comércio tinha sido inteiramente abandonado. Nos últimos anos, a guerra civil que devastou a Província do Rio Grande do Sul serviu para aumentar os infortúnios da Ilha de Santa Catarina ao causar a diminuição do intercâmbio comercial entre as duas províncias, o qual já não era muito considerável[383].

De resto, os números são bem mais significativos do que todos esses fatos. Em 1820, avaliava-se a mercadoria que deixava anualmente o Porto de Santa Catarina em 200.000.000 réis.

De 1837 a 1838 as exportações somaram 215.136.771 réis.

De 1838 a 1839 elas alcançaram 293.252.968 réis[384].

Assim, enquanto que entre 1824 a 1840 a população da província aumentou na proporção de 1 para 1,45, as exportações, mais ou menos no mesmo período, diminuíram na proporção de 1 para 0,73.

Desde 1822, José de Sousa Azevedo Pizarro e Araújo se queixava de que a Província de Santa Catarina, mais favorecida pela Natureza do que todas as outras, deixara de prosperar, e atribuía sua decadência às três causas seguintes: 1º) falta de estradas; 2º) o serviço militar que os membros da Guarda Nacional eram obrigados a prestar e que os obrigava a deixar no abandono suas lavouras e suas famílias; 3º) o costume que tinha o governo de apossar-se das colheitas dos agricultores sem nada lhes pagar. É de supor que sob a vigência do governo constitucional, esse abuso tenha desaparecido inteiramente. De resto, foram planejadas algumas estradas, chegando um pequeno número delas a ser aberto, mas até o presente, apesar do interesse da administração provincial, não houve nenhuma melhoria sensível nesse particular[385]. Quanto ao serviço da Guarda Nacional, é evidente que não foi possível torná-lo menos penoso, já que os rebeldes do sul ameaçavam as fronteiras da província, e ainda hoje a cautela exige que sejam mantidos os milicianos, para o caso de surgir algum imprevisto. Contudo, mesmo que não mais existissem essas causas de decadência, ainda restaria uma que precisaria desaparecer, já assinalada por mim mais acima, e que não parece preocupar ninguém: o sistema agrícola adotado pelos brasileiros e que ainda não foi abandonado até hoje na Província de Santa Catarina. Esse sistema, por arcaico que seja, não se

---

[382] Antero José Ferreira de Brito, "Fala de 1º de março de 1841".
[383] Léonce Aubé, "Notice".
[384] Esses números foram tirados de documentos oficiais publicados pelo presidente da província; as alterações provêm do quadro de Horace Say.
[385] Aubé, "Notice".

mostra excessivamente desvantajoso na parte da província situada no continente, já que existe ali uma considerável extensão de terras incultas, e o agricultor pode deixar de lado os campos que não produzem mais, como se faz em Minas, e ir derrubar e queimar novas matas mais adiante. Não acontece o mesmo, porém, na Ilha de Santa Catarina, da qual nos ocupamos no momento, e onde as terras foram desmatadas há muito tempo, principalmente nos trechos que por sua fertilidade prometiam abundantes colheitas. Evidentemente, o arado não pode ser usado à larga na ilha, uma vez que suas terras já estão muito repartidas e as encostas dos morros são muito íngremes; mas a população é bastante numerosa para que haja braços para trabalhar a terra, como em Limagne, por exemplo, com a enxada ou o enxadão. O essencial é que sejam revolvidos com a enxada ou arado os terrenos que foram abandonados porque não produziam mais nada, e em seguida adubados; é preciso formar esterqueiras, bem como estudar uma forma de fazer rotação das culturas. A rotina, ajudada por uma culposa indolência, vem-se opondo até agora a esses pequenos melhoramentos, e os agricultores preferem emigrar a abandonar as práticas que herdaram dos selvagens. Provavelmente, nenhum conselho, por melhor que fosse, seria ouvido, mas se o governo, por meio de recompensas, incentivasse os habitantes da Ilha de Santa Catarina a adotar métodos agrícolas mais racionais do que os que sempre empregaram, é pouco provável que a agricultura não se desenvolvesse rapidamente na região, e ao fim de pouco tempo o governo seria recompensado, por um substancioso aumento de suas rendas, de alguns ocasionais sacrifícios. Os incentivos oferecidos, com essa mesma finalidade, aos colonos do interior do país não produziriam provavelmente nenhum resultado, uma vez que, dispondo de imensas extensões de terras, eles não têm um interesse imediato em modificar seus métodos de trabalho; além do mais, os subsídios que lhes poderiam ser concedidos não compensariam os sacrifícios que custaria a eles renunciar aos seus hábitos e à sua indolência. Já em Santa Catarina, pelo contrário, a promessa de uma recompensa estimularia o agricultor e o levaria a renunciar a métodos inegavelmente prejudiciais, o que não tardaria a causar os resultados desejados.

Nos tempos em que a Ilha de Santa Catarina ainda era coberta por densas florestas havia quase sempre uma névoa a envolvê-las; miasmas maléficos se elevavam de um solo úmido, onde se acumulavam as folhas apodrecidas das árvores; nuvens de mosquitos toldavam o ar, e os navegantes que aportavam à ilha corriam o risco de apanhar febres e disenterias[386]. À medida que foram sendo derrubadas as matas o solo se foi tornando menos úmido, as poças d'água secaram e o ar se tornou mais puro[387]. À época de minha viagem, o clima de Santa Catarina podia ser considerado bastante salubre, e deve ter-se tornado ainda mais saudável depois que as carcaças das baleias[388] já não ficavam, como antigamente, apodrecendo nas pequenas angras que rodeiam a ilha. Contudo, não devemos exagerar a sua salubridade, pois são comuns ali as disenterias, não sendo atualmente muito raros os casos de lepra[389]. Aliás, não seria totalmente impossível que as disenterias fossem causadas pelas laranjas, que existem em abundância na ilha e são

---

[386] Walter, "Voyage Anson".
[387] Feldner, "Reise", I.
[388] Pizarro, "Memórias históricas", IX.
[389] A. J. Ferreira de Brito, "Fala de 1º de março de 1847".

comidas pelos moradores do lugar muito antes de estarem inteiramente maduras. Nesse caso, não seria o clima o culpado, e sim uma gulodice que os médicos e os padres deviam combater com seus sábios conselhos[390].

---

[390] A frequente incidência de disenterias se acha suficientemente comprovada (Langsdorff, Petit-Thouars e Sigaud) para que possa ser posta em dúvida, mas não devemos incluir o cólera na mesma situação, como fez Lesson ("Voyage médical"), que parece ter copiado o que diz R. Walter e não merece nenhum crédito nesse particular, já que passou poucos dias em Santa Catarina e provavelmente não conhecia a língua do país. Por outro lado, quando Blumenau diz, em seu valioso trabalho, que a disenteria é desconhecida no Brasil meridional, não há dúvida de que ele se referia apenas à Província do Rio Grande do Sul.

Capítulo XIV

PERMANÊNCIA DO AUTOR NA CIDADE DE DESTERRO

Retrato do Governador João Vieira Tovar de Albuquerque; considerações sobre os capitães gerais. — O juiz de fora; leis portuguesas. — Um casamento. — O batalhão português acantonado em Santa Catarina. — Uma visita ao hospital. — Trabalhos de cerâmica. — A festa do Rei. — Excelente acolhida; o Brigadeiro Félix XXX; o Marechal Joaquim de Oliveira Álvares.

Ao chegar a Desterro, passei a noite, como já disse, na casa de Diogo Duarte da Silva, tesoureiro da Junta, chamado geralmente de Don Diogo[391] porque ele tinha vivido durante muito tempo na América espanhola. Quando nos levantamos no dia seguinte fomos até a embarcação que me tinha trazido, e ali encontrei o meu pessoal impaciente à minha espera.

De lá, acompanhado pelo meu hospedeiro, fui visitar o governador da província, João Vieira Tovar de Albuquerque, que declinou de examinar os meus papéis e me acolheu da melhor maneira possível[392]. Tratava-se de um homem ativo e jovial, mas que

---

[391] Em Montevidéu e suas adjacências era dado a todos os homens o título de "dom"; no Brasil ninguém recebia esse tratamento e, entre os portugueses, somente os nobres, pouco numerosos, tinham direito a ele. É, pois, erroneamente que em dezenas de trabalhos esse título é aplicado praticamente a todo brasileiro ou português investido de um cargo ou possuidor de bens. Os que escrevem sobre o Brasil deviam trazer sempre em mente que os seus habitantes têm uma nacionalidade própria, e procurar evitar atribuir a eles o idioma e os costumes de seus vizinhos; os habitantes do Rio Grande do Sul, particularmente, iriam sentir-se muito pouco lisonjeados ao se verem transformados em *castelhanos*. O Príncipe de Neuwied já protestou contra alterações, tendo censurado com razão o seu erudito mas inexato tradutor, que escreveu San Mateo ao invés de São Mateus ("Brasilien"). Nossos tipógrafos já se acham de tal forma habituados à colocação de um s, em português, antes do nome de um santos para substituir *São*, ou, como se escrevia outrora, Sam, que muitas vezes eles próprios corrigem uma grafia que está correta. Em consequência, não seria impossível que no manuscrito de uma obra publicada recentemente estivesse escrito S. Francisco e que os tipógrafos, certos de estarem agindo corretamente, tenham passado tudo para San Francisco (Castelnau, "Expédition dans les parties centrales," I).

[392] O Almirante Roussin gaba-se muito, também, da recepção que lhe fez Tovar ("Pilote du Brésil").

tinha pouco conhecimento do mundo. Era coronel da cavalaria e tinha lutado na Europa contra os franceses e no Rio da Prata contra os hispano-americanos. Tendo perdido um braço em combate, ele pediu para passar à reserva, e em recompensa foi-lhe dado o governo de Santa Catarina. Como não haveria ele de ser um bom administrador, se tinha perdido um braço na guerra? — comentavam algumas pessoas maliciosamente. Quando ele chegou a Santa Catarina, reinava grande indisciplina entre os milicianos, servindo a Guarda Nacional como fonte de renda através da venda de patentes e de dispensas. No princípio ele aplicara aos recalcitrantes punições muito severas, e até mesmo ilegais, tendo havido muitas queixas contra a sua atuação, mas ele acabou por restabelecer a disciplina, conseguindo formar na província uma milícia de quatro mil homens perfeitamente uniformizados e extraordinariamente bem treinados.

Não se pode negar, entretanto, que Tovar não se interessava muito pelos assuntos militares. Durante o reinado de Portugal, o cargo de governador de uma província ou de uma capitania dava a quem o exercia uma autoridade ao mesmo tempo militar e civil, entretanto, como os deveres de um governador no setor militar eram menos importantes do que as obrigações que tinha de cumprir como administrador, seria proveitoso que ele tivesse mais conhecimentos a respeito dessa última função do que da outra. Entretanto, quase sempre acontecia o contrário. De um modo geral, eram os militares que costumavam ser postos à testa das capitanias, e eles punham nas suas decisões a rigidez e a irredutibilidade que a disciplina militar tinha incutido em seus espíritos. Desprezavam as leis que lhes eram desconhecidas, interessavam-se unicamente por fardas e paradas militares, tratavam os milicianos como se fossem uma tropa de soldados, arrancavam-nos do trabalho no campo para mandá-los fazer um serviço muitas vezes desnecessário, isso os tornava desgostosos de sua terra, e as constantes deserções afastavam os homens casados de suas mulheres, seus filhos e suas propriedades, prejudicando a agricultura e o aumento da população.

Quando deixamos o governador, Dom Diogo levou-me à casa do juiz de fora. Tratava-se do mesmo juiz que se achava em Campos dos Goitacases quando passei por essa cidade, e ele teve a gentileza de me oferecer a sua chácara, que lhe servia comumente de morada e era muito confortável, achando-se situada a pouca distância da cidade, numa encosta perto do mar.

Um dia fui visitar o meu hospedeiro e a conversa recaiu sobre a jurisprudência portuguesa. Como todas as pessoas que têm um certo conhecimento do assunto, ele me declarou que não havia nada que pudesse ser tão complexo e confuso, que os juízes se viam constantemente embaraçados ao terem de escolher entre dezenas de leis que entravam em choque umas com as outras; que na maioria das vezes eles davam as sentenças seguindo os ditames de sua consciência, se eram íntegros, ou consultando os seus interesses quando eram corruptos, o que era o mais comum. O juiz com quem conversei queixou-se também, com justa razão, da intromissão dos governadores das capitanias nas decisões do judiciário, mas ao mesmo tempo confessou que não havia nenhuma lei que estabelecesse de uma maneira clara os limites dos diferentes poderes. Esse era, evidentemente, um dos mais graves defeitos da organização interna do país.

O juiz não era a única pessoa conhecida que vi em Desterro; encontrei ali também um coronel de engenharia que vi algumas vezes no Rio de Janeiro e cujo nome era Antônio José Rodrigues. Esse militar casou a filha durante a minha estada na ilha e teve a gentileza de me convidar para a cerimônia, que seria realizada no domingo, às quatro horas da tarde. Cheguei à casa do coronel poucos instantes antes da hora marcada, um pouco admirado de que, num país católico, tivesse sido escolhido um domingo para a realização do casamento. Mas fiquei mais espantado ainda quando, ao entrar na sala, vi armado nela um pequeno altar ornamentado com bom gosto, indicando ser aquele o local onde se celebraria a cerimônia. Os noivos não tardaram a aparecer, seguidos de alguns amigos íntimos e de um padre. O sacerdote paramentou-se e deu início à benção nupcial, e durante todo o tempo que durou a cerimônia os noivos e os assistentes conversaram e riram como se estivessem numa praça pública. Celebrado o casamento, o altar foi imediatamente retirado e a sala encheu-se de gente. Todos se puseram a dançar, sendo a festa assistida pelo oficiante e por outros eclesiásticos. Havia muitos homens presentes, entre oficiais e funcionários públicos, e umas quinze mulheres. Todas estavam muito bem vestidas e dançavam muito bem[393], não se mostrando constrangidas ou desajeitadas como as mulheres de Minas. De um modo geral os homens não as assediavam, mas quando eles lhe dirigiam a palavra elas respondiam amavelmente e sem embaraço. Essas senhoras, entretanto, não estavam isentas de um defeito que sempre me chocou em Minas Gerais: a sua voz tem qualquer coisa de áspero e roufenho, o que talvez possa ser atribuído ao hábito de dar ordens aos escravos.

Quando eu me achava em Santa Catarina um batalhão de 500 soldados portugueses do 12º regimento de infantaria de linha estava acantonado na ilha. Eram todos homens feitos, cuja integridade moral era geralmente gabada e que, por sua excelente disciplina, faziam honra ao exército português. Que diferença entre esses bravos militares e os soldados da guarnição do Rio de Janeiro, composta na sua maioria de homens de cor, escolhidos sem nenhum critério, destituídos de energia, sem nenhuma inclinação para as armas, vivendo entregues aos mais vergonhosos desregramentos[394]! Sempre que tinham permissão para isso, os soldados da Guarnição de Santa Catarina se empregavam nas fazendas para trabalhar no campo; vários deles tinham combatido na França, muitos tinham vivido lá como prisioneiros, e era com desgosto que se referiam ao nosso país. Os oficiais eram corteses, bem educados, e todos sabiam um pouco de francês.

Acompanhado do major-cirurgião do batalhão, fui visitar o Hospital do Menino Deus, o qual, como já disse mais acima, havia sido provisoriamente transformado em hospital militar. As salas são perfeitamente iluminadas, mas o prédio tem o inconveniente de ser muito baixo, e por causa disso as janelas não podem, em certos casos, ser abertas sem risco para os doentes. Quando o hospital ainda não era usado pelos mili-

---

[393] Barral, autor da importante carta topográfica citada mais atrás, e Kotzebue, tenente da marinha russa, relatam, cada um por sua vez ("Notions", em "Annales maritimes", 1833, II; "Endeckunfs Reise", I), que ao visitarem a Província de Santa Catarina viram o fandango ser dançado ali. Essa palavra espanhola é inteiramente desconhecida dos brasileiros. É evidente que Barral e Kotzebue pretendiam referir-se ao batuque, a dança obscena que já mencionei em meus relatos precedentes e que foi copiada dos negos. Aí está um dos exemplos das alterações a que me referi na nota 394. Num relato bem redigido, um outro fala da província de "Ias Minas" ("Voyage favorite", IV).

[394] Já mostrei em outro relato como os militares de Minas Gerais e os do regimento dos Dragões de Goiás mereciam louvores. Eles não tinham absolutamente nada em comum com os homens que, à época da minha viagem, compunham os regimentos do Rio de Janeiro.

tares, todas as salas eram divididas, por tabiques, em pequenos cubículos individuais para os doentes[395]. Mas como era difícil renovar o ar nesses compartimentos, bem como mantê-los rigorosamente limpos, o major-cirurgião mandara retirar as divisões. O estabelecimento era bem administrado, nada faltava aos doentes, e os regulamentos, que me pareceram muito sensatos, eram seguidos à risca. Cada doente tinha sua própria cama, que ficava bastante afastada das outras e não tinha cortinas, como é justo que aconteça num país quente. Junto ao leito de cada doente havia um quadro onde estava anotado o seu nome, a data do seu internamento, etc. Quando o cirurgião fazia sua visita, ele anotava em cada quadro a alimentação que podia ser dada ao doente e os remédios que lhe deviam ser administrados. As receitas eram designadas por um simples número, que constava de um formulário geral a ser consultado. Terminada a visita, o enfermeiro fazia uma lista do que havia nos quadros e o almoxarife providenciava a compra do que fosse necessário, exigindo um recibo dos comerciantes, e sua contabilidade tinha de estar de acordo com os pedidos feitos pelo enfermeiro.

Havia o projeto de se construir um hospital militar e de devolver aos pobres o estabelecimento que lhes pertencia. O local onde ficaria o novo hospital já estava demarcado, mas a escolha não poderia ter sido pior: ao lado do quartel e no sopé de um morro, numa baixada onde o ar não circulava livremente[396].

Durante o tempo que permaneci na ilha, fiz passeios quase todos os dias, mas como o inverno já se aproximava eles não foram muito proveitosos para a botânica, e na maioria das vezes as plantas em flor que eu encontrara já eram minhas conhecidas havia muito tempo. Não obstante, os passeios me proporcionaram o prazer de conhecer lugares maravilhosos.

Um tipo de indústria característico de Santa Catarina é a fabricação de potes de barro, nos quais a água se mantém absolutamente fresca. Esses potes são exportados para o Rio de Janeiro e outras cidades do Brasil. Num de meus passeios eu me dirigi a um dos lugares onde eles são fabricados. Sua cor é vermelho-escura e eles são lisos, luzidios e de contextura muito fina. Os mais comuns, chamados moringas, têm uma forma arredondada, uma alça e dois gargalos, um com um orifício maior, que serve para encher de água o recipiente, e o outro, pelo qual se bebe, exibindo um buraco muito pequeno. É dada uma forma mais elegante a outros tipos de potes, igualmente destinados a manter a água fresca, os quais também servem de ornamento. O material usado na sua fabricação é uma argila de tom esverdeado, tirada de um lugar chamado Cubatão[397], situado no continente. Depois de postos a secar à sombra, os vasos são embebidos em água na qual se diluiu um pouco da terra vermelha tirada das margens do estreito que separa a ilha do continente[398], usando-se um pedaço de pano para fazer essa pequena operação.

---

[395] Eu já tinha visto isso em Vila Rica, ou Ouro Preto, no Hospital Militar, em 1816 ("Viagem pelas Províncias do Rio de e de Minas Gerais").

[396] Não chegou a ser construído o novo hospital militar, e o antigo, denominado Hospital do Menino de Deus, voltou à sua antiga função, que era a de atender os indigentes.

[397] Ver o que escrevi sobre essa palavra num dos primeiros capítulos do relato precedente, "Viagem à Província de São Paulo."

[398] Estava enganado, como se vê, o viajante ("Coquille, hist.") que julgou ser a cerâmica de Santa Catarina feita com argila vermelha. Se a cor que ela apresentava não era artificial, o mais certo era considerá-la castanha depois de ter passado pelo forno. É muito provável que tenha sido com os antigos indígenas que os habitantes europeus de Santa Catarina aprenderam a arte de colorir os potes de barro, pois aqui está

Em seguida os potes são lixados com uma pedra bem lisa, para que se tornem luzidios e polidos, e finalmente postos no forno para cozer.

Durante minha estada em Desterro foi festejado o aniversário de nascimento do rei D. João VI. Nessa ocasião, todos os membros da Guarda Nacional do distrito foram obrigados a se dirigir para a cidade alguns dias antes, tendo sido passados em revista pelo governador. Eu assisti à revista da cavalaria, e pude apreciar não só o garbo dos soldados como a precisão das manobras; dir-se-ia tratar-se de uma tropa do exército. Na manhã de 12 de maio as salvas de artilharia anunciaram a festa. Os batalhões de infantaria e artilharia, bem como os milicianos, colocaram-se ao redor da praça, e na igreja paroquial foi entoado um "Te Deum", achando-se presente os membros da câmara municipal, o governador e o estado-maior. Ao sair da igreja, o governador apareceu no meio da praça, acompanhado dos oficiais mais graduados. Tirando o chapéu, ele bradou "Viva o Rei", e o seu brado foi repetido por todos os militares e o resto dos assistentes. As tropas fizeram duas vezes fogo por filas, depois houve uma descarga de artilharia e por fim os soldados começaram a desfilar em perfeita ordem. Os milicianos — todos eles agricultores — que estavam na cidade havia vários dias, gastando dinheiro e sem trabalhar, apressaram-se a voltar para suas terras tão logo terminou a cerimônia, e durante toda a tarde dezenas de canoas atravessaram velozmente o canal. Fui convidado para o baile que o governador deu, e à noite me dirigi ao palácio. Encontrei ali os funcionários do governo, as pessoas mais importantes da cidade e umas trinta mulheres muito bem vestidas. Na casa do Coronel Antônio José Rodrigues eu já tinha tido oportunidade de admirar o talento das senhoras de Santa Catarina para a dança; admirei-as mais ainda ao ficar sabendo que elas nunca tinham tido professor e haviam aprendido a dançar exercitando-se umas com as outras.

Os oficiais da fragata francesa "La Bayadère" tinham comparecido a essa mesma festa no ano anterior e, segundo me disseram, eles julgaram o Brasil inteiro pelo que viram em Santa Catarina, e a impressão que levaram do império foi muito favorável. Se na pequena Ilha de Santa Catarina, que nada mais produz a não ser farinha de mandioca e óleo de peixe — terão eles raciocinado, provavelmente — os milicianos se apresentam tão bem vestidos e bem treinados, as mulheres tão elegantes e corteses, que não se poderá esperar das capitanias do interior, que produzem tanto ouro e tantos diamantes? Mas convém saber que não existe no interior nenhum lugar tão densamente povoado quanto Santa Catarina, que as comunicações ali são difíceis, que a maior parte do que a ilha produz não pode ser exportada devido às dificuldades e o alto preço dos transportes e que, depois de abandonada a exploração das antigas minas, desapareceram as probabilidades de enriquecimento; convém saber também que as pessoas que geralmente fazem mais figura em Santa Catarina não pertencem à ilha, e que o seu luxo exterior,

---

como se exprimiu Hans Staden ao escrever, em 1557, sobre os costumes dos Tupinambás: "As mulheres fabricam os potes da seguinte maneira: elas fazem uma pasta com o barro e lhe dão a forma que desejam, sabendo colori-lo muito bem." ("Histoire d'un pays... nommé Amérique", na "Collection de voyages publiés par Henri Ternaux"). Os índios da costa meridional do Brasil já não existem mais, por assim dizer, mas seria difícil dizer quantos traços deles ficaram nos costumes e na língua de seus exterminadores. A carta do venerável José Anchieta sobre a história natural de São Paulo tende também a provar, pelo que me parece e em oposição aos cientistas Spix e Martius, que os portugueses devem aos índios o conhecimento de muitos remédios.

que deslumbra o estrangeiro por alguns momentos, esconde quase sempre uma vida de pobreza (1820).

Durante minha permanência em Desterro fui cumulado de gentilezas pelos funcionários do governo e os oficiais da guarnição. O exemplo foi dado pelo próprio governador, que me convidou para jantar e me oferecia constantemente os seus préstimos. Fui igualmente bem recebido pelo Brigadeiro Félix XXX e pelo Marechal Joaquim de Oliveira Álvares, para quem eu havia trazido uma carta de recomendação. O marechal deu um jantar em minha honra, para o qual foram convidadas todas as autoridades do lugar, além de me tratar com extrema amabilidade. Ele era natural da Ilha da Madeira, tendo estudado no Colégio Inglês de Douai e recebido em Coimbra o título de doutor em ciências matemáticas. Depois de servir na marinha, ele transferiu-se para as tropas de terra, tendo combatido contra os hispano-americanos. Seus conhecimentos eram variados; falava bem o francês e gostava de história natural. Amável, alegre, jovial, levando uma vida sem afetação, não havia nele nem presunção, nem arrogância.

Capítulo XV

VIAGEM DE DESTERRO A LAGUNA

O autor embarca para ir da Ilha de Santa Catarina à Armação de Garupava. — As duas margens do canal que separa a ilha do continente. — Desembarque na Paróquia de Nossa Senhora da Lapa; pormenores sobre essa paróquia; imprudência de Firmiano e arrogância do escravo forro Manuel. — Travessia da barra meridional do canal de Santa Catarina. — Chegada à Armação de Garupava; maus alojamentos. — Visita ao Sargento-mor Manuel de Sousa Guimarães; uma planície, sua vegetação, a palmeira butiá; o autor fica sabendo que correu um grande perigo; pormenores sobre a cultura das terras; aluguel de carros de boi. — O administrador da armação. — Descrição desse estabelecimento. — Caminho de Garupava a Encantada; as mulheres; visita a um doente; culturas; estranha resposta. — Uma outra flora. — Uma série de lagoas. — A Enseada e a Armação de Embituba. — Dificuldade para encontrar alojamento em Vila Nova; descrição dessa vila; culturas. — A beira do mar.

Ao chegar a Santa Catarina eu havia pedido a D. Diogo que me arranjasse uma lancha para me levar até a Armação de Garupava ou Garupaba[399], situada no continente, dali eu pretendia seguir por terra até a cidade de Laguna, em seguida entrar na Província do Rio Grande do Sul. D. Diogo combinou com um homem de Garupava, que vinha trazer uma carga de farinha para a ilha, para que me levasse na volta. Despedi-me das pessoas que me tinham acolhido tão bem e parti, no dia 18 de maio, munido de excelentes cartas de recomendação.

---

[399] Escreve-se também Garopaba.

Mal tinha acabado de embarcar, o vento mudou e a viagem prosseguiu com uma lentidão extrema. Pouco a pouco, entretanto, nossa embarcação se afastou da cidade de Desterro, aproximando-se das montanhas chamadas Serra do Cubatão, que defrontam a cidade do lado da terra firme. Bordejando a ilha, passamos diante de uma funda enseada semicircular, chamada Saco dos Limoeiros, onde deságua o Rio do Tovares[400]. Durante minha estada em Santa Catarina eu passeara muitas vezes pelas bordas dessa enseada, que são talvez mais aprazíveis do que qualquer outra parte da ilha. Logo avistamos, do lado do continente, a Paróquia de São José[401]. Passamos por terras baixas e cobertas de mangues, que orlam o Saco dos Limoeiros do lado do sul, e dobramos a Ponta de Caiacanga[402] que forma o limite meridional dessa enseada. Mais adiante, os morros deixam pouco espaço entre eles e o mar; seus cumes são coroados de matas virgens e nas suas encostas veem-se plantações espalhadas no meio de capoeiras, com pedras e penhascos aflorando aqui e ali. Ao pé de um dos morros avistamos a Igreja de Nossa Senhora da Lapa, à volta da qual se veem algumas casas rodeadas de laranjeiras. Aproximamo-nos um pouco mais da costa e passamos diante de vários sítios construídos à beira do mar, chegando à Paróquia de Nossa Senhora da Lapa, também chamada Ribeirão, situada a cerca de 2 léguas de Desterro. O vento soprava do oeste e já era quase noite, o patrão do barco decidiu ancorar defronte da paróquia.

Para evitar o tédio de uma noite passada à beira do mar ou a bordo do barco, fui visitar o vigário, que no princípio me recebeu friamente mas logo se tornou muito amável quando lhe mostrei a portaria que me havia sido dada pelo governador da província. Primeiramente ele me ofereceu chá e em seguida, enquanto esperávamos o jantar, convidou-me a fazer um passeio pela sua paróquia. Havia um luar magnífico, que me permitia enxergar tudo claramente. Passamos por aprazíveis caminhos de chão muito liso, margeados por plantações, e a pequenos intervalos encontrávamos casas rodeadas de laranjeiras e cafeeiros. De um lado eu via, a poucos passos de nós, as montanhas encimadas por matas virgens e do outro avistava de vez em quando um braço de mar, cujos murmúrios podia ouvir.

---

[400] O "Saco dos Limoeiros" não figura nem na carta de Barral nem na de Villiers; Milliet e Lopes de Moura também não o mencionam em seus trabalhos, mas Pizarro se refere a ele pelo nome de "Saco do Rio Tovares" ("Mem. hist.", IX).

[401] O arraial de São José ou José da Terra Firme foi elevado a paróquia em 1751; a 27 de agosto de 1 832 a Assembleia Legislativa da província deu-lhe o título de cidade. Fica situado numa baía, nas proximidades do Rio Maruí, que não é navegável. Em 1820 a Paróquia de São José contava com 400 famílias e 3.649 comungantes; em 1841, sua população inteira somava 6.053 indivíduos livres e 1.635 escravos. Uma parte dessa população descende, ao que parece, dos indígenas (Pizarro, "Mem. hist.", V. — Antero José Ferreira de Brito, "Fala de 1º de março de 1841". — Milliet e Lopes de Moura, "Dicion." II). Em 1829 foi fundada, na Paróquia de São José, uma colônia alemã, que recebeu o nome de São Pedro d'Alcântara, e que, ao contrário das que tinham sido formadas na Província de Santa Catarina por franceses, sardenhos e belgas, pareceu prosperar de uma maneira notável. Foi com vivo interesse que li o que escreveu sobre essa colônia, em 1848, o vigário de São José. Não deixará, sem dúvida, de causar surpresa o seguinte trecho, tirado do seu trabalho: "Parece que esses homens vieram de tão longe para censurar, por sua conduta, a nossa indiferença pela religião e nos dar o exemplo de uma perfeita observância de seus preceitos, os únicos laços capazes de unir as sociedades humanas." (Joaquim Gomes de Oliveira e Paiva, "Mem. hist. sobre a Colon. de São Pedro d'Alcântara", in "Revista trim," 2ª série, III).

[402] Esse nome, que já encontramos nos Campos Gerais, deriva como já disse do guarani "caiacá", "cabeça de macaco".

Durante esse encantador passeio o vigário me informou que sua paróquia, recentemente criada, se estendia até a extremidade da Ilha e media cerca de 5 léguas de comprimento, mas sua largura era pouca. Contava com uma população de 1.900 indivíduos, dos quais 400 eram escravos do sexo masculino e 100 do sexo feminino[403]. Se a proporção de escravos era maior em Nossa Senhora da Lapa do que nas outras paróquias, isso se devia ao fato de existirem ali vários engenhos de açúcar e uma armação, a de Lagoinha. Aliás, como ocorria no resto da ilha, não havia ali nenhuma família que possuísse mais de um ou dois escravos, mas o desejo de todos os agricultores era estar de posse de algo que satisfizesse ao mesmo tempo a sua vaidade e a sua indolência.

Pelo que me disse o vigário de Lapa, as mulheres de sua paróquia tinham tanto apreço às roupas finas quanto às dos arredores da cidade, e ele acrescentou que nos dias de grandes festas poucas eram as suas paroquianas que não iam à missa com meias de seda e sapatos forrados de damasco. As mulheres que vi à minha chegada usavam geralmente um vestido de chita e um xale de seda.

Durante a noite que passei em Lapa o tempo se manteve límpido mas o vento soprou com violência. Quando me levantei ele soprava do leste e o patrão do barco me disse que não podíamos partir. Tive tempo de sobra para passear à volta da igreja. Como eu já havia observado, quando ainda me achava no canal[404], ela se acha situada ao pé de uma série de morros que se estendem paralelamente ao mar, deixando pouco espaço entre eles e a beira da água. Na frente da igreja há um belo relvado, situado um pouco acima da praia; na extremidade desta se erguem alguns rochedos. Dessa espécie de plataforma vê-se todo o canal, cuja largura ali é pouca, bem como os elevados Morros de Cambiera[405], que defrontam a igreja e são cobertos de matas virgens; veem-se também todas as terras vizinhas. Dos dois lados da igreja, entre o mar e as montanhas, ficam as casas, muito próximas umas das outras e rodeadas de cafeeiros e laranjeiras. Elas se comunicam entre si por meio de encantadores caminhos margeados por plantações.

Eu me preparava para sentar-me à mesa com o vigário quando um homem irrompeu furiosamente na sala em que nos encontrávamos. Ele me perguntou se era eu o proprietário do barco ancorado diante da igreja; respondi que não, mas que a carga que estava dentro dele me pertencia. Ele disse então que um de meus homens — que identifiquei como sendo Firmiano pela sua descrição — tinha dado um tiro, imprudentemente, na direção de sua casa, e que os grãos de chumbo haviam caído aos seus pés; tendo ido queixar-se aos homens do barco, ele fora recebido com grande insolência por um nego, que lhe apontara um fuzil e o intimara a não se aproximar. Pelas informações do queixoso, não tive dúvida de que o negro em questão era Manuel. Nada se igualava à arrogância desse homem; na verdade, nada se iguala à arrogância dos negros libertos.

---

[403] Desde 1763 havia sido construída uma capela, dedicada a Nossa Senhora da Lapa, no local onde hoje fica a paróquia do mesmo nome. Mais tarde, uma igreja maior substituiu a capela, mas foi somente em 1809 que ela foi elevada a igreja paroquial, com o nome de Nossa Senhora da Lapa do Ribeirão. Em 1840, essa paróquia contava com 1.751 brancos e 563 escravos, o que representaria uma acentuada diferença para menos em relação a 1820; é possível, porém, que a circunscrição da Paróquia de Lapa do Ribeirão tenha sido reduzida, pois entre 1820 a 1840 foram criadas duas outras paróquias na Ilha de Santa Catarina (Pizarro, "Mem. hist.", V). — Antero José Ferreira de Brito, "Fala de 1º de março de 1841").
[404] Ver p. 244.
[405] Cambirera deriva das palavras da língua geral, "camby", leite, e ''reru", pote, ''Pote de leite" ("Dicion. Port. Bras.").

Uma vez que a sua cor pode fazer com que sejam tomados, a qualquer momento, por escravos, sua maior preocupação está em desmentir essa condição, e eles se recusam a fazer uma porção de coisas que nenhum homem branco dotado de bom senso consideraria humilhantes.

Desde a manhã o vento se acalmara, mas por volta de duas horas o patrão do barco decidiu partir, dando ordem aos seus homens para pegarem nos remos.

Depois de Nossa Senhora da Lapa o canal continua estreito. Os morros, encimados por matas virgens, chegam até a beira da água e suas encostas, à época da minha viagem, eram cobertas de capoeiras, no meio das quais as plantações de cana-de-açúcar formavam um mosaico verde-claro. De tempos em tempos viam-se sítios nos sopés dos morros, à beira do canal, cada um mais pitoresco do que o outro, sendo que alguns eram de considerável tamanho.

Deixamos para trás, do lado do continente, a Freguesia da Enseada, que tem esse nome porque fica de fato situada no fundo de uma pequena baía. A igreja foi construída ao pé de um morro cultivado apenas na sua parte inferior e coberto de matas no resto[406].

Nesse meio-tempo o vento voltara a soprar, as velas foram içadas e nós nos aproximamos da barra do sul. Já era quase noite, porém, eu não conseguia mais enxergar o que me cercava. O patrão do barco me perguntou se eu receava atravessar a barra durante a noite. Havia um luar esplêndido e o vento era favorável; respondi ao homem que confiava na sua prudência. Ele resolveu continuar a viagem. O mar estava longe de se mostrar calmo, e nós sabíamos que a saída do canal às vezes oferecia perigo por causa dos bancos de areia que atravancavam a passagem. Em breve sentimos que o barco era levantado pelas ondas e voltava a cair bruscamente, com fortes sacudidelas, como se fosse ser engolido pelas vagas. Acabávamos de atravessar a barra.

Apesar da escuridão da noite, consegui ver do outro lado do canal diversas ilhotas, numa das quais há uma fortaleza. Depois de termos atravessado a barra eu me estendi no fundo do barco e dormi, só acordando quando chegamos, às duas horas da manhã, à Armação de Garupava (do guarani "vgacupu", enseada dos barcos).

O barco foi atracado ao trapiche. O patrão me convidou para descer à terra e passar o resto da noite em sua casa. Como estivesse fazendo muito frio, aceitei o seu convite. Sua mulher colocou uma esteira no chão, para mim, e eu me deitei.

Levantei-me ao romper do dia e fui providenciar o desembarque de minhas coisas. O administrador da armação, ao qual eu havia sido recomendado, achava-se ausente. O seu substituto alojou-me num quarto grande e muito ruim, desprovido de móveis e cheio de goteiras. Perguntei se os carros de boi que deviam levar-me à Paróquia de Vila

---

[406] A Paróquia de Enseada ou Enseada do Brito foi criada em 1751 e dedicada a Nossa Senhora do Rosário, daí o nome que lhe é dado nos documentos oficiais (Nossa Senhora do Rosário da Enseada do Brito). Havia ali, em 1822, 170 famílias e aproximadamente 1.360 adultos; em 1840 já se contavam 512 famílias, 2.141 indivíduos livres e 590 escravos. É na Paróquia de Enseada, à beira do Rio Cubatão, que se encontram as decantadas águas termais chamadas Caldas de Santa Catarina. Foi iniciada a construção de um hospital, durante o governo de Tovar, nas proximidades das fontes do Cubatão. A obra esteve interrompida durante muitos anos, mas acabou por ser reiniciada, e em 1847 o presidente da província anunciava à Assembleia Legislativa que metade do prédio já estava pronta ("Pizarro, Mem. hist.", IX, — Sigaud, "Climat." Milliet e Lopes de Moura,"Dicion.", I. — Antero José Ferreira de Brito, «Falas de 1841, 1847").

Nova e haviam sido encomendados muitos dias antes por D. Diogo já tinham chegado. Ninguém ouvira falar neles. Em consequência, resolvi ir à fazenda do Sargento-mor Manuel de Sousa Guimarães, a meia légua de Garupava, a fim de levar-lhe uma carta de recomendação. Esse sargento tinha sido encarregado de me arranjar um meio de transporte.

Ao deixar a armação para ir à fazenda do sargento passei primeiramente por uma planície arenosa, coberta de relva e de arbustos, entre os quais se encontra em abundância a Mirtácea denominada *Myrcia garopabensis* em minha *Flora Brasiliae,* etc., e a Ericácea n°1769 *ter,* chamada vulgarmente de camarinha, cujos frutos, negros, lisos e brilhantes, dispostos em cachos, têm um sabor agradável e refrescante. Em outra época do ano eu teria certamente recolhido nessa planície uma grande variedade de plantas; mas o tempo da floração tinha passado e só ficara o restolho. E como ocorre no nosso outono, só se via de raro em raro uma planta em flor, mirrada e tardia.

A planta mais notável entre todas as que crescem na singular planície de Garupava é uma palmeira anã que eu ainda não conhecia e tem o nome de butiá[407]. Seu tronco mal chega a atingir 1,5 metros de altura, e na parte superior é coberto de curtas escamas que não são outra coisa senão a base de folhas antigas, já caídas. O seu topo é formado por um tufo de folhas novas, aladas, recurvas, de 1 metro ou pouco mais de comprimento, glabras, de um verde-glauco. O pecíolo dessas folhas é orlado na parte de cima por espinhos e na parte de baixo por filamentos, restos de um envólucro que originariamente protegia a gema central. Numa pequena fossa que há na base de cada um dos folíolos veem-se algumas escamas avermelhadas e escariosas. As espatas, lineares e aguçadas, têm a forma de uma barca. As flores são dispostas em panículo sobre ramos perfeitamente simples. Eu não as vi, mas os frutos que delas resultam achavam-se, quando ali estive, à época da maturação e têm o tamanho de uma avelã; são carnudos, ovóides, glabros, amarelos e de sabor agradável, tendo um pequeno caroço que se assemelha ao da azeitona.

Depois de atravessar a planície que acabo de descrever, penetrei numa mata bastante fechada; passei por plantações de mandioca e de laranja perfeitamente alinhadas, o que no Brasil é um fato digno de nota, e cheguei finalmente à fazenda do sargento-mor.

Ela ficava situada numa elevação de onde se podia ver ao mesmo tempo um braço de mar e uma vasta planície coberta de matas, que é a continuação da que acabei de mencionar. A fazenda constitui também para mim uma raridade, pois em Minas e Goiás é nas baixadas que elas geralmente são construídas.

O patrão da barca que me tinha levado a Garupava acompanhou-me à casa do sargento-mor. Este o censurou vivamente por ter arriscado a minha vida fazendo-me passar a noite na barra do canal de Santa Catarina. Não julguei que tivesse corrido tanto perigo.

Feita a repreensão, o sargento me convidou para almoçar. Sua mulher comeu conosco, o que certamente não teria feito uma senhora de Minas ou de Goiás, e ficou encantada com os elogios que fiz a Santa Catarina, sua terra natal.

O sargento-mor me disse que plantava principalmente mandioca e que essa planta era a mais indicada para a região, já que prefere os terrenos arenosos. Acrescentou que

---

[407] Em guarani escreve-se "mbutiá". Nessa língua, a palavra significa coqueiro (Ruiz de Montoya, "Tes. leng. guar.").

quando o plantio era feito imediatamente após a derrubada da mata virgem, a terra era deixada em descanso durante dois anos depois de feita a colheita, mas se o plantio fosse feito numa capoeira era preciso esperar quatro ou cinco anos para tornar a plantar no mesmo lugar, sendo esse o tempo necessário para que os arbustos e o mato rasteiro voltassem a crescer o suficiente para serem cortados e queimados[408].

Meu hospedeiro prometeu-me que no dia seguinte eu teria à minha disposição três carros de boi para ir à Paróquia de Vila Nova, situada a apenas 6 léguas de Garupava. Cada carro devia custar 10 patacas, ficando o sargento-mor encarregado de me fornecer dois. Creio que por esse preço ele não se importaria de receber sempre pessoas a ele recomendadas, nem mesmo de lhes oferecer almoço. Desde que deixara Curitiba eu vinha gastando dez vezes mais do que tinha gasto viajando pelo interior e recolhera muito poucas plantas. Se não tivesse feito boas economias nas viagens anteriores, não me teria sido possível continuar com essa.

De volta à armação, fui visitar o administrador geral, que tinha chegado durante a minha ausência. Mal entrei na sua varanda[409] todos se puseram a rezar, e muito edificado fiquei com a devoção e a humildade do administrador. No dia seguinte ele assistiu a duas missas, e antes da segunda, à qual também compareci, ele recitou preces em voz alta, e durante o decorrer da missa comportou-se sempre com extrema humildade. Como já tive ocasião de dizer, os brasileiros encaram muito levianamente as práticas religiosas, as quais muitas vezes constituem para eles toda a religião. Assim, surpreendeu-me grandemente essa mostra de devoção, da qual pela primeira vez eu era testemunha desde que chegara à América. Desejei que ela fosse o reflexo de virtudes reais; contudo, entre as que tenho a satisfação de atribuir a esse homem não posso incluir a da hospitalidade. De fato, a acolhida que ele me fez foi muito fria, para não dizer desdenhosa, e embora o tempo não estivesse quente ele não me convidou para entrar na sua casa, nem me fez a menor amabilidade.

Embora a Armação de Pesca de Garupava não fosse destituída de importância, os prédios que a compunham eram bem menores do que os de Itapocoroia e a vista ali bem menos aprazível. A armação fica localizada no fundo de uma enseada estreita e comprida, cercada dos dois lados por morros cobertos de matas de um verde sombrio. A paisagem, de um modo geral bastante monótona, é, entretanto, enfeitada por algumas colinas situadas no continente mas que, por uma curiosa ilusão de óptica, parecem duas ilhas separadas por um canal. A armação não ficava localizada exatamente no meio da enseada; a igreja, o prédio da administração e os alojamentos do capelão e dos feitores tinham sido construídos a meia-encosta de um morro cujo topo era coberto de matas; o engenho de frigir, os reservatórios e os alojamentos dos negros ficavam situados à beira da água.

Parti de Garupava no dia 21 de maio, com minhas três carroças.

O caminho por onde passei é plano, muito bonito, e atravessa uma região de matas virgens; não obstante, muitas terras já tinham sido desmatadas, principalmente nas vizinhanças da armação, e eu vi mesmo, de distância em distância, alguns sítios e plantações de mandioca. Atravessamos um pequeno curso d'água chamado Rio de Garupava,

---

[408] Meus relatos precedentes contêm informações detalhadas sobre as capoeiras. (Ver, em particular, minha "Viagem pelas Províncias do Rio de Janeiro e de Minas Gerais").

[409] Já dei uma explicação sobre essa palavra em meus relatos anteriores.

que vai desaguar numa lagoa do mesmo nome próxima do mar. Era dia de festa e eu encontrei um grande número de mulheres a cavalo, voltando da missa. Em geral elas não usavam chapéu de homem como as de Minas, e sim outros, genuinamente femininos; não tinham receio de olhar à direita e à esquerda, nem de responder ao cumprimento que eu lhes fazia ou de falar os passantes.

Uma delas, ao ver que eu recolhia plantas, ficou absolutamente convencida de que eu era médico e me forçou a ir à sua casa para ver um doente. Tratava-se de um homem que fazia muitos meses tinha ficado paralítico, e talvez uma pessoa de mais conhecimentos do assunto do que eu, fosse sentir-se igualmente embaraçada diante do caso. Recomendei o doente a Deus, exortei-o a ter paciência e a confiar em que sua juventude viria em sua ajuda, e deixei a casa o mais depressa que pude.

Depois de ter andado cerca de 3 léguas, parei num pequeno sítio denominado Encantado, que pertencia ao dono de uma das carroças. Passei ali a noite. Em conversa com o meu hospedeiro, perguntei-lhe quanto tempo era necessário deixar a terra descansar antes de cortar as capoeiras. "Nós temos tanta terra", respondeu ele, "que quando um lugar já foi plantado nós o deixamos de lado e vamos plantar em outra parte."

Pouco depois de deixarmos o sítio entramos num campo arenoso, salpicado de tufos de palmeira butiá, entre as quais cresciam arbustos e subarbustos, como por exemplo o de nº1788. Para mim era um quadro inteiramente novo, o que formavam essas palmeiras anãs, cujas folhas glaucas e pontiagudas formam uma espécie de dossel, sob o qual crescem arbustos de um verde vivo. Uma flora decididamente extratropical começava ali. A do Rio de Janeiro, que eu ainda tinha encontrado, com ligeiras modificações, na Ilha de Santa Catarina, havia desaparecido.

Caminhávamos então quase que paralelamente ao mar, mas afastados dele aproximadamente uma légua. Entre o caminho que seguíamos e o mar existia, segundo me disseram, uma série de lagoas, sendo que a primeira, denominada lagoa Encantada, se comunica com a de Araçatuba e esta com a de Embiraquara, que por sua vez se comunica com o mar[410].

Segundo me informaram, no sul dessas lagoas existe ainda uma outra, que não tem nenhuma comunicação com elas e é chamada de Lagoa de Panema[411].

---

[410] Araçatuba vem das palavras guaranis "araçá", nome que é dado, como já disse em outro relato, a todos os frutos piriformes, do gênero *Psidium* e "tiba", reunião. — Encontro a etimologia de Embiraquara na língua geral: "emyra", árvore, e "coara", oco, o oco da árvore.

[411] O Padre Antônio Ruiz de Montoya traduz o termo guarani "panema" pela palavra espanhola retama ("Tes. guar."), que significa giesta e é provavelmente aplicado a alguma planta americana de flores amarelas. Na língua geral, "panema ou panemo" significa "coisa que não serve para nada" — Essa série de lagoas que menciono aqui faz lembrar naturalmente as que se veem nos arredores do Rio de Janeiro, entre Praia Grande e Cabo Frio, as quais citei em minha "Viagem pelo Litoral" e volto a enumerar aqui: Piratininga, Itapuig, Maricá, Cururupina, Brava, Jacuné e finalmente Saquarema e Araruama. — Observ.: — Julguei dever escrever o penúltimo desses nomes da maneira como fiz em meu relato de viagem, e não Sagoarema, como pretende o Príncipe de Neuwied. Casal escreve, na verdade, Sequarema, não havendo diferença na segunda sílaba dessa grafia, comparada com a minha; e é justamente com relação a essa sílaba que estou em desacordo com Neuwied. De resto, encontra-se Saquarema nas "Memórias históricas" de Pizarro, no "Dicionário do Brasil", de Milliet e Lopes de Moura, na carta topográfica da Província do Rio de Janeiro, de Conrado J. Niemeyer; finalmente, essa grafia é consagrada por um documento oficial, ou seja o relatório do ministro do Interior do Brasil relativo ao ano de 1847. O Príncipe de Neuwied diz, é bem verdade, que lhe pareceu ter entendido as pessoas pronunciarem Sagoarema e não

Depois do campo de butiás, que já mencionei, passamos ao pé de um pequeno morro coberto de matas e chegamos à beira do mar, no fundo da Enseada de Embituva ou Embituba, que, segundo fui informado, oferece um bom ancoradouro[412]. Ali eu encontrei na praia, no meio de uma relva muito fina, a Composta 1779 e a *Verbena melindres*, de belas flores rubras, que já se cultivava em São Paulo e mais tarde se tornou muito comum em nossos jardins.

No fundo da Enseada de Embituva ficava a armação que tinha o seu nome, a mais meridional de todas. Os prédios que a compunham estavam situados à beira d'água; não eram muito altos, e seu tamanho era bem menor do que o dos estabelecimentos de Itapocoroia e Garupava.

Próximo da Armação de Embituva nós deixamos a praia e passamos diante dum pequeno posto militar onde estavam alojados dois soldados do Batalhão da Guarnição de Santa Catarina. Perguntei-lhes se ainda me achava longe da paróquia denominada Vila Nova e eles me responderam com toda a cortesia, e quando perceberam que eu era francês me disseram que tinham combatido no meu país e me convidaram a comer com eles.

Continuando nosso caminho, chegamos ao cabo de alguns instantes à Vila Nova. Perguntei pelo comandante a fim de lhe entregar uma carta de recomendação do governador da província e lhe pedir que me arranjasse um alojamento. Ele estava ausente, bem como o homem que devia substituí-lo. Não sabendo a quem me dirigir, fui procurar o vigário que encaminhou ao cabo do destacamento acantonado na vila, este, por sua vez, me mandou procurar um sargento da Guarda Nacional que, segundo ele, tinha por obrigação substituir o comandante. O sargento recusou-se definitivamente a abrir

---

Saquarema. Quando passou, porém, pelas imediações dessa lagoa, ele estava no começo de sua importante viagem, e é fácil a pessoa enganar-se quanto aos sons que ouve se ainda não se acha familiarizada com a língua do lugar. Com o passar do tempo os sons se delineam mais claramente, por assim dizer, e o viajante se espanta com os erros que cometeu no princípio. Nesse particular, várias de minhas anotações manuscritas estão cheias de erros, e se eu tivesse continuado a "Flora brasiliae meridionalis" teria retificado muitos enganos que cometi inicialmente. Se o Príncipe de Neuwied tivesse voltado ao Rio de Janeiro no final de sua viagem, ele teria percebido que se diz Arcos da Carioca e não Arcos do Carioca. Eu afirmei que a etimologia indígena tendia provar a exatidão do nome Saquarema. Neuwied retruca que eu me posso ter enganado facilmente, e estou pronto a concordar com ele; mas recorri a todos os meios ao meu alcance para não cometer um número exagerado de erros. Um espanhol que tinha grande conhecimento do guarani e vivia nas Missões à época de minha viagem ensinou-me a etimologia de dezenas de palavras; tendo sempre ao alcance da mão o valioso "Tesoro de la lengua guarani", do Padre Ruiz de Montoya; consulto frequentemente o "Dicionário português e brasiliano" e o vocabulário de Francisco dos Prazeres Maranhão; em caso de necessidade, posso recorrer à "Arte da gramática da língua do Brasil", do Padre Luís Figueira, às anotações de Francisco José de Lacerda e Almeida e até às de Luccock. Parece-me que aqueles que nos ensinam as etimologias gregas ou árabes não são mais escrupulosos do que eu na apuração da verdade. Eu poderia acrescentar que, durante minha permanência nas margens do Uruguai e nas Missões, meus ouvidos tiveram tempo de se familiarizar com a língua guarani, que continuei a ouvir ao voltar para a França, pois era falada pelos dois jovens índios que infortunadamente levei comigo.

[412] Um hispano-americano, muito versado na língua guarani, era de opinião que Embituba deriva de "ymbetiba", praia elevada. Eu acharia mais provável que essa palavra se originasse de "humbu", espécie de arbusto, e "tiba", reunião. Van Lede, que provavelmente com razão escreve Imbituba, diz que a enseada em questão abrigou uma pequena esquadra brasileira que dava apoio à Armada Imperial quando esta fazia o cerco da cidade de Laguna, que caíra nas mãos dos revoltosos do Rio Grande ("Colonisation du Brésil").

a carta, alegando que não era endereçada a ele, e eu já começava a perder a paciência quando um dos soldados do destacamento veio oferecer-me a casa onde ele estava alojado. No mesmo instante chegou um recado da mulher do comandante, em que ela mandava dizer que poderia ceder-me uma parte de sua casa, e eu aceitei sua oferta.

Vila Nova, também chamada Santa Ana da Laguna, sede de uma paróquia pertencente ao Distrito de Laguna, é um lugarejo situado a poucos passos do mar, ao pé de um morro coberto de matas. Compõe-se de uma igreja muito modesta e desprovida de um campanário, e de um punhado de casas construídas, em sua maioria, ao redor de uma praça coberta de relva. Pertencendo a agricultores das redondezas, essas casas, como ocorre com as dos pequenos povoados do interior, só são habitadas aos domingos. Durante a semana a vila fica deserta[413].

Se a sede da Paróquia de Vila Nova se localizasse à beira da Enseada de Embituva, ou então na extremidade setentrional da lagoa chamada Laguna, que se comunica com o mar e sobre a qual falarei mais tarde, haveria bastante probabilidade de que essa vila, dispondo de fáceis meios de comunicação, se tornasse florescente; contudo, entre dois pontos muito próximos um do outro e extraordinariamente favoráveis à fundação de uma vila ou arraial, foi escolhido o lugar menos indicado dentre todos, pois que defronte de Vila Nova a costa é muito perigosa.

O comandante retornou ao anoitecer e me contou que nos arredores da vila cultivavam-se principalmente a mandioca, o arroz e o feijão, e que se plantava também um pouco de milho e de trigo. Alguns agricultores trabalhavam a terra com o arado para o plantio do trigo; outros empregavam a enxada. Ali, como em todos os lugares do Brasil por onde eu já havia passado, todos se queixavam muito da ferrugem que atacava as plantas.

Logo que cheguei à Vila Nova aluguei por oito patacas três carros puxados cada um por uma junta de bois, os quais deviam levar-me, juntamente com a minha bagagem, até a cidade de Laguna, distante dali apenas 5 léguas. Os donos dos carros me avisaram de que eu não poderia partir no dia seguinte porque eles tinham de procurar os bois, que se achavam soltos no mato. Mesmo sem esse empecilho teria sido difícil para mim, deixar a vila, pois choveu quase o dia inteiro. Passei, pois, grande parte do tempo a examinar as plantas coletadas na véspera e que pertenciam a uma flora desconhecida para mim, como já tive ocasião de dizer.

Parti já muito tarde de Vila Nova, e até Laguna, para onde me dirigia, segui com os meus carros de boi por uma praia de areia compacta, sobre a qual era fácil caminhar.

A primeira ponta que encontramos chama-se Tapiruva, do guarani "tapii", anta, e "tiba ", reunião.

Passamos antes defronte de uma ilhota inabitada, chamada Ilha das Araras por servir de abrigo a uma espécie de arara comum nessa parte da costa e que eu ainda não tinha visto em nenhum outro lugar. Essas aves têm uma linda plumagem verde-azulada e os olhos contornados de amarelo; o único espécime que vi de perto me pareceu menor do que a espécie comum.

---

[413] Em 1840 a população de Vila Nova se elevava a 2.474 indivíduos livres e 400 escravos (Antero José Ferreira de Brito, "Fala de 1º de março de 1841").

Entre a Ponta de Embituva, que eu deixara para trás fazia alguns dias, e a de Tapiruva, as terras, quase à beira do mar, são pouco elevadas e cobertas de arbustos de folhagem verde-escura formando grupos compactos.

Depois de contornarmos a Ponta de Tapiruva, achamo-nos numa segunda praia muito mais vasta do que a primeira e que tem o nome de Praia Grande. Ali as areias cobrem uma enorme extensão desde a beira da água até a orla do mato, onde se vê uma vegetação mirrada, composta principalmente de uma tasneirinha, cuja ramagem rasteira se espalha aqui e ali pelo solo arenoso, e de uma Amarantácea; veem-se também alguns tufos de Ciperáceas, e só ao longe se percebem morros cobertos de matas.

A ponta que limita a Praia Grande do lado do sul chama-se Morro do Igi[414] e, como a de Tapiruva, fica pouco acima do nível do mar e é coberta de vegetação. Contornei o Morro do Igi e me achei numa terceira praia tão árida quanto a segunda.

Nesse dia não recolhi uma só planta. O tempo estava magnífico, não havia uma nuvem no céu, mas a paisagem era de uma monotonia sem par. Só se via areia por toda parte, nenhuma casa, nenhum sinal da presença do homem, uma vegetação inteiramente mirrada, e sempre o ruído uniforme das ondas do mar que vinham morrer aos nossos pés.

Depois dessa praia encontramos uma pequena cadeia de montanhas denominada Morro da Laguna, que se estende paralelamente ao mar até a cidade do mesmo nome. Contornamos esses morros e chegamos a Laguna, situada na margem oriental da lagoa que também tem o seu nome.

---

[414] Provavelmente escrevo de maneira incorreta a palavra *igi*, cujo significado ignoro.

Capítulo XVI

A CIDADE DE LAGUNA

História da cidade de Laguna. — Limites do seu distrito. — Natureza da população desse distrito. Seus produtos. — A lagoa de Laguna. — A língua de terra que separa essa lagoa do Oceano. — Localização da cidade; sua forma; ruas; casas; igreja; chafariz; praça; prefeitura; vista; comércio. Dificuldade de encontrar meios de transporte até Porto Alegre. — Um barqueiro. — Aluguel de uma carroça. Um prestidigitador. — Os camaradas que acompanhavam o autor.

A dar crédito a Gabriel Soares, foram os Tapuias que habitaram primitivamente a região onde hoje se situa Laguna. Essa cidade, que originariamente se chamava Alagoas, nome que ainda conservava em 1712[415], é a mais antiga da Província de Santa Catarina e e por muito tempo foi a mais famosa. Contaminado pela febre do ouro, que por tanto tempo levou os paulistas a se embrenharem nos mais inóspitos sertões, Domingo de Brito Peixoto, natural da cidade de São Vicente, partiu em meados do século XVI na direção do sul, acompanhado de seus dois filhos, Francisco e Sebastião, e fundou uma colônia no local onde se ergue hoje a cidade de Laguna. Um de seus primeiros cuidados foi construir uma igreja sob a invocação de Santo Antônio dos Anjos. Durante muito tempo ele próprio custeou todas as despesas da igreja e sustentou, com a mesma generosidade, os colonos que se agruparam à sua volta. Mas esse homem aventureiro sentiu que seus horizontes eram muito estreitos, ali na nova colônia, e partiu para os campos do Rio Grande, que ele encheu de gado. Morreu depois de deixar em toda parte as provas de sua intrepidez e perseverança. Vencido, por sua vez, pela velhice e as enfermidades, seu segundo filho Sebastião voltou para São Vicente, onde começava a desfrutar de um pouco de repouso quando o governo o nomeou capitão-mor do Distrito de Laguna, que então já tinha uma enorme extensão. Ele ficou encarregado de tomar várias medidas importantes, entre as quais a de abrir uma estrada entre Laguna e Rio Grande de São Pedro, impedir que os estrangeiros comerciassem com Santa Catarina e estender suas explorações até a antiga Colônia Portuguesa de São Sacramento, então abandonada. O Capitão-mor Sebastião de Brito Peixoto acabou por perder inteiramente

---

[415] Gabriel Soares de Sousa, "Notícia do Brasil", *in* "Not. ultramar.", III, parte I. — Frezier, "Voyage".

a sua fortuna e a sua saúde em arriscadas expedições, e morreu pobre, abandonado pelo governo que ele havia servido tão generosamente⁴¹⁶.

Nessa época a cidade de Laguna pertencia à Província de São Paulo, e durante muitos anos eram os capitães-mores que enviavam à Ilha de Santa Catarina os oficiais que ali deviam manter a ordem⁴¹⁷. Mais tarde, reconheceu-se quão mais favorável era a localização de Desterro, do que a de Laguna, e esta perdeu a sua supremacia.

Quando, em 1777, os espanhóis se apoderaram da Ilha de Santa Catarina, o Capitão Cipriano Cardoso de Barros Leme acorreu com um punhado de homens em defesa da cidade de Laguna. Encontrou-a quase deserta; seus habitantes tinham fugido para o mato. Ele conseguiu reuni-los de novo, incutiu-lhes coragem e se preparou para oferecer uma vigorosa resistência ao inimigo. Não tardou que a câmara municipal de Laguna recebesse de Zeballos, o governador espanhol de Santa Catarina, uma intimação para que se rendesse, com todos os seus habitantes, na praia de Vila Nova e prestasse juramento de fidelidade ao rei da Espanha diante de uma corveta inimiga. Uma parte dos espanhóis havia desembarcado, e o bravo Cardoso caiu sobre eles de surpresa, cortou-lhes a retirada e obrigou a corveta a levantar âncora. A partir desse momento a cidade não foi mais importunada⁴¹⁸.

Por longo tempo Laguna teve a mesma sorte do resto da província, mas em 1839 ela foi tomada, sem a menor resistência, pelos rebeldes do Rio Grande. O comandante destes, David Canavarro, ajudado por alguns navios armados por ele, começou a levar a intranquilidade aos habitantes do litoral, aprisionando vários navios mercantes, e já ameaçava a Ilha de Santa Catarina quando Frédéric Mariath, oficial da marinha imperial (capitão-de-mar-e -guerra) forçou a passagem de Laguna e, a 15 de novembro, apoderou-se da cidade, apesar da vigorosa resistência oferecida pelos rebeldes. No correr desse mesmo ano, as rendas da alfândega não chegaram a ultrapassar um quinto do que tinham sido dois anos antes, mas a partir daí Laguna recuperou-se dos danos sofridos, substituiu suas casas, que haviam sido destruídas, por outras mais sólidas e esqueceu os seus infortúnios⁴¹⁹.

Pelo que me informaram os habitantes mais graduados do lugar, o Distrito de Laguna compreendia, à época de minha viagem, cerca de 30 léguas de litoral. Começava no norte, entre Encantada e Vila Nova, e nesse lado tinha por limite o Distrito de Santa Catarina; no sul, era separado da Província do Rio Grande do Sul, como é ainda hoje, pelo Rio Mambituba. Do lado do oeste, não se havia formado nenhum núcleo de população que distasse do litoral mais de duas léguas, a não ser à beira de alguns rios, como o Tubarão, por exemplo, onde a colonização já tinha avançado cerca de 10 léguas. Uma das principais causas que impediam os habitantes de desbravar o interior era o temor aos índios hostis, que algumas vezes haviam caído de surpresa sobre sítios isolados e massacrado os seus moradores. Ignorava-se a que tribo esses índios pertenciam, e eles eram conhecidos pelo nome genérico de Bugres.

---

⁴¹⁶ José F. Fernandes Pinheiro, "Anais da Província de São Pedro" 2ª ed.
⁴¹⁷ Frezier, "Voyage dans la mer du Sudt". - Southey, "Hist. of Brazil", III.
⁴¹⁸ J. F. Fernandes Pinheiro, "Anais da Prov. de São Pedro" 2ª ed.
⁴¹⁹ José Inácio de Abreu e Lima, "Sinopse". — Antero José Ferreira de Brito, "Fala de 10 de março de1840". — Van Lede, "Colonisation". — Aubé, "Notice".

Havia em todo o Distrito de Laguna cerca de 9.000 habitantes, em sua maioria brancos. Entre eles encontravam-se também alguns mestiços de índios e portugueses ou de índios e negros. Os mulatos eram pouco numerosos. Não é de admirar, aliás, que estes sejam tão raros no litoral e tão comuns no interior — em Minas, por exemplo. Os aventureiros que povoaram as províncias centrais conviveram durante muito tempo só com mulheres negras; as brancas se recusavam a acompanhá-los em suas arriscadas expedições. O litoral de Santa Catarina, pelo contrário, foi povoado como já tive ocasião de dizer por imigrantes da Ilha dos Açores, que ali chegaram acompanhados de suas famílias; e a menos que estivesse corrompido pela libertinagem, o homem branco só iria procurar uma mulher negra na falta de uma branca.

As terras do Distrito de Laguna são cobertas de florestas exuberantes e produzem principalmente mandioca, arroz, feijão, milho, favas e um pouco de trigo[420]. A cultura do cânhamo encontra um terreno propício nas margens do Tubarão, mas como sua produção, à época da minha viagem, só podia ser vendida ao governo, e os agricultores eram mal pagos, eles só semeavam o estritamente necessário para manter em vigor certos privilégios que esse plantio lhes trazia.

A lagoa denominada Laguna, à beira da qual fica situada a cidade do mesmo nome, foi talvez assim chamada por ter sido considerada provavelmente a maior lagoa da região — a lagoa por excelência — ou então porque os primeiros colonos se habituaram simplesmente a se referir a ela como "a lagoa", por não conhecerem outras. Sua largura é pouca e seu comprimento é de cerca de 5 léguas. Ela se estreita em alguns lugares, e as pontas de terra que causam esses estreitamentos têm vários nomes diferentes na região. A lagoa recebe vários rios, sendo o mais notável o Rio Tubarão, que é de grande importância para a travessia da barra à entrada da qual ele lança as suas águas, e cujas margens são famosas por sua fertilidade[421]. A lagoa de Laguna se estende na direção norte-sul, quase paralelamente ao mar, com o qual se comunica através de um canal estreito e de pequena extensão. Além de só ser possível transpor esse canal quando o vento sopra de uma determinada direção, as águas do mar estão constantemente revolvendo a areia que atravanca o seu fundo, e quando o Rio Tubarão deixa de lançar nessa passagem um volume de água considerável — o que sempre ocorre quando a seca

---

[420] Van Lede e Milliet e Lopes de Moura dizem que a cultura do trigo foi inteiramente abandonada em Laguna depois que os anglo-americanos começaram a vender farinha no Brasil a preço muito baixo ("Colonisation". "Dicion.", II).

[421] O Rio Tubarão ou Juberão é formado pela reunião dos rios Laranjeiras e Passa Dois. É navegável por embarcações de tamanho considerável desde Laguna até a Paróquia de Piedade, situada às suas margens, ou seja num trecho de 10 a 12 léguas. Nas imediações de sua nascente, porém, o seu curso se torna embaraçado por inúmeras corredeiras, que acabaram por se transformar numa cachoeira. Numerosos riachos despejam nele as suas águas, e frequentemente, após chuvas prolongadas, ele transborda do seu leito e alaga as terras vizinhas. Duas léguas acima de Piedade e a um quarto de légua do Tubarão existe uma fonte de água quente e levemente ferruginosa. Nos fins do século passado alguns vaqueiros descobriram, à beira desse mesmo rio, terrenos carboníferos, que foram achados de novo por Parigot, em 1840. A princípio acreditou-se que se poderia obter grandes lucros com esses terrenos; mais tarde, porém, verificou-se que a sua exploração extremamente dispendiosa, e Léonce Aubé, homem de sólidos conhecimentos, considerou o seu valor muito problemático. Van Lede, que visitou as jazidas de carvão do Tubarão, deu pormenores interessantes sobre essa viagem, durante a qual ele subiu o Rio Passa Dois até as suas nascentes (Parigot, "Minas de Carvão de Pedra". — Milliet e Lopes de Moura, "Dicion.", II. — Van Lede, "Colonisation". — Aubé, "Notice").

se torna muito prolongada — as embarcações não podem sair. Em nenhuma hipótese elas conseguirão transpor a barra, se o seu casco vai até dois ou três metros abaixo da superfície da água, e no entanto há dois séculos a barra era acessível a navios de grande calado. Diante de sua entrada, do lado da lagoa, veem-se ilhas rasas e pantanosas, cobertas unicamente pela Gramínea nº 1667, as quais servem de refúgio para as garças brancas nº 345, bem como para outras aves aquáticas. Entre essas ilhotas há uma que é um pouco mais elevada e tem uma forma arredondada, com arbustos crescendo no meio das pedras, a qual serve de baliza para os pilotos que transpõem a barra. A maré se faz sentir até nos pontos mais afastados da lagoa; as águas desta são salgadas até o lugar denominado Carniça, distante cerca de três quartos de légua do canal de comunicação; mas a partir desse ponto, segundo me disseram, elas se tornam potáveis.

Até onde minha vista podia alcançar, a parte setentrional da língua de terra que separa a lagoa do mar me pareceu inteiramente plana; mas a cerca de meia légua da barra o terreno se eleva, e ali começa a pequena cadeia denominada Morro da Laguna, a qual, do lado do oeste, termina bruscamente a poucas centenas de passos da entrada da lagoa. Esse espaço é coberto de areia pura, que os ventos amontoam e tornam a espalhar, intermitentemente. Do lado do leste, pelo contrário, os morros se estendem até o canal de saída, são cobertos de matas, vendo-se de vez em quando em suas encostas algumas choupanas e terras que estavam sendo cultivadas no momento ou já haviam sido em outros tempos.

A cidade de Laguna fica situada na extremidade oriental da lagoa, num terreno plano que se estende as suas margens e os morros. Seu porto oferece um bom ancoradouro e tem uma forma semielíptica. A ponta que o limita ao norte não avança muito para dentro da lagoa e termina num morro pouco elevado, chamado Morro de Nossa Senhora, cujo cume apresenta uma plataforma de onde se descortina uma bela vista. A ponta oposta se prolonga um pouco mais e tem o nome de Morro de Magalhães.

A cidade de Laguna forma um quadrilátero cujo lado mais longo é paralelo à lagoa. Suas ruas, pouco numerosas, são em sua maioria bastante retas e não muito largas. Não são calçadas, mas não se vê muita lama nelas porque o solo, composto de uma mistura de areia, terra preta e fragmentos de conchas, é extraordinariamente compacto. As casas de Laguna são feitas de pedra e cobertas de telhas; a maior parte só tem um pavimento, contudo veem-se vários sobrados, quase todos bem conservados. Só existe uma igreja em Laguna, que é bastante grande e cujos altares são ornados com bom gosto. A água que se bebe na cidade é muito boa; vem da montanha e chega até um chafariz através de um aqueduto feito de pedra, medindo cerca de quatrocentos passos e construído um pouco acima do solo. Numa das extremidades da cidade, perto do Morro de Nossa Senhora, há uma pequena praça triangular, coberta de relva, onde se acha fincado o posto da justiça e na qual fica situada a casa da câmara, prédio de dois pavimentos mas muito pequeno, cujo andar térreo é ocupado pela cadeia, segundo o costume. Mais ou menos no centro da cidade, mas na parte mais distante do porto, viam-se à época de minha viagem vastos terrenos desocupados, úmidos e incultos, nos quais ainda não havia sido construído nada e onde os moradores do lugar deixavam o gado pastar. A parte de Laguna distante do mar é deserta, mas o porto tem bastante movimento. É ali que ficam não só as lojas principais mas também as mercearias, que em geral são muito bem sortidas.

O panorama que se vê do porto de Laguna é infinitamente menos interessante do que o que se pode apreciar em Santa Catarina ou mesmo em São Francisco. As terras que orlam a parte ocidental da lagoa, defronte da cidade, são muito planas, e vistas à distância elas se confundem com a superfície da água. Somente à esquerda, para os lados do norte é que o terreno se torna ligeiramente montanhoso; não se vê porém nenhuma casa. Nosso olhar não encontra ponto algum onde se deter, e a paisagem é não só monótona como sem vida.

A grande quantidade de produtos fornecidos pelos arredores de Laguna torna muito intenso o movimento comercial do porto. Os principais produtos exportados, em ordem de importância, são a farinha de mandioca, o feijão, o milho, as favas e uma certa quantidade de tábuas. O peixe salgado constitui também, na região, um ramo de comércio muito importante. A lagoa tem peixe em abundância e suas margens são habitadas por pessoas que fazem da pesca a sua ocupação principal. O peixe constitui quase que o seu único alimento, e o que sobra é salgado, posto a secar e depois vendido. A espécie mais abundante é a que eles chamam de bagre, e que Van Lede inclui no gênero dos silurus. Em novembro e dezembro esses peixes entram na lagoa, provavelmente para a desova, e são apanhados em grande quantidade.

Um grande número de barcos faz constantemente o trajeto de Laguna a Santa Catarina, e a sua carga principal é a farinha de mandioca. Além disso, deixam anualmente o porto uma vintena de embarcações de maior porte, com destino ao Rio de Janeiro, Bahia, Pernambuco e Montevidéu, e nesse número se incluem pelo menos doze que pertencem a comerciantes da região (1820). É principalmente no Rio de Janeiro que estes últimos fazem sortimento para suas lojas. O comércio de Laguna poderia desenvolver-se extraordinariamente se a entrada da lagoa não apresentasse tantas dificuldades à navegação.

No dia da minha chegada, deixaram o porto de Laguna vários navios, que ali esperavam fazia quatro meses a ocasião propícia para isso. Não é preciso que eu diga como são prejudiciais para os negócios esses atrasos.

Durante a minha permanência em Laguna fui colher plantas nas pequenas montanhas do mesmo nome, mas não me lembro de ter encontrado nada digno de nota. Essas montanhas foram outrora cobertas de florestas virgens, de que ainda existem vestígios em alguns lugares. No resto, o que se vê são plantações de mandioca, relvados, capoeiras de árvores mirradas, onde predominam o *Croton* n° 1792, a *Stachytarpheta jamaicensis* e o n° 1792 *quater*. Veem-se rochas aflorando aqui e ali[422].

Quando deixei Vila Nova, veio comigo um soldado trazendo alguns despachos para Laguna, mas pouco antes de entrarmos na cidade ele me deixou, a fim de ir avisar o comandante da minha chegada. Este veio ao meu encontro, acompanhado do Sargento-mor Fontoura, do batalhão de caçadores português, a quem eu havia sido recomendado. Como eu já tivesse escrito ao comandante de Laguna, encontrei na cidade uma confortável casa à minha espera.

No dia seguinte, pela manhã, fui visitar as várias pessoas às quais havia sido recomendado. O governador de Santa Catarina tinha escrito ao comandante, pedindo-lhe

---

[422] Ver o que eu disse sobre o Morro da Laguna.

que me arranjasse um meio de transporte até Porto Alegre, capital da Província do Rio Grande e distante dali cerca de 58 léguas. O comandante mostrou-se pronto a me servir, mas como se achasse adoentado pediu-me que voltasse a procurá-lo no dia seguinte.

Um furriel que ele pôs à minha disposição veio ver-me dois dias seguidos e me declarou que muitas dificuldades se antepunham à minha viagem e que, de qualquer forma, eu não poderia partir antes de doze dias. Disse-me também que me custaria 50.000 réis a ida a Porto Alegre e que talvez não me fosse possível conseguir transporte até essa cidade.

Eu vinha andando pela rua muito mal-humorado quando encontrei um homem bem vestido, parecendo estrangeiro, que se dirigiu a mim em francês. Disse-me que era suíço e que viera de Porto Alegre numa carroça grande, cujo aluguel lhe havia custado 3 "dobras"*, acreditava que o carroceiro não iria exigir de mim mais do que essa quantia para me levar, ao voltar para a sua cidade. Imediatamente aluguei uma canoa para ir conversar com o dono da carroça, que estava alojado do outro lado da lagoa.

Embora tivesse vindo à cidade para se confessar, o canoeiro tinha bebido um pouco. A canoa era minúscula, começou a soprar um vento forte, e devo confessar que me sentiria satisfeito se estivesse em terra. Em conversa com o barqueiro, perguntei-lhe de onde ele era. "De Santa Catarina", respondeu-me, "mas cometi um crime lá e fugi; agora me casei e estou morando perto de Laguna." Há duas coisas dignas de nota nessa resposta: a facilidade com que esse homem escapara da justiça, sem ao menos se dar ao trabalho de mudar de província, e a desnecessária confissão que ele fazia, candidamente, de seu crime. Ele não era, aliás, o primeiro a me falar de um crime com essa leviandade. "Sou um criminoso, estou sendo procurado pela justiça" eram frases que eu ouvia com frequência. Na Europa, a gente do povo está sempre metida em disputas, briga por qualquer coisa, mas se reconcilia com a mesma facilidade. Os brasileiros raramente ficam com raiva uns dos doutros, mas quando isso acontece eles se matam.

Ao chegar ao outro lado da lagoa encontrei na sua margem a carroça e o seu dono, e eu mal começara a conversar com ele quando o canoeiro me interrompeu, censurando-me com toda grosseria por fazê-lo esperar tanto tempo. Como o carroceiro desejasse examinar a minha bagagem antes de aceitar o serviço, decidi voltar à cidade. Assustou-me, porém, ver entrar comigo na canoa um homem enorme, que sem dúvida a faria soçobrar. Declarei ao canoeiro que eu não partiria junto com aquele homem. Ele me respondeu com insolência e eu lhe disse, então, que era um emissário do governo e que iria queixar-me ao comandante quando chegasse a Laguna. No mesmo instante o homem modificou a sua linguagem, pediu-me muitas desculpas, passou a me tratar de senhoria e se desmanchou em amabilidades.

Na manhã seguinte o carroceiro veio à cidade e combinei com ele a viagem de Laguna a Porto Alegre ao preço de 3 dobras. Ficou acertado que partiríamos dentro de dois ou três dias. Eu precisava arranjar ainda dois cavalos ou burros, porque a carroça ia ficar de tal forma carregada que talvez não houvesse nela espaço para mim.

O dono da carroça era da Província do Rio Grande, e o seu tipo eu iria encontrar em quase toda parte nessa província. Ele era ainda bastante jovem, bem constituído e de

---

* Moeda portuguesa antiga cujo valor variou com a época (M.G.F.).

estatura elevada. Tinha uma fisionomia agradável, os cabelos castanho-claros, a pele clara e fina, as faces rosadas. Embora amável, sua fisionomia indicava que ele tinha noção do seu próprio valor, suas maneiras, muito diferentes das da maioria dos mineiros e goianos das classes subalternas, nada tinham de afeminadas, e era fácil perceber que não havia nada nele da inconstância dos homens do interior do país.

Durante os poucos dias que ainda passei em Laguna travei conhecimento mais íntimo com o suíço que me ajudara a arranjar transporte. Esse homem e o seu companheiro de viagem tinham vindo de Porto Alegre e viviam exclusivamente da caça. Um e outro se diziam prestidigitadores, mas suas maneiras, sua linguagem e, acima de tudo, a falta de jeito os desmentiam. Ao chegarem, eles haviam anunciado aos habitantes de Laguna um espetáculo recreativo e eu dei-lhes a minha cumplicidade. Todavia, apesar de nossos esforços, eles causaram pouca impressão, pois os lagunenses estavam mais adiantados do que imaginávamos.

Impulsionado não sei por que força interior, eu ia iniciar uma nova viagem que não deveria durar menos de um ano, e no entanto sonhava com o momento em que teria coragem de pôr um fim a esse meu exílio voluntário. Não conseguia olhar sem sentir desgosto para os camaradas que me acompanhavam e só pareciam ficar contentes quando perturbavam a minha paz. Tudo os aborrecia, tudo os ofendia. Quando eu voltava ao meu alojamento depois de uma cansativa caminhada, sentindo necessidade de alguém que me reanimasse, só encontrava diante de mim fisionomias insatisfeitas, eu não podia dar expansão a nenhum sentimento e me via forçado a manter um silêncio profundo. Perfeito imitador de José Mariano, o índio se tornara tão desagradável quanto ele, e eu não podia pedir-lhe o mínimo serviço sem que ele se pusesse a resmungar. Ele às vezes me enfrentava com uma audácia assustadora, e embora eu sempre lhe desse demonstrações de amizade, estou certo de que me detestava. Um dia ele saiu para caçar com José Mariano. Este voltou cedo, mas Firmiano só apareceu à noite, eu já tinha começado a pensar que ele tinha fugido, e confesso que a ideia não me causou muito pesar.

Durante os oito dias que passei em Laguna só recebi visita das pessoas às quais tinha sido recomendado. Não me foi feito nenhum convite, e se a minha permanência na cidade se prolongasse um pouco mais eu me teria sentido tão entediado ali quanto em São Francisco.

Capítulo XVII

FIM DA VIAGEM PELA PROVÍNCIA DE SANTA CATARINA

Partida de Laguna. — Uma carroça. — Porto da Passagem. — Descrição da praia que se estende até os limites da Província de Santa Catarina. — Figueirinha. — O Rio Urussanga. — Uma lagoa. — O Rio Araringuá. — O Rio Mambituba. — O autor entra na Província do Rio Grande do Sul.

Deixei em Laguna, aos cuidados do Sargento-mor Fontoura, um caixote cheio de pássaros, e parti no dia 21 de maio, com a minha bagagem, numa grande canoa que me foi emprestada pelo Tenente Francisco, a quem eu havia sido recomendado.

Depois de atravessar a lagoa, cheguei ao local onde se encontrava a carroça que eu havia alugado. Ali começa a praia deserta que forma o caminho do Sul.

Quando o viajante não trazia bagagem consigo, ele ia a pé ou a cavalo desde a cidade até a barra, e dali um barqueiro o levava até o local denominado Porto da Passagem. O pedágio era cobrado por conta do fisco (Fazenda Real), pagando-se 2 vinténs por pessoa.

Em Porto da Passagem, as terras que margeiam a lagoa são muito planas, arenosas e cobertas por um capim rasteiro. Havia nesse lugar várias vendas, mas todas muito mal sortidas. Por trás dessas humildes casas erguiam-se morros cobertos de matas que devem ser considerados como o prolongamento dos que se avizinham da barra, para os lados do leste. Pedi permissão numa das vendas para ali passar a noite, e isso me foi concedido. Espantou-me verificar que na casa havia apenas três crianças, sendo que a mais velha tinha apenas quatorze anos. Elas me disseram que seus pais moravam num sítio a uma certa distância dali e que eles os tinham encarregado de tomar conta da venda. Pobres crianças, entregues a si mesmas num lugar deserto, onde os poucos de seus semelhantes que elas viam só podiam ser homens grosseiros, ignorantes e cheios de vícios!

Embora eu tivesse chegado a Porto da Passagem no final do dia, minha bagagem foi logo colocada dentro da carroça, que era suficientemente grande para comportar toda ela, apesar de ser volumosa. A carroça era coberta com couros e guarnecida dos lados por folhas de palmeira[424]. Estavam atreladas a ela seis juntas de bois, e ainda levávamos alguns de reserva. Quando a carroça se punha em movimento cercada por esses animais, pelos meus homens e os do carroceiro, uns a pé, outros a cavalo, tudo isto visto de longe formava um conjunto bastante pitoresco.

O trecho coberto de relva que começa em Porto da Passagem se estende por cerca de um quarto de légua até a extremidade dos morros. Ali tem início uma praia tristonha e deserta, que eu percorri pelo espaço de 22 léguas, até os limites da Província do Rio Grande. Essa praia, composta de areia pura, avança muito para o interior e é tão reta como se tivesse sido traçada a régua. Linhas paralelas de ondas escumosas vêm morrer na praia em vagarosa sucessão, renascendo sempre, murmurantes. A pouca distância do mar a areia tem uma cor acinzentada, por causa da umidade; batida sem cessar pelas vagas, ela forma uma massa compacta, de consistência muito sólida, oferecendo ao viajante uma excelente estrada, para cuja feitura não contribuiu o trabalho do homem. Na parte mais distante do mar a sua superfície já não é tão regular; em certos lugares formam-se montículos de areia, em outras pequenas depressões, e em toda parte se veem leves ondulações traçadas pelos ventos. Uma Amarantácea, a tasneirinha nº 1782, de longos ramos rasteiros, e alguns tufos de Ciperáceas são praticamente as únicas plantas que crescem esparsamente no meio da areia. Não obstante, de longe em longe veem-se algumas colinas encimadas por arbustos mirrados, cujo verde sombrio contrasta com a cor clara da praia. O céu, à época de minha viagem — princípio de junho de 1820 — era sem nuvens, mas não tinha aquele azul luminoso e profundo que eu tanto admirara nas regiões equinociais; sua tonalidade era mais ou menos semelhante à do céu do Norte da França durante as belas geadas de inverno. Em nenhuma parte um casebre, por mais humilde que fosse, em nenhuma parte o menor traço da presença do homem. As aves aquáticas, das quais identifiquei oito espécies, são os únicos seres vivos que dão um pouco de movimento a essa tristonha paisagem. Inumeráveis gaivotas de cabeça cinza, enfileiradas sobre a areia, quase imóveis, a cabeça voltada para o mar, aguardam o momento em que as ondas, banhando os seus pés, lhes tragam o seu alimento. No meio delas, mas em menor número, vê-se a gaivota grande (ou Maria Velha), que fica à espreita dos peixinhos. Os manuelzinhos ou maçaricos, o pescoço espichado e a cabeça na mesma linha do dorso, correm pela praia com extraordinária rapidez, parecendo de longe pequenos quadrúpedes. Várias espécies de andorinhas do mar (trinta-réis) vêm descansar no meio das gaivotas, mas não tardam a levantar voo de novo. Finalmente o baiacu, que anda geralmente aos pares, mantém-se a algumas centenas de passos da beira da água.

Quando deixei Porto da Passagem, o céu estava ligeiramente encoberto por uma névoa, suas tonalidades pálidas se confundiam com as da areia e as das ondas do mar, e todas as coisas que nos rodeavam, indistintas, mal delineadas, formavam uma espécie de caos. Depois de ter percorrido cerca de 5 léguas, paramos quando já era quase noite

---

[423] O quadro XVII do atlas de "Voyage d'Azzara" apresenta uma boa reprodução dessa carroça.

num lugar deserto chamado Figueirinha. Acomodamo-nos no meio da areia, a algumas centenas de passos do mar, foi preciso ir muito longe em busca de água, e só dispúnhamos, para fazer uma fogueira, de pedaços de madeira trazidos pelo mar e semienterrados na areia. Uma parte dos homens deitou-se ao redor do fogo e a outra dentro da carroça. Minha cama também foi armada dentro da carroça, sobre as canastras; foi também nela que o prestimoso Laruotte guardou as plantas e que eu escrevi meu diário.

Como as canastras tivessem altura desigual e o leito armado sobre elas se compusesse apenas do meu poncho, do pano que me servia de cortina e das minhas cobertas, passei uma noite muito mal dormida. Quando acordava, o cansaço me fazia adormecer de novo, mas apenas por poucos instantes.

Entre Porto da Passagem e Figueirinha contornamos algumas pontas de terra cobertas de mato rasteiro e de capim ralo, mas depois desse último lugar não há mais nada a não ser a praia, inteiramente plana.

O Rio Urussanga, à beira do qual chegamos depois de caminharmos ainda 5 léguas, tem pouca largura e é vadeável acima de sua foz; não obstante, disseram-me que as ondas do mar, precipitando-se sobre o seu leito com violência, já tinham feito virar algumas carroças.

Nas proximidades de Urussanga[424] veem-se, para além do areal, alguns casebres humildes no meio de terras que, segundo dizem, são muito férteis. Ao combinar a viagem com o carroceiro, eu havia declarado a ele o meu desejo de parar, sempre que possível, onde houvesse casas. Dirigimo-nos a uma das que se localizavam mais perto do Urussanga, mas tão logo nos afastamos da beira do mar as rodas da carroça atolaram na areia fofa e foi com grande dificuldade que os bois a arrancaram dali. O carroceiro, apesar de ser homem cordato, irritou-se com o fato e, embora estivéssemos muito perto de uma casa, não chegamos até lá, paramos à beira de uma pequena lagoa, acendemos uma fogueira e minha cama foi armada, como na véspera, dentro da carroça.

No dia seguinte, cansado da terrível monotonia da praia pela qual vínhamos viajando fazia dois dias, afastei-me dos meus companheiros, atravessei o areal e cheguei até um lago de água salgada, paralelo ao mar. Por muito tempo segui pelas suas margens, que ora eram compostas de areia pura, ora eram cobertas por uma relva incomum, no meio da qual se elevavam tufos de uma Ciperácea então em flor, que se parecia com o nosso *Juncus articulatus*. A lagoa estava cheia de mergulhões e de patos, e bandos de aves aquáticas passeavam por suas margens, vendo-se entre elas principalmente o colhereiro, a guaraúna, o quero-quero (*Vanellus Carianus*), um baiacu (*Hoematopus*), garças brancas e cegonhas.

No meio de todas essas aves vi a maior ave de rapina que tinha tido oportunidade de observar desde que chegara ao Brasil. Devia ter três pés de altura. Sua plumagem era cinza escura misturada com uma tonalidade mais clara; seu bico me pareceu o de uma águia, e na parte de trás da cabeça ela exibia um longo penacho horizontal.

Do outro lado da lagoa, onde vi esses variados pássaros, avistei alguns casebres de melancólica aparência.

---

[424] Como já foi mostrado neste trabalho, existe um lugar com esse nome a pouca distância de Mogi-Mirim, Província de São Paulo.

211

A pouca distância dali chegamos à beira do Rio Araringuá[425] que segundo me disseram desce da Serra do Mar, a qual podia ser vista ao longe. Esse rio segue o rumo sul-norte, atravessando o areal, e talvez tenha a mesma largura do Marme junto à Ponte de Alfort. O pedágio era cobrado por conta da Fazenda Real, mas só era pago em Torres, situado a 10 léguas dali, do outro lado dos limites da província.

A carroça foi descarregada e a bagagem transportada em várias viagens por duas pequenas canoas. Para fazer a carroça atravessar o rio foi amarrada ao timão uma comprida corda e não se desatrelaram os bois, que foram obrigados a entrar no rio; enquanto os nossos homens puxavam a corda com todas as suas forças, na outra margem, os barqueiros, no meio do rio, seguravam a carroça por trás.

Como houvesse alguma demora para encontrar dois de nossos bois no momento da partida, em Urussanga, já era muito tarde quando deixamos esse lugar, e a noite nos surpreendeu antes de atravessarmos o Araringuá. Não nos seria possível chegar ao lugar onde o carroceiro imaginara podermos pernoitar, e não sabíamos onde encontrar água. Na verdade, os barqueiros que faziam a travessia do rio me tinham indicado uma choupana, mas não sabíamos exatamente onde ela ficava localizada. Mandei que Manuel montasse num cavalo e saísse à sua procura; ele veio dizer-me que tinha encontrado a casa, mas que ela ficava situada numa colina e que dificilmente os bois chegariam até lá. Tomamos a dianteira, Manuel e eu, para guiar a carroça, mas nos extraviamos do caminho e por alguns instantes ficarmos perdidos no meio do areal. Todavia, acabamos por chegar ao lugar que procurávamos; acendemos uma fogueira, Laruotte se meteu dentro da carroça para arrumar as plantas e quando terminou o seu trabalho deixou-me o caminho livre para escrever o meu diário.

Quando o dia amanheceu, descobri que tínhamos passado a noite num lugar muito aprazível. Tratava-se de uma clareira coberta de relva, ao lado de uma lagoa. Era cercada de morros escarpados de diferentes formas, vendo-se num deles alguns casebres.

Mal deixamos esse encantador lugar, vimo-nos de novo na praia. Sempre a mesma tristeza, a mesma monotonia: areias brancacentas, um mar bramindo incessantemente, aves de beira d'água, nenhuma vegetação. Como os bois tivessem encontrado pouco capim no local onde tínhamos pernoitado, interrompemos a viagem no meio do dia e nos vimos obrigados a seguir caminho durante a noite. Quando chegamos a Arroio Grande, lugar inabitado onde devíamos parar, todo mundo estava cansado, de mau humor, mal dormido, e a gente ainda tinha de procurar gravetos e água na mata, no meio da escuridão.

---

[425] Casal, José Feliciano Fernandes Pinheiro e Milliet escrevem Araranguá ('Corog. Bras.", I; — "Anais da Prov. de São Pedro", 2a. ed.). Eu acompanho a pronúncia usada na região ao escrever *Araringuá;* Van Lede, que também esteve ali, adota a mesma ortografia, e o mesmo fazem Léonce Aubé e Villiers de l'Ile-Adam ("Colonis."; — "Notice"; — "Carta topográfica da Província de Santa Catarina"), Encontra-se Iriringuá nas "Memórias históricas" de Pizarro, IX, e eu também tenho esse nome registrado nos meus apontamentos; assim sendo, é de supor que existam algumas pessoas que pronunciam o nome dessa maneira. Araringuá vem do guarani "ararerunguay", e significa rio da areia. O Rio Araringuá, cujas nascentes ficam na cordilheira marítima, recebe em seu curso um número bastante grande de afluentes e é navegável numa extensão de 6 a 7 léguas; Van Lede, entretanto, aprendeu por conta própria que não se pode atravessar, sem grande risco, a sua foz. Encontra-se carvão mineral de inferior qualidade nas terras banhadas pelo Araringuá e os seus afluentes (Van Lede, "Colonisation"; — Aubé, "Notice").

No dia seguinte continuamos a ter pela frente o areal e o mar; mas, enquanto que nos dias precedentes não víamos diante de nós senão uma praia monótona, que se confundia com o céu no horizonte, nesse dia, pelo menos, avistamos os morros que são chamados de Torres, porque de fato eles avançam para dentro do mar como duas torres arredondadas. Do lado do oeste percebemos a Serra do Mar, que havia muito tempo tínhamos perdido de vista.

A cerca de uma légua de Torres alcançamos o Rio Mambituba[426] que atravessa a praia para se lançar no mar, e fizemos a sua travessia da mesma maneira que fora feita a do Araringuá. Do outro lado do rio nós já nos achávamos na Província do Rio Grande de São Pedro do Sul.

Chego agora ao fim deste terceiro relato. Acrescentarei apenas as palavras com que termina a sua cândida narrativa esse soldado de corpo e alma (Ternaux-Compans), Hans Staden, que visitou uma parte da região que eu próprio percorri duzentos anos mais tarde: Si cui ergo adolescentum hoec mea scripta et testimonia nom satisfacient, is ut hunc scrupulum animo eximat, divino implorato auxilio, iter hoc bonis avibus ingrediatur; si quidem indicia ipsi satis manifesta in hoc scripto proebui, quae tuto investigare possit. Cui enim Deus presto erit, vel totus orbis non erit invius. Soli Deo sit maximo honor, decus et gloria (Americae tertia pars in Th. de Bry, I, 134).

---

[426] Sinto-me fortemente inclinado a crer, como Casal, que o Rio Mambituba é o Rio Martim Afonso mencionado pelos antigos navegantes e em particular por Gabriel Soares de Sousa. O pai da geografia brasileira, depois de escrever ora Mampituba, ora Manpituba e Mombituba, acaba por escolher definitivamente o primeiro desses nomes, rejeitando os outros dois como sendo errados ('Corog. Bras.", I, errata.). José Feliciano Fernandes Pinheiro, que na primeira edição de seus "Anais da Província de São Pedro do Sul" tinha optado por Monpetuba (vol. I), escreve, na segunda, Mambituba e Mombetuba. Na maioria das vezes Pizarro prefere Mambituba, mas no seu livro são encontradas também as grafias Mampituba e Mombituba ("Mem. hist.". IX). Segundo Léonce Aubé, Milliet e Lopes de Moura, o certo seria Mampituba ("Dicion."; "Notice"), e de acordo com Antero José Ferreira de Brito, Mompituba ("Fala de 10 de março de 1841". No meio de todas essas dúvidas, creio ser mais certo escrever esse nome como ele é pronunciado no lugar, conforme sempre fez Pizarro e mais tarde Van Lede, que visitou a região em época recente ('Colonisation"). O Rio Mambituba tem um curso de 7 ou 8 léguas de extensão e cerca de 200 metros de largura na sua foz. Seu curso é rápido, mas embarcações pequenas conseguem subi-lo num trecho de 4 léguas, até o lugar chamado Forquilha (Milliet e Lopes de Moura, "Dicion.", II; Aubé, C'Notice",). Dizem na região que o termo mambituba, originário da língua geral, significa *pai do frio*. De acordo com o "Dicionário Português e Brasiliano", a palavra mopytuba, que tem bastante semelhança com mambituba, significa intimidar. Um homem que conheci nas Missões e tinha grande conhecimento da língua guarani me disse que mambituba era uma palavra dessa língua que não havia sofrido nenhuma modificação e significava mochila. Eu estaria muito inclinado a acreditar que a etimologia verdadeira seja mbopi, morcego, e tiba, reunião de morcegos. — Observ.: — Esta nota é em parte devida a Joaquim Caetano da Silva, reitor do Colégio D. Pedro II.

Este livro foi composto com a tipografia Times New Roman
e impresso pela Meta Brasil.